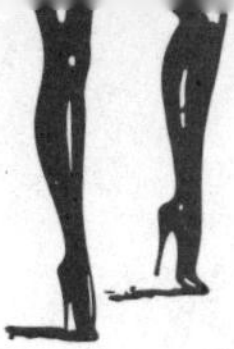

Susanne Klein

AUS LUST AM SCHMERZ

rütten & loening

Susanne Klein, geb. 1955, studierte u. a. Freie Kunst an der Hochschule für Bildende Künste in Hamburg. Seit 1988 künstlerische Arbeit, verschiedene Ausstellungen, u. a. in Weimar und Hamburg. Klein arbeitete zehn Jahre lang in einem Hamburger Domina-Studio.

Die Künstlerin Susanne Klein lebte zehn Jahre lang in der Welt der Domina-Studios. In ihrem Buch beschreibt sie ihre Lehr- und Arbeitsjahre in der Szene. Zunächst völlig unerfahren, muss sie die Praktiken und komplizierten Inszenierungen, die ihre Gäste von ihr erwarten, erlernen. So bizarr die Szenerien sind, die sie auf Wunsch ihrer Gäste entwirft, so alltäglich schildert sie Atmosphäre hinter den Kulissen des Studios, da gibt es Zank, Eifersucht und Mobbing wie in jedem normalen Großraumbüro. Doch Susanne Klein liebt diesen Beruf und übt ihn mit Lust aus, bis sie durch eine Erkrankung gezwungen ist, ihn aufzugeben. Überdies macht sie ihre Erlebnisse auch zum Gegenstand ihrer künstlerischen Arbeit. Virtuos wechselt sie zwischen den Welten, zwischen Vernissage und Domina-Studio.

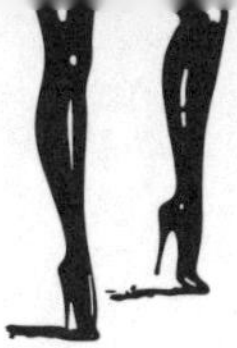

Susanne Klein

AUS LUST AM SCHMERZ

Meine Jahre als Domina

rütten & loening

MIX
Papier aus verantwortungsvollen Quellen
FSC® C083411

ISBN 978-3-352-00860-3

Rütten & Loening ist eine Marke der Aufbau Verlag GmbH & Co. KG

1. Auflage 2013

Einbandgestaltung bürosüd, München unter Verwendung
eines Motivs von © Paul Viant/getty-images
Illustration im Innenteil, Tom Henkel

Gesetzt aus der Helvetica durch Greiner & Reichel, Köln
Druck und Binden CPI – Clausen & Bosse, Leck
Printed in Germany

www.aufbau-verlag.de

Mühelos hebe ich das Bein bis hoch auf die Fensterbank, stelle den Fuß ab, um mir die Ledermanschette über dem Knöchel festzuschnallen. Das geht. Das kann ich noch. Bücken würde schwerfallen. Jetzt hat es die Herrin erwischt, denke ich. Die Herrin bindet sich selbst fest. Lang habe ich gebraucht, um auf diese Assoziation zu kommen. Mir war bisher nicht zum Scherzen zumute. Zu sehr war ich damit beschäftigt, mich neu bewegen zu lernen, meine Angst und Unsicherheit loszuwerden, indem ich spürte: Es geht noch was, nicht mehr dasselbe, aber es geht was. Anders als bei den Alten und Versehrten hier, die bedächtig ihre Aufgaben erledigen.

Warum ich? Wie lange noch? Die Zwillingsfragen. Nicht daran denken, befehle ich mir. Immer dieses Geflatter zwischen Mut und Angst! Gearbeitet wird!

Am Turngerät klicke ich den Karabiner der »Fußfessel« ein. Sie ist undramatisch hellbraun und nicht schwarz. Mit diesen fiesen Einklemmdingern bin ich nie gut zurechtgekommen – in acht Jahren Studio nicht. Scharfe Kanten. Aber hier ist wenigstens Licht. Dort war es dämmrig, ich konnte ja gar nicht richtig sehen. Ausflüchte. Ich war nicht gelassen. Da ich erwartet hatte, es nicht zu können, habe ich mich gezwickt. Offene Wunden! Sepsis! Einmal habe ich mich tief geschnitten, als ich einem Gast die Eier rasierte und mit der flotten Geste des Handwerkers Schaum und Haare von der Klinge wischte. Dabei war es nur ein Einmalrasierer! Obwohl das Blut quoll, brachte das den Gast nicht aus der Ruhe. Die meisten waren so sorglos, was Hygiene und Ansteckung betraf. Ich wickelte mir ein Stück Papiervlies um den Finger, zog einen Einmalhandschuh drüber – er half mir dabei – und arbeitete weiter.

»Ach, Sie machen das so schön! Wie eine Balletttänzerin!« Eine der alten Schachteln, ein Neuzugang in farbenfrohen Sportsachen, lobt mich von schräg hinten. Die hätte gern, dass ich den Zugapparat freigebe, sie hat vorgestern schon so gedrängelt.

»Ich habe grade erst angefangen, es lohnt sich nicht zu warten«, sage ich in entschuldigendem Ton und mache weiter. Wieso bin ich schon wieder so nett? Die Frau bräuchte eine klarere Ansage. Ich schaue meinen Bewegungen in der Spiegelwand zu. Natürlich bin ich elegant! Endlich bemerkt das mal jemand! Leider die Falsche. Sie steht immer noch und wartet. Die Radiomusik, ein ständiges Ärgernis, dudelt endlos im Hintergrund. Rock, Pop und Oldies! Den Rhythmus mitzumachen hieße, sich anzupassen. Vielleicht lässt sich ein Gegenrhythmus durchhalten.

Im Spiegel sehe ich die Physiotherapeutin näher kommen. »Achten Sie darauf, dass Sie nicht schief stehen dabei!«, sagt sie mit strengem Blick.

»Ich stehe nicht schief!« Wie kommt sie eigentlich darauf?

»Ja, ja. Aber nicht, dass es doch mal passiert.« Und schon kommt der leichte Kontrollgriff an die untere Wirbelsäule. Ja, ich habe das Becken am oberen Ende nach hinten gekippt. Ich bin lang genug hier, dass ich immer bei allem brav den Hintern zusammenkneife, um nur ja nicht etwa ins Hohlkreuz zu fallen.

Neben mir strampelt und schwitzt wie immer der Dicke so schwer, dass ich fürchte, ihn könnte der Schlag treffen. Er wischt sich mit einem Handtuch über das Gesicht.

»Um abzunehmen, muss man langsam treten«, sage ich. Doch er lässt sich nicht abbringen von seinem Tempo.

»Das ist auch gesünder!«, kommentiert eine der Turnlehrerinnen, die gerade vorbeigeht.

Doch es rührt ihn nicht. Er büßt für Sünden, denke ich.

So schlecht sind die Therapeutinnen gar nicht. Die können meine Schmerzen immer erklären und fassen dann auch richtig an. Jetzt werde *ich* also behandelt, denke ich. Früher war ich die Behandelnde. Es fällt mir schwer, die anwesenden Männer nicht unter Studiogesichtspunkten zu sehen. Fast halte ich den einen Älteren schon für einen der Gäste. Ein dünner Kleiner, der keine Gelegenheit verpasst, mir sein Dauerlächeln hinzuhalten, klebrig wie einer dieser unangenehm fordernden Unterwürfigen, bereit, von der Herrin gefesselt zu werden. Ich durchforsche mein Gedächtnis, ob der nicht doch mal da war.

Drüben auf den Bodenmatten macht eine junge Frau Yoga. Langsam beugt sie die Beine über den Kopf nach hinten, bis die Zehenspitzen den Boden berühren. Das sehen sie hier gar nicht gern. Die Versehrten könnten sich ja verrenken. Ich bekomme einen Kloß im Hals und schaue weg. Das habe ich auch mal gekonnt.

Es ist vorbei. Nie mehr wird sich ein Gast unter meiner Regie schwarze Fußfesseln um die Knöchel legen, so wie ich viele meiner Studio-Programme begonnen hatte, damals, in einem anderen Leben – meinem Leben als Domina.

Letzten Endes war ich durch Wellendorf darauf gebracht worden. Wir hatten uns über seine Anzeige kennengelernt. »Fetischist, M, 35, 185, 73, schlank, gepflegt, sauber, eher jungenhaft aussehend, Akad., meistens in Gummi lebend, sucht große, schlanke, arrogante Frau in langen Stiefeln, die ihm das Tragen normaler Kleidung endgültig abgewöhnt.« Wegen der Worte »Fetischist« und »Gummi« war ich darauf angesprungen. Damals war mir klargeworden, dass ich mit gängigem Sex nicht weiterkäme. Wellendorfs Wunsch nach einer strengen Frau in Stiefeln hatte ich exotisch gefunden und gedacht, für den »Richtigen« so etwas irgendwie spielen zu können. In der Spiegelung dieser Szene würde er für mich den harten Mann geben. Während der ersten Telefongespräche mit ihm hatte er mich mit seiner trockenen, rationalen Ausdrucksweise und seinen mir fremden Themen verstört. Seine angenehm warm klingende Stimme hatte mir gefallen und mich neugierig gemacht. Mit einem Juristen, einem Wirtschaftsanwalt, hatte ich noch nie zu tun gehabt. Ich war Künstlerin und verkehrte in einer ganz anderen Welt. Ich war skeptisch, dass er mich interessieren könnte.

Kurz nach unserem Kennenlernen hatte Wellendorf mir vorgeschlagen, für ihn zu einer der ersten SM-Partys zu gehen, die damals gerade aufkamen. Er konnte nicht, weil er für ein paar Tage verreisen musste. Erst hatte ich gedacht, Wellendorf mache Witze. Doch als ich merkte, dass er es ernst meinte, hatte ich empört abgelehnt. »Allein? Ich traue mich nicht! Ich dachte, du willst mit denen nichts zu tun haben! *Wir* wollen nichts mit denen zu tun haben. Die sind humorlos und verspannt.« Doch Wellendorf hatte nicht lockergelassen. »Das könnte interessant sein! Ich will wissen, wie die Leute da aussehen, wie sie angezogen sind, ob es Frauen in Stiefeln gibt!« Dabei besaß ich ja noch nicht mal High-Heel-Overknee-Stiefel, die Wellendorf für unerlässlich hielt. »Und wenn sie denken, ich bin maso?« Kein Problem für Wellendorf. »Du musst dich nur richtig anziehen«, hatte er gegrinst, und plötzlich war ein Abenteuer vorstellbar gewesen.

Das Phänomen mit der Anzieherei hatte er mir schon bei unserer zweiten Begegnung auf drastische Weise vor Augen geführt. Ich solle ihn fotografieren, hatte er verlangt und Koffer und Taschen aus seinem Auto in mein dunkles, feuchtes Künstleratelier knapp unter Gehwegniveau getragen, das ihn zu meiner Erleichterung nicht abstieß. Endlich hatte Wellendorf eine Frau gefunden, die zwar nur mittelgroß war, aber schlank, die wenigstens etwas streng aussah und behauptete, sie sei wegen seiner in der Anzeige aufgezählten Besonderheiten an ihm interessiert.

Zuerst hatte er den eleganten, dominanten Putz aus dem Auto geholt und mir dann, vorsichtshalber nur am offenen Kofferraum, eine graue Kanalarbeiterhose gezeigt, bereit, den Deckel schnell wieder zu schließen. Zwar schämte er sich ihrer nicht, er liebte ihre Hässlichkeit, fürchtete aber, mich damit abzustoßen. Ich versicherte, damit kein Problem zu haben. In meinem Atelier überzog Wellendorf in Kürze alles mit seinen Schätzen. Er hatte ein Chaos angerichtet, in dem er aufgeregt herumwühlte und immer wieder rief: »Verdammt, das habe ich nicht eingepackt, wo ist es bloß?«, um es unmittelbar darauf doch zu finden und getröstet zu sein. Wie sorglos er mit seinen Schätzen umging! Als er mir seine Kamera in die Hand drückte, fotografierte ich ihn. Erst wollte ich von der Warte der Kunstsachverständigen her diesen Besessenen noch belächeln, der da alle Register gleichzeitig zog. Mein Widerstand war schnell von seiner absurden Vollkommenheit überrannt, von seiner Großspurigkeit, mit der er sich voller Stolz etwas anzueignen traute, das ihm nicht gehörte: Er war nicht weiblich, selbst wenn er sich mit Atombusen und hohen Absätzen ausstattete.

Ich hatte ununterbrochen geknipst, um mir ja keine Einzelheit entgehen zu lassen, auch nicht sein Baumwollunterhemd, das er noch anhatte, während er die Nylonstrümpfe hochzog, nicht das Befestigen der Strümpfe am Halter, den Kampf mit den endlosen Schnüren der schenkelhohen Stiefel, das Zurechtrücken seines Busenpanzers. Ich verfiel seiner Schönheit mit jeder weiteren Entwicklung mehr. Sie war der Gegensatz zur Kargheit, an die ich von der Kunst her gewöhnt war. Der langbeinige, schlanke blonde Kerl passte perfekt in seine Verwandlungen, in Kleidungsstücke, die teils aus Sexshops stammten, teils Maßanfertigungen waren und die er mir nun darbot, unermüdlich auf hohen Absätzen herumstelzend. Zugleich erlebte ich eine Materialkunde, denn Wellendorf war imstande, sich mir dreifach in Leder, Lack und Latex in jeweils einer kompletten Dominaausstattung zu präsentieren.

Streng genommen sei Gummi nicht dasselbe wie Latex, klärte er mich auf. Letzteres habe eine hochglänzende Oberfläche, das Erste sei stumpf. Nur indem man die Sachen von innen pudert, könne man sie überhaupt anziehen. Deswegen also war ich nie ohne enttäuschende große Anstrengungen in den Slip und das Trägerhemd gekommen, die ich mir nach monatelangem Verdrücken und Zagen von einem Versandhandel hatte schicken lassen! Beides war aus gröbstem Gummi und passte zu mir, denn auch ich liebte Hässliches. Wir glichen uns in diesem wichtigen Punkt. Diese Sachen jemandem zu zeigen, hatte ich bisher nicht gewagt. Ich hatte sie auch nie heimlich unter der Oberbekleidung versteckt.

Jetzt sollte ich ihn auch mit dem abbilden, womit er mich per Anzeige geködert hatte. Wellendorf zog die tiefschwarze, hochglänzende Gummistrumpfhose an. Sie reichte bis zur Brust hinauf und hatte Träger. Formgetreu, doch stilisiert war an der Hose aus getauchtem Latex das Geschlechtsteil ausgearbeitet und sah endlich so künstlich aus, wie ich es mir noch nie hatte vorstellen können. Und das alles nicht nur als Zeichnung im Katalog des Gummiversands, sondern materialisiert an einem Mann, der mir auch noch gefiel, hier bei mir im Zimmer! Ich hatte die Hände vor das Gesicht geschlagen und durch die Fingerspalte gelugt. Ich schämte mich und lachte gleichzeitig vor Freude. Ich genierte mich derart, dass ich mich noch meiner Geniertheit schämte. Wellendorf deutete das erst falsch, als wäre ich, wie er befürchtet hatte, ob seiner Hässlichkeit entsetzt. Es brauchte eine Weile, bis ich ihn davon überzeugen konnte, dass er mir ganz und gar gefiel.

Ich bin tatsächlich allein auf die SM-Party gegangen. Auf meinen ausgeleierten Velourslederstiefeletten mit winzigem Pfennigabsatz, bis dahin für mich der Gipfelpunkt an Weiblichkeit. Ich hatte mich mit dem von Wellendorf überlassenen hautengen Neopren-Minikleid so ausstaffiert, dass ich als Dominante durchgehen konnte und keiner versuchen würde, mir etwas anzutun. Es sah leidlich sexy aus mit dem durchgehenden Reißverschluss vorn. Ich war hoch auftoupiert und so opulent geschminkt, wie Wellendorf es mir gezeigt hatte. Mein bisheriger diskreter Lidstrich und schlichte rote Lippen hatten ihm nicht genügt. Um den Hals hatte ich mir eine grobe Metallkette gelegt, verschlossen mit einem Karabiner. Ich dachte, Ketten gehörten irgendwie dazu und ich sei mit ihr als Herrin kenntlich. Erst als ich dann Spielpartnerinnen sah, die von ihren Meistern an Ketten geführt wurden, wurde mir klar, dass ich mich gegen alle Vorsichtsmaßnahmen als Passive eingestuft hatte.

Meine Kundschafterrolle war mir sehr recht. Ich war hier nur Spionin, von Wellendorf beauftragt, mir die Sadomaso-Party der sich nun in der Öffentlichkeit formierenden Szene anzusehen und ihm Mitteilung zu machen. Von selbst hätte mich das nicht interessiert. So konnte ich gut und gern arrogant sein. Vor einiger Zeit noch hatte ich mich zusammen mit einer Freundin empört, man solle diese SMer alle zum Psychiater schicken. So könne man doch nicht unter Menschen leben. Vom gegenseitigen Einverständnis hatte ich damals noch nichts gewusst.

Ich klackerte auf meinen Messingabsätzen die enge Wendeltreppe hinunter in die Kellerdisko. Ich kannte den Ort von einigen Konzerten her. Ein dunkles schmutziges Loch. Beim ersten Mal dort hatte ich Platzangst gehabt. Die Treppe, der erste Raum, der Gang in den zweiten mit der Bühne waren mir vorgekommen wie meine Kinderalpträume von kurvenreichen Rohrleitungen oder Därmen, durch die ich endlos abwärtsrutschte.

Es war drangvoll. Trotz der Enge schienen sämtliche Anwesenden auf Achse zu sein, bis auf wenige Grüppchen, um die herum der Strom der Suchenden lief, hungrig getrieben, ihre Vorstellungen visualisiert zu finden oder sonst etwas Unerhörtes zu entdecken. Nur an den Rändern hatte sich ein Spalier von Glotzern abgesetzt. Männer waren in großer Überzahl. Die Garderobe der Besucher bestand mehrheitlich aus schwarzer Alltagskleidung. Kaum jemand hatte sich bisher ausgestattet, oder es traute sich noch keiner. Es wurde geschoben und gewetzt, gerieben und vorbeigeglitten. Abstand zu wahren war fast unmöglich. Ich gab mir größte Mühe, Berührungen zu vermeiden.

Musste es denn so dunkel sein! Anscheinend konnten sich alle anderen problemlos orientieren. Vielleicht sah man besser nicht genau, was da überall zu kleben schien an Bierdunst und Nikotin, an Schweiß, Rotz und Spucke. Na gut, dachte ich, ich habe einen Auftrag. Um unnahbar zu wirken, damit nicht einer auf die Idee käme, mich einfach für Gott weiß was zu benutzen, setzte ich vor Anstrengung ein versteinertes Gesicht auf. Dabei ging es erstaunlicherweise recht gesittet zu. Auf der Bühne wurde ein Mann, die Arme hoch, der Hintern nackt, von einer Frau im schwarzen Dress gepeitscht. Mehr nicht. Alle waren auf der Suche nach Spielgefährten, Lebenspartnern oder der Erfüllung. Ich glaubte mich unbeteiligt dazwischen. Denn ich war nicht mehr auf der Suche. Ich hatte bereits gefunden, und hier gab es nichts, das dem gleichkam. Wie ein Wunderding war Wellendorf in mein Leben gefallen. Es hatte einen derart nachhaltigen Stoß bekommen, dass es nicht mehr wie vorher sein konnte, selbst wenn unsere Beziehung nicht von Dauer sein würde. Damals war ich skeptisch gewesen, denn ich hatte seine enormen Ansprüche gesehen.

Obwohl ich jeden Augenkontakt vermied, hatte es erneut einer der Männer geschafft, mich anzusprechen. Der dritte heute Abend. Er stand neben mir an der Bar, an der ich ein ruhiges Plätzchen zu finden geglaubt hatte, um meinerseits zu glotzen. Die bisherigen Anmachversuche waren so unverbindlich gewesen, dass es mir leichtgefallen war, ihnen zu entkommen.

Der Mann stellte sich als Friedo vor. Er war klein, von gedrungenem Körperbau. Wie ich hatte er sich Mühe gegeben, gefährlich auszusehen. Fast überzeugte er mit seinen stoppelkurzen schwarzen Haaren am Kinn und auf dem markanten Schädel, als sei er ein grober Gangster. Doch seine freundlichen Augen verrieten ihn. Er war kein Zuchtmeister. Der würde mir nichts tun. Seine Verkleidung stand ihm gut: lederne Breeches, ein schwarzes ärmelloses Shirt und Springerstiefel mit Metallarmierung.

Er suche eine passive Frau, sagte er, ob ich mich nicht mal gepflegt dominieren lassen wolle? »Ich bin weder S noch M und schon vergeben«, lehnte ich höflich ab. Das Neoprenkleid habe ihn gedrängt, mich anzusprechen, sagte er, ein fetischistisches Erkennungszeichen. Und wir gestanden einander, dass wir eigentlich eher zu Gummi tendierten. Offensichtlich war an diesem Abend keine Zeit zu verlieren. Friedo gab auch zu, bisher passiv gewesen zu sein, er wolle es aber mal andersherum probieren. Ich zögerte. Eigentlich bin ich ein Raushalter. Immer wenn es gefährlich wird, halte ich mich raus, sehe zu, rechtzeitig wegzukommen. Bloß keine Mutproben.

»Ich bin nicht maso«, wiederholte ich und war vollkommen davon überzeugt. »Wenn mir überhaupt was vorstellbar ist, dann, dominant zu sein.« Ich sah ein Blitzen in Friedos Augen. Er hätte da was für mich. Er kenne eine Domina. Eine richtige Domina. Er habe den Schlüssel zu ihrem Studio. Das könne er mir zeigen. Jetzt gleich! Und ich hatte nachgegeben. Der ganze Abend war eine einzige Ausnahme gewesen, anscheinend sollte es so weitergehen. Da hätte ich Wellendorf erst recht was zu erzählen.

Ich erwartete, nur um die Ecke gehen zu müssen, denn der Club befand sich in einem berühmten Amüsierviertel. Doch wir setzten uns in Friedos Auto und fuhren ziemlich weit bis in eine ganz normale Wohngegend an einer der großen Hauptverkehrsstraßen mit etwas abgeschabten Bürgerhäusern aus der Gründerzeit, wie es viele in der Stadt gab.

In einem dieser Häuser befand sich im zweiten Stock das Studio. Wir betraten einen Flur mit mehreren schwarzen Türen. Friedo führte mich durch drei Behandlungsräume und eine Kammer. Entlang der scharlachroten Wände standen eines am anderen schwarze Foltermöbel und Gerätschaften. Ich sah viele Spiegel. Rot bemalte, vergitterte Kellerlampen an den Wänden gaben ein gedämpftes Licht, der Teppichboden war dunkelgrau. Ich war fest entschlossen, nicht beeindruckt zu sein. Das war nicht meine Szene! Dieses ganze Gefährlichtun, die verkitschte Romantik, dachte ich. Doch ich musste zugeben, einiges hier war geeignet, böse weh zu tun.

Wie der stolze Besitzer persönlich zeigte Friedo mir das Studio, pries und erklärte. Er sei Designer, sagte er. Ach, sieh an, ein Verwandter, dachte ich. »Ich bin bildende Künstlerin.« Wir lachten. Er sah mich froh an, überzeugt, dass ich das Folgende zu würdigen wüsste. Er hätte geholfen, das Studio so einzurichten. Die Apparate seien von ihm, die da auf schwarzem Samt in vier mattsilbernen Rahmen an der Wand hingen. Sie sahen aus wie modernes orthopädisches Gerät. Das sei nicht nur Dekoration, sie seien aus Aluminium gesägt und alle zu gebrauchen. Damit ließen sich bestimmte Körperhaltungen erzwingen. Er lachte auf. Er habe ein Faible für so was. Begeistert, wie ein detailversessener Bastler, zeigte er: »Hier kann man Brustklammern einhängen, dort ein Stachelfutteral für den Schwanz befestigen.« Ich nickte anerkennend. Da ich ein freundlicher Mensch bin, fiel es mir schwer, weiterhin so unbeteiligt zu bleiben, wie ich es eigentlich sein wollte. Er wollte Lob hören, also lobte ich. Den Uhrkasten eines Regulators an der Wand hatte er ausgeweidet und hinter dem Glas ein Büschel Rohrstöcke aufgestellt. »Echte Rohrstöcke!«, betonte er. Ich heuchelte Bewunderung. »Eine echte alte Schulbank!«, verbraucht und verkratzt, ein wahrhaftiges Zwangsinstrument. Ich dachte daran, dass ich in einer solchen Bank noch zu Beginn meiner Schulzeit gesessen hatte. Wenn der Lehrer einen »bösen, faulen« Buben über die vorderste Bank legte und mit dem Stock schlug, war mir immer schlecht geworden.

Einen mannshohen schmalen Käfig aus vierkantigen Metallstäben, einen riesigen Strafbock und ein Kreuz, x-förmig an der Wand, nahm ich als besonders nachvollziehbare Mittel zur Machtausübung wahr. Das meiste jedoch blieb mir unverständlich. Friedo zeigte auf winzige Quälinstrumente in einer mit Samt ausgeschlagenen kleinen Vitrine mit Innenbeleuchtung. Auch sie war von ihm. Da verstand ich, dass hier ein ausgeklügeltes Handwerk betrieben wurde, und endlich wuchs in mir Respekt für die Frau, die hier arbeitete. Offensichtlich verstand sie ihr Metier und hatte das Studio nicht nur mit genauer Sachkenntnis, sondern auch viel Liebe eingerichtet. Seltsamerweise fühlte ich mich hier nicht unwohl. Die Räume strahlten eine angenehme Atmosphäre aus. Der Designer und seine Domina hatten einen zeitgemäßen Geschmack. Die Bedrohlichkeit hatte eine moderne Ausdrucksform gefunden. Später sah ich die Werbefotos anderer Studios: gemalte Wände aus Wackersteinen, Kandelaber rechts und links des Throns der Herrin, auf Mittelalter getrimmte Foltervorrichtungen aus angekokeltem Holz.

Zum Schluss zeigte mir Friedo einen langen Kleiderständer voll Latex für die Besucher. Ohne mich wirklich anmachen zu lassen – nicht neben diesem Mann, denn er war nicht der Richtige für mich –, registrierte ich, dass ich diese Sachen anziehen wollte. Doch das Zeug hier sah reichlich benutzt aus, und ich fürchtete fremden Schweiß. Als wir das Studio verließen, lächelte Friedo wie ein Guru, der glaubte, eine neue Anhängerin gefunden zu haben.

Die meiste Zeit waren Wellendorf und ich damit beschäftigt, unsere jeweiligen Lebensumstände kennenzulernen und zu verstehen. Sie waren grundverschieden, abgesehen davon, dass wir dasselbe Geburtsjahr hatten und auf demselben Breitengrad aufgewachsen waren, er in der Pfalz, ich in Franken. Wellendorf hatte in der Wirtschaft eine Position angestrebt. Daran hinderte ihn sein Diabetes, der seit frühester Jugend unkontrollierbar war, so dass er früh verrentet wurde. Das Scheitern seiner Pläne schien ihn nicht mehr zu kränken.

Ich hingegen hatte nie in den üblichen Berufs- und Sicherheitsschemata gedacht, hatte meine Kunsterzieherausbildung zum Entsetzen meiner Eltern – mein Vater bildender Künstler, meine Mutter Künstlertochter – nur halb absolviert und dann noch sogenannte Freie Kunst studiert. Die Zeichenlehrerlaufbahn war ihre Idee gewesen, sie wussten, vor welcher Unsicherheit es mich zu bewahren galt. Sie hatten aber auch alles getan, dass ihr verwöhntes »Kind, das kannst du nicht« später keine dicken Bretter bohren, sich als Künstlerin nicht würde vertreten können. »Eine Frau taugt nichts als Künstler«, war meines Vaters unumstößliches Diktum. Wirklich überzeugt von mir war ich nur, wenn ich ungestört allein vor mich hin werkelte. Gleichzeitig hoffte ich, während ich in Büros, in Buchhaltungen oder Telefonzentralen jobbte, auf meine wundersame Entdeckung als Künstlerin. Erst mit großer Verspätung hatte ich mich entschlossen, ernsthaft eine Karriere anzustreben.

Als ich Wellendorf begegnete, hatte ich gerade zusammen mit Freundinnen in einem Künstlerhaus eine Ausstellung organisiert. Meine Arbeiten schöpften aus frühmittelalterlichen Buch- und Wandmalereien. In einer Darstellung des Jüngsten Gerichts hatte ich ein Liebespaar gefunden, Wange an Wange, die Körper fast verschmolzen, dessen Beziehung offenbar eine Sünde gewesen war und dem die Flammen aus den Köpfen loderten. Außerdem merkwürdige lachende Totenköpfe, die Seligen. Sehr beschäftigt hatten mich auch seltsam verwachsene Figuren, Repräsentanten entlegenster Völker, die sich am Rande der damals bekannten Weltscheibe herumtrieben, kopflose Gnome, die ihr Gesicht auf der Brust trugen.

Als Hinweis darauf, dass sich mein bisheriges Bildprogramm zu wandeln begann, hatte ich in eine Vitrine eines der Fotos von Wellendorf neben meine Zeichnungen gelegt. Dunkelbraun und nur diffus erkennbar sitzt er in einem Gummimantel militärischen Zuschnitts aus Beständen der französischen Polizei und schenkelhohen Lackstiefeln auf einem Hocker. Sein Kopf ist überzogen mit einer engen, schwarzen Gummimaske, nahezu gesichtslos, die Augen und der Mund verborgen hinter eingestanzten, kreisrund angeordneten Löchern. Dass die rechte, in einem schwarzen Latexhandschuh steckende Hand seinen gummiverkleideten Schwanz hält, war erst bei genauerem Hinschauen wahrnehmbar. Schlagartig waren mir meine Bilder zu harmlos geworden. Sie hatten nichts mehr zu tun mit dem visuellen Angebot, dem ich neuerdings ausgesetzt war. Nach dieser Ausstellung arbeitete ich nur noch wenig. Schmerzhaft war mir bewusst geworden, dass mir meine bisherige Themenwelt nun verschlossen war. Bald wurde ich vollkommen untätig. Meine Ratlosigkeit war das einzig Störende an meinem neuen aufregenden Leben.

Friedo war am Telefon. Regina, die Domina, wolle mich kennenlernen, sagte er in konspirativem Ton. Ich ahnte den Respekt, den er offensichtlich vor ihr hatte. Reginas Studio sei hauptsächlich auf Gummi spezialisiert und sie könne eine Frau, die darauf steht – ein angebliches Wunder, wie Wellendorf mir auch schon versichert hatte –, gut gebrauchen. Ob ich mir vorstellen könne, im Studio anzufangen? Dann würde er ein Treffen arrangieren. Wellendorf könne auch mitkommen. Ich solle nur nicht sagen, dass Friedo mir das Studio schon gezeigt hätte. Ich fühlte mich sehr geschmeichelt und sagte zu.

Regina lud Wellendorf und mich zu sich nach Hause ein. Sie war eine blonde, schöne Norddeutsche von imposanter Erscheinung, weder streng noch hochfahrend, eine Frau, der man diese berufliche Tätigkeit nicht zutrauen würde. Gastfreundlich, aber etwas kühl nahm sie uns Mäntel und Jacken ab und führte uns sofort in ihre putzige Küche in gediegenem Landhausstil. Regina platzierte Wellendorf und mich auf einer alten, gepolsterten Holzbank mit hoher Lehne. Wie es sich für einen Sonntagnachmittag gehört, bestand die Bewirtung in Kuchen, Kaffee und Tee. Friedo benahm sich jetzt, als wären Regina und er die vertrautesten Kumpel. Damit brach er das Eis, da Regina sich auf seinen witzigen Unterton einließ. Wellendorf, ein Meister der Schlagfertigkeit, der Humor zur Prüfung des Gesprächspartners und als Transportmittel kaum verhohlener Kritik einsetzte, was mich oft schwindlig machte, weil es meiner Höflichkeit und Vorsicht zuwiderlief, blieb zurückhaltend. Und ich war ohnehin vorsichtig. Friedos vorheriger Respekt passte besser zu mir. Da ich mich um nichts beworben hatte, fühlte ich mich nicht geprüft und war gelassen.

Endlich kam Regina zur Sache: »Wie wäre es, wenn ihr beide mal zu mir ins Studio kommt, und ich verkaspere euch da?«

Verkaspern? Wollte sie Wellendorf und mich etwa über den Strafbock legen?

»Wir können deinen Freund zusammen behandeln«, präzisierte sie.

»Ach, das bringt nichts«, wehrte ich ab. »Wir sind doch Fetischisten.«

»Ach so!« Regina wollte nun Einzelheiten erfahren. Während wir bereitwillig Auskunft gaben, kamen ihre Vorlieben nicht zur Sprache. Aha, dachte ich, hier herrschen hierarchische Einbahnstraßen. Auch später sollte ich nie erfahren, woran Regina beim Sex gelegen, wo ihre wirklichen Neigungen waren.

»Du kannst doch einfach mal unverbindlich ins Studio kommen«, sagte sie schließlich und reichte mir die Hand. Unter Austausch von Höflichkeiten verabschiedeten wir uns.

Friedo zeigte sich zufrieden, als wir wieder unter uns waren. Er schätzte Reginas Verhalten als außergewöhnlich aufgeschlossen und für mich aussichtsreich ein.

»Ach, die scheint ja ganz vernünftig zu sein«, sagte Wellendorf auf dem Heimweg im Bus. »Regina wirkt wie eine Geschäftsfrau. Die könnte ebenso gut eine Modeboutique führen, die ihr ein reicher Typ eingerichtet hat.«

»Oder Nachrichtensprecherin sein! Mit so einer züchtigen Form von erotischer Ausstrahlung.« Doch Wellendorf fand sie gar nicht erotisch. Ihm war sie eher zu normal. Genau das aber gefiel bestimmt vielen Männern. Die Normalität des Erlebten, die vollständige Abwesenheit von Kiez- oder Hurenfolklore, erleichterte uns die Vorstellung, dass ich in ihrem Studio arbeiten könnte.

Aus Ehrfurcht vor Regina wollte ich es ihr überlassen, wann sie mich zu sich bestellen würde. Doch nichts geschah. Fast zwei Wochen verstrichen, dann rief ich sie schließlich an – ein holpriger Anfang. Sie lud mich ins Studio ein.

Regina empfing mich an der Tür und wies mich in das so genannte Mädchenzimmer, einen Warte- und Rückzugsraum, eingerichtet wie ein Wohnzimmer, den Friedo mir nicht gezeigt hatte. Ihr hellgoldenes Haar federte in großzügigen und vollkommenen Wellen über ihre Schultern. Sie war in jener farbenfrohen Weise geschminkt, die Blondinen bevorzugen, intensiv grüner Lidschatten, passend zu den graugrünen Augen. Wieder dachte ich, mit ihrem ebenmäßigen Gesicht und ihrer kühlen Seriosität passe sie perfekt in die Abendnachrichten, keinesfalls sah sie aus, wie man sich eine Domina vorstellt. Ich war etwas irritiert. Sie trug einen ernüchternd weißen Kittel und sehr hohe schwarze Lackpumps, die sie im Zimmer gegen bequeme Hauspantoffeln tauschte. Sollte etwa gleich ein Doktorspiel stattfinden? »Nein, ich warte so auf Kundschaft«, sagte Regina, als ich fragte, und winkte mir, ihr zu folgen. »Komm, ich zeige dir das Studio.«

Dies war nun kein Sightseeing mehr, sondern viel aufregender. Ich hatte keine Schwierigkeiten, mich zu benehmen, als hätte ich das alles noch nie gesehen. Regina umschrieb mein zukünftiges Betätigungsfeld einschränkend auf »leichte Gummibehandlungen und ›Babys‹«, denn ich hatte zugegeben, dass ich Plastikschlüpfer interessant fände, ohne jedoch »Baby« zu sein. Insofern glaubte ich, mir keine Sorgen wegen der martialischen und reichlich kompliziert wirkenden Handwerkszeuge machen zu müssen. Ich würde nichts mit ihnen zu tun bekommen. Regina zeigte mir eine Schachtel mit einer Unmenge Plastikhosen in allen Farben, Formen und Größen. Einer ihrer regelmäßigen Besucher, ein Spezialist auf diesem Gebiet, hatte sie aus Folien genäht. Ich könne mir zum Privatgebrauch welche aussuchen, meinte sie gut gelaunt und mit einem Blick, als wäre das vollkommen selbstverständlich: »Morgen Mittag um eins kannst du anfangen. Einverstanden?« Ich nickte erschrocken. Morgen schon? Das kam doch sehr plötzlich.

Als Arbeitskleidung suchte ich mir zwei von Wellendorf aussortierte Miniröcke aus, einen aus schwarzem und blauem Latex, der andere war aus feuerrotem Plastiklackstoff mit seitlichen Schnürungen. Schnell besorgte ich noch zusammen mit Wellendorf ein billiges winziges Lederdreieck, ein Minimum an Sichtblende vor der Scham, und ein Latexbustier mit Ziernieten. Ich besaß halterlose Strümpfe mit schlichtem Gummibandabschluss – bloß keine Spitzengarnierungen! – und schwarze, relativ flache Pumps mit barockem Absatz. Die Lackstiefel, die Wellendorf für mich aufgetrieben hatte, würde ich nicht im Studio einsetzen. Sofort dachte ich in klaren Trennungen. Nein, meine eigenen Sachen würde ich da nicht anziehen. Hoffentlich waren hohe Absätze bei der Arbeit nicht Bedingung. Ich hatte seit leidvollen Erfahrungen als Fünfzehnjährige nie mehr erwogen, mich mit so etwas abzukämpfen.

Als ich mit meiner vollen Reisetasche an meinem neuen Arbeitsplatz erschien, begrüßte mich Regina unerwartet kühl. Wir gingen ins Mädchenzimmer. »Also, mich kannst du jagen mit Babys!«, sagte sie schlecht gelaunt.

Was meinte sie damit? Ich hatte bisher kaum mehr als guten Tag gesagt.

»Die wollen was Unmögliches! Sie wollen geil sein und gleichzeitig in die Windeln pieschern! Das geht nun mal nicht. Wenn ein Mann einen Ständer hat, kann er nicht pissen!«

Dass »Babys« in Windeln pissen wollten, hatte ich nicht bedacht. Das ging ja gut los!

»Außerdem, diese Behauptungen, sie könnten als erwachsene Männer das Wasser nicht halten und müssten deshalb Windeln haben!« Regina verzog angeekelt das Gesicht. Was war nur in sie gefahren? Ärgerte sie sich womöglich plötzlich, dass sie mir das Arbeitsangebot gemacht hatte? Gefiel ich ihr nicht?

Regina setzte sich auf ihren schwarzen hölzernen Kaffeehausstuhl mit dem Rücken zu ihrem kleinen Schreibtisch und sah mich böse an. »Gut, dass du die machen willst. Ich geb' mich mit denen nicht mehr ab!« Dass sogar eine so erfahrene Domina hier an Grenzen gestoßen war, erstaunte mich. Weshalb traute sie mir Anfängerin zu, es besser zu können? Vielleicht tat sie den armen Babys ja unrecht, versuchte ich mich zu beruhigen.

Ich zeigte Regina meine Sachen, mit denen ich arbeiten wollte. Sie warf nur einen kurzen Blick darauf und ging an einen von mehreren schwarzen Schränken. »Mal sehen, was ich da noch für dich zum Anziehen habe, das mir nicht mehr passt.« Sie wirkte jetzt gelöster. »Hier, probier mal, das müsste gehen.« Regina reichte mir einen von mehreren weißen Ärztinnenkitteln in Prinzessform mit Stehkrägelchen, wie sie selbst einen trug. »Früher hatte ich mal fast deine Figur«, lachte sie süffisant. »Kunstfasergemisch. Das trocknet faltenlos ohne Bügeln, wenn du es feucht aufhängst nach dem Waschen. Man darf nur anschleudern. Dann hast du mit dem Bügeln nicht so eine Terz.« Das Gespräch wurde also hausfraulich, ein Gebiet, auf dem ich bisher wenig Neigungen entwickelt hatte. Keines meiner Kleidungsstücke hatte je so eine Sonderbehandlung erfordert, doch ich gab mich kundig und zog den Kittel über.

»Wir ziehen das an, um Gäste zu empfangen«, sagte Regina bestimmt.

»Gäste«, sie heißen also Gäste. Wir werden demnach nicht wie im Rotlichtviertel einschlägig dekoriert mit Stiefeln und Strapsen in einem Schaufenster sitzen, um uns begaffen und abschätzen zu lassen, sondern ihnen neutral begegnen und erst mal fragen, was sie wollen. Regina mit ihrer fraulichen Figur war im Kittel nicht ganz ohne Reiz, mir aber – ich war eher knabenhaft – würde das nicht stehen, da war ich mir ziemlich sicher. Ich hatte noch nie eine Schürze getragen. Regina zupfte an mir herum und sah schon zufriedener aus. »So warten wir, wenn wir keine festen Anmeldungen haben.« Ich hatte mir vorgenommen, alle Sitten und Gebräuche meines neuen Arbeitsplatzes zu befolgen, solang ich davon nicht in meinen eigenen Lüsten gestört würde. Und da eine derartige Gefahr von dem öden Kittel nicht ausging, nahm ich ihn ergeben hin.

Regina wühlte weiter in den Tiefen des Schrankes und reichte mir ein kleines Taillenkorsett. »Das ist original von Vollers aus England, da bestellt Alicia die Korsetts für mich, er ist ein Gast und Korsettfetischist.« Dann legte sie mir einen Ganzkörpernetzstrumpf hin, geknüpft aus festem, stabilem Garn, fast wie Draht, in den ich mich unter ihrer Aufsicht hineinquälte. Darüber sollte ich das Korsett probieren. »Wenn du allein bist«, sagte sie belehrend, »ist es schwierig, das Korsett fest zuzuziehen. Alicia hängt sich dazu immer an die beiden Türklinken bei offener Tür.« Regina zog fest an der Schnürung. Es war eine atemberaubende Erfahrung. Ich ließ sie noch ein wenig mehr ziehen, länger, als mir lieb war. Ich wollte mich tapfer zeigen. Doch es war immer noch nicht ganz zu. Bequem war das nicht, was einen zur Domina machen sollte.

»Zieh das doch daheim ab und zu mal an«, riet sie mir, »dann kannst du das noch verbessern.« Regina holte ein Paar Lackhandschuhe hervor. »Jetzt nimm noch das Lederfipsteil, das du gekauft hast, dazu, dann hast du schon ein komplettes Outfit!«

Ich betrachtete mich im Spiegel. Was ich sah, gefiel mir sehr. Ich war nicht nackt, aber meine kleinen Brüste waren gut sichtbar. Nur meine Pumps waren ein Notbehelf.

Regina war wieder am Schrank. »Der Gummianzug müsste dir auch passen. Ich kann so was Enges nicht mehr vertragen. Ich bekomme inzwischen Pickel davon. Probier mal.« Ich zog den Netzbody wieder aus, der auf meiner Haut ein Rautenmuster wie bei einem Rollschinken hinterlassen hatte, und bestieg mutig den Gummianzug. Er war schwer, aus recht dickem Latex, schon etwas ergraut und müde in der Spannung.

»Passt genau!«, freute sich Regina. Noch nie hatte ich einen kompletten Gummianzug angehabt. Er sah unerwartet gut aus. Regina betrachtete mich sachverständig. »Diese angerüschten Ärmel sind sehr weit, dadurch kommt man nicht so leicht ins Schwitzen.« Ich stellte mir vor, wie sich die Feuchtigkeit darin sammeln würde, und war erleichtert, dass ich den Anzug gleich wieder ausziehen durfte.

Regina schloss den Schrank. »Ich werde dich einfach in alle Behandlungen mit reinnehmen, damit du siehst, worum es geht. Dann kannst du entscheiden, ob du für die Tätigkeit hier geeignet bist, und du lernst auch gleich was.« Kühl geschäftsmäßig setzte sie hinzu: »Wie weit du mit den Gästen gehst, ist dir überlassen. Eigentlich dürfen sie dich nicht mal anfassen. Aber wenn du als Frau mal Lust hast, kannst du dich auch auf einen draufsetzen, den du im Liegen gefesselt hast. Ich habe nichts dagegen.« Ich verstand sofort, was gemeint war, und fragte mich, ob sie das manchmal so machte. »Du solltest es sie aber immer spüren lassen, dass es deine Idee ist und du bestimmst, was passiert.«

Mit dieser Einordnung war klar, ich würde zunächst bleiben können, um zu sehen, was mich an anderen Dingen noch erwartete. Hätte Geschlechtsverkehr oder »Blasen« zum Tätigkeitsfeld gehört, hätte ich mich verabschieden müssen.

»Den Gästen gegenüber werde ich dich nicht als ›Jungdomina‹ vorstellen, sonst halten die dich für eine Zofe oder gar noch für eine Passive. Dem Hans, der heute kommt, sage ich, ich hätte eine Überraschung. Ich verbinde ihm schon in der Umkleide die Augen, und du sitzt auf dem Holzstuhl in der Ecke, wenn ich ihn reinführe. Dann nehme ich ihm die Binde ab und sage, du wärst meine neugierige, dominante Freundin.« Während dieser Rede klärte sich endlich ihre Miene vollends auf, und sie kicherte sogar. »Du schaust erst mal zu. Er bekommt leichte Schläge auf dem Bock. Ich fordere dich dann auf mitzumachen. Mach es einfach so wie ich.«

Regina schaute eine Weile sinnend aus dem Fenster. »Weißt du, ich sehne mich dringend nach weiblicher Verstärkung. Ich bin hier ja dauernd nur unter Kerlen. Die erzählen von ihrer Arbeit. Sie geben an, wie toll sie sind. Oder sie jammern, wie scheiße alles ist. Und ihre Frauen, die den Sex nicht mitmachen! Oder, dass sie gar keine finden! Mit denen kannst du nichts reden, was einen als Frau so interessiert. Deswegen suche ich nach einer, die hier mitarbeitet. Ich könnte gut eine Freundin gebrauchen.«

Reginas Freundin? Für den Bruchteil einer Sekunde blitzte dies als Verlockung auf. Doch ich schreckte sofort vor diesem Antrag zurück. Zuneigung auf den ersten Blick hatte ich bisher nicht empfunden. Und Frauengeschichten waren das Letzte, wovon ich etwas wusste und worüber ich reden wollte. Ich stellte mir darunter den Querschnitt der Probleme vor, die in Frauenzeitschriften verhandelt werden: Männer, Liebe, Sex, Stars, Kochrezepte, Bastelarbeiten, Frauenleiden oder Horoskope. Alles Dinge, die mich zu Tode langweilten. Selbst die Mode, die mich interessierte, war nichts für Regina, und umgekehrt. Doch nickte ich wenigstens anteilnehmend.

Es klingelte. »Das ist Hans«, sagte Regina und schaute mir plötzlich fast streng in die Augen. »Eines kannst du dir hier abschminken. Wenn es dir mal schlecht geht, weil du deine Tage hast und Bauchweh, das interessiert die Gäste null. Du musst immer voll da und topfit sein. Sonst bleibst du besser daheim.«

»Mach die Beine breit«, befahl Regina Hans in ruhigem Ton, als sie ihn mit verbundenen Augen ins Spiegelzimmer führte. »Ich binde dir jetzt Sack und Schwanz ab«, setzte sie besonders deutlich hinzu, um mich auf dem Laufenden zu halten. Ein Büschel alter, schwarzer, abgelegter Strümpfe hing griffbereit. Noch sieht er nichts, dachte ich. Doch gleich wird die Augenbinde ab sein, und er wird lachend sagen, ich sei doch nicht echt. Nichts dergleichen geschah. Als Regina Hans mitteilte, dass ich seine Bestrafung mit Genuss verfolgen würde, überflog ein schüchternes Lächeln sein Gesicht.

Nachdem sie Hans mit ledernen Handfesseln über dem Bock liegend arretiert hatte, winkte Regina mich hinzu. Mit den Augen forderte sie mich auf, mir genau abzuschauen, wie man eine Fransenpeitsche mit beiden Händen spannt, um sie dann auf den Hintern des Gastes sausen zu lassen. Anfangs hatte ich Bedenken zu treffen, die Fransen würden in einer ungeordneten und wirkungslosen Wolke ihr Ziel vielmehr streicheln, als hart aufzuschlagen. Doch es war ganz einfach. Konzentriert peitschten wir abwechselnd mit nicht allzu hohem Druck, bis Regina damit aufhörte. Sie löste Hans die Fesseln, richtete ihn auf, stellte ihn unter ein Joch, das von der Decke hing, und befestigte mittels der Fesselmanschetten seine Handgelenke daran. Mit einer Kurbel zog sie ihm die Arme nach oben. Lächelnd kündigte sie mir an: »Gleich bekommst du was zu sehen!« Beide standen wir jetzt ganz nah vor Hans, der stur nach unten schaute und Reginas Bewegungen verfolgte, die seinen mit einem Pariser überzogenen Schwanz wichste. Unter Reginas ekstatischem, zunehmend drängenderem »Jajaja …!« wurde sie immer schneller, bis Hans kam. So geht das, dachte ich.

Für meinen ersten Auftritt hatte ich den Minirock und das Bustier aus Latex angezogen. Das entsprach einer grundlegenden Probe aufs Exempel: Würde es mir gelingen, in Anwesenheit von anderen das Gefühl von Gummi auf der Haut zu vergessen, anstatt davon erregt zu werden? In diesem Fall hätte ich die Szene verlassen müssen. Wenn ich spitz bin, darf niemand dabei sein, außer neuerdings Wellendorf. Ich war cool geblieben, stellte ich erleichtert fest.

Nachdem Hans gegangen war, saßen wir wieder im Mädchenzimmer. Ich hatte den weißen Kittel übergezogen und sah an mir herab. Wie ungewohnt. Ich fühlte mich nicht wie eine Ärztin, sondern eher wie eine Haushälterin. Hier saßen zwei pflichtvergessene, entgleiste, von Faulheit übermannte, grotesk stark geschminkte Haushälterinnen, Regina rauchend. Vage ahnte ich, dass so ein Nachmittag oft langweilig sein würde. Ich dabei auf der hellen Couch, Regina an ihrem Schreibtisch, über dem der Druck eines Wasserbildes von Monet hing. Nicht die beliebten Seerosen, sondern ein Boot und Angler im braunen Holzrahmen. Immerhin Kunst, dachte ich.

Im Mädchenzimmer herrschte Reginas Auffassung von Wohnlichkeit und praktischer Ordnung, die sich auf bizarre Weise mit Friedos Gestaltungswillen mischte, auch diesen Raum als zu einem Dominastudio gehörig zu kennzeichnen. Das umlaufende Stuckband, die Fensterumrahmungen bis zum Boden und die Tür waren mit schwarzer Lackfarbe gestrichen, die Wände weiß. Unter den zwei Fenstern mit weißen Jalousien stand die breite, hellgraue Couch. Links und rechts davon zweistöckige niedere Beistelltischchen, die Böden aus Rauchglas, die Füße aus kanneliertem Messing, sie ähnelten griechischen Säulen. Auf beiden standen identische Lampen mit weinrotem Schirm, der Porzellanfuß war wie eine Woge barock geschwungen. Daneben hatte Regina auf einem der Tischchen eine Platte mit sehr viel Gebäck und eine gut gefüllte Obstschale gequetscht.

»Ach, übrigens, das hier ist zum Aufessen gedacht, nimm dir, wenn du Hunger bekommst!«, forderte Regina mich freundlich auf. Ich fürchtete, allein schon vom Anblick zuzunehmen, und lehnte dickfellig mit einem Hinweis auf meine Pausenbrote ab, die ich vorsorglich eingepackt hatte, »später schmecken sie nicht mehr«, was ein sehr dummer Fauxpas war, wie mir dann klar wurde. An zwei Wänden standen fünf besonders hohe, schmale Schrankelemente aus dunkelbraunem Holz. Jede dieser Kisten hatte die gleiche unverziert ebenmäßige Quaderform mit jeweils einer Klapptür über der ganzen Front und mit einem im Holz versenkten messingfarbenen Ring zum Öffnen. Reginas Schreibtisch im rechten Winkel zum Sofa war links und rechts von den gleichen Schränken und einem Vitrinenteil darüber umrahmt. Neben der Tür hing ein Spiegel. Da der Teppichboden weiß war, verlieh dieser harte Hell-Dunkel-Kontrast dem Raum etwas sehr Ernstes.

»Um vier kommt noch der Einarmige«, sagte Regina. »Du solltest dir jetzt gleich mal einen Arbeitsnamen ausdenken. Vor Gästen sprechen wir uns nur mit diesen Namen an. Ich nenne mich Brigitte.« Ein Deckname, dachte ich, wie albern, lästig und unaufrichtig, und dann noch ein so langweiliger! Vielleicht sollte ich mich anpassen, sie nicht überbieten, sondern auch so einen Allerweltsnamen nehmen. »Sibylle« fiel mir als Erstes ein, mit S beginnend wie Susanne, vielleicht könnte ich mich dann besser daran gewöhnen. Waren Decknamen vielleicht doch klug? Verschonten sie einen davor, dass einem die Gäste zu nahe kamen?

»Der Einarmige will richtige Schmerzen. Ich werde den am Schluss auf die Pritsche legen, mit einer Stachelmanschette um den Pürzel. Es wäre schön, wenn du seine Brustwarzen mit deinen Fingernägeln bearbeiten würdest. Am Anfang der Prozedur zeige ich dir, wie das geht. Und wenn es dir nichts ausmacht, könntest du ihm deine nackte Brust zeigen.«

Wohl zum Trost, dachte ich und nickte. »Mach' ich.«

Während der Mann sich duschte, zogen Regina und ich uns um: Ich trug die Netzstrumpfkombination mit Korsett, Regina ein betagtes Lederkleid. Wir gingen in die Umkleide, auch Empfangszimmer oder Küche genannt, denn gegenüber dem Empfangsmobiliar, einem runden Tisch mit schwarzer Lacktischdecke und zwei hölzernen Kaffeehausstühlen, stand eine kleine Küchenzeile. Der Einarmige saß nackt auf einem Stuhl vor der zu Betriebszeiten geschlossenen Jalousie. Seine Haut lag in tiefbraunen, fein gerippten Falten. Auf den weit geöffneten Schenkeln hatte er eine Zeitung aufgefaltet. Seine verbliebene Hand berührte ein Glas Cola, das neben ihm auf dem Tisch stand. Regina hatte mir erklärt, Cola oder Wasser werde nur glasweise eingeschenkt. Das angebrochene Fläschchen Cola bekam einen wiederverwendbaren Ersatzverschluss. Sie gönnt wohl keinem, dass er sich hier wie im Café einrichtet, dachte ich.

»Das ist meine Freundin Sibylle«, stellte Regina mich in aufgesetzt vergnügtem Ton vor. »Sie will uns gern zuschauen. Vielleicht legt sie ja auch gleich mit Hand an.«

Der Einarmige schaute mich an. Erst jetzt schien er mich wahrzunehmen.

»Na, hattet ihr gutes Wetter?«, fragte Regina zuckersüß. Welch überflüssige Frage, dachte ich.

Endlich machte der Mann den Mund auf: »Ha, das kannst du glauben!«

»Du Schuft! Aber *dir* gönne ich das!« Regina setzte ihr wärmstes Lächeln auf.

»Ach, du bist ja wieder nett zu mir!«

»Das will ich meinen.« Regina wippte auf den Fußspitzen. Nicht dass sie noch vor ihm knickst, dachte ich. »Was ist denn mit deiner Frau?«, fuhr sie fort. »Will sie immer noch die große Terrassenlösung, oder konntest du sie mit dem Urlaub etwas ruhigstellen?« Regina gluckste, während der Einarmige sich aufzuregen begann.

»Fang mir nicht mit dem Thema an! Ich laufe von Pontius zu Pilatus, um eine günstige Lösung rauszuholen, und jetzt ist ihr eingefallen, sie will noch einen Wintergarten dazu!« Da war er bei Regina an die Richtige gekommen. Sie hatte mir erzählt, sie verlange gerade von ihrem Freund, seine

Rhododendren rausreißen zu lassen, um einen Kräutergarten anzulegen. »Ja, wir Frauen haben halt so unsere Ideen, das kann ich schon verstehen. Und bei dir trifft es ja keinen ganz Armen.«

»Hast du eine Ahnung, was diese Frau mich kostet!« Mit wildem Gewedel gelang es dem Einarmigen, seine Zeitung auf ein Viertel des Formats zu reduzieren.

Regina wurde konkret: »Schluss jetzt mit dem Gejammer.« Und forderte ihn freundlich tadelnd auf, endlich aufzustehen. Er faltete die Zeitung geschickt zu einem sauberen Päckchen, legte es zu seinen Sachen in einen der Blechspinde der Gästegarderobe, schloss ab und hängte sich den Schlüssel an einer langen, schwarzen Schnürsenkelschlaufe um den Hals. Erwartungsvoll drehte er sich zu Regina um. Die strich ihm erst mit einer mütterlichen Geste die derangierten Haare glatt: »Wie süht dat denn wedder ut!«, und scheuchte ihn dann mit einer schaufelnden Handbewegung hinaus: »Worauf wartest du! Den Weg kennst du ja.«

Der Einarmige ging voran, wir folgten. Im dämmrigen Behandlungszimmer blieb er am richtigen Fleck neben den Abbindestrümpfen stehen. Als er auf der Pritsche gefesselt lag und Regina ihm den Schwanz mit der Manschette mit den Metallzähnen traktierte, legte ich meine Brüste frei und machte mich an seinen Brustwarzen zu schaffen. An diesem Mann lernte ich das Zwicken der Brustwarzen mit den Fingernägeln, das Verdrehen wie einen Lautstärkeregler, das Langziehen. Seine Brustwarzen waren hart und dick von regelmäßigen Qualen, so dass er kaum reagierte. Er öffnete und schloss nur seinen zum O geformten Mund wie ein Goldfisch. Da mir die Situation das zu erfordern schien, bückte ich mich und ließ ihn zuschnappen. Er saugte sich schmerzhaft fest. Die Umgangsformen der »Bestrafung« in solchen Fällen waren mir noch unbekannt. So hielt ich das aus und rannte danach ins Bad, um meine Brust zu waschen. So was passiert mir nicht noch mal, versprach ich mir empört.

Wieder allein im Mädchenzimmer, schimpfte Regina: »Immer jammern sie über ihre Kosten! Damit wollen sie die Preise drücken. Die machen sich ärmer, als sie sind.« Sie fummelte mit Geldscheinen herum und gab mir zwei davon. »Hier, für deine Mitarbeit heute!« Ich war erstaunt. So was hatte ich gar nicht erwartet. Brav bedankte ich mich.

Auf dem Heimweg grübelte ich über meinen Hurennamen nach. Warum nicht gleich richtig hinlangen und sich einen glanzvolleren Namen als »Sibylle« suchen? Nach zwei Tagen erinnerte ich mich an die schwarzhaarige Hexen-Zicke in der TV-Serie »Dynasty«. Alexis war ein widerliches Stück, jedoch berückend schillernd kitschig. Damit nahm ich meine Wahl ironisch. Was Regina davon hielt, war mir egal, dieser Name musste es sein. Keiner der Besucher – Männer schauten so etwas nicht – würde die TV-Serie kennen. Ich konnte in aller Ruhe in eine eigene Alexis-Figur hineinwachsen.

Eine Woche später, ich wollte mich eben auf dem Sofa einrichten, erließ Regina die Anordnung: »Wir müssen heute putzen! Du machst die Spinde!« Sie reichte mir Eimer, Seife und Schwammtuch. Ergeben machte ich mich daran, die vier grauen Spinde, die Gästegarderobe, innen und außen mit dem Schwamm einzuseifen. Ich ertappte mich dabei, wie ich sprunghaft hier und da wischte, zu Flächen zurückkehrte, an denen ich schon war, und bestimmt auch etwas ausließ. Sicher sah Regina mir an, dass ich das nicht gewohnt war. Wieso musste das hier gemacht werden? Die Schränke waren doch einigermaßen sauber, wie das Studio überhaupt, oberflächlich jedenfalls. Die Bakterien, die überall wimmelten, blieben sowieso unsichtbar. Da müsste man von Grund auf desinfizieren. Mir schien, ich brauchte endlos. Schließlich gab sich Regina zufrieden. Dass sie mit dieser Aktion eine Botschaft vermitteln wollte: Denk dran, hier ab und zu deine *Mitarbeit* anzubieten! – hatte ich nicht verstanden.

Danach saßen wir und warteten. Ab und zu klingelte eins der Telefone. Die eine der Nummern hatte Regina in der »Bild-Zeitung« veröffentlicht, unter der Rubrik *Gesundheitsdienst*, »englische Erziehung«. Es war die einzige derartige Anzeige weit und breit. Denjenigen, die es wagten anzurufen, wurde von Regina mit frostiger Kälte knapp beschieden, dass Gummi oder Peitschen und Korsetts vorhanden seien. Genauere Erkundigungen würgte sie ab mit der nochmaligen Bestätigung: »Ja, das haben wir hier alles.« Niemandem war die Gelegenheit vergönnt, sich ein Gespräch mit der Herrin einfach so übers Telefon zu erschleichen. »Sie sollten sich einen Tag bevor Sie beabsichtigen, hierher zu kommen, gemeldet haben, um einen Termin zu vereinbaren.« So unterband sie plötzliches Erscheinen von neuen Anwärtern, was mir erst nach einigen Nachmittagen auffiel. Mich schreckte ihre Unnahbarkeit ab.

Die andere Telefonnummer hatte sie in einer kleinen Broschüre für Gummifetischisten inseriert, zusammen mit einem anschaulichen Bild: Eine komplett zur Mumie verwandelte Figur lag am Boden, eingewickelt in glänzendes schwarzes Latex und mit vier riesenhaften roten Geschenkpapierschleifen gefesselt, über der Regina mit gegrätschten, tadellos geformten Beinen stand. Der Oberkörper war vom Bildformat beschnitten. Auch die Stammkundschaft kannte die Nummer. An diesem Telefon klang ihr Tonfall oft ausgesprochen warm, ohne dass sie eine der einschlägigen Vokabeln verwendete. Mit den Stammgästen kommunizierte Regina ausnahmslos in einer freundlich humorigen Art und Weise, so wie eine Bäckereiverkäuferin, die ihre Kunden schon lange kennt. Regelmäßig meldete sich unter dieser Nummer auch Wellendorf unter einem Vorwand. Er war zwar besorgt um mein Wohl, doch er genoss die indirekte Nähe zum Geschehen im Studio. Regina war dieses Interesse an mir lästig und mir dadurch peinlich.

Nach einigen Wochen hatte ich mich an meine Erlebnistage gewöhnt und gab meinen bisherigen Lohnjob als

Tippse bei einem Schiffsmakler auf. Im Studio würde ich bald mehr verdienen. Viel brauchte ich nicht. Ich würde meine ganze Kraft für diesen einen Ausnahmetag verwenden – sowohl körperlich als auch seelisch.

Ich lernte an Eike, einem kleinen fröhlichen Ingenieur im Ruhestand, der für alle möglichen Fetische offen war. Regina, die mir an ihm viel Technik und Material zeigte, witzelte sich mit ihm durch seine Leiden. Offensichtlich waren für ihn die Aufenthalte im Laden der reinste Spaß. Er wollte Schmerzen und kicherte kurzatmig, als Regina Nadeln in seine Brustwarzen setzte, sterile Einmalnadeln, nachdem sie Desinfektionsmittel versprüht hatte. »Das wirkt sogar gegen Hepatitis B!«, meinte sie danach zu mir. Und der Ingenieur seufzte selig: »Meine Süßen, ach meine Süßen«, wobei er den Mund zum Kuss spitzte, der jedoch nicht erwidert wurde. Auch Alicia mit den Korsetts war mir nicht mehr fremd. Bei ihm lernte ich, dass Phantasien phantasiert bleiben können. Trotzdem vermied ich es, mit ihm auf sein Lieblingsthema, die »69-Stellung«, zu kommen. Meist fing er dann zu betteln an, bis es mir gelang, auch dafür die bloße Fiktion eines streng korsettierten Wesens als nötige Partnerin, die nicht ich sein musste, durchzusetzen. Der Ingenieur und Alicia waren alte Männer, die schon seit Ewigkeiten bei Regina als hochfrequente Stammgäste ein und aus gingen. Ihre Programme standen fest. Die meisten der Gäste waren bereits einmal da gewesen, und Regina wusste immer schon, was mit ihnen anzustellen war. So hatte ich noch keine Vorstellung, wie ein Anbahnungsgespräch verlaufen sollte.

Eines Tages vertraute Regina mir ihr geheimes Karteikästchen an. Alphabetisch geordnet nach den Vornamen, Nachnamen blieben tabu, waren neben einigen dürren Merkmalen zur äußeren Wiedererkennung die Vorlieben eines jeden, der öfter da war, notiert. Hierzu hatte Regina eine Geheimsprache aus Abkürzungen entwickelt. BW beispielsweise bedeutete Brustwarzenbehandlung, ein großes A hieß anal. Einmal unterstrichen besagte, der Gast verträgt und liebt einiges mehr im Analbereich, zweimal unterstrichen signalisierte fortgeschrittene Präferenzen auf diesem Gebiet. Außerdem waren die zur Bearbeitung nötigen Gerätschaften und Fetische aufgelistet. »Wenn du dann mal allein arbeitest, suchst du dir die Karte zum Gast raus und legst dir zurecht, was du für seine Behandlung brauchst.« Wie hat Regina das, was auf den Karten steht, bloß herausgefunden?, wunderte ich mich. Sie redete nie, weder vorher noch nachher, mit einem Gast über die Aktion. Sie fragte nicht, was einer sich so vorgestellt hatte, oder wollte hinterher wissen, ob es gut war.

Diese Art der Wortkargheit, mit der Regina ihre Kunden disziplinierte, war mir fremd. Sobald ich allein mit Gästen sprechen durfte, wollte ich alles von ihnen wissen, ihnen auf diese Art nahekommen und erfahren, womit ich sie beherrschen konnte. Und schon bald kannten die neuerdings Gefragten kein Halten mehr. Mit manchen sprach ich auch über meine eigenen Vorlieben und redete mit einer Offenheit, von der mir schwindlig wurde. Gelegentlich ließ ich gegenüber den Gästen durchblicken, dass die Chefin unsere langen Gespräche nicht billigte, und verbündete mich mit ihnen gegen sie. In Reginas Augen stellte ich mich damit einfach nur blöd an. Und tatsächlich fiel es mir schwer, diejenigen Gäste, die mir wirklich mit ihrem Geschwätz auf die Nerven gingen, wieder auszubremsen.

Was mich immer wieder in die Gesprächsfalle laufen ließ, war auch die Not mancher Männer. Ich erkannte bei ihnen etwas wieder, an dem ich selbst gelitten hatte. Eine Einsamkeit, die niemand teilen mag, die auch Wellendorf erlebt hatte, wie er bereits beim ersten Kennenlernen geklagt hatte: »Es gibt ja keine Frauen!« Für mich hatte es genauso wenig die richtigen Männer gegeben. Wellendorf war die Sache offensiv angegangen. Nicht nur mit seiner Anzeige, sondern auch mit abendlichen Ausgängen in eine Schwulenkneipe, in der natürlich erst recht keine Frau zu finden gewesen war. Aber wenigstens behelligte ihn dort niemand, wenn er im Dominakostüm erschien.

Jeden Mittwochabend holte Wellendorf mich von der U-Bahn ab, und ich berichtete und diskutierte mit ihm das Tagesgeschehen. »Regina hat mir heute empfohlen, die Sexhefte zu lesen, die im Studio rumliegen. Damit ich mir besser vorstellen kann, was für Geschichten ablaufen. Aber die Texte sind so hölzern und abstrus, das kann ich nicht lesen!« Es regnete. Wellendorf spannte den Schirm auf, und ich hängte mich bei ihm ein. Aufgedreht vor Müdigkeit spulte ich den Tag vor ihm ab. »Ich kann ihr nicht sagen, dass mir nicht gefällt, wie sie mit den Gästen umgeht. Heute kam einer, und sie sagte zu ihm: ›Binde dir schon mal Hand- und Fußfesseln um!‹ Das klingt wie eine Fußpflegerin, die sagt, ziehen Sie schon mal Schuhe und Strümpfe aus. Davon soll ich lernen? Das Einzige, was ich weiß, ist, dass ich es in keinem Fall und in keiner Einzelheit so machen möchte wie sie. Sie benutzt in der Behandlung manchmal plattdeutsche Wörter! Sogar dem Gast gegenüber nennt sie seinen Schwanz einen Pürzel, an dem er jetzt gleich was zu spüren bekäme!«

»Da würde mir ja alles zusammenfallen!«, brummte Wellendorf angewidert.

»Sie ist einfach immer die, die sie ist.« Vor uns lag eine große Pfütze, und ich löste mich von Wellendorf, um sie zu umgehen. »Bestenfalls die strenge Mutti«, hakte ich mich wieder ein. »Entweder ist sie schlecht gelaunt – und ich kann mir nicht vorstellen, dass ein Gast einfach nur mies behandelt werden will, nach dem Motto, selber schuld, wer maso ist, will das ja so. Oder sie ist lustig, und ich finde, Witze passen nicht zum Sex. Außer man macht sich zur Demütigung über jemanden lustig. Ich könnte das nicht. Wie lernt man das nur, einen zu demütigen? Vielleicht muss man sich an die Kindheit erinnern, da hat man das noch ganz ungeniert gemacht.

Von Wellendorf war in dieser Hinsicht außer seiner Anteilnahme keine Hilfe zu erwarten. Er war keiner, der sich Szenen ausdachte oder sich über die Optionen des Herrinnenverhaltens Gedanken machte. Er konsumierte auch keine Geschichten, weder literarisch noch als Film, es sei denn, es kam eine Frau in Stiefeln oder gar eine Hure vor, wobei ihm meist einfach die Bilder genügten. Vor allem aber interessierte er sich für Politik und Wirtschaft.

Wellendorf fasste meine Hand und drückte sie kurz, um zu bekräftigen, was er mir sagen wollte. »Bist du immer noch sicher, dass du dich nicht mit Sachen quälst, die dich gar nichts angehen? Mir würde es reichen, wie eine Domina aussehen zu können. Du gefällst mir, wie du bist, das weißt du. Eine echte Domina ist fürchterlich. Und ich an deiner Stelle hätte nicht den leisesten Wunsch, an irgendwelchen Typen rumzumachen.«

Ich rief: »Versuch nicht, mir was auszureden! Du kriegst mich da jetzt nicht mehr weg. Ich habe Blut geleckt!« Mir gefiel der Ausdruck. »Soll ich vielleicht ins Büro zurückgehen? Da rinnt mir bloß meine Lebenszeit davon! Im Studio habe ich mich noch nie gelangweilt. Man erfährt das Geheimste über die Männer. Ich kann forschen! Nichts interessiert mich so wie abartiger Sex! Dabei muss man sie nur nicht an sich ranlassen. Dass ich die anfasse, kostet mich nichts. Man kann sich nach allem die Hände waschen.« Wir waren inzwischen zu Hause angelangt, und Wellendorf schloss die Tür auf. »Wenn du das tatsächlich so siehst, bin ich stolz auf dich.«

Die reine Pose der Domina zu erlernen war leicht gewesen. Ich hatte sie mir zu eigen gemacht, bevor ich in Reginas Studio gekommen war. Es begann alles mit dem bösen Blick. So empfand ich es im Nachhinein. Mit seiner Aneignung hatte ich geahnt, dass in mir noch ganz anderes stecken könnte. Nicht bloß eine Einzelgängerin, die nie fordert oder nimmt und sich bei Widerstand sofort zurückzieht.

Der böse Blick erlebte seine Premiere, als Wellendorf mich schon bald wieder hatte loswerden wollen, gleich nachdem es so ausgesehen hatte, als könnten wir uns eine engere Geschichte zutrauen. Wellendorf hatte präzisiert, dass es ihm bei einer Frau zwar auf gefährliches Aussehen ankomme, das sei unabdingbar, auf Launen und Flausen einer Domina aber lege er keinen Wert. Er wollte meine Fortschritte als Dominadarstellerin im Foto festhalten. Es war der Abend, an dem wir zum ersten Mal Sex gehabt hatten und ich empfand, wie einfach und schön alles ging. Er war doch wie ich. Ich hatte mich schwer verliebt. Das sah man auf den Bildern. Weich und verlegen vor Glück stand ich da in den neuen oberschenkellangen Lackstiefeln im wüsten Chaos seiner Wohnhöhle. Die Fotos hatten zeigen sollen, dass ich der Stiefel würdig sei.

Tage später hatte er mir einen Abschiedsbrief geschickt, in dem er monierte, ich würde neckisch den Kopf neigen und alles andere als hurig aussehen. Er hatte mich tief verletzt. Doch die Kränkung wandelte sich sofort in Wut, und ich sann auf Rache. Der sollte mich kennenlernen! Nach einer Einkaufstour, bei der ich viel Geld ausgab, machte ich mit Hilfe eines Bekannten Gegenfotos, auf denen alles stimmte: die Stiefel, Latexbreeches, ein Oberteil mit Trägern, die Schminke. Den bösen, verächtlichen Blick hatte ich vor dem Spiegel so lange geübt, bis ich wusste, wie er sich von innen anfühlt. Auch hatte ich da schon eine Ahnung davon, dass es dazugehörte, breitbeinig zu stehen. Der Bildersendung fügte ich eine kurze Notiz bei: »Jede Frau ist eine Hure.«

Die Reaktion war prompt gekommen und so, wie erwartet. Wellendorf hatte angerufen und gefragt, ob ich einen neuen Freund hätte. Als wären die an jeder Ecke zu finden! Nein, hatte ich würdevoll geantwortet, ich sei von selbst imstande, so auszusehen. Als er um ein weiteres Treffen bat, warnte ich, wir könnten ab jetzt Freundinnen sein, nicht mehr. Diese Bosheit hatte ich mir zurechtgelegt und spürte beim Aufsagen die Künstlichkeit, aber sie saß. Meine erste Inszenierung klappte somit wie nach einem Drehbuch.

Zwar fürchtete ich Reginas unbegreifliche Stimmungsschwankungen von herzlich und großzügig bis kalt und schlecht gelaunt, doch ich hatte es mir unter ihrer Aufsicht ganz bequem gemacht. Ich hielt es wie im bisherigen Leben. Ich war immer überall ohne großen Aufwand durchgekommen. Doch wenigstens hatte ich jetzt den Ehrgeiz entwickelt, nicht nur böse auszusehen, sondern mir auch das dazu gehörende Verhalten anzueignen. Ich litt darunter, diese Rolle nicht einfach parat zu haben. Sie war mir so fremd, so fern und unerreichbar. Ich schien dafür nicht ausgerüstet.

Auch Regina war eines Tages mit meiner Lerngeschwindigkeit nicht mehr zufrieden. Sie fiel mit Vorwürfen über mich her, wie ich es mir bis dahin nicht hatte vorstellen können. Noch nie war ich so beschimpft worden. Noch nie hatte ich bei jemandem so einen Zorn ausgelöst. Die freundliche Kollegin, die bisweilen sogar schwesterliche, ja mütterliche Regina hatte sich erst in eine keifende Furie, dann in eine tief beleidigte Zicke verwandelt. Der Schweregrad ihres Ausrastens zeigte mir, dass sie lange darauf verzichtet haben musste, mich in irgendeinem Punkt ernstlich zu kritisieren. Regina war einer dieser Vulkane, die im Verborgenen kochen und sich fast unmerklich, allein für sensible Messinstrumente wahrnehmbar, aufwölben, um dann in einem verheerenden Ausbruch den eigenen Krater wegzusprengen.

Ich hatte mich gerade für den Nachmittag eingerichtet und Reginas aktuelle Kurzangebundenheit nicht besonders beachtet, als sie sich vom Schreibtisch umwandte, auf meine einsatzbereit vor dem Schrank stehenden Schuhe deutete und der erste Bimssteinregen ihrer Wut auf mich einzuprasseln begann: »Sag mal, wie lange willst du eigentlich noch mit diesen Galoschen hier rumlaufen? Was glaubst du denn? Dass dir dafür einer einen Blumenpott gibt?«

Ich war getroffen. Sie hatte ja recht! Schon Wellendorf hatte meine Pumps mit dem Barockabsatz als »trutschige Elbkähne« kritisiert. Dabei hatte ich sie einst für flott und weiblich gehalten. So weiblich wie Mutti am Sonntag, wie ich nun selbst zugeben musste. Sie waren von Regina nur unter der Bedingung »für den Anfang« genehmigt worden. Aber das war schon eine ganze Weile her.

Regina fuchtelte mit ihren roten, zwölf Zentimeter hohen Lackpumps vor meiner Nase herum: »Glaubst du, mir fällt das Laufen darauf leicht? Mir tun die Füße so weh, dass ich manchmal heulen könnte! Aber willst du das einem Gast sagen? Den interessiert das nicht die Bohne!«

Wie ein Kind, das sich taub stellt, stand ich da und ließ mich beschimpfen, unfähig, mich zu verteidigen oder einfach zu sagen: Klar, vollkommen richtig. Morgen gehe ich los und kaufe mir passende.

Als ich Wellendorf am Abend die Szene schildern wollte, war davon kaum noch etwas greifbar, als ließen sich nur so für mich die damit verbundene Schmach und Schande ertragen, die sich nun in einer ohnmächtigen, diffusen Wut über Regina entlud. »Der Blödsinn mit dem Kaugummi!«, schrie ich. »Ich würde vor Gästen Kaugummi kauen! Das ist die Höhe! Die schaut doch gar nicht richtig hin! Das denkt sie sich aus! Leute, die selbstvergessen Kaugummi malmen, so wie Kühe Gras, sind schwachsinnig. So was passiert mir nicht mal aus Versehen, das habe ich total drauf! Ich zerkaue das Ding, bevor wir den Gast aus der Umkleide holen, das war es, was sie gesehen hat, und danach merkt man mir nichts mehr an. Wahrscheinlich schaut sie während der Behandlung gar nicht mehr hin.« Ich holte tief Luft. »Für wen hält sie mich? Für eine dieser Idiotinnen, die sie früher versucht hat anzulernen? Über die sie sich bei mir beschwert hat? Diese Fingernägelbeißerin vielleicht, die neben dem Gast gekauert und ihn dabei mit dem Dildo gefickt hat, ohne überhaupt noch hinzuschauen, was sie da macht?«, schimpfte ich vor dem schwer beunruhigten Wellendorf. »Und dass ich mich jedes Mal um sechs verabschiede, hat sie mir vorgeworfen, auch wenn noch ein Gast kommt, weil ich mit meinem Mann zu Abend essen müsse. Und dass ich mit einem Arbeitstag pro Woche nach einem Jahr faktisch erst anderthalb Monate bei ihr wäre! ›Wie willst du da was lernen?‹, hat sie gezetert. ›Wann willst du denn da mal selbständig arbeiten können?‹ Aber soll ich ihr sagen, dass mir die Lust bald vergehen würde, wenn ich jeden Tag in diesen Laden ginge, dass ich sonst mit den Gästen die Geduld verlöre? Ich will, dass mir das Spaß macht! Wenn ich es täglich mache, werde ich eine dumme, erschöpfte, männerhassende Hure.«

Wellendorf sah mich mitfühlend an. »Und ihr größter Triumph war, dass ich das Abbinden von Sack und Schwanz immer noch nicht kann! Als wäre das das Wichtigste!«

Der Rechtsanwalt Wellendorf war, als Streiter und Schlichter von Berufs wegen, ganz auf meiner Seite. »Hau ihr doch eine in die Fresse, wenn sie so über dich herfällt! Und sag ihr, dass sie sich ihre Kritik nicht aufheben darf, sondern dir sofort Bescheid geben soll, wenn ihr etwas nicht passt an dir.«

»Ich kann das nicht.« Erschöpft fiel ich auf die Couch.

Doch Wellendorf ließ nicht locker. »Du musst sie auseinandernehmen. Wenn sie Mist erzählt, musst du ihr das vor den Latz knallen. Du musst sie festnageln, wenn sie dir ausweichen will.«

»Das kann ich nicht! Ich weiß nicht, wie Streiten geht! Ich habe das in meiner Familie nicht gelernt. Wenn mein Vater lospolterte, hatte sich meine Mutter nur wortlos beleidigt zurückgezogen.«

»Mit mir kannst du doch auch streiten!« Wellendorf lächelte jetzt.

»Das ist was anderes. Du bist nicht grundsätzlich gegen mich!« Ich versank plötzlich in Selbstmitleid. Der Trog war randvoll. Gern hätte ich jetzt geweint. Dann wäre ich auf dem Grund angelangt und könnte mich auflösen. Stattdessen fühlte ich mich einfach nur lächerlich und voller Selbstekel. Wellendorf beeilte sich, mich in den Arm zu nehmen. Einen Moment zu spät, und ich hätte ihn harsch weggebissen. Worauf meist ein langer, erschöpfender Streit folgte, weil Wellendorf mich in seiner Panik dann nicht in Ruhe lassen würde, bis es wieder harmonisch zwischen uns zuginge. Ich sollte immer mit ihm einig sein, sollte immer bei ihm sein.

Ich schlief schlecht in jener Nacht. Immerhin hatte ich abends noch telefonisch für den nächsten Tag eine Aussprache gefordert, um wenigstens klarzumachen, dass ich mit den Ereignissen nicht einverstanden war, was meine Verstörung geringfügig linderte. Dennoch war ich aufgeregt wie vor einer Bewährungsprobe.

Bei meinem Versuch, die Lage am nächsten Tag zu klären, gerieten Regina und ich sofort wieder in dieselben Rollen. Regina wiederholte ihre Suada wortwörtlich mit dem gleichen kalten Zorn ohne jede Milderung. Und ich wehrte mich wieder nicht, ich war sogar noch fassungsloser, dass mein Benehmen so unverzeihlich sein sollte. Was hatte ich erwartet? Es wäre schön gewesen, wenn sie mir mit leichter Zerknirschung die Hand gereicht und wir zusammen besprochen hätten, was ich hätte verbessern können. Jedenfalls warf sie mich nicht hinaus. Es käme gleich ein Gast, hatte sie mich verabschiedet. »Bis nächste Woche.«

Wellendorf war ratlos über meine Passivität, die so gar nicht zu seinem sonstigen Bild von mir passte. »Und wie wäre es, wenn wir das Sack-und-Schwanz-Abbinden mal an mir üben?« Mit einer aufmunternden Geste ließ er sich auf die Couch fallen, wobei er seine Jogginghose samt Unterhose auf die Schenkel herunterzog und mich erwartungsfroh ansah.

Erst wollte ich abwehren. Doch dann musste ich lachen. Ich liebte Wellendorf für sein Talent, mich mit seiner Unbeschwertheit aus der Katastrophe zu retten. »Und danach kaufen wir schlichte, klassische Pumps mit spitzem, schlankem Absatz, höchstens acht Zentimeter. Ich habe welche gesehen. Damit wirst du doch laufen können.« Das gefiel mir: Wellendorf als mein Berater und Ausstatter. »Deine Stiefel sind hoffentlich auch bald fertig. Dann kann die Alte nichts mehr sagen.« Wellendorf hatte preis-

werte, oberschenkellange Hurenschnürstiefel mit nicht allzu hohem Absatz in England bestellt.

»Warte! Ich hole einen gebrauchten Nylonstrumpf«, rief ich fröhlich. Als ich wieder vor ihm stand, sagte ich barsch: »Steh auf! Oder glaubst du, das findet im Liegen statt?«, und warf mich in die Herrinnenpose. Wellendorf korrespondierte sofort mit einem entschuldigenden Blick und beeilte sich, meinem Befehl zu folgen. Das habe gesessen, sagte er später.

Doch ich zögerte. Ich sollte Wellendorf jetzt anfassen wie eine Domina. Meinen armen zarten Mann mit dem quälen, was ich schon an den anderen im Studio nicht gut fertigbrachte. Ich war nur insofern entspannter, als er immer sauber war, immer und überall gut roch. Seine Haut war glatt und weich. Seine Körperhaare an Brust und Geschlecht fein, lang und flauschig. So leicht ich überall Fehler entdeckte, liebte ich jeden Quadratzentimeter an ihm, es gab nichts zu kritisieren. Meine Empfindlichkeiten, seine Empfindlichkeiten, ich legte seine in meine. Und griff etwas forsch zu mit beiden Händen im Ring um Schwanz und Sack. »Au!«, schrie Wellendorf. Erschrocken hielt ich inne.

Sofort war es mit meiner dominanten Herrlichkeit vorbei. »Siehst du, du bist nicht geeignet als Übungsobjekt! Ich hab' doch noch gar nichts gemacht!«

»Es kam nur so plötzlich!«

»Die Typen im Studio stellen sich nicht so an. Aber deswegen fällt es mir nicht leichter. Ich hab' ja keine Ahnung, wie sich das alles anfühlt.«

»Dafür hast du ja nun mich.«

»Das habe ich gesehen!« Vorsichtig strich ich die Schamhaare nach oben, legte den Strumpf an. »Auf beiden Seiten sollte dabei das richtige Maß herunterhängen, damit man wickeln und am Ende noch eine Schleife binden kann«, erklärte ich noch immer unsicher.

»Nicht zu fest!«, beschwerte sich Wellendorf prompt.

Wieder zuckte ich zurück.

»Ich würde lieber einen Cockring nehmen, als mir so einen Strumpf anbinden zu lassen«, stöhnte er.

Ich schalt ihn nicht. Die Abgebrühtheit von Reginas Kunden, die sich mit allem einlassen, war schwerer zu verstehen. »Man kann die Eier auch noch auseinanderbinden, indem man den Strumpf verdrillt und ...«

»Aah – haa, haa! Meine armen Eier! Das fühlt sich komisch an!«

Schnell befreite ich ihn. »Regina kann das so schnell und elegant, da wird dir glatt schwindlig davon.« Dies unterstreichend, wedelte ich mit dem Strumpf herum. Ich erinnerte mich, wie ich nie gelernt hatte, auch wenn klar war, die Prüfung würde kommen. Und ich wusste, auch jetzt werde ich nicht dabeibleiben und üben, bis ich weiß, in welche Richtung wie oft gewickelt werden, wie fest, aber nicht zu fest ich die Schleife binden müsse. Mit Wellendorf ging das einfach nicht, sagte ich mir, und ich hoffte wie früher, die Praxis würde mich lehren. Regina hatte es mir ja schon zigmal gezeigt! Am Anfang war sie auch noch gut gelaunt dabei gewesen und hatte ihre neckischen Witze gerissen. Aber wenn sie mir so auf die Finger schaute und inzwischen nicht mehr das geringste bisschen zutraute, hatte ich noch mehr Angst, es nicht hinzukriegen.

»Es kann doch egal sein, wie es aussieht«, sagte ich nun trotzig. »Hauptsache, der Mann ist irgendwie abgebunden!« Ich atmete durch und rief fast triumphierend: »Aber damit ist es ja nicht getan!«, und mit aufkommendem Berufsstolz: »Falls man Gewichte einhängen will, muss man die Schleife blind nach unten, hinter den Eiern binden. Und sie muss so festgezogen werden, dass sie sich nicht löst. Man kann den Mann daran sogar an einem der Haken am Boden befestigen!« Die Wut kam zurück: »Regina macht daraus das Gesellenstück! Neulich hat sie mich vor dem Gast bloßgestellt! Sie hat mich zur Seite geschubst, dem Kerl Sack und Schwanz nach unten gerissen, mich angefunkelt und gezischt: ›Schau hin! Einmal zeige ich es dir noch, dann kannst du es!‹«

Wellendorf zog sich die Hose wieder hoch. Er hat nicht gesagt, ich soll es noch mal versuchen, denke ich, als wäre ich damit meiner Aufgabe ledig. »Es ist wirklich schwer, an dir zu üben. Wir haben gar keine Behandlungsgewohnheiten miteinander.«

»Ach, ab und zu könnte ich das schon wollen«, sagte Wellendorf enttäuscht.

»Rede doch nicht! Immer wenn ich dir irgendwas antun will, tut es weh, oder du hast andere Pläne. Du bist doch nur Selbstversorger!«

»Du doch auch!«

Ich war irgendwie unzufrieden.

Ich wünschte mir die alte Regina zurück. Die hatte nicht lang erklärt. »Du musst heute viel trinken, Fred will Natursekt, wir müssen ihn anpinkeln. Mal sehen, ob du das kannst«, hatte sie gesagt, so als hätte sie keinen Zweifel daran, dass ich es könnte, oder als sei es nicht schlimm, wenn ich Hemmungen hätte. Am Ende von Freds Behandlung hatte sie mich aufgefordert, ihr beim Auslegen zweier großer, weißer Plastikplanen zu helfen. Darauf breitete sie ein Badelaken, hieß Fred sich hinlegen und band ihm die Hände mit einer leichten Fessel aus ihrem bevorzugten Medium, den alten Damenstrümpfen. Wie bei so vielen war auch mit diesem Gast ihr Umgangston locker, frivol, nahezu herzlich. So als wäre sie ein bisschen beschwipst, dabei war sie vollkommen nüchtern, im Studio gab es keinen Alkohol. Am Rand der Plane stieg sie aus den Pumps – »Keine Absatzlöcher reintreten, Alexis!« –, hob den langen, weiten Gummirock hoch und raffte ihn bis zur Taille, darunter war sie nackt. Breitbeinig stellte sie sich mit blanken Füßen über den Oberschenkeln des Liegenden auf und fing an, ihn kurz und gezielt anzupissen. Es spritzte. Regina lachte.

Fred starrte gierig nach oben. »Na, wie ist es?« Regina schaute mich auffordernd an: »Willst du mal dein Glück versuchen?« Ich nickte, sie trat beiseite, und ich nahm ihre

Stellung ein. Vorsorglich hatte auch ich nichts drunter an. Nach kurzer Hemmung konnte ich es laufen lassen. Ich war überrascht. Zwei Leute sahen mir beim Pinkeln zu, und ich genierte mich nicht. Noch nie hatte ich es im Stehen getan, gar jemanden bepisst. Ich spürte, wie ich meine Beine hoch hinauf bespritzte. Statt mich zu ekeln, wie ich das sicher getan hätte, hätte man mir die Szene vorher beschrieben, stellte ich nun eine große Genugtuung fest. Das waren ja Kindergefühle! Etwas zu tun, was man ganz und gar nicht machte.

»Nicht alles auf einmal!«, gebot Regina mir Einhalt. »Immer schön peu à peu. Und lass mich auch noch mal ran!« Mit einem Handgriff löste sie das Schleifchen der Strumpffessel, die ganz durchweicht war, und warf sie in den Müll. Fred hatte nun die Hände frei und durfte sich anfassen. Wir kicherten und lachten darüber, wie er von uns im Wechsel geduscht wurde. Als wir unsere letzten Tropfen angekündigt und auf ihn vergossen hatten, spritzte er über seinen Bauch.

Hochzufrieden mit mir stieg ich anschließend in die Wanne im »Mädchenbad« und wusch meine Beine.

Ich stand zu Hause vor meinem Badspiegel und verstrich die Morgenportion Creme auf meinem Gesicht. Ich suchte und sah meine Ratlosigkeit gespiegelt. Das alte Lied, in welches Dominaverhalten ich endlich finden sollte, plagte mich wie nur je. Woher sollte ich die richtigen Worte und den passenden Ton nehmen, wie jemanden führen, belehren, bevormunden, schimpfen, herunterputzen? Einen Menschen, den ich gar nicht kannte, dem ich nichts vorzuwerfen hatte?

Mir fiel etwas ein, das mich endgültig mutlos hätte machen können. Ich nahm die Hände vom Gesicht, die es eben noch langsam gesalbt hatten, und zog eine schlaue Grimasse. Ich brauchte dringend einen Zuhörer für meine kleine Erleuchtung. Wellendorf musste geweckt werden. Ich trat etwas fester auf die knarrenden Dielen vor dem

Waschbecken. Nichts rührte sich. Ich drückte die Toilettenspülung, da ertönte sein Klopfzeichen von der anderen Seite der Wand. Ich war entzückt über den berechenbaren Verlauf der Dinge.

Wellendorf schaute freundlich brummend aus seinem Kissen auf, als ich mich über ihn beugte. Ein knapper Kuss, und er wühlte sich wieder wohlig in sein Bett. Doch ich konnte jetzt keine Rücksicht auf seine Schläfrigkeit nehmen und schwang mich rittlings über ihn. »Du wachst jetzt auf!«, flüsterte ich. Meine Lippen umrundeten schmusend sein Ohr. »Ich habe was Feines rausgefunden.« Wellendorf schraubte sich unter mir aus dem Bettzeug und seufzte ergeben. »Hmm?«

»Habe ich dir je die Geschichte mit den Schnecken erzählt? Den Nacktschnecken?«

Wellendorf schaute mich milde erwartungsvoll an. Ich wunderte mich immer wieder, dass er schon am Morgen meinen oft langen Gedankenflügen folgen mochte, die ich im Schwarzteerausch schwallartig loswerden musste.

»Graust es dich vor Schnecken?«

Wellendorf brummte verneinend.

»Wahrscheinlich hast du noch nichts mit Nacktschnecken, man könnte auch Nachtschnecken sagen, zu tun gehabt. Stimmt's?«

»Nein.« Seine Augen waren nun offen.

»Am Tag sieht man nur noch ihre Glitzerspuren. Bei Regen kommen sie, schwarz und daumendick mit orangerotem Rand oder braunem. Oder die mit schwarzbraun geflecktem Leopardenmuster. Als Kind kratzte ich mal von alten Holzscheiten die Rinde ab. Da saßen sie in Massen. Scheußlich! Dass man als Kind aber auch überall hinschauen muss! So was hast du nie gemacht, oder?«

Wellendorf schüttelte den Kopf und griff nach mir, um mich an sich zu ziehen.

»Du bist kein Naturbursche, du armes Kind!«, rief ich und schnellte zurück in die Aufrechte. »Wenn die im Studio wüssten, dass ich überhaupt nicht zu Machtspielen tauge! Schon als Kind hätte ich gern alle Menschen gleich gehabt. Männer und Frauen und Kinder! Alle mit der gleichen Menge Geilheit und mit den gleichen Lustorganen ausgestattet. Angewachsen oder wenigstens als Prothese. Unhierarchisch! Ganz gewaltlos! Die ganze Dominiererei wäre nicht nötig!« Wellendorf nickte, denn das wusste er bereits, bis dahin kannte er meine Rede. »Hmm. Und?«

»Und da sind mir vorhin die Nacktschnecken eingefallen! Die haben alle das Gleiche! Sie sind Zwitter! Als Schnecke wäre ich vielleicht nicht pervers. Da könnte ich nicht neidisch sein. Ich könnte vielleicht ganz normal Sex machen. Schneckensex! Ich muss die Zeichnung von damals holen, du musst es sehen, es ist das Schönste! Ich bin gleich wieder da.«

Ich wühlte in Papieren aus meinem Leben vor Wellendorf und fand schließlich die Zeichnung. Vier Stationen eines Liebesspiels, in schon fast verblasstem Kugelschreiberrot. In der Mitte prangte farbig aquarelliert der Höhepunkt. Wellendorf tauchte wieder aus den Kissen auf und betrachtete das Bildchen.

»Es beginnt mit diesem Kreis«, erklärte ich. »So klebten sie an der Gartenmauer. Zwei Schnecken, braunschwarz gestromte, die aussehen wie zwei Hunde, die sich am Schwanz beschnuppern oder als wollten sie gleich ein Yin- und Yang-Zeichen darstellen. Ich war spätabends mit der Katze draußen, wir haben ein bisschen herumgealbert. Es war nach einem Gewitter. Die Luft ganz lau und voll Dampf. Im Hof war kaum Licht, nur der Schein aus dem Zimmer. Ich hatte so eine Ahnung, dass das hübsch werden könnte mit dem Yin und Yang. Also holte ich eine Taschenlampe. Sie gingen gleich aufeinander los – natürlich schneckenlangsam –, und ich war gespannt. Ich hatte was gehört von Weinbergschnecken, die sich mit Kalkspeeren anstacheln. Aber diese zwei verschraubten sich vollständig ineinander und klebten in einem dicken Klecks aus zähem Schleim. Sie hatten ja auch kein Haus auf dem

Buckel, das sie behindert hätte. Der Schleim hielt sie an der Wand fest, an dem sie dann nur noch mit einem Faden verbunden hingen, kopfunter, komplett verdrillt! Wie zwei verkeilte Korkenzieher, in ständiger Bewegung. Immer heftiger rieben sie aneinander auf und ab und für eine Schnecke ungeheuer flott. Dann sah ich seitlich am Kopf der einen ein Loch auf- und zugehen, so als würde sie damit atmen, und gleich darauf auch bei der anderen. Ich dachte, so wie die arbeiten, brauchen sie viel Luft. Das Loch war dunkel wie ein Schlund. Auf einmal kam daraus ein weißer Arm gewachsen, länger und länger. Bei beiden! Die Arme fanden sich und wanden sich so umeinander wie vorher die Schneckenleiber. Auch damit rieben sie sich. Dabei bewegten sich diese Arme jetzt wie ein einziger Muskel, der ständig von Spannung zu Entspannung wechselt. Die machten so heftig herum, dass ich schon dachte, gleich reißt ihr Faden. Und dann …« Ich schnipste mit dem Finger auf die Zeichnung und seufzte, so sehr begeisterte mich nach wie vor diese Entdeckung. »… kam es. Die Arme wurden an den Enden breit und rollten sich ineinander wie zwei Papierbögen. Dabei entwickelte sich an der Oberkante so was wie eine kleine, spitze Zackenlitze. Es sah aus wie eine Blume. Eine bewegliche Blume. Eine Blume, die einen Orgasmus hat! Danach ging alles ganz schnell. Die Arme wurden schlaff, kümmerten in ihre Löcher zurück, und die Schnecken lösten sich. Eine fiel auf den Boden.«

Erwartungsvoll sah ich Wellendorf an. Offensichtlich gefiel ihm das dunstige Klima der Geschichte, vor allem aber meine Begeisterung. Bisher war für ihn feuchte Natur nur dazu da, um als Amphibie verkleidet in einer Wathose herumzulaufen. Zärtlich streichelte er an meinem Rücken herunter und fürchtete sich ein bisschen. Erwartete ich etwa von ihm den Vollzug von Schneckenliebe? Doch ich steckte noch ganz und gar in meiner etwas holprigen Schlussfolgerung, bei der er vermutlich nur ahnungsweise mithalten konnte.

»Die Schnecken sind demokratisch beim Sex«, fuhr ich fort. »Nein kommunistisch«, korrigierte ich, »denn beiden Partnern ist exakt das gleiche Glück beschieden.« Ich hielt inne, um den Schluss zu treffen, »und jetzt muss ich Gleichmacherin ins andere Extrem fallen, mich auf diese derartig fremde Perversion einlassen, die die Macht in die Sexualität holt, den Sadomasochismus.«

Ich lag jetzt neben Wellendorf und fuhr mit meinem Vortrag fort, dem er interessiert zuhörte. Darauf war Verlass. »Es ist ein Passepartout! Nur wenn ich lerne, streng und boshaft zu sein, habe ich damit den Zugang zu allem! Ich kann die fremden Spielarten erforschen, die mich so brennend interessieren. Dann liegt mir alles offen, schließlich müssen die Männer einem ja sagen, woran ihnen liegt. Wer erzählt dir denn sonst seine geheimsten Wünsche?«

»Na ich.« Wellendorf drehte mir seinen Kopf zu.

»Ja, das ist ja auch ein weites Forschungsfeld!«, und ich küsste ihn auf die Nase. »Ich will aber noch mehr! Außerdem wird die Dominarolle mir Mut und Stärke für mein sonstiges Leben antrainieren. Wie wir wissen, bin ich auch da viel zu lieb. Bis ich so weit bin, muss ich im Studio eben Theater spielen.«

Mir fiel mein Vater ein, der mir als kleinem Mädchen vorgehalten hatte, ich wäre eine Schauspielerin. Damals hatte ich nicht gewusst, wovon er redete.

Es klingelte im Studio. Eine Seltenheit, ein unangemeldeter Gast! Regina, immer noch kühl temperiert, schickte mich zur Tür. »Schau durch den Spion, bevor du aufmachst. Frag ihn, wer er ist und was er will.«

Es war ein schlichter Typ, der kein Wort herausbrachte, als ich ihn hereinführte. Meine Höflichkeit schien ihn zu verunsichern, spürte ich und wurde selbst verlegen. Der Typ setzte sich auf den ihm zugewiesenen Besucherstuhl und starrte in den Boden, als habe er mit dem Geschehen hier gar nichts zu tun. Wie sollte ich den bloß zum Reden kriegen?

»Ich will die Domina«, sagte er schließlich auf meine Frage, was er hier wolle. Demnach war ich für ihn keine! Er heiße Gerhard, beantwortete er meine nächste Frage, und er wolle die Domina. »Schläge!«, bellte er und schaute mich kurz unwillig an.

»Und außerdem noch?«, hakte ich nach. Wieder blickte er verärgert auf. Musste ich jetzt etwa über Geld mit ihm verhandeln?

Da erlöste mich Regina. Sie hatte wohl geahnt, dass sie gebraucht würde. Schnellen Schrittes lief sie auf den Besucher zu und baute sich vor ihm auf: »Was willst du?« Schon hatte er sich ihr zu Füßen auf die Knie geworfen, ihre Beine ergriffen und seine Wange daran gelegt. Ich spürte einen neidischen Stich: So einfach konnte das funktionieren! Doch Regina stieß ihn angewidert zurück. »Hau ab, ich kann dich hier nicht gebrauchen!« Er wollte nicht loslassen, er jammerte und bettelte. »Los! Raus hier! Aber schnell!« Er erhob sich hastig und stürzte, von Regina getrieben, mit gesenktem Kopf aus der Tür.

»Kanntest du den?«, fragte ich Regina.

»Nö, keine Ahnung.«

»Warum hast du ihn dann weggeschickt?«

»Ach, der spinnt doch!«

Ich war enttäuscht, dass Regina den Mann rausgeworfen hatte. Plötzlich hatte er mir gefallen. Das war ernst gewesen. Das hätte ich mir gern weiter angeschaut.

Auf Reginas Anweisung hin sollte ich von nun an selbst an die Telefone im Mädchenzimmer gehen. Während ihre Telefonate eine deutliche Sprache sprachen – es sollte niemand unangemeldet kommen, eigentlich überhaupt niemand, den sie nicht längst kannte –, ging es mir am Telefon wie mit den persönlichen Gesprächen im Empfangszimmer. Ich ließ mich zu sehr ein und wurde manche einfach nicht mehr los. Oft wollte Regina gestikulierend und augenrollend das Ende erzwingen. Ich spürte auch hier den Druck, es ihr nie recht machen zu können. Eine Zeitlang fürchtete ich das Telefon.

Der zähe, ringsum gleichmäßig drückende Widerstand fühlte sich an wie dichter, schwerer Schlamm, war im Gegensatz dazu jedoch spürbar lebendig kontrahierend. »Jetzt … machst du eine Faust«, sagte Regina gedehnt, um zu vermitteln, wie langsam ich die Finger schließen sollte, um da drinnen nichts kaputtzureißen. Reginas Nüchternheit führte mich sicher durch ein neues Abenteuer. Ungefesselt, die Arme unter seinem Kopf verschränkt, die Beine weit ausgebreitet, lag ein mächtiger Kerl vor mir auf dem Gynäkologenstuhl. Und meine Faust steckte in seinem Hintern. Sein Gesichtsausdruck war amüsiert gespannt, als würde er bequem von seinem Fenster aus irgendein Spektakel auf der Straße beobachten. Manchmal bewegte er seinen Hintern leicht, so als wollte er damit etwas helfend zurechtrücken. Sein Mund öffnete sich dann einen Spalt und hauchte kleine Seufzer.

Mein Lernprofil hatte sich ungemein erweitert. Ich vertraute Regina in diesem Punkt. Nie schilderte sie irgendetwas als furchteinflößend oder grauenhaft oder versuchte, mich zu etwas zu überreden. Sie vermittelte vielmehr, alle Unternehmungen, an denen sie mich teilhaben ließ, seien einfach vernünftig. »Heute haben wir Jürgen Fistfuck«, hatte sie wie das Normalste von der Welt den vor mir Liegenden angekündigt. Zwar hatte ich ein leises Schaudern gespürt, doch die Neugier hatte überwogen.

Nichts begegnete mir in Jürgens Darm. Regina hatte vorher bemerkt, er sei sehr sauber und erscheine nur völlig entleert zur Behandlung. Auch äußerlich war sein gebräunter, unbehaarter und zur Fülle neigender glatter Körper frisch gewaschen. Sympathisch war mir der Mann nicht. Ein Wohnmobilverkäufer, hatte Regina gesagt, aber das spielte jetzt keine Rolle. Fast fand ich schön, was meine Hand da erlebte.

Absurd, dachte ich, auf so was zu kommen, ein Geburtshelfervorgang, als wolle ich ein Junges aus einem Tier herausholen. Regina hatte mich mit Schutzhüllen versehen, mir über einen Einmalhandschuh – »Mach die Finger spitz zusammen!« – noch ein Kondom, und darüber noch ein zweites, hochgedehnt bis zum Ellbogen, gezogen. Dann hatte sie großzügig Gleitgel auf meiner Hand verteilt, die wie ein Vogelkopf geformt war.

Jürgen hatte diesen Vorbereitungen ebenso fasziniert wie ich zugesehen. Und ich war voll Stolz gewesen, dass ich diejenige sein sollte, die das Fisten ausführen, nicht einfach nur danebenstehen und assistieren sollte wie bisher. »Ganz langsam und ganz vorsichtig«, hatte Regina mich aufgefordert, in den perfekt intimrasierten Jürgen einzudringen und ein bisschen zu drücken, als meine Handbreite nicht selbstverständlich im Loch verschwinden wollte. Überrascht hatte ich festgestellt, wie sie nach diesem ersten Widerstand ohne weitere größere Gewalt hineingeflutscht war. So locker konnte der sich machen. Wie heiß es in seinem Innern war! Außerdem unerwartet geräumig zunächst. Nur den Schließmuskel spürte ich als festen Ring um mein Handgelenk.

»Jetzt fühlst du dem Darm nach … Das geht so ein bisschen um die Kurve.« Reginas Geste wies mir den Weg. Meine geballte Faust fickte Jürgen mit wenigen Zentimetern Amplitude. Ich war so beschäftigt, dass ich nur beiläufig seine Riesenlatte registrierte, an der er gemächlich herumwichste.

Der Raum um uns war so beengt wie der Schlauch, in dem meine Hand arbeitete. Das winzige Gynzimmer war mit dem Untersuchungsstuhl, dem darauf liegenden Mann und uns Frauen davor überfüllt. Spiegel neben dem Stuhl und an der Decke erweiterten es jedoch aus der Perspektive des Liegenden. An Platzangst litt Jürgen Fistfuck jedenfalls nicht.

Er starrte mich an. Auf meinen Körper hatte er gute Sicht. Wieder trug ich den Netzbody, das Korsett und das kleine lederne, im Schritt und in der Taille mit Riemen gehaltene Dreieck. Plötzlich bat er um eine Pause. Langsam zog ich meinen Arm aus ihm und hielt ihn vom Körper ab. Jürgen Fistfuck blickte darauf und registrierte erleichtert, dass er sauber war. »Kannst du uns bitte allein lassen?«, sagte er zu Regina. Sofort bedauerte ich die Verschmähte … Er zog mich vor! Aber ich hoffte dringend, sie würde gehen und ihre Arztkittelatmosphäre mit sich nehmen. Ich würde die Geschichte selbst meistern. Das Wildeste hatte ich ja schon gekonnt. Regina zögerte – doch dann verließ sie den Raum, während sie mich noch einmal fest ansah. Sie würde in der Nähe bleiben.

Kaum war sie zur Tür hinaus, richtete Jürgen Fistfuck sich auf. »Weißt du, eigentlich liegt mir gar nichts an einer Domina.«

Das war ein Schlag! Der Zweite, für den ich keine Domina war. Und was dann?

»Ich suche ein versautes Mädchen, und das bist du!« Jürgen streckte die Hand nach meinem Hintern aus. »Komm, zeig mir dein Loch!«

In dem winzigen Kabinett war kaum Platz für eine Ausweichbewegung. Ich griff nach der Türklinke. »Hör sofort auf, sonst bin ich weg!« Um mich gleich darauf verlegen zu entschuldigen: »Ich stehe nicht auf so was.« Wo ich doch Härte hätte zeigen müssen! Ich hatte keine Ahnung, was für eine Gangart mir hier zustand, und hielt am Glauben fest, der Kundschaft gegenüber trotzdem höflich bleiben zu müssen. Resigniert schmollend zog Jürgen sich auf den Stuhl zurück. Ich wischte die wirren, lästigen Zweifel aus meinem Kopf und tat so, als wäre nichts leichter für mich, als das hier zu einem guten Schluss zu bringen.

Wellendorf wollte nicht glauben, dass das Fisten mir keine seelischen Verletzungen zugefügt haben sollte. »Das verstehst du nicht! Es ist unbeschreiblich! Es ist nicht eklig! Es ist eine Macht, die man ausübt! Die große Scheiße kam allerdings danach … Mein Gott, war ich naiv!« Ich erzählte Wellendorf von Fistfucks Übergriffigkeit, verschwieg allerdings, dass ich glaubte, er hätte mich wirklich gepackt, wäre Regina nicht gewesen. »Ein *Mädchen* nannte der mich und dachte, ich wäre verfügbar! Und dann meine

dämliche Höflichkeit! Wieso komme ich da nicht drüber weg?«

»Und was sagt Regina dazu?«

»Sie hat das wohl kommen sehen. Und was danach noch passiert ist …!«

»Du musst da aufhören!« Wellendorf war alarmiert.

»Halt, lass dir erzählen. Sie kann auch nicht mit allem umgehen! Sie hat nur diese nüchtern heitere Unverbindlichkeit. Mit einem, der anders ist, einem, der stumm bleibt oder der melancholisch ist, weiß sie auch nichts anzufangen.«

Mit dem nächsten Gast, sagte ich, sei es völlig falsch gelaufen. Von Anfang an habe Peinlichkeit im Raum gestanden. »Der Mann will hart geschlagen werden«, hatte Regina im Mädchenzimmer vorgegeben und ihn dann nahezu wortlos im abgedunkelten Zimmer mit Handfesseln am Joch fixiert. Dann traktierten wir ihn mit den ernsteren Sorten Schlaginstrumenten, Riemenpeitschen, Gerten, Klatschen, Rohrstöcken. Wir schlugen hart, lang und fast pausenlos, es wurde nichts gesprochen, in einer seltsamen Zwangsläufigkeit, so als müssten wir das alles tun. Irgendwann war mir ganz übel von der sinnlosen Grausamkeit geworden und dass ich widerspruchslos mitmachte. »Doch der Mann kriegte einfach keinen hoch«, berichtete ich Wellendorf. »Ich glaube, ihm wurden schon die Beine weich. Er hat nicht gemuckt. Und Regina wollte es aus ihm herauszwingen! Eher ließ sie nicht locker. Vielleicht war das ja die Vorgabe, ihn nicht anzufassen. Bei dem Vorgespräch war ich nicht dabei. Endlich ging ihm dann irgendwie doch einer ab. Es war, als hätte er die paar Tropfen mit letzter Kraft herausgedrückt, um die Folter zu beenden. Sonst hätten wir ihn vielleicht bis aufs Fleisch geprügelt.«

Düster schaute ich Wellendorf an. Mir war immer noch elend: »Ich weiß wirklich nicht, ob der das so wollte. Es sah irgendwann nicht mehr danach aus. Regina war mit Sicherheit genauso hilflos wie ich. Nur obendrein kalt und streng und schrecklich. Spaß hat ihr das jedenfalls auch keinen gemacht.«

»Das ist ja grauenhaft! Das tut dir nicht gut!« Wellendorf wollte mich mal wieder retten.

»Nein! Ich gehe schon nicht kaputt! Aber so was muss sich doch anders machen lassen! Und wenn nicht, dann lässt man es lieber ganz bleiben!«

Ich saß in der U-Bahn auf dem Weg ins Studio. Hausfrauen, Müßiggänger, Schüler, kein Arbeitsvolk war hier zur Mittagszeit, zu der die Studiozeit erst begann. Nachzudenken, entschied ich, war interessanter, als sich in selbstzufriedenem Wer-bin-ich-geworden mit den zufällig Anwesenden zu messen. Natürlich hatten sie keine Ahnung, welche Heldentaten ich gegenwärtig bestand. Auch meine Mutter, fiel mir unversehens ein, würde nie mehr erfahren, wie tüchtig ich im Umgang mit Ekel geworden war. Ich hatte einen Mann gefistet! Das und natürlich den ganzen Job bei Regina hätte ich ihr rücksichtsvoll verschweigen müssen. Beinahe wäre es meiner Mutter gelungen, mir ihre Begabung zum Ekel anzuhängen. Sie war ein Sonderfall gewesen. Sie ließ den Dreck lieber wachsen, als ihn notgedrungen beim Wegputzen anzufassen, dabei hatte sie sich *unten* mit Sagrotan gewaschen.

Die Eltern hatten mich in die Irre geführt, denn sie taten, als wäre in unserem Haus alles in Ordnung. Andere Frauen wären dumm und putzwütig, unsere Familie eben leger. Leger war das Wort. Nur mein Vater, der Naturbursche, war das wirklich gewesen. Sie priesen unser Haus, es wäre geschmackvoll und schön. Meine Mutter hatte die Geschmackshoheit inne. Ich wurde von ihr abgefragt, was bei den Freundinnen für Möbel standen. Um sich anschließend darüber lustig zu machen.

Unten im Keller lag bei uns das Bad. Es war für Besucher unumstößlich tabu. Niemand, nicht einmal eine Schulfreundin, durfte bei uns übernachten. Der Raum war mit Lattenrosten ausgelegt. Das Abwasser aus Wasch-

becken und Wanne lief offen zu einem Gully. Als kleines Kind gab es für mich die Grenze zwischen der papierdünnen hölzernen Oberfläche und dem Darunter, zwischen den Latten gut sichtbar, in dem es ansatzlos in einen höllischen Abgrund zu gehen schien. Hier hatten sich Seifenreste und ausgefallene Haare meiner Mutter und mir zu einem Morast verbunden, aus dem nach dem Ziehen des Stöpsels, wenn für sie Hochwasser herrschte, die Kellerasseln heraufkamen. Es gab auch riesige Spinnen. Einmal aufgescheucht, konnten sie unglaublich schnell rennen. Hier fand die Körperpflege statt. Ich wurde täglich am Waschbecken und wöchentlich im Schaumbad gereinigt. Hier sah ich den mächtigen Leib der Mutter sich in den Hüfthalter und ihre enormen Brüste in den Büstenhalter zwängen. So eine Frau wollte ich nicht werden. Ich war das ewige Kind, lang erwünscht, spät gekommen, unmündig geblieben durch ihre überversorgende Liebe. Sie wusch mich bis in meine Schulzeit. Die Prinzessin hatte sich nicht selbst zurechtmachen und das Haus verlassen sollen.

Eines Tages, ich muss noch sehr klein gewesen sein, war ihre Liebe in Ekel umgeschlagen, weil ich mich eingeschmutzt hatte und in dem Dreck auch noch lustvoll herumrutschte. Meine Mutter war auch später eine Meisterin der wortlosen Direktübermittlung von Abscheu und Verachtung gewesen. Um mich nicht völlig verstoßen zu fühlen, erkor ich Hässlichkeit zu meiner Lust. Ich habe es nun selbst in der Hand, mich zu degradieren: Mittels drastischer Übertreibungen kindlicher Unterwäsche und der Körperformer, die meine Mutter trug, alles aus Plastik und Gummi, Membranen, die das Unanständige verschließen.

Regina und ich warteten auf Kunden. Ich spürte die Last, ein Gespräch führen zu müssen. Nach dem Krach neulich war Stille für mich noch schlechter zu ertragen. Normalerweise holte ich, wenn ich irgendwo wartete, sofort etwas zu lesen heraus. Doch hier tat ich nur, was die Chefin vorgab, und die las anscheinend nicht. Außerdem wäre das ein Affront gewesen, denn ich hätte klargemacht, dass es für mich nichts gäbe, worüber sich einvernehmlich plaudern ließe. Reginas Geständnis, sie suche eine Freundin, die ihr im Studio beistünde, war lange her, und wir waren mittlerweile weiter davon entfernt, als ich mir hatte vorstellen können.

»Das kann ich alles wieder zur Post tragen!«, schimpfte sie. Nach einem Anfall von Bestellexzess aus Katalogen hatte sie Berge von Kartons im Mädchenzimmer gestapelt. Doch die meisten der Sachen passten nicht. Ich schwieg, unfähig, die kleinste Anteilnahme aufzubringen. Sie wäre im Laden bei der Anprobe immer so befangen und würde sich dort ungern im Spiegel betrachten, lieber probierte sie hier, gestand sie. Wenn ich eine gute Freundin wäre, hätte sie mir die Sachen jetzt vorgeführt, und wir würden gemeinsam beraten. »Das kann man alles nicht anziehen. Nichts hat einen Schnitt, keine Qualität. An den Modellen sieht es immer toll aus, dabei ist es hintenrum mit Stecknadeln zurechtgepinnt.« Am weitesten stehe bei ihr der Bauch vor, deshalb wolle sie sich ihren Busen ein bisschen vergrößern lassen, »gerade so viel wie nötig.« Deshalb müsse ich nächste Woche, nach der Busenoperation, die Gäste »allein wuppen«. Sie könne nur danebenstehen. Es wäre sinnvoll gewesen, sie hätte die Zeit genutzt und mich in der Handhabung der Werkzeuge unterrichtet, von denen bisher nur der geringste Teil zum Einsatz gekommen war. Aber wir saßen im Mädchenzimmer fest. Regina bevorzugte nun einmal die Anschauung am lebenden Objekt, und ich fragte nicht von mir aus. Die Anekdoten, die sie aus den Studios erzählte, in denen sie früher gelernt und gearbeitet hatte, blieben auf der Witzebene und waren nicht lehrhaft gemeint. So war es auch mit den gemeinsam bestandenen Behandlungen, falls wir darüber nachher überhaupt noch ein Wort verloren.

Krampfhaft überlegte ich, was aus meinem Alltag zu berichten wäre, das Regina interessieren könnte. Etwa ein

Gespräch über Kunst? Dass ich gerade am Verzweifeln war, weil sie brachlag, seit ich Wellendorf kannte? Ich spürte bei Regina allein Ärger über unsere Unvereinbarkeiten. Dass ich deswegen befangen war, hielt ich für meine Spezialität. Dabei hatte sie ihre Verlegenheit sicher nur besser kaschiert. In den Geschichten, die sie zu bieten hatte, war sie meistens die Heldin. Wie in der Tampongeschichte.

»Ich habe von Anfang an Tampons benutzt!«, hatte sie einmal erzählt. »Die Nürnberger Bretter sind mir gar nicht erst untergekommen!«

»Was?«

»Die ersten Binden hießen Camelia aus dem Hause Tempo in Nürnberg«, dozierte sie.

»Ach so, weiß ich doch.« Ich war peinlich berührt gewesen, dass ich diese demütigende Bezeichnung nicht kannte.

»Aber du bist doch aus Nürnberg!« Regina lachte mich aus. Sie sei einfach zum Frauenarzt gegangen und habe sich erklären lassen, wie das ginge mit den Tampons.

Allein? Souverän zum Frauenarzt! Mitten in der Pubertät? Ich staunte, ohne nachzufragen. In meiner Gegengeschichte kam ich schlechter weg. Ich hatte mich lange mit den verhassten »Brettern« schwergetan, bis es mir endlich gelungen war, eines der kleinen Wunderdinger in mich hineinzuschieben. Einen Tampon mit Einführhülse hatte ich dazu benötigt, mit dem normalen war es nicht gegangen.

Wie beiläufig hatte Regina auch einmal von dem Vorfall erzählt, der sie zur Domina gemacht hatte. Am Anfang habe sie passiv arbeiten sollen. Man habe von ihr verlangt, in Gummiunterwäsche mit einem essen zu gehen. »Ich habe mich geweigert. Da hat er eben die Gummiwäsche anziehen müssen!« Regina hatte gelacht. »Ein voller Erfolg!« Und von dem Tag an habe sie als Domina gearbeitet.

So leicht ließ sich also jemand umdrehen? So leicht hatte Regina sich selbst umgedreht? Irgendwann erzählte sie auch, dass sie früher einen Geschenkartikelladen gehabt,

Safarireisen verkauft und es auch mal mit Fallschirmspringen versucht hätte. »Den tollsten Job, den ich je in Aussicht hatte, das war der bei dem jordanischen Prinzen!« Ich musste mein verblüfftes Interesse diesmal nicht spielen. »Er hat eine Haushälterin gesucht. Meine Englischkenntnisse fand er gut, und ich gefiel ihm wohl auch sonst sehr. Ich hätte da den ganzen Laden organisieren sollen. Aber irgendwie war mir nicht wohl dabei. Wer weiß, was das alles noch geworden wäre. Ich war nun mal nicht scharf darauf, irgendeine Nebenfrau von dem zu werden. Womöglich wäre ich noch weggeschlossen worden! Er hat mich auch ziemlich ausgefragt, was ich so für Moralvorstellungen hätte. Und ich log, was das Zeug hielt! Ich hab' mir sogar sein Anwesen vor Ort angeschaut. War das vielleicht ein Luxus!«

Ich sah Regina im weißen Haushälterinnenkittel im jordanischen Palast vor mir. Hatte sie das wirklich erlebt?

»Ich bat dann einen Arzt, mir ein Attest auszustellen, ich wäre schwanger. So bin ich aus der Geschichte wieder rausgekommen.« Regina klang, als wäre das alles ein großer Jux gewesen. Doch plötzlich wurden ihre Züge ernst, ja bitter. »Ich war fünf Mal schwanger und hatte immer wieder Fehlgeburten. Ich hätte gern ein Kind gehabt.«

Bestürzt sah ich meine Chefin auf einmal in ein trauriges Mädchen verwandelt. Die krampfhaft aufrechterhaltene heitere Fassade war in sich zusammengefallen. Fünf Mal, hatte Regina gesagt? War das jetzt auch eine Übertreibung wie ihre anderen Aufschneidereien? Wenigstens mit dem Unglück musste man doch bei der Wahrheit bleiben. Und war es überhaupt vorstellbar, dass sie ein Kind wollte? Ich selbst wollte nie ein Kind. Es fiel mir sogar schwer, mir überhaupt vorzustellen, dass jemand ein Kind wollen könnte. Und dann Regina als Mutter!

Sie schaute noch immer vor sich hin. Es wurde eng für mich. Müsste ich nicht antworten, irgendetwas Anteilnehmendes sagen? Und ich hörte mich in plump kumpelhaftem Ton sagen: »Ich könnte gar nicht schwanger werden, weil Wellendorf und ich nicht vögeln! Wir können es nicht!« Ich lachte künstlich.

Regina sprang sofort an: »Aber ihr seid euch doch einig mit eurem Fetischismus!«

Ich plapperte schnell weiter, um den Schmerz zu vermeiden, den mir das Äußern einer solchen Intimität bereitete. »Es wäre schon toll, wenn er mich dabei auch vögeln würde, aber er ist darauf eben nicht wirklich scharf.« Ich war erleichtert, eine Möglichkeit gefunden zu haben, mich selbst als Leidende darzustellen. Vielleicht konnte ich Regina damit trösten, damit sie nicht mehr allein war mit ihrem Kummer. So verhielt man sich doch als Freundin.

»Du musst dich einfach auf ihn setzen! Das klappt, du wirst sehen!«, rief sie, begeistert von ihrer Idee.

Die immer mit ihrem Draufsetzen, ärgerte ich mich. »Das kann ich nicht. Wenn ich oben bin, werde ich ganz eng. Eigentlich müsste ich aufgebumst werden«, fügte ich schroff hinzu. Damit war für mich das Gespräch beendet. Und auch Regina wusste keinen Rat mehr und starrte böse vor sich hin. Ich hatte zu viel gesagt und wäre jetzt gern woanders gewesen.

Beide logen wir. Regina machte sich größer. Sie trug mit Wonne dick auf. Bis ihr ein Ärger über jemanden, eine Laune oder das Selbstmitleid in die Quere kam. Ich machte mich klein. Denn ich hielt mein großes Glück mit Wellendorf gegenüber Regina, die in einer problematischen Beziehung steckte, für eine Obszönität, die es zu verbergen galt. Und so hatte ich das Haar in meiner Suppe gesucht, um es ihr zu zeigen.

Zum zweiten Mal schon wollte Max, dass ich ihn allein behandelte. Ausgerechnet der! Obwohl es mir schmeichelte und ich ihn auch mochte, fürchtete ich, ihm nicht gerecht zu werden, und musste das vor Regina verbergen. Wieso blieb er nicht bei ihr, zu der er doch bestimmt schon seit Jahren gegangen war? Er war ein angenehmer, ruhiger Mensch. Aber er redete selbst zur Begrüßung und beim Verabschieden kaum ein Wort. Dabei war er nicht verstockt oder devot. Ich hatte nicht nur meine Redelust zu unterdrücken, sondern fürchtete, ihn nicht richtig einzuschätzen.

Max war im hellen Staubmantel gekommen, den er so zielstrebig wie achtsam in den Schrank hängte. Innen schlug der Bügel hohle Blechlaute. Ich wartete, dass er sich umdrehte. »Geht es dir gut?«

»Ja, ich bin hier, und deswegen geht es mir gut.« Er lächelte. »Soll ich mich gleich ausziehen?«

Ich bejahte. »Kalt ist das heute, du mit deinem dünnen Mantel.«

»Ja, es wird bald Zeit für was Wärmeres. Aber ich friere nicht so leicht.«

»Willst du was trinken?«

»Ein Glas Wasser wäre recht.« Damit war das Gespräch beendet.

Damals wusste ich noch nicht, wie ich auch während der Behandlung mit verschlossenen Gästen in Kontakt bleiben konnte. Alles durfte ausgesprochen werden, solange der Tonfall passend zum Grad der Erziehung stimmte, mit freundlicher Sorge, spöttisch oder höhnisch, bis zu kaltem oder fiesem Sarkasmus: »Was machst du denn für ein Gesicht? Du wirst doch wohl nicht behaupten wollen, dass dir das nicht guttut!« Bei Max blieb mir einstweilen nur die Hoffnung, dass es ausreichen würde, wenn ich ihn so behandelte, wie Regina es mir gezeigt hatte.

Während er anfing, sich aus dem Pullover zu schälen, stellte ich ihm das Wasser hin. »Ich hol' dich gleich«, sagte ich und verschwand im Mädchenzimmer.

Ich musste nur meinen Kittel ausziehen. Die Gummikleidung hatte ich schon darunter. Im Fetischmaterial gut auszusehen, sexy und machtvoll, war etwas Neues für mich, das mir mittlerweile außerordentlich gefiel. Eitelkeit und Stolz gingen einher mit dieser Maskerade, aber sie erregte mich nicht. Genauso kalt ließ es mich, wenn ich die Gäste in »Maso-Gummi« steckte. Anfangs hatte ich noch befürchtet, irgendeinen Gast in dieser Aufmachung zu sehen würde meine Geilheit mit Wellendorf torpedieren. Er bräche im unerwünschtesten Moment in meine Gedanken ein, mache sich da breit, und dahin wäre meine Lust. Dann hätte ich das Studio aufgeben müssen.

Regina beachtete mich nicht. Sie war mit dem Beschriften und Verkleben der Kartons ihrer Fehlbestellungen beschäftigt und froh, sich nicht mit Max abgeben zu müssen. Der war ihr viel zu aufwendig, an dem sollte ich mich nur abarbeiten. Den Paketmengen nach zu schließen, die sich nach wie vor im Mädchenzimmer stapelten, musste Regina vorgehabt haben, sich völlig neu auszustatten. Ich war froh, in die Behandlung entfliehen zu können.

Max war ja nicht einmal am Gesicht etwas abzulesen. Die Gummimaske, die ich ihm aufsetzen würde, ließ nur ein Paar verschatteter Augen mit mongolischer Lidfalte übrig. Bei einem mit Maske hatte ich immer das Gefühl, die Verbindung zu verlieren. Max wäre der beste Kandidat für Reginas Fingerfertigkeit gewesen. An ihm war eine technische Materialschlacht zu erledigen, nichts für mein Ungeschick.

Er stand nackt vor mir und erwiderte ernst und unverwandt meinen Blick. Doch dann erschien die Spur eines Lächelns. Irgendwas an mir musste ihm gefallen.

Er wollte immer zweimal kommen. Beim ersten Mal hatte ich Gestaltungsfreiheit. Ich zog ihm das Präservativ über. Die Abbindeschleife musste nach unten zeigen. Nachher würden noch Gewichte eingehängt. Ich fingerte herum. Er holte tief Atem, und sein Schwanz wuchs. Ich konnte es nicht glauben! Was fand er an meinem Gemache? Einen Moment stellte ich mir vor, dass ich für ihn die Richtige sein, dass er sich bei mir aufgehoben fühlen könnte. Ich nahm die Maske vom Berg an Ausrüstung, den ich für ihn zurechtgelegt hatte. Max wunderte sich: »Zuerst die Maske?«

»Ja, warte ab, ich hab' mir was ausgedacht.« Mit seiner Hilfe stülpte ich ihm das Ding über, zog den Reißverschluss zu, ohne Haare und Untertritt einzuklemmen. Dann befahl ich ihm, sich bäuchlings zur schwarzen, metallenen Sprossenwand zu stellen, so konnte er alles im Spiegel dahinter sehen. Ich band ihn mit Seilen in der Taille und an den Hand- und Fußgelenken, die Beine gespreizt, an den Sprossen fest, nackt, ohne Gummi, für ihn der Gipfel des Mangels. Ich klickte mit Karabinern das Fünfhundert-Gramm-Gewicht und noch ein zweihunderter an das Strumpfgebinde um sein Geschlecht, Gewichte, wie sie früher am Marktstand verwendet wurden. Dann beeilte ich mich, ihn vor der Nacktheit zu retten, und behängte und umhüllte seinen Körper mit großen Gummilaken. Er antwortete dankbar mit entgegenkommenden Bewegungen, soweit es ihm noch möglich war. Ich kämpfte mit weiteren Metern Seil, band, so fest ich konnte, kam außer Atem und glaubte, der untadeligen Vorstellung wegen, atmen zu müssen, als kostete mich das keine Anstrengung. Einer Herrin fiel das doch alles leicht.

Eng an Max' Rücken stehend, begann ich mit ruhigem Streicheln am ganzen Körper, langte um ihn herum und suchte seine Brustwarzen. Max stöhnte auf, als ich zugriff, sie mit den Nägeln quetschte. Sein Kopf fiel nach vorn, Zeichen größter Hingabe. »Danke, Herrin!«, murmelte er, als ich losließ. Ich stellte mich zwischen Sprossenleiter und den Spiegel, damit ich ihn vor mir hatte, und begann ihn zu wichsen. Ich ließ ihn los, traktierte wieder die Brustwarzen, kam zurück zum Schwanz, ging wieder an die Brust. Dann setzte ich ihm harte Klammern daran und streichelte ihn am ganzen Körper. Immer wieder kam ich zum Schwanz zurück und wichste ihn. Ich sah, wie er seinen Kopf hin und her neigte, sein Atem schneller und tiefer wurde. Ich musste vorsichtig sein, es kam ihm schnell. So auch jetzt. Ein kleiner Seufzer, und es war vorbei.

Ich wickelte Max aus, band ihn los und entfernte die Gewichte. Beim zweiten Akt der Vorstellung waren die Requisiten vorgegeben. Nach wie vor fühlte ich mich noch nicht routiniert genug darin. Mehrere Schichten Gummi lagen in genau festliegender Reihenfolge bereit. Das enge Unterhemd zog er selbst über den Kopf. Beim hinten Runterziehen half ich ihm. Die großen Brustlöcher mussten richtig sitzen. Ich reichte ihm die Hose mit den nach innen zeigenden Gummistacheln. »Nein«, sagte Max. »Vorher das Geschirr mit dem Analstöpsel.« Peinlich, ich hatte das komplizierte Ding völlig vergessen. Ich holte es aus dem anderen Zimmer. Zuerst mussten Schwanz und Eier durch den Cockring, mitsamt der Abbindeschleife. Nichts übrig lassen, sagte ich mir. Max hielt den Gurt fest, während ich das Präservativ über den Stöpsel zog und Gleitgel darauf verstrich. Er beugte sich, und ich zielte. Natürlich war ich zu hoch. Auch beim zweiten Mal rutschte ich ab. Endlich war ich damit in seinem Hintern. Der Pfropfen sollte nicht wieder herausrutschen, es galt, die Riemen rasch zu schließen. Die Schnallen mussten auf beiden Seiten gleich sitzen, sonst lag das Ding schief. Max verlangte, ich solle sie immer noch enger, tief ins Fleisch schneidend festziehen.

In die Stachelhose stieg er von allein. Wieder mussten Sack und Schwanz, momentan im Ruhezustand, mit Strumpfschleife vorn zur Öffnung herausgezogen werden. Regina hätte den Strumpf sicher längst aufgeschnürt und am Ende einfach noch mal neu gebunden. Ich war froh, es einmal gekonnt zu haben. Dafür half ich beim Anziehen, bei Fetischisten ein wichtiger Teil der Behandlung. Regina legte die Sachen immer nur zurecht und ließ die Leute damit allein. Deswegen zerriss auch oft etwas. Dass Max das Unterhemd sorgfältig in die Hose stopfte, als zöge er zu Hause sein baumwollenes an, kostete mich Nerven. Seine ganze genüssliche Bedächtigkeit war schwer auszuhalten. Hätte ich ihn denn scheuchen sollen?

Max stieg in die schrittoffene Strumpfhose. Deren Schulterriemen wollte er kreuzweise. Dann waren dünne, enge, armlange Handschuhe dran, die innen besonders gut gepudert waren, sonst kam man nicht rein. Max wollte einen faltenlosen Sitz. Dazu brauchte es wieder Geduld und einen Trick. Man stülpte sie zur Hälfte auf links und rollte sie nach oben, ziehen war ausgeschlossen. Zum Schluss half ich ihm in die langen, dicken Arbeitshandschuhe für den Chemieunfall, die Gott sei Dank problemlos beim Überziehen waren.

Jetzt begann er mich zu streicheln. Ich ließ ihn gewähren. Als spürte er etwas dabei, streichelte Max behutsam meine nackten Arme, meinen Hals. Ich griff wieder nach seinen Brustwarzen und verdrehte sie langsam wie zwei Schraubregler. Max schnappte nach Luft. Dabei berührte er zärtlich meine Brust, hielt die Hände wie schützende Schalen darüber. Die Gegenläufigkeit unserer Handlungen fiel mir auf. Da getraute er sich, mein Dekolleté nach unten zu streifen. Er streichelte meine nackte Brust. Erst ekelte mich die Berührung mit dem Studiogummi an dieser intimen Stelle. Dann verstand ich. Was er sich da herausnahm, war seine Liebesgabe. Zum Dank quetschte ich seine Brustwarzen zwischen den Fingerknöcheln. Sein Kopf sank mir entgegen.

Ich nahm den schweren, weiten Anzug und half Max beim Einstieg. Dann hängte ich ihm das bodenlange Kapuzencape um und platzierte ihn im Nachbarzimmer auf dem schwarzen, hölzernen Gartenstuhl vor dem großen Spiegel. Die Brustwarzen mussten unter dem Gummi freigelegt und ebenso rechtzeitig der Abbindestrumpf mit den Querstreben der Stuhlbeine verbunden werden, um Sack und Schwanz stark nach unten zu ziehen. Dann verbrauchte ich erneut zwei große Bündel dicken weißen Seils, um Max an den Stuhl zu fesseln. Ich steckte ihm den Gummiknebel in den Mund, fixierte ihn mit dem Riemen, setzte die fiesen Klammern des Stromgeräts an den Brustwarzen an und stellte es zunächst auf unterste Stufe.

Nun überließ ich Max sich selbst. Die allein verbrachte Zeit zählte nicht in Geld. Max besah sich gern so im Spiegel. Ich wagte kaum an den Dildo zu denken, auf dem er mit seinem Gewicht lastete, und an die Stacheln in der Hose. In der Umkleide holte ich aus dem Holzkästchen, das dort immer auf dem Tisch stand, das hinterlegte Geld, das hier nicht vulgär von Hand zu Hand ging, den einst von Regina festgelegten Preis für seine Behandlung. Im Mädchenzimmer saß Regina neben einem sauber gestapelten Paketekubus und rauchte. Sie sah mich missbilligend an. »Das hat ja gedauert!«

Ich reichte ihr das Geld, von dem sie mir abends nach der Abrechnung zwei Drittel zurückgeben würde.

»Du weißt doch, wie es mit ihm ist.« Erschöpft lehnte ich mich auf dem Sofa zurück. »Wartet er jetzt auf das zweite Mal, oder hast du ihn schon fertig?«

»Er wartet.« Ich schaute auf die Uhr. Sollte ich ihn wirklich zehn Minuten, gar eine Viertelstunde warten lassen? Vielleicht erstickte er gerade, und ich fände ihn tot.

»Du musst ihm sagen, bei dem, was er zahlt, geht dieser Aufwand nicht mehr.«

»*Ich* soll ihm das sagen?«

»Ja klar. Er ist jetzt dein Gast. Das ganze Gummi, das wir hinterher zu waschen, zu pudern und aufzuräumen haben! So geht das nicht weiter mit dem! Sag ihm, wenn er künftig so eine Behandlung wünscht, müsste er sich preislich anpassen.«

Ich war entsetzt. Ich fand die Preise ohnehin schon sehr hoch. Was für eine Aussicht, einem so was antragen zu müssen! Am liebsten hätte ich gesagt, das könne ich nicht.

»Sonst gibt es eben nur noch ein Mal statt zwei. Oder weniger Gummi. Der zahlt doch immer noch wie am Anfang.« Ihr Ton wurde härter. »Du bist jetzt eineinhalb Stunden an dem dran. Und noch nicht fertig! Der hätte schon bald das Doppelte rauszutun, von dem, was er bisher zahlt! Sag ihm, die Tarife wären längst hochgesetzt.«

Ich verkündete, zur Toilette zu gehen, und machte, dass ich aus dem Zimmer kam. So hätte Max noch drei Minuten mehr.

Er seufzte zufrieden, als ich mich wieder an ihm zu schaffen machte. Ich befestigte nun die große Gasmaske. Der Faltenschlauch war auf einen Behälter geschraubt, in dem

Regina und ich unsere Herrinnenpisse gesammelt hatten. Die Atemluft strömte durch ein Metallrohr, das schräg in der Flüssigkeit steckte und durch ein Loch im Behälter nach außen ragte. Nur wenn die Maske richtig auf der aus Gummi darunter saß, erklang ein Blubbergeräusch. Es blieb still. Irgendwo kam noch Luft durch. Verzweifelt zog ich immer wieder an sämtlichen Befestigungsriemen. Max wollte etwas sagen, doch ich verstand ihn nicht. Ich zerrte die Maske nach unten, und endlich war das Blubbern zu hören. Ich drehte das Stromgerät höher. Der bis zur Auslöschung Verpackte versuchte den Oberkörper zu wiegen, was ihm nur ansatzweise gelang. Ich nahm seinen Schwanz, und das war es: Ich hatte ihn zum zweiten Mal.

»Du kannst mit mir ruhig noch härter sein«, meinte Max, nachdem er geduscht und wieder angezogen war. Noch härter, wie sollte das gehen? Er war schon in der Tür. »Ich soll dir noch was von Regina ausrichten. Regina will, dass du mehr zahlst. Es ist mir furchtbar peinlich ...«

Max' sonst so friedliches Gesicht wurde finster. »Dann gehe ich eben woanders hin!« Grußlos verließ er das Studio.

»Was will er denn? Er weiß doch genau, dass er so eine Behandlung sonst nirgendwo kriegt!«, keifte Regina, als ich ihr berichtete. Und tatsächlich, einen Monat später war er wieder im Studio.

Regina hatte den Vorhang offen und sah immer wieder nach unten. Draußen war es schon dunkel. Der abendliche Berufsverkehr schob sich träge durch die vierspurige Straße. Wir standen wartend in unseren Mänteln herum. Sie fing an, nervös auf und ab zu gehen. Ich setzte mich wieder hin. Ihre Ungeduld war schwer zu ertragen. Reisetaschen, meine und Reginas, mit Dominagarderobe standen an der Tür. Endlich klingelte es. Wellendorf kam die Treppe hochgestürzt. Regina trat ihm wütend entgegen: Warum kommst du so spät? Wir sind verabredet, und ich kann Wilfried nicht warten lassen. Der will auch irgendwann mal

Feierabend haben!« Einen Augenblick lang sah Wellendorf schuldbewusst aus. Dann bellte er zurück. »Was glaubst du eigentlich, wie leicht es hier ist, einen Parkplatz zu finden? Seit einer Viertelstunde fahre ich um den Block! Du bist doch nicht neu hier! Ihr hättet unten stehen und zusteigen sollen!« Mich freute Wellendorfs Wehrbereitschaft, jetzt würde ich ja sehen, wie Regina auf so etwas reagierte. Für ihn war die Sache damit erledigt. Freundlich fragte er: »Soll ich deine Tasche tragen?« Doch Regina war noch nicht so weit. Ihr Blick war hart geblieben. »Nein, danke!«, schnaubte sie. »Wir kommen viel zu spät!«

Der sonst so selbstsichere Wellendorf wirkte angeschossen. Wortlos eilten wir zum Auto.

Wilfried war Fotograf für Kaufhauskataloge und ein Ex von Regina. Er machte seit Jahren ihre Werbebilder und würde mich heute fotografieren. Von ihm stammten auch die frühen Fotos der ganz jungen Regina, die überall im Studio hingen. Wellendorf und ich zogen uns in einer Ecke der großen Garderobe im Souterrain um, in das Wilfried uns geführt hatte, einem hell beleuchteten Ort zum Frisieren und Schminken, dessen zwei Längsseiten verspiegelt und mit je einem wandlangen Bord versehen waren. Obwohl Regina, die oben geblieben war, uns nicht hören konnte, redeten wir ganz leise miteinander, wie Kinder, die ihre grimmige Mutter nicht noch mehr reizen wollten. Wir beeilten uns und halfen einander mit dem Ankleiden.

Wilfried fotografierte mich in zwei verschiedenen Szenen. Wellendorf stellte jeweils das Opfer dar. Auf dem einen Bild krabbelt er als ein großes, viel zu rosa gekleidetes »Baby« vor meinen neuen Dominaschnürstiefeln herum und schnappt nach einem Schnuller in meiner Hand. Wellendorf war nicht begeistert von der Figur, die er machen musste. Auf dem anderen schleife ich ihn an den Hosenträgern seiner Kanalarbeiterhose hinter mir her. Ich selbst stecke in einem voluminösen, militärischen Gummimantel, aus dem eine neue Dominamontur aus Latex mit schenkelhohen Anglerstiefeln herausschaute.

Beide Bilder funktionierten nicht, wie sich zeigen sollte. Die Klientel, an die wir dabei gedacht hatten, existierte zum einen gar nicht, zum andern mochte ich sie nicht. Zwar gibt es viele Gummistiefelfreunde, aber es drängt sie normalerweise eher ins Freie, in Tümpel und Pfützen, nicht zu einer Domina ins Studio. Die beiden Sphären zusammenzubringen war eine von Wellendorfs sehr individuellen Vorlieben. Er glaubte, mit so einem Foto würde ich in eine Marktlücke im Dominagewerbe stoßen. Und die »Babys«, die Regina mir schmackhaft machen wollte – »da musst du nicht gleich so hart ran für den Anfang« –, suchten eine richtige Mutti, eine ohne Stiefel.

Es war anstrengend gewesen. Regina war während der Session im Hintergrund geblieben, aber ihr Beleidigtsein hatte dem Ganzen den Grundton gegeben. Nur Wilfried hatte davon nichts mitbekommen.

Auf dem Heimweg mutmaßte ich gegenüber Wellendorf: »Das kommt davon, dass ich Reginas angebliche Großzügigkeiten immer einfach so kommentarlos hinnehme. Ich hätte mich viel mehr bedanken müssen.«

»Du meinst, sie war deswegen so scheußlich?«

»Ja, sie hätte eben mal sagen müssen, dass sie mir das schenkt. Wenn der Beschenkte nicht kapiert, dass er dankbar sein muss, muss man ihm einen Hinweis geben.«

»Oder keine Geschenke mehr machen. Sie ist wirklich furchtbar! So was von übelnehmerisch!«

»Da siehst du mal, wie schwer es ist, gegen sie anzukommen. Du hast es auch nicht geschafft!«

»Ich bin eben auch gehemmt. Schließlich ist sie deine Chefin. Nicht, dass ich dir da was verderbe.«

Nach uns ließ auch Regina neue Fotos machen, obwohl sie an diesem Tag offensichtlich keine Lust dazu gehabt hatte. Posieren ist anstrengend, man braucht schauspielerische Fähigkeiten und muss in Stimmung sein. Sie hatte sich gerade erst neue Gummigarderobe gekauft, eine sehr teure Maßanfertigung. Eigentlich mochte sie überhaupt kein Gummi mehr anziehen. Und dieses Material war auch noch besonders dick. Man hatte es ihr als unverwüstlich und pflegeleicht empfohlen. Zeitaufwendiges Pudern und Polieren seien nicht nötig. Tatsächlich aber glänzte es nicht von allein. Es sah sogar besonders stumpf aus. Und da alles auch noch sehr eng geschnitten war, brauchte sie doch Puder, um hineinzukommen. Das bedeutete den gleichen bisherigen Drahtseilakt beim Anziehen, nämlich die mit Silikon auf Hochglanz gebrachte Außenseite nicht mit dem Puder aus dem Innern zu verderben. Außerdem war der Schnitt nicht elegant. Das Oberteil sah wie ein Turnhemd aus. Es quetschte ihr den neuen Busen zu einer plumpen Rundung. Es half nichts, schließlich war Reginas Studio auf Gummi spezialisiert, da konnte sie den Gästen nicht in Baumwolle kommen. Und am Ende hatte sie beim Fotografieren ein irgendwie überzeugendes Gesicht machen müssen.

Man sah dem Bild später die Anstrengung an: Reginas helle Augen blicken starr. Eigenartig mischen sich in ihrem Gesicht Strenge und Hochmut mit einer skeptischen Kümmernis. Sie wirkt, als hielte sie die Luft an. Der Mund jedoch wölbt sich nicht wie beabsichtigt erotisch, sondern eher beleidigt nach vorn. Im Kinn sitzt der Trotz, den sie aufbringen muss, um die Session durchzustehen. Kopf und Hals sind in einer Hab-Acht-Haltung wie nach hinten gedrückt, als hätte sie bis hinunter in den Hintern einen Stock verschluckt, genauso steif wie die Gerte in ihren Händen. Sie hält sie elegant beiläufig vor ihre Körpermitte, die rote, durch besondere Feinheit bösartig wirksame, mit dem schwarzen, silbergefassten Griff, an der ein Kettchen als Halteschlaufe hängt, das filigrane Schlaginstrument, dünn wie der rote Strich einer Korrektur auf dem glänzenden Torso. Zugang verwehrt. Reginas Arme wirken gegen die schwarze Fläche des Leibes schmal und nackt. Sie hat sich lange, rote Fingernägel aufgeklebt. Golden glänzend weisen dezent geformte Ohrringe, Armreif, Uhr und Ring auf soliden Wohlstand hin. Das hellblonde Haar schimmert wie immer kunstvoll in großen, lockigen Wellen und Schwüngen.

Das Bild erschien auf der Rückseite der Publikation für Gummifetischisten. Ich drehte es immer schnell um, wenn es mir in die Hand fiel.

»Pass auf, dass du keinen Knall da kriegst. Und an die Aids-Scheiße darf ich erst recht nicht denken!« Wellendorf saß auf dem geschlossenen Toilettendeckel, während ich, obligatorisch nach meinem Studiotag, in der Wanne einweichte.

»Bei einem alten Mann wie Eike?«

»Wer weiß, wo die sich alle noch rumtreiben!«

»Aber die haben garantiert keinen schnell wechselnden Geschlechtsverkehr! Die haben wahrscheinlich überhaupt keinen. Das ist nicht deren Ding!«

»Das kann er sich doch in einem anderen Laden eingefangen haben, wenn Blut im Spiel ist.«

»Deswegen nimmt man ja Desinfektionsmittel und Einmalnadeln und Handschuhe. Ich habe vielmehr ein Problem damit, jemandem so was anzutun! Ich muss die Luft anhalten und fürchte mich fast so davor wie er!«

»Sag ich ja: Pass auf, dass du keinen Knall kriegst!«

»Ich mache das, weil ich sehe, wie sie es brauchen! Genau so, wie du deine Klamotten und deine Stiefel brauchst! Und wir beide das Gummi. Wir haben einander. Die haben niemanden. Ich kann das überhaupt nur machen, weil ich von dir alles bekomme. Die ganze Liebe. Davon kann ich ein bisschen was weitergeben.« Ich dachte an Regina, die sich beklagt hatte, selbst neben ihrem Freund innerlich einsam zu sein. »Wenn es mir so ginge wie Regina, hätte ich auch keine Lust.«

Wellendorf stand auf und griff nach dem Schwamm, um mir den Rücken abzuseifen. »Du darfst nur nie mit einem privat was anfangen, hörst du? Ich meine, dich zum Kaffee treffen oder essen gehen, wie es der eine neulich unbedingt wollte.«

Ich war froh, dass seine Eifersucht sich so in Grenzen hielt. »Gut, dass du mir das verbietest. Sonst würden sie mir bestimmt erfolgreich die Bude einrennen, und ich könnte sehen, wie ich sie alle in Schach halte.«

Regina hatte mir die Tür geöffnet. Konnte es wahr sein, sie wirkte freudig erregt! »Geh schon mal ins Mädchenzimmer und warte. Ich habe Besuch! Wir sind im Empfangszimmer. Eine Frau ist da, sie sucht Arbeit.« Und schon drehte sie animiert federnd ab. Während ich mich in aller Ruhe für den Tag einrichtete, fiel mir allmählich auf, dass ich von dem Treffen offensichtlich ausgeschlossen war.

Kürzlich war es anders gewesen. Da hatte eine Bewerberin direkt neben mir gesessen. Sie war jung, etwa in meinem Alter, genauso schwarz angezogen wie ich, schlank und mittelgroß wie ich und mit genauso dunklem Haar. Hier endeten die Gemeinsamkeiten. Sie hatte ein schönes, aber herbes Gesicht. Die Frau strahlte Strenge und Autorität aus, mit der war nicht zu spaßen. Sie wollte am Wochenende von Berlin kommen, um im Studio zu arbeiten. Wie kühl und geordnet sie mit Regina sprach. Ich dachte: Das ist es! So muss man sein! Von der kann ich mir endlich was abschauen! »Am Wochenende kann ich das Studio nicht benutzen, tut mir leid«, hatte Regina frostig gesagt. »Das hier ist ein Wohnhaus. Am Wochenende würde es zu sehr auffallen, wenn die Gäste durchs Haus laufen.« Ich konnte es nicht fassen. So eine tolle, geheimnisvolle Person schickte man doch nicht einfach weg!

Ich wollte endlich wissen, was im Empfang vor sich ging. Auf dem Weg zur Toilette sah ich die beiden bei weit offener Tür an einem Tisch sitzen, der unter einem Frühstücksbüffet verschwand. Nie hätte ich mich getraut, mich mit einem »Hallo! Na?« in den Türrahmen zu lehnen. Regina hatte mich zum Warten vergattert, und ich gehorchte. So ging ich rasch vorbei und grüßte kurz. Die Aspirantin hatte ich mir so schnell natürlich nicht ansehen können. Eine Woche später saß sie im Mädchenzimmer.

»Wir haben eine Neue! Sie heißt Angelique!«, rief ich Wellendorf beim Aussteigen aus der U-Bahn zu. Wir küssten uns. Er konnte es immer kaum erwarten, dass ich heimkam, und hatte mich direkt auf dem Bahnsteig abgepasst. *»Angélique und der König«*, tönte ich pathetisch, »das war doch so ein Schmalzroman! Sie sieht eindeutig nach Domina aus und irgendwie ordinär, irgendwie pervers. Endlich eine Domina, das gefällt mir. Das ist schon mal interessanter als Regina mit ihrer Matronenhaftigkeit. Und sie hat ein gutes Gesicht. Es ist spitz, mit betonten, hohen Backenknochen. Ich glaub', sie ist ganz nett. Zumindest wirkt sie gut gelaunt.« Wellendorf nahm mir meine Reisetasche ab, und wir stiegen die Treppe hoch. »Angelique ist jetzt schon Reginas Freundin.« Die beiden mussten sich mit einer Geschwindigkeit verständigt haben, als wären zwei Magneten zusammengeschnappt. Ich hatte danebengesessen, als wäre ich eine Fremde. »Wenigstens muss ich dann nicht so viel reden«, versuchte ich der neuen Lage etwas abzugewinnen. »Eine Stimme hat sie! Ob ich mich daran gewöhne? Laut und preußisch. Sie ist auch aus Berlin, aber richtig, nicht wie die andere Frau neulich. Sie sagt, viele Frauen kämen von da, da ließe sich kein Geld machen.«

Wir traten hinaus in die dunkle, herbstliche Kälte. »Und wie sie angibt! Sie war bisher bei Reginas Konkurrenz, bei Cora in der Villa. Alles wäre da erstklassig gewesen, elegant, teuer die Preise und die Ausstattung, die Gäste. Die Chefin war der Superlativ. Sie hätte ihre Nachfolgerin werden sollen.«

»Wenn es da so toll gewesen ist, weshalb ist sie nicht da geblieben?«

»Sie hatte wohl irgendwas mit den Nerven und war im Krankenhaus.«

»Wir brauchen bloß Isabel anzurufen. Die arbeitet doch jetzt da.«

»Stimmt! Aber das musst du machen. Ich kenn' sie doch gar nicht. Hast du damals eigentlich was bezahlen müssen, damit du mit ihr reden durftest?«

»Klar. Ich habe bezahlt, als hätte sie mit mir was gemacht.«

»Cooler Job! Wenn ich denke, was manche Kerle mir bei den Vor- und Nachgesprächen alles erzählen dürfen.«

»Vielleicht hat Regina recht, und du übertreibst es wirklich.«

»Solange es mich interessiert …«

»Komm, gib zu, dass es dir schon lästig war!«

»Na gut«, lenkte ich ein. »Zwei oder drei Mal.«

Ich hatte mir von Angelique Frischluft im Studio erhofft. Die blies mir bald um die Ohren. Laut, frech und vulgär, schien Angelique immer krachlustig zu sein. Regina blühte auf. Die eine berlinerte, die andere kam mit plattdeutschen Einsprengseln. Sie brachten sich gegenseitig auf Touren. Und Angelique lieferte, was ich nicht zu bieten hatte: Frauenthemen!

Da ich nicht angesprochen wurde, es offensichtlich auf meine Teilnahme nicht ankam, musste ich nicht einmal so tun, als würde ich zuhören. Regina hielt ein Seminar in der Warenkunde des Luxuslebens. Sie dozierte, und die wissbegierige Schülerin Angelique fragte. Sie war ein Luxusjunkie. Weil sie keinerlei Urteil hatte und alles immer billig sein musste, fiel sie andauernd auf Talmi herein. Geduldig erklärte Regina die Karateinheiten von Brillanten. Und Angelique erwog, sofort zum Pfandleiher schräg gegenüber zu gehen und ihre neuen Kenntnisse mit dem zu vergleichen, was sie in seiner Auslage gesehen hatte. Dann kamen Pelze an die Reihe. Die beiden waren sich einig, dass ihnen das alles zustünde! Zahlen sollten Männer, sowohl die Kundschaft wie auch die Typen, mit denen sie zusammen waren. Die beiden hatten nicht mal Unterhaltungswert. Ich langweilte mich zu Tode.

Angelique war mit einem Mann zusammen, der sie wohl aus psychischer Not gerettet hatte, wie sie andeutete. Sie lebte, Hinterhaus, parterre, recht bescheiden. Da hatte Regina schon mehr zu bieten. Ihr Freund war Fabrikant. Er hatte sich für sie und gegen seine Frau entschieden, doch er lebte allein in seiner leeren Villa. Mit seinen Neigungen war der Mann genierlich und verklemmt. Damit hatte sich Regina die Probleme des Berufslebens ins Privatleben geholt. Angelique riet ihr sofort, doch materiell noch einiges aus ihm herauszuholen.

»Es wird ungemütlich«, sagte ich zu Wellendorf und schlug mit der Handkante ins Badewasser. Er saß wie jeden Mittwoch, wenn wir die Ereignisse im Studio besprachen, bei mir im Bad. »Sie hocken die ganze Woche zusammen und bestätigen einander ihre Großartigkeit! Sie tun manchmal so, als würden sie sich grade noch bremsen, irgendwas zu sagen, das mich nichts angeht – Geheimnisse! Und auf einmal ist mein einziger Arbeitstag wieder ein Problem. Sie lassen mich merken, wie unprofessionell und drückebergerisch ich sei.«

»Vielleicht hättest du mehr Gäste, wenn du noch an anderen Tagen arbeiten würdest?«, schlug Wellendorf vor.

»Nein, überhaupt nicht!«, regte ich mich auf. »Die Leute, die zu mir kommen, lassen sich immer einen Mittwochtermin geben. Und soweit ich sehe, haben Regina und Angelique verteilt über die Woche auch nicht mehr zu tun. Die übrige Zeit sitzen sie nur herum!«

»Du musst schon auch gelegentlich den Mund aufmachen da, sonst verlierst du immer mehr an Boden.«

»Mit diesen Weibern habe ich überhaupt kein Thema! Soll ich mit denen etwa über meine Probleme mit der Kunst reden?«

»Ich denke, ja, du würdest deine ›Probleme‹ überwinden, wenn du einfach mal was machen würdest!« Wellendorf schien froh über den Themenwechsel.

»Wenn ich noch nicht mal weiß, welche Dinge ich darstellen will, wie kann ich wissen, mit was für Mitteln ich ›einfach machen‹ soll?«

Wellendorf schlug ungeduldig die Beine übereinander. »Du sitzt doch oft abends am Schreibtisch und zeichnest.«

Ich ließ die Seife in meinen Händen rotieren und legte sie zurück auf den Seifenigel. »Das ist doch Nostalgie, weil es früher so gut war mit dem Zeichnen. Fetischismus kann ich nicht zeichnen. Und malen auch nicht.« Ich nahm mein Gesicht in beide beseifte Hände und rieb es heftig ab.

»Du hast doch die Gummimaske so schön gemalt.« Wellendorf gefiel alles, was ich machte. Die Augen zusammengekniffen, schöpfte ich mehrmals Wasser und warf es mir ins Gesicht. »Wenn ich in dem Stil weitermale, wird es Fotorealismus oder Kiezmalerei. Beides geht nicht!«

»Du immer mit deinem Ding, was schon mal jemand gemacht hat, darf man nicht noch mal …«

»Nein! Darf man nicht. Kunst muss immer neu sein! Das ist die Regel!«

Wellendorf schüttelte den Kopf. »Ihr könnt einem wirklich leidtun, ihr Künstler!«

»Das tun wir uns schon selbst zur Genüge.« Ich tauchte unter Wasser und mit Schwung wieder auf. Vorsichtig öffnete ich die Augen. »Hast du morgen Zeit? Dann versuche ich es mal wieder mit dem Fotografieren. Wir könnten deine ganzen neuen Sachen … Das Problem ist, eigentlich habe ich keine Lust, den ganzen Technikkram zu lernen. Und bis man da immer ein Ergebnis sieht!«

»Diese Kamera ist nun wirklich leicht zu bedienen! Ich würde für dich auch zum Entwickeln gehen und die Abzüge holen.« Wellendorf stand auf. »Wenn du nur ein Mal einfach machen würdest, statt dir dauernd auszudenken, was nicht geht! Im Studio machst du doch auch einfach!«

»Das ist was ganz anderes«, rief ich ihm hinterher.

Vielleicht war ich ja deswegen so gern da. Ich musste mir nicht allein was ausdenken. Die meisten der Kunden sagten, was sie wollten. Die Requisiten standen fest. Es war zeitlich begrenzt. Der Applaus kam sofort. Ich wurde verehrt, und mir begegnete dauernd etwas Neues. Außerdem gab es auch noch Geld dafür. Unanständig viel Geld. Zum ersten Mal in meinem Leben konnte ich mich selbst versorgen, ohne Tage und Wochen mit nervtötender Tippsenarbeit zu verschwenden. Mit Kunst hatte ich noch nie etwas verdient!

Ich war im Niemandsland angelangt mit meiner Kunst, saß fest, hatte meine Arbeitsdisziplin vollkommen aufgegeben. Zusammen mit Wellendorf war ich großzügig mit der Zeit umgegangen und hatte mir das auch gegönnt. Aber mir fehlte auch genau dieses Sich-etwas-Ausdenken, dieses Mit-sich-allein-Sein. Wie schön, wie einfach war es gewesen, am Schreibtisch zu sitzen und zeichnend auf meine Themen zu kommen. Das ging nicht mehr. Die Tür war zu. Den neuen Phänomenen war auf die Art nicht mehr beizukommen. Die Bilder, von denen mein Kopf jetzt voll war, ließen sich nicht malen. Realistische Malerei beherrschte ich nicht, surreale und phantastische fand ich furchtbar. Die Realität ist phantastisch genug. Aber wie würde das Kunst werden können, was ich sah?

Ich zog den Stöpsel aus der Wanne und sah dem in Strudeln ablaufenden Wasser zu. Auch aus dem Dialog mit anderen Künstlern war ich raus. Diejenigen, die ich kannte, waren Maler, von denen ich nicht erwartete, dass sie mir mit dem neuen Thema helfen könnten, und ich versuchte es gar nicht erst. In meinem Kopf kreisten Überbleibsel aus meiner Studienzeit, Regeln, die nicht mehr passten, die aber gut mit meinem Hang zur Selbstbeschränkung korrespondierten. Die große Frage war für mich: Durfte der Sex, den ich jetzt lebte, in die Kunst?

Angelique brachte neuerdings ihren Hund mit. Ich mochte keine Hunde. Schon gar nicht einen weißen Zwergpudel, der Inbegriff des kitschigen Hurenhündchens! Eine menschengemachte Scheußlichkeit, die ständig quer durchs Zimmer quirlte.

Für Angelique war es ein Requisit. Sie hielt das Tier für einen Ausweis ihres luxuriös damenhaften Geschmacks und schwärmte von ihrer übergroßen Liebe zu Elise. Das Kuscheltier war auch noch nach Beethovens Klavierstück benannt: »Als sie klein war, habe ich ihr immer ›Für Elise‹ vorgesungen«, hatte sie uns erklärt. Regina war entzückt von dem Hund. Diese Stofftierliebe der Frauen! Ich heuchelte keine Begeisterung. »Mir gefallen Katzen«, sagte ich.

»Und wir lieben Hunde!«, posaunte Regina.

Ab sofort lag jetzt neben der Tür ein Platzdeckchen aus Plastik, auf dem ein ständig hoch aufgefüllter Fressnapf und einer mit Wasser standen. Heute kämpfte Angelique mit Elise um eine nassgekaute Baumwollsocke, wobei der Hund zäh durchhielt, eine erstaunliche Kraft entwickelte und sich daran verbissen durch die Luft schwingen ließ. Angelique, dünn, mit schmalem Becken ohne Taille, hüpfte, und ihr tiefes Lachen röhrte durchs Mädchenzimmer. Dabei sah sie nicht gerade sexy aus in ihren Dominaklamotten, einem knöchellangen, durchsichtigen Rock aus billiger Wäschespitze in Rosenmuster und einem alten, mit Ziernieten inkrustierten Lederbolero. Die Füße steckten in flauschigen Hausschuhen. Ihre Stiefel, ebenfalls schwer, mit silbernen Sternchen benietet, hatte sie neben der Tür stehen. Sie würde nie wie Regina und ich im Arztkittel auf Gäste warten. Und da fiel es mir plötzlich wie Schuppen von den Augen: Die Neue war ein Mann!

So lang hatte ich gebraucht, das zu erkennen! Ich ärgerte mich, zählte nach. Es war der dritte Nachmittag mit Angelique. Immerhin hatte ich nun die Gelegenheit, Transsexualität im Gegensatz zum Transentum – noch war mir das alles eins – aus nächster Nähe zu studieren. Ich hoffte auf neue Erkenntnisse. Aber meine bisherige Annahme, dass ein Mensch, der auf diese Weise sein Schicksal in die Hand genommen hatte, auch offen und freidenkend sein müsse, dazu natürlich intelligent, kam hier bereits ins Wanken.

Anscheinend war Angeliques Geheimnis nichts, worüber sie reden wollte, jedenfalls nicht mit Außenstehenden, und ich war eine. Ich hatte sie als Frau wahrzunehmen und basta. Sonst wäre die Welt für sie zusammengebrochen.

Ihre Natur hatte es ihr leichtgemacht. Sie war klein und schlank, mit zierlichen Händen und Füßen. Ihr Haarwuchs, glatte, lange, aschblonde Haare, war üppig, der Pony fiel bis über die Augenbrauen. Die tiefen Buchten der Geheimratsecken sahen nur wir Kolleginnen, wenn Angelique ihre Haare zum Schminken zurückband. Sie war, entgegen ihren sonstigen Eigenschaften, ein Kind der siebziger Jahre, stilistisch auf jeden Fall, mit Spuren von Hippiebenehmen. Ein winziger Brillantstecker zierte den Nasenflügel, schon bevor Piercing Mode wurde. Sie sprach es »Pirrsing« aus.

Ich setzte meine Arbeitstasche auf den Boden, und Wellendorf und ich schlüpften aus den Schuhen. »Der Pizzamann hat gesagt, es dauert eine Viertelstunde. Hoffentlich stimmt das.«

Ich war in Gedanken noch im Studio, das mich immer mehr aufregte. »Der ganze Laden ist verändert, seit dieses Weib da ist. Ich bin da nur noch zu Besuch. Und stell dir vor: Jetzt qualmen sie auch noch zu zweit! Der Hund stinkt, die Aschenbecher stinken. Die Luft ist zum Schneiden!« Ich hielt Wellendorf meinen Pulloverärmel unter die Nase. »Riech mal!« Wellendorf zog erwartungsgemäß eine Grimasse. »Und Angelique ist größenwahnsinnig«, beschwerte ich mich düster.

Wellendorf holte sich ein Bier aus dem Kühlschrank. »Vielleicht sollte ich mal vorbeikommen, um mir das Elend anzuschauen. Fällt dir nicht was Passendes ein, warum ich …«

»Bei allem Mist und Unfug, den Angelique im Kopf hat, kann sie nicht über sich selbst lachen. Sonst wäre aus der ganzen Geschichte der Krampf raus und sie vielleicht sogar auszuhalten.«

Angelique hatte nach einer ungewöhnlich langen Gesprächs- und Aktionspause wie im Halbschlaf zu reden begonnen: »Drei Nasennebenhöhlen. Normal sind zwei. Ich habe drei Nasennebenhöhlen. Das ist das göttliche

Zeichen. Ich war mal die Göttin Isis.« Ich hatte den Atem angehalten und zur einst so bodenständigen Regina geschaut. Doch von der kam nichts. Keine bissige Entgegnung, keine Nachfrage. Sie versuchte nicht einmal, mit einem anderen Thema abzulenken. Ich hatte es hier also auch noch mit Seelenwanderung zu tun.

Auf Angelique lastete der Ernst ihrer Lebensaufgabe: Eine Dame, die für sie höchste menschliche Erscheinungsform, nicht allein darzustellen, sondern sie wirklich zu verkörpern. Das war kein Tuntenjux für sie und wurde auch nicht zum Aufgeilen benutzt. In einem der Kataloge, die sie gern wälzte, hatte sie einen englischen Sekretär gefunden. Sie quengelte, den wolle sie haben. »Schau mal, Regina, so viele süße kleine Schubladen! Wenn Klaus kommt, der mit den Würgespielen, dann hab' ich das Geld schon fast verdient. Der war schon ein halbes Jahr nicht bei mir. Der müsste es nötig haben.«

Lady Angelique hatte sich auch von Wilfried fotografieren lassen und sich dafür ein Gummikleid und das rote Gummicape aus dem Studiobestand ausgeliehen. Wilfried hatte sie vor einen rotvioletten Hintergrund gestellt, keine schlechte Farbmischung, regelrecht gewagt für seine Verhältnisse. Sie sah hübsch aus auf dem Bild, trug ein fast schüchternes Lächeln zur Schau, ein Ausrutscher, denn eigentlich war sie die Härteste von uns, wie sie immer wieder betonte. Hätte sie nur geahnt, was ihr bei ihrer Werbung entgangen war! Ihrem Namen hätte ein veredelnder Accent aigu über dem ersten *e* zugestanden!

Als ich einmal in ihrer offen herumliegenden Tasche ein Päckchen Slipeinlagen erspähte, traute ich meinen Augen kaum. Für Angelique mussten die Dinger magische Objekte sein, vielleicht dachte sie, sie würde ganz zur Frau, wenn sie dieses hässliche Frauenleiden imitierte.

Der Pizzamann war pünktlich. Während des Essens sinnierte ich weiter. »Ich frage mich immer wieder, ob Angelique jetzt eine Frau ist.«

Wellendorf blickte amüsiert auf.

»Nein«, entschied ich, »sie ist ein Geschöpf.«
»Etwas Künstliches«, half Wellendorf.
»Ein Mann ist sie jedenfalls nicht mehr.«

Die Sitzplätze im Zimmer standen fest. Angelique und ich belegten in größtmöglicher Entfernung voneinander die weiße Couch am Fenster, sie dabei in Reginas Nähe, die weiterhin an ihrem Schreibtischchen saß. Wir warteten auf Anrufer. Zu ihren bisherigen zwei Telefonen hatte Regina für Angelique und mich neue besorgt. Jetzt hatte ich zwei Aufpasserinnen, denen ich zu weitschweifig telefonierte. Falls sie sich nicht direkt mit Zischlauten und hektischen Winkbewegungen einmischten, sahen sie einander verständnissinnig, kopfschüttelnd oder mit stumm staunendem Blick an und waren sich einig, dass bei mir Hopfen und Malz verloren wäre.

Angelique hatte für ihre Gesprächsführungen von Regina ein paar Worte abgehört. »Wann gedachten Sie denn zu kommen?«, krächzte sie und klang wie ein Laiendarsteller. Wogegen die Frage sich bei Regina formvollendet glatt und kalt anhörte. Ich fühlte mich dabei an die feststehenden, gravitätischen Formeln in den TV-Nachrichten erinnert: »Am Mahnmal gedachten die Besucher …« Angelique beschrieb sich am Telefon wie auch auf ihrem Anrufbeantworter als schlank, blond, mit langen Haaren und grünen Augen. Man darf sich also beschreiben, registrierte ich. Sie sei eine elegante Lady und ihr Studio sei voll eingerichtet. Dabei versuchte sie durch heißes Raunen und Flüstern ihrer Stimme einen erotischen Klang zu geben. Niemals würde ich zu einer gehen, die so blechern krächzt und quakt, dachte ich. Angelique aber hatte Kundschaft. Wenn auch nicht viel. Den Einbruch schrieb sie ihrem Arbeitsplatzwechsel und der Pause dazwischen zu. »Wenn die mich erst alle wiedergefunden haben …« Ausschließlich edelmütige, wohlhabende, großzügige, sensible Gäste pilgerten zu ihr, die sie alle vergöttern würden. Ihre Behandlungen seien märchenhaft und delikat. An-

dererseits, betonte sie immer wieder, sei sie unerbittlich, streng und gnadenlos. Angelique spielte mit einer Locke, die sie sich abgeschnitten hatte. »Wer diese Locke von mir haben will, muss dafür mindestens fünfhundert Euro hinblättern.«

Hoffentlich kommt der Mensch mit den fünfhundert bald, dachte ich, Angelique bräuchte dringend was Neues zum Anziehen. Reginas alten Gummianzug hatte ich an sie weitergereicht und mir dasselbe Modell neu besorgt. Ich war gut ausgestattet. Trotzdem wurde ich von meinen Kolleginnen nicht als Fachkraft ernst genommen, sondern mehr und mehr nur geduldet.

Um unbehelligt mit meinen Anrufern sprechen zu können, hatte ich mir zu Hause ein eigenes Telefon eingerichtet. Auch weil es nicht genügte, nur einmal pro Woche das Telefon zu beantworten. Täglich eine Stunde, von elf bis zwölf, lautete die Ansage, sei ich zu sprechen. Ich hatte mir die Anrufbeantworter der Konkurrenz angehört. Manche boten ein regelrechtes Gruselhörspiel, mit Musik im Hintergrund. Viele zählten leiernd ihr ganzes Equipment auf. Die meisten priesen sich in den höchsten Tönen. Ich wollte sachlich bleiben. »Telefon 1234567, Alexis. Ich interessiere mich für Ihre persönliche Leidenschaft, solange eines feststeht: Ich spiele die aktive Rolle bei unserer Begegnung, Sie bleiben stets passiv. Besuchen Sie mich, erzählen Sie mir von Ihrem Fetisch oder Ihrer Lieblingsphantasie in einem zunächst unverbindlichen Gespräch, bei dem wir herausfinden können, ob zwischen uns beiden die gewünschte Atmosphäre entstehen wird und ob Sie sich meiner Strenge ausliefern möchten. Normalen Sex, wie Geschlechtsverkehr und Zärtlichkeiten, gibt es bei mir nicht. Aber ich habe großes Verständnis für alle Praktiken, die neben der sogenannten Normalität liegen.« Bei der Ansage hatte ich mein fränkisches R vermieden und in die tiefstmögliche Tonlage geschaltet. Ich hatte mit großem Ernst gesprochen und mir ein Gegenüber dabei vorgestellt. Ich wollte locken und gleichzeitig in Schranken halten.

Bald hatte ich einige Kandidaten, die sagten, sie würden so gern kommen, es aber nicht wagen. Einstweilen riefen sie immer wieder an, nur um mir ihr Leben zu beichten und sexuelle Werdegänge zu beschreiben. Bei manchen fiel es mir schwer, einen Schlusspunkt zu setzen. Mein Mitgefühl für Hemmungen und Verklemmungen war unerschöpflich. Wellendorf ermahnte mich immerhin freundlich, es nicht zu übertreiben. Ich lernte, wie ein Anrufer klang, der wirklich kommen würde, und wie mit ihm zu reden war.

Ich rannte aus dem Zimmer, Angeliques ekelhaft gequaktes »Mamaa, Mamaa!« im Rücken. Im Empfangszimmer wartete meine erste Babybehandlung auf mich, die sich schon am Telefon schwierig angehört hatte. Immer wieder hatte der Mann angerufen, sich erkundigt, sondiert – es sei für ihn das erste Mal – und sich abgesichert. Und ausgerechnet der hatte sich tatsächlich überwunden zu kommen. Das gab es also auch. Eben noch im Vorgespräch hatte der Mann wieder angefangen: Ob ich es wirklich so mache, wie er gesagt habe. Ob ich wirklich reden werde, was er mir aufgetragen habe. Nur wenn ich seinen Anweisungen genau folge, könne es für ihn etwas werden. Ich dachte an Reginas Abscheu und ihre Schauergeschichten über »Babys« und dass mich das eigentlich auch nicht verlockte. Doch hier war jemand in Not, und ich wollte helfen.

Der Gast war hübsch, mit einem weichen Gesicht, jedoch völlig in sich gekehrt. Ein schöner Fall für eine echte Mutti. Ich war aber keine. Wenigstens Festigkeit und Einfühlung sollte ich zu bieten haben. Erstere war mir gerade verlorengegangen, denn ich sah, wie knapp der Mann mir nur vertraute. Nach Kräften hatte ich bisher behauptet, die Erfüllung seiner Wünsche wäre für mich kein Problem. Irgendwie würde es schon gehen, hoffte ich.

Ich verfranste mich schon, als ich ihn aus dem Empfang ins Gummizimmer brachte. Was ich während dieser Passage durch den Flur hätte reden sollen, wie mich benehmen, ich hatte keine Ahnung. Allein Reginas übliche Aufmunterungen: »Na, dann wollen wir mal!«, fielen mir störend ein, sonst nichts, und so blieb ich verwirrt und stumm, ging voraus, er hinterdrein. Er hatte sein weißes T-Shirt anbehalten, ich den weißen Kittel. Im Zimmer standen wir einander noch einmal kurz gegenüber. Er sah mich nicht an. Ich fand ihn rührend, glaubte sogar, an ihm ein Babyaroma, mild nach Mandel und Kamille duftend, zu riechen. Trotzdem spürte ich eine riesige Leere in mir. Wo sollte ich die mütterlichen Gefühle herholen? Und er die kindlichen, in diesem Zimmer, das alles andere als nach Kinderzimmer aussah, auch wenn die Wände hier wenigstens weiß und nicht rot waren wie in den anderen Zimmern. Auf dem großen Regal, das bis unter die Decke reichte, lagen in Augenhöhe Masken für Transvestiten, hässlich gespenstische Frauengesichter mit Perücken, daneben die dazugehörigen riesigen Pumps. Darunter hingen die Stiefel. In der Ecke befand sich der Ständer für Infusionen, daran die Gasmaske mit dem Faltenschlauch und dem Urinbehälter.

Schicksalsergeben breitete ich eine Erwachsenenwindel auf dem Gummibett aus. »Leg dich drauf«, sagte ich. Da er ein wenig schief lag, forderte ich ihn mit leichten Klapsen auf, ein Stück zu rücken. Ich hatte Puder und Öl bereitgestellt und fing an, ihn damit zu bearbeiten. Abrupt setzte er sich auf. »So läuft das nicht«, beendete er unser beider Qual. Ich hätte ihn an den Beinen hochheben und zurechtlegen müssen. Man könne ein Baby nicht auffordern, sich anders hinzulegen. Er hat wirklich einen Schuss, entschied ich. »Ich kann dich nicht an den Füßen hochheben, du bist zu schwer!« Doch der Mann beharrte darauf, ich hätte es nicht richtig gemacht. Erleichtert gab ich ihm sein Geld zurück. Nie wieder ein »Baby«, schwor ich mir.

Die Kolleginnen fielen über mich her. »Der ist doch selbst schuld, wenn er das falsch eingeschätzt hat!«, empörte sich Regina.

»In dem Moment, wo er gezahlt hat, hat er gezahlt!« Angelique schien zufrieden, dass ich so blöd war, Geld zurückzugeben.

Ich ärgerte mich stumm über meine Dickköpfigkeit, mir diesen unlösbaren Fall aufgehalst zu haben. Und Angelique hatte etwas Neues entdeckt: »Mamaa, Mamaa!«

Im TV liefen Nachrichten, die Wellendorf für mich aufgenommen hatte. Ich war spät heimgekommen und konnte mich nicht darauf konzentrieren. »Nicht mal so ein ›Baby‹ kommt meinem Sex zu nah, obwohl er ja auch auf Plastikhosen steht«, überlegte ich und stocherte in den Nudeln mit Lachs vom italienischen Lieferservice. Das Essen war mäßig, aber an meinem Arbeitstag konnte ich nicht auch noch kochen.

»Du meinst, dass so einer dir die Lust verderben könnte, selbst Sex zu haben, weil du dich ekelst?«, fragte Wellendorf. »Willst du noch Lachs? Ich habe sehr viel.« Er hielt mir seinen Teller hin.

»Nein, will ich nicht.«

»Komm, nimm schon.«

»Nein heißt nein! Immer meinst du, mich füttern zu müssen!«

»Ich versorge dich eben gern!«

»Oder es könnte mir vergehen, weil die ›Babys‹ so arme Typen sind«, nahm ich meinen Gesprächsfaden wieder auf, »so kindisch und lächerlich, und weil ich ihnen irgendwie ähnlich bin. Aber es passiert nicht. Für mich würde es erst interessant werden, wenn das ›Kind‹ schon älter wäre und Beschämung ins Spiel käme. Auch die Gummifritzen stören mich nicht. Sie kommen nicht in meine Phantasien, sondern bleiben brav im Studio. Und ich werde im Studio nicht geil. Weißt du noch, der Typ, der mich angebettelt hat, Herrin, ich möchte, dass Sie geil werden?«

»O Gott!«

»Da wusste ich noch nicht, was ich sagen soll. Ich war verlegen wie die arme Jungfer. Da geil zu sein, wäre für mich ein Moment der Schwäche, der Hingabe womöglich. Das hätte dem so gepasst! So einem antworte ich demnächst: Hier steht allein deine Geilheit zur Debatte, die Herrin geht dich gar nichts an!«

»Der Ton ist gut.«

»Ach, Angelique ist bei euch gelandet?« Wellendorf und ich hatten Isabel, seine alte Domina-Bekanntschaft aus dem Cora-Studio, zum Essen eingeladen, eine Frau, die nach Raubkatze aussah. Es gab Vegetarisches, gebratenes Gemüse mit Tofu, was sie so überschwänglich lobte, dass ich fast zweifelte, ob ich ihr die Begeisterung abnehmen sollte.

»War die doof!«, lästerte Isabel genießerisch über ihre frühere Kollegin. »Man hat ihr bloß sagen müssen: ›Du, die Bluse ist von Saint Laurent‹, dann hat die gelöhnt dafür! Wir haben uns schlapp gelacht! Die mit ihrem Theater, sie ist eine Dame! Außerdem hat sie sich für eine große Domina gehalten. Dabei hat ihr Cora nur die Hui-Buh-Nummer beigebracht, das Kindergespenst. Cora arbeitet auch so. Es muss stockdunkel sein. Dann schleicht sie um den gefesselten Gast herum und macht einen auf erotisch und gefährlich. Da habe ich schon ganz andere Sachen gemacht.« In ihren Anfangszeiten im Puff, als sie noch im Schaufenster saß. »Ich habe einem Gast mit einem Messer ›Eigentum von Isabel‹ in den Arsch geschnitten. Und dann habe ich ihn zwei Häuser weiter zu der Tante geschickt, bei der er vorher immer war.«

Mein Gott, wie harmlos es doch bei Regina zugeht, dachte ich erleichtert und erhaschte einen Blick von Wellendorf, dem es sicher ähnlich ging.

»Und das war noch gar nichts«, plauderte Isabel fröhlich weiter. »Einem anderen habe ich die Eier aufgeschnitten. Die lagen da so unter der Haut. Ich war echt wild drauf! Aber da bin ich erschrocken. Ich hab' das dann nur zusammengeklammert.«

Mir zog sich die Kehle zusammen. Mit Tackerklammern? Ich wagte nicht nachzufragen.

»Nach einer Woche kam er dann wieder. Da habe ich gesehen, er lebt noch!«

Später, als sie gegangen war und ich mit Wellendorf den Tisch abräumte, war mir immer noch übel von den Schauergeschichten. »Da kannst du ja froh sein, dass sie mit dir nur geredet hat!«

»Und du sei froh, dass du nicht bei Cora arbeitest!« Wellendorf klapperte in der Spülmaschine herum. »Wirst du Regina erzählen, dass ihre Angelique bei Cora rausgeflogen ist, oder besser gesagt, rausgeekelt wurde?«

»Wäre schon verführerisch. Aber ich denke, da kommt man nicht dazwischen. Das würde nur auf mich zurückfallen. Regina hat doch den Verstand verloren.«

Die beiden Freundinnen suchten nach immer neuen Anlässen, um an mir herumzukritisieren. Wieder einmal hatte ich das System der offenen Empfangszimmer beziehungsweise Küchentür zu beachten vergessen: Wenn man mit dem Gast zur Behandlung gegangen war, ließ man sie offen, damit die anderen wussten, dass der Raum jetzt frei war. Außerdem hatte ich auch vergessen, nach meiner letzten Benutzung der Ledermaske den Kinnriemen wieder zu lösen. Regina habe einem Gast die Maske aufsetzen wollen und sie schon halb übergezogen, als sie erst noch am Riemen hätte friemeln müssen, regte sie sich auf. Oder die Sache mit dem Müll, den ich nach der Arbeit hinunterzutragen hatte. Beim Abschließen der Tür hatte ich die vielen Beutel auf dem Boden abgelegt und dann aus Versehen einen davon liegen gelassen. »Da war ein Hund dran. Alles war zerfleddert, als wir morgens kamen!«, hatte Regina mich laut geschimpft. Und Angelique war kreischend eingefallen: »Die Kondome lagen da!« Doch ich bezweifelte das. Die Kondome klangen wie eine Übertreibung. War das überhaupt zu glauben mit dem Hund? Konnte jemand so lügen? Ja, ich traute den Hexen zu, die Geschichte verschärft zu haben, bloß um mir richtig Angst zu machen. Wieder einmal verteidigte ich mich nicht.

»Du musst sofort – sobald sie dich anmachen – dagegenhalten!« Inzwischen zogen sich die Lagebesprechungen von mir und Wellendorf in die nächsten Tage, worüber er sich zu beschweren begann.

»Wenn ich mit denen richtig Streit anfange …«

»Du versuchst es ja nicht mal!«

»Regina würde mich rauswerfen.«

»Du kannst doch aber ganz ruhig und gelassen reden! Mach dir eins klar: Du bist kein Lehrmädchen dort. Du bist leitende Angestellte. Da benimmt man sich anders!«

»Du redest wie ein Personalchef.« Ungeduldig zuckte Wellendorf mit den Schultern. Doch ich wusste, seine Liebe reichte inzwischen weit über seine anfänglichen plakativen Vorstellungen hinaus. Letztlich liebte er mich für meinen Durchhaltewillen, die Frauen in Kauf zu nehmen, weil mir so viel an dem Job lag. Außer den Schilderungen meines Versagens lieferte ich jeden Mittwoch die neuesten Geschichten über Gäste, die Wellendorf angenehm gruseln ließen.

»Gestern hatte ich das ganz klar vor Augen«, sagte ich, »die hacken auf mir rum, bis ich aus dem Zimmer bin. Im Flur, auf dem Weg zum Gast, verwandle ich mich vom gerupften Huhn in die Herrin, so wie Superman, der sich das Bürohemd von der Stahlbrust riss und losflog, um die Welt zu retten … So schlecht kann ich übrigens gar nicht sein, sonst kämen die Gäste nicht wieder.«

»Hast du nicht gesagt, ein Trans wäre da gewesen?«

»Vor lauter Weiberärger habe ich den vergessen! So weit kommt es! Er wollte Brigitte heißen. Er wollte Edelhure sein. Für Frauen! Ich hab' ihn mit einem langen Gummirock und den weinroten Riemchenlackpumps zurechtgemacht und eine dunkelrote Perücke aufgesetzt. Den Mund habe ich ihm geschminkt und ein bisschen Lidschatten aufgepinselt. Er sah tatsächlich aus wie eine herbe, geheimnisvolle Frau, lächelte fein und redete nix. Er konnte auch gut laufen auf den Absätzen und war so hingerissen von sich selbst!«

Wellendorf unterbrach mich. »Ich glaube, ich muss mich auch mal wieder aufbrezeln!«

»Ich hab' ihm erzählt, ein Hotel für Businessfrauen wäre eröffnet worden. Die hätten genug von den Geschäftsleuten, die immer so übergriffig würden, wo man doch nach der Arbeit seine Ruhe haben wolle. Auch sie mochten Sex zur Entspannung, allerdings lieber mit Frauen. Ich würde ihn dafür als Hotelhure ausbilden. Dafür sei es allerdings nötig, dass er auch härtere Sachen mit sich machen lasse. Immerhin hatte er sich gewünscht, er wolle ein paar Tropfen Pisse trinken. Das passierte dann alles unter dem angeblichen Übungsaspekt. Ich musste nur aufpassen, dass ich die Perücke nicht anpinkelte.« Wellendorf verzog den Mund.

»Ich schnallte ihn auf den Bock, die Beine gespreizt, und schlug den Rock hoch. Er sei im Hotelkeller. Gleich käme auf dezenten Hinweis die eine oder andere Frau, die es mit ihm treiben würde. Deshalb müsse ich sehen, ob seine Möse gut geweitet sei. Dann bin ich mit dem Finger auf ihn los. Ich hatte keine Ahnung, ob er so was mag. Aber er mochte es!«

Die Blicke Reginas und Angeliques sah ich wohl. Anscheinend störte ich bereits, wenn ich zu schwungvoll ins Zimmer kam. Ich stellte meine Arbeitstasche ab und erzählte etwas, das sich gerade in der U-Bahn zugetragen hatte. Langsam sollte ich wissen, dass ich nie was zu bieten hatte. Sie schauten sich an, als wäre ich nicht recht bei Trost. Ich holte meine zu Hause gewaschenen und auf Hochglanz polierten Gummisachen aus der Tasche, raschelte mit dem Seidenpapier, in das ich sie immer einschlug, und hängte sie in meinen Schrank. Die Streberin, waren sie sich per Blick einig. Wenn ich mir den Mund puderte, bevor ich den Lippenstift auftrug, benutzte ich reinstes Weiß, auf weißem Make-up, auf weißer Haut. Braun war doch viel schöner! Ich trank ihren Kräutertee nicht, ich mochte lieber schwarzen. Über all diese Kleinigkeiten zerrissen sie sich das Maul. Die ganze Woche durch.

Ich war sehr froh, Reginas kühle Mitteilung zu hören: »Du kannst deinen Gästen sagen, dass jetzt auch Samstag und Sonntag jemand da ist. Diese Dora aus Berlin hat sich noch mal gemeldet. Sie arbeitet ab sofort am Wochenende.« Nie würde Regina sagen, sie ließe sie arbeiten, oder gar, sie hätte sie eingestellt. Sie weigerte sich, als Chefin aufzutreten. Als ich sie einmal flapsig so nannte, hatte sie sich diese Bezeichnung ausdrücklich verboten. Mit eigener Werbung und eigenem Telefon arbeiteten die Frauen bei ihr tatsächlich etwas unabhängiger. Die anderen Studios warben mit der jeweiligen Chefin voran und zeigten auf den folgenden Seiten unter der Überschrift »Herrin Sowieso präsentiert …« die ganzen Arbeitspferdchen bis hin zur letzten Zofe und Sklavin.

Es war klar, dass ich die Neue kennenlernen musste. Mein erster Anruf im Studio an einem Samstagvormittag kam schlecht an. »Jetzt nicht!«, hatte es aus dem Hörer geklirrt. »Ruf mich in zwanzig Minuten wieder an, ich mach' gerade Telefon!« Mit dem zweiten Versuch erreichte ich immerhin, dass ich um drei Uhr »kurz vorbeikommen« durfte. Entgegenkommend hatte das wirklich nicht geklungen. Ich war unbeirrbar zuversichtlich geblieben, so hoch waren meine Erwartungen. Ich hoffte auf Anschauung. Wie benahm sich eine Frau, die ich für die *richtige* Domina hielt? Ich glaubte, vielleicht sogar Beistand und Komplizenschaft gegen die beiden Zicken zu erfahren, die mich so viel Nerven kosteten, dass ich sogar schon überlegt hatte, ein eigenes Studio aufzumachen. »Um das zu finanzieren, musst du dann aber jeden Tag da sein«, hatte Wellendorf mich ausgebremst.

Wie anders das Mädchenzimmer wirkte. Zwar stand auch heute Zigarettennebel in der Luft, doch vermischt mit einem ungewohnten Parfum! Noch eine Raucherin. Es war dunkler als gewöhnlich. Der Tag war trübe. Ohnehin fiel wenig Licht durch die weißen Jalousien in das Zimmer, das zur Ostseite lag. Nachmittags wurde es allein durch den Widerschein der Sonne von den gegenüberliegenden Häusern beleuchtet. Dora hatte nur die kleine Lampe aus farbigem Plastik in Mondrian-Blau, Rot und Gelb, erweitert durch Türkis, auf Reginas Schreibtisch brennen. Sie war ein Werk und Geschenk Friedos, des Designers, und fiel in dieser Umgebung völlig aus dem Rahmen. Fremde Gepäckstücke standen herum. Auf der Couch lag ein Schminkkoffer, an den Schranktüren hingen Bügel mit Kleidung.

Als Dora mich empfing, trug sie eine schwarze Bluse zu einem Lederrock, die Haare glatt zurückgekämmt in einem Zopf. Sie war wenig geschminkt und hätte bei ihrem ohnehin schon strengen Gesicht die Schminke gar nicht nötig gehabt, stellte ich beeindruckt fest. Sie wirkte wie die Verderben bringende Frau aus einem alten Schwarzweißfilm.

Ich hatte gleich losgelegt und von meiner prekären Position im Studio erzählt. Nein, Angelique kenne sie noch nicht und mit Regina habe sie nur geschäftlich gesprochen, meinte Dora. Sie hielt sich so knapp, dass ich mich unter ihrem kühlen Blick nur als Klatschweib enttarnt sehen konnte. Verlegen redete ich weiter in der Hoffnung auf Resonanz, ich sei eigentlich Künstlerin, deswegen komme mir die Arbeit im Studio sehr gelegen. Ich müsse aber wirklich noch lernen, und Regina sei kein gutes Vorbild. »Stehst du denn auf das, was in einem Studio so abläuft?«, fragte sie mich ganz direkt. Froh, etwas als Ausweis der Berechtigung meines Daseins im Studio zu bieten zu haben, gab ich bekannt, ich sei Fetischistin. Ihre Antwort: »Ich bin SMer«, verwies mich auf den zweiten Platz. Schüchtern erzählte ich noch ein bisschen von Wellendorf und mir. Bald fühlte ich mich so unbehaglich, dass ich mich verabschiedete.

Ich hatte wieder einmal zu viel preisgegeben, ärgerte ich mich, und nichts erfahren. Regina hatte gesagt, Dora mache gerade ihr Abitur nach, sie wolle studieren.

Eines Tages zeigte sich Angelique großzügig und lud mich zu einer ihrer geheimnisumwobenen Behandlungen ein. »Ich hol' dich nachher dazu. Das ist ein ganz Sensibler.« Mir war klar, dass ich das keiner geänderten Politik zu verdanken hatte, dies keine Freundschaftsgeste war. Angelique brauchte einen Zuschauer. Sie wollte angeben.

Auf Zehenspitzen lief sie ins doppelte Behandlungszimmer voraus, trennbar durch Schiebetüren. Nach dem Schließen der Tür war es stockfinster. Angelique war lautlos vom Dunkel verschluckt. Sie musste weit hinten im zweiten Zimmer sein. Nur die Schwarzlichtlampe war an, die Regina auf ihren Wunsch hin installiert hatte, die violette Röhre erzeugte in meinen Brillengläsern eine phosphoreszierende, weiße Trübung.

Vorsichtig, um auf dem Teppich nicht zu stolpern, ging ich voran, nahezu blind, und hätte am liebsten die Hände ausgestreckt. Wo war der Gast, wo Angelique? Da entdeckte ich ihn. Angelique hatte ihn auf den Strafbock gebunden. So viel war auszumachen. Sie selbst stand wie ein Schemen daneben und machte eine großzügige Geste in meine Richtung, zu tun, was immer mir einfiele.

»Na, da bist du ja in eine böse Lage geraten!«, sagte ich vermeintlich mitleidig tröstend in Reginas Manier und legte meine Hände auf seinen Rücken. Sofort packte mich Angelique und zog mich nach draußen. »Wie kannst du denn so grob sein!«, fauchte sie mich an, dabei sah sie unverhohlen froh aus, dass ich mich so tumb gezeigt hatte. »So redet man doch nicht mit dem! Der verträgt kein lautes Wort. Der ist sensibel. Da darf man nur flüstern.«

Ich durfte wieder mit ins Zimmer und sah Angelique beim Flüstern zu. Bald verließen wir den Gast, der jetzt eine Weile allein darben müsse, wie Angelique erklärte. Isabels Erzählungen von der Harmlosigkeit ihrer Gespensternummer hatten sich auf ganzer Linie bestätigt. Es war nichts passiert, was großer Herrinnenkunst entsprach.

Ich versuchte es doch noch einmal mit einer Windelgeschichte. In diesem Fall war eindeutig keine Mutti gefragt, denn Lothar phantasierte sich als erwachsenen Inkontinenten. Am Telefon hatte er weitschweifig erzählt, wie er sich die Behandlung vorstellte. Er wollte mit mir in ein Sanitätsgeschäft gehen, wo ich mich als seine Schwester ausgeben und fragen sollte, wie man den Bruder, der inkontinent geworden sei, windeltechnisch versorgen könne. Danach würden wir in den Babywickelraum eines Kaufhauses gehen. Dort würde ich seine Windeln wechseln. Beide Orte hatte er vorab ausgekundschaftet. Entsprechend dem Tarif, den er zahlen konnte, sollte ich alles innerhalb von neunzig Minuten bewerkstelligen. Regina und Angelique würden die Uhr fest im Blick behalten. Sie waren entrüstet über diese Geschichte. Wie könne man nur so etwas machen! Sie ließen keinen Zweifel daran, dass sie mit dem grandiosen Scheitern meiner Mission rechneten und ich wegen Unzucht auf dem Polizeirevier landen würde.

Lothar war zweihundert Kilometer weit angereist für diese Behandlung. Ich fand ihn einigermaßen nett. Er war vernünftig in dem Sinn, dass er Wege fand, sich seine Träume zu erfüllen. Im Studio hatte ich ihn mit einer Windel versorgt. Mit der U-Bahn fuhren wir in die Innenstadt, und ich musste mir Mut zusprechen. Niemand würde die fette Windel sehen, die Lothar unter der Jeans trug, sie war weit genug, und seine Sportjacke bedeckte den halben Hintern.

Ich könnte das nicht, was er da unternahm. Obwohl es für mich das Schärfste wäre: Draußen mit was drunter. Bei mir müsste aber auch alles zu sehen sein. Ich wäre ein entstellter Schandfleck in vielen Hosen aus Gummi und Folien, jedoch unbedingt ohne Windeln, die ein scheußlicher Plastikminirock nur unzureichend verbarg. Meine Hässlichkeit ließe die Leute um mich herum vor Schreck erstarren. Ich hielte stand mit erhobenem Kopf. Aber nur in der Vorstellung. In Wirklichkeit verginge ich vor Scham, die Geilheit wäre perdu. Die Geschichte mit Lothar, sagte ich mir, ertrug ich nur, weil er mir dafür ziemlich viel Geld gegeben hatte.

Im Sanitätsgeschäft hielt ich mich tapfer. Die Verkäuferin konnte uns beim besten Willen nicht für Geschwister halten, uns fehlte jede Ähnlichkeit. Lothar, ein blonder junger Mann in Freizeitklamotten, und ich schwarzhaarig, dunkelroter Mund und Lidstrich bis hoch zur Augenbraue, im schwarzen, strengen, taillierten Jackett mit schwarzer Hose, den Ledermantel auf dem Arm. Mir war warm geworden. Wir ließen uns beraten, ohne etwas zu kaufen. Ich war froh, aus dem Laden wieder rauszukommen, ohne beschimpft worden zu sein. Dabei hätte ich mich vor der Verkäuferin nicht fürchten müssen. Sie war lustlos gewesen, hatte aber ihre Rolle mitgespielt.

Im Gang zum Wickelraum im Kaufhaus hatte sich eine lange Schlange angestaut. Vor allem türkische Mütter, meist mit mehr als einem Kind, warteten dort ergeben gelangweilt mit ihren Kinderwagen. Keins der Babys oder Kinder weinte, kein Gequengel war zu hören, keine Seufzer, keine Kommunikation der Mütter mit ihren Kindern. Am liebsten wäre mir gewesen, wir hätten Tarnkappen getragen, doch niemand beachtete uns. Die Luft war stickig, kostbare Zeit verrann. Vorerst blieben wir die Letzten der Schlange. Sonst hätte ich vermutlich nicht durchgehalten. Als wir endlich drin waren, ging mein erster Griff zum Türriegel, aber selbstverständlich gab es keinen! Jederzeit konnte jemand reinkommen und den Skandal machen, den Regina und Angelique prophezeit hatten. In dem Fall, nahm ich mir vor, würde ich mich wie eine Löwin aufführen, die ihr Junges verteidigt, und rufen: »Mein Bruder ist behindert. Was wagen Sie, uns zu unterstellen?« Auf die Wahrheit würde sowieso niemand kommen. Auch Lothar war jetzt ziemlich flau geworden. Hastig und kunstlos wechselte ich seine Windeln. Das war alles gewesen, mehr hatte er sich nicht gewünscht.

Danach war sogar noch Zeit für Tee und Kaffee in einem Alte-Damen-Café. Wir bestätigten einander, wie aufgeregt wir gewesen waren. Hier in so verschlafener Gesellschaft fühlten wir uns sicherer. Bis Lothar sich über den Tisch beugte und beschämt flüsterte: »Ich glaube, ich habe zu viel gepinkelt! Was soll ich denn jetzt machen? Ich habe bestimmt einen dicken nassen Fleck auf der Hose.«

»Du bleibst sitzen«, sagte ich bestimmt. »Ich hole meinen Mantel. Wenn du aufstehst, stelle ich mich davor, und sollte man was sehen, hängst du ihn dir um.«

Lothars Hose hatte tatsächlich einen Fleck. Ich war selbst erstaunt, wie ruhig ich blieb. Ich begleitete ihn bis zum Parkhaus, in dem er sein Auto abgestellt hatte, und verabschiedete mich. Dass er mit feuchtem Hintern heimfahren würde, war für ihn kein Problem. Ich schaute auf die Uhr und eilte zur U-Bahn. Exakt anderthalb Stunden waren vergangen. Ich freute mich auf die erstaunten Gesichter von Regina und Angelique. Souverän würde ich sagen: »War doch alles kein Problem!«

Regina war zu Großzügigkeit imstande. Einer der Gäste, Kuddel, musste nicht zahlen, und sie begegnete ihm wie einem guten Freund. Bei seiner halbstündigen Notversorgung hatte ich Regina jeden Mittwoch assistiert. Sie erzählte mir, er habe auf zu großem Fuß gelebt, seine Einkünfte als Arzt hätten das nicht hergegeben. Er sei süchtig nach Sex und habe auch beim Spielen viel Geld verloren. Jetzt sei er mittellos, seine Frau und seine Kinder seien gezwungen, sich Secondhand-Kleidung zu kaufen.

Kuddel war ein in die Jahre gekommener Charmeur, ein zerfledderter alter Hase. Nach der Dusche saß er jedes Mal nackt auf dem gelben Badetuch, das Regina nur für ihn verwendete – und rauchte eine, während er auf die Behandlung wartete. Er tat das wie ein Kind, verstohlen grinsend, als ginge es nur um die Heimlichkeit und die Komplizenschaft mit Regina, die ihm die Zigarette gönnte, wie sie ihm seinen Sex gewährte. Eine Narbe durchschnitt der Länge nach seinen Leib, er hatte einen Schrittmacher in der Brust ticken. Als Angelique ihn einmal sah, hatte sie gemeint, den kenne sie, er wäre auch jede Woche bei Cora gewesen und Isabel habe jedes Mal zweihundert von ihm genommen. Regina wollte erst nicht glauben, dass das bis vor kurzem noch der Fall gewesen war. Dann hatte sie sich Schreibblock und Kalender geschnappt und zu rechnen begonnen. Wütend rief sie mir zu: »Auf mein Geld kommt es mir nicht an. Aber du! Du hast jedes Mal geholfen. Das muss er zahlen! Jede Woche zweihundert, wie bei Isabel!«

Er wird sagen, er hat das Geld nicht, dachte ich, und dass es viel zu viel war für die halbe Stunde. Er wird gehen und nicht wiederkommen.

Regina, Angelique und ich dachten über Anzeigen nach. Alle warben wir im GUM, einem Heft, das aber nur Gummifetischisten lasen. Ich wollte es mal in der »Morgenpost« probieren. Seitenweise alphabetisch geordnet inserierten hier die Huren und unter »D« auch Dominas. Angelique und Regina reagierten empört und benahmen sich, als wären sie höhere Töchter, denen man ein Verhalten unter ihrem Niveau abverlangte. Niemals würden sie sich über eine Anzeige mit Normalhuren gemein machen!

»Da kommen fürchterliche Typen!«, ereiferte sich Regina. Das würde ich schon am Telefon merken. »Lass das bloß bleiben!«, warnte sie mich. »Die kommen dann hierher!« Und das wollte sie auf gar keinen Fall.

»Das letzte Gesocks kommt da!«, erregte sich auch Angelique. »Damit bekommst du nie *gute* Kundschaft!«

Ja, am liebsten hättet ihr nur Superreiche!, dachte ich wütend. Die Spitzen der Gesellschaft! Die sollten, ohne viel Aufhebens um ihr Anliegen zu machen, am besten auf allen vieren hier hereinkommen, die Geldbüschel zwischen den Zähnen, Männchen machen und nach einer halben Stunde schicksalsergeben wieder abhauen, glücklich, dass eine von euch Überfrauen geruht hat, bei ihnen

Hand anzulegen. Was bildeten diese Weiber sich eigentlich ein, wer sie waren und was sie zu bieten hatten? Ich beschloss es trotzdem mit der Anzeige zu versuchen.

»Ich geh' wieder in den ›Domina-Führer‹«, krächzte Angelique. »Da war ich ja auch schon, wie ich bei Cora war. Da kommen *gute* Gäste!«

»Nein, da geh' ich nicht rein«, meinte Regina distanziert. Ich wusste, dass ihr das Heftchen auch schon zu ordinär war. Das wollte sie ihrer Freundin gegenüber aber wohl nicht so hart sagen.

Angelique kramte ein Foto aus ihrer Tasche – anscheinend trug sie es stets mit sich herum. »Schau, damit war ich im ›Domina-Führer‹!« Sie reichte es mir. »Willst du eins?« Immer wieder suchte sie in letzter Zeit meine Bewunderung. Sie sah tatsächlich gut darauf aus und hatte es geschafft, ihren Ansprüchen zu genügen, die sie sonst nur lautstark behauptete. Wie die schöne, grausame Kriegsherrin aus einem Fantasy-Film steht sie mit gegrätschten Beinen, zwischen den Händen eine ledergeflochtene Nilpferdpeitsche spannend, mitten im Bild. Ihr Blick vernichtet. Sie ist einwandfrei finster geschminkt und üppig kostümiert, in Sachen, die ich noch nie an ihr gesehen hatte, mit viel Gold, riesigen Ohrgehängen, Armspangen, Kettchen an den Stiefeln, sogar die Jacke von der militärhistorischen Sorte trug goldene Paspeln. Sie musste sich das alles geliehen haben.

Den Fotografen könne sie mir vermitteln, sagte Angelique. Der suche sowieso gerade Leute für einen Artikel über Paare, die SM praktizieren. »Wäre das nicht ein guter Deal: Er kriegt das Foto für seinen Artikel, und du bekommst dein Werbefoto, Alexis.« Angelique sprach mich immer mit meinem Arbeitsnamen an.

Wellendorf war einverstanden. Für das Paarbild stellten wir eine Herrin mit ihrem Ehesklaven dar. Auf Wellendorfs nacktem Hintern prangte ein Kugelschreiber-Tattoo »Besitz meiner Herrin«, das eine Visagistin ihm aufgemalt hatte. Die Szene gefiel uns nicht. Das waren nicht wir.

Mein Werbefoto dagegen sah viel besser aus als die von Reginas Fotografenfreund Wilfried, der gleichmäßig hell ausgeleuchtete, realistische Abbilder vor biederen Hintergründen in Rosa, Violett und Hellblau bevorzugte. Auf dem neuen Bild stellte ich mich vor eine rotschwarze Höllenglut, mit einer zur Aura hoch auftoupierten Punkfrisur, künstlichem Busen im Gummi-BH, einem Korsett mit vier Metallschließen, strumpfengen Plateaustiefeln bis zum Schritt aus Lackleder mit siebzehn Komma fünf Zentimeter hohem Absatz – auf denen ich nur stehen und nicht laufen konnte und die ich sicher nie im Studio verwenden würde – sowie Stachelmanschetten über den Handschuhen. Und ich hatte die Lendenzone entdeckt. Womit blenden die meisten der Frauen, die sich anpreisen? Mit dem Fleisch zwischen Strumpf- oder Stiefeloberkante und dem hochgezogenen Slipausschnitt. Bei mir spannte sich darüber nur die Haut eines Minirocks aus transparentem Gummi.

Ich ging mit dem Bild in ein neues Domina-Werbeheft, das auf besserem Papier, in besserer Druckqualität einen Hauch solider wirkte als das bisherige, und hatte sofort Erfolg.

Johannes, einem der ersten Anrufer, gefiel das Foto derart, dass er mich um einen Großabzug bat, den er über sein Bett hängte. Allerdings erst nachdem er schon ein halbes Jahr Gast bei mir gewesen war. Ihm gestand ich das zu, er würde mir nie zu nahe treten. Er kenne Reginas Studio schon, hatte er gleich zu Beginn gesagt. »Ich war bei Angelique. Darf ich zu Ihnen wechseln?« »Es ist Ihre Entscheidung, zu wem Sie gehen.« So wie alle Neukandidaten siezte auch ich ihn am Telefon. »Das ist die Regel. Keine von uns darf beleidigt sein, wenn jemand zu einer anderen will.« Ich war gespannt gewesen: Ein Gast, der Angelique verschmähte! Einer, der lieber mich ausprobieren wollte?

Wir sprachen nie darüber, was er bei ihr erlebt hatte. Nur, dass ich Angelique nicht leiden könne, gab ich später zu, als mein Verhältnis zu ihm sich gut entwickelt hatte. Was er sofort verstand.

Johannes war über zwei Meter groß. Wenn ich ihn von weit unten nach oben bedrohlich ansprach, musste ich insgeheim lachen. Sofort verfiel er – für mich ein Wunder – in schönste Demut. Wieder einer, der mich liebte, mit dem zusammen ich lernen konnte. Und der Erste, der von mir keine Gummigeschichte wollte. Es kostete mich nichts, mich für ihn anzuziehen, wie er sich das wünschte und wie ich das ansonsten ablehnte, weil es mir eigentlich verhasst war – in der Billighurenvariante. Dazu nahm ich den roten Lackmini mit seitlichen Schnürungen und ein winziges Spitzenbustier mit Volant, das mir Regina aus ihrem unerschöpflichen Fundus geschenkt hatte. Für Fußliebhaber hatte ich mir standesgemäß im Hurenschuhhandel rote Riemchensandaletten besorgt. Die Strümpfe machten mich endgültig zur Strapsmaus. Es verlangte ihn nach kleinen Quälereien, nach meinen Füßen und meiner Pisse.

Johannes verehrte mich und konnte das Spiel säuberlich vom Vorher und Nachher trennen. Kaum betraten wir das dunkle Zimmer, ging sein Blick devot zu Boden. Seine Geschichte war leicht zu erfüllen. Und er war mehr als bereit, sie zu genießen. Erst hatte ich ihn am Joch, die Arme hoch, die Beine mit der Spreizstange gegrätscht. Ich umkreiste ihn. Ich schalt ihn. Da hatte er schon einen Ständer, den größten Schwanz überhaupt, den ich damals kannte. Das sagte ich ihm aber nicht. Er war nicht hier, um gelobt zu werden.

»Habe ich dir erlaubt, schon wieder so fett zu sein?« Mit kleinen Schlägen schlug ich ihm auf den Schwanz, streichelte Johannes anschließend am ganzen großen Leib, berührte ihn schließlich nur noch mit den Fingerspitzen. Das war ihm erst einmal angenehm. Die Atemzüge wurden immer tiefer, er erschauerte. Dann wurde es kitzlig. Auch das schien eine Weile willkommen. Seinen dicken Anzeiger hoch erhoben, fing er an zu juchzen. Bis er mich kichernd und piepsend anflehte aufzuhören: »Herrin, bitte, bitte nicht mehr!« und erlöst: »Danke, Herrin.«

Demonstrativ streifte ich meinen kleinen Slip herunter, den ich mir zwischen die Beine hielt, und beschrieb, was ich da machte: »Ich pisse ihn an!« Dann zog ich Johannes den Slip über den Kopf, so dass der nasse Schritt auf seiner Nase lag. Er hob den Kopf, schloss die Augen, roch in tiefen Zügen. Das erinnerte mich immer an den Riesen-Elenantilopen im Tiergarten, der hinter seinem Weibchen ging, als sie rauschend abstrahlte. Er hielt den ganzen Kopf darunter. Mit leicht geöffnetem Maul und bewegten Nüstern hatte er angeregt geschnüffelt. Die Beobachtung verstörte mich damals. Aha, das gibt es, dachte ich, Tiere machen so was. Sie stellten damit die Empfängnisbereitschaft ihrer Weibchen fest, erfuhr ich aus einem Tierfilm. Dieser Genuss, denn es sah eindeutig danach aus, diente also dem universellen Streben nach Fortpflanzung. Im Studio ist jedes Begehren von diesem Zweck abgekoppelt.

Johannes kniete vor mir, während ich saß. Vorsichtig, zärtlich hielt er meinen kleinen Fuß in seinen riesigen Händen. Er leckte, und es gelang ihm, die ganze Spitze in den Mund zu nehmen. Die Gier hatte ihn überkommen. Das gefiel mir.

Dann lag Johannes ungefesselt auf dem plastikbedeckten Boden. Anfangs vergaß ich, genug Wasser vorher zu trinken. Auch während ich an ihm dran war, musste ich weitertrinken. Es war nie genug des kostbaren Stoffs vorhanden. Ich nässte seinen Schwanz, seinen Leib. Ich pisste und spuckte ihm in den Mund. »Du bist nichts als ein Schwanz! Ein vollgepisster Schwanz!«

»Ja!«, war die erregte Antwort. »Herrin, ich bin nichts als ein Schwanz. Bitte pissen Sie mich voll, Herrin!« Er entwickelte den Ehrgeiz, seinen Samen am Ende in seinen Mund zu spritzen. Einmal gelang es ihm bis zum Kinn. Danach waren wir stolz und lachten wie Kinder über die Sauerei, die uns da wieder gelungen war. »Wir sind Schweine«, stellte er hochzufrieden fest, als er sich mit dem Handtuch abtrocknete, um auf dem Weg zur Dusche den Teppich nicht zu beträufeln. Vor der Verabschiedung besprachen wir die Weltlage. Er war Metallarbeiter. Ich dachte, er hätte auch studieren können, aber da, wo er herkam, war das gar nicht erst erwogen worden.

Zur Geschäftsstelle der »Morgenpost« zu gehen, um eine Anzeige aufzugeben, fand ich ungeheuer reizvoll. Neben mir stand ein Puffbesorger, der die Texte für mehrere Frauen über den Tresen reichte. Ich hatte es leicht, mich verrucht zu fühlen. In Reginas Biotop war ich sicher. Kein normaler Sex würde mich da bedrohen. Und ich genoss auch noch den Ruf von Gefährlichkeit und Sonderstellung. Meine Anzeige sollte »Fetisch-Herrin« lauten. Davor ein »D«, damit sie zwischen den Dominas erschien. Um als Erste dazustehen, begannen die ganz arbeitsbegierigen Normalhuren ihre Anzeigen mit fünf bis sieben, ja mit einem ganzen Block aus »A«: »AAAA Süße vollbusige Tina.«

Für die zwei Datentypistinnen, die die Aufträge bearbeiteten, war das alles alltäglich. Gut, dass ich nie mehr an einer Tastatur sitzen musste! Keine brave Anpasserei mehr an ein Büro. Stolz über meinen neuen Beruf verließ ich die Annahmestelle

»Ach, Alexis!«, begrüßte mich im Studio Angelique. Sie hatte ihren Kleinmädchen-Bettelton angeschlagen. »Kannst du mit Elise rausgehen? Ich krieg' doch gleich den Würgeklaus, und sie müsste dringend mal nach draußen. Nur drüben bei den Bäumen entlang. Wenn sie nicht mit dir über die Ampel will, kannst du sie einfach rübertragen. Sie muss nur ein einziges Mal pinkeln, dann kannst du sofort wieder umkehren. Aber pass auf, ob meine Kleine ordentlich gepiescht hat, ja?« Und schon hängte sie das Tier an die Leine und hielt sie mir hin.

Natürlich blieb Elise am Überweg stehen, und es half nichts, dass ich nicht mit einem Pudel gesehen werden, noch dass ich den stinkenden Hund mit den schmutzigen Pfoten nicht aufnehmen und über die Straße tragen wollte. Was für ein Bild, ich mit meiner feuerroten Jacke, im

Arm das weiße Vieh! Ich musste endgültig aussehen wie eine scharfe Proletenbraut. Unter den Bäumen bekam ich dann doch Mitleid mit dem armen Hund, der viel zu selten rauskam. Wir gingen ein Stück weiter als nötig. Auf dem Rückweg nahm ich Anlauf, als ich sah, es wird grün, und Elise ließ sich anstecken, rannte an meiner Seite.

Als ich zurückkam, war Angelique noch mit Würgeklaus beschäftigt, Regina zum Einkaufen gegangen. Ich öffnete das Fenster und schaute über die Straße. Elise sprang neben mich. »Wenn das so weitergeht, wirst du mir noch sympathisch«, sagte ich zu dem Tier. Unten wurde ein Hund vorbeigeführt. »Siehst du den? Das ist ein ganz großer.« Elise reagierte gelassen-interessiert.

Die Zimmertür ging auf, und ein gellender Schrei ertönte. »Bist du wahnsinnig? Elise könnte sich zu Tode stürzen!« Schon war Angelique am Fensterbrett und rettete ihr Kleinod. »Wie kannst du so gedankenlos sein!« Ich betrachtete sie kühl abschätzig, als Regina hereinkam, die Szene mit einem Blick erfasste und diesmal nicht für Angelique Partei ergriff. Es sah aus, als wollte sie ihre Ruhe haben.

Ich lief über die Straße zur U-Bahn. Mir war froh zumute. Das Weiberproblem verbesserte sich allmählich. Der Blumenhändler hatte längst geschlossen, die bunten Sträuße und Pflanzen weggepackt. Ich vermisste den Duft, als ich die Treppe hochstieg. Die U-Bahn fuhr hier überirdisch. Im Sommer waren die Türen zum Bahnsteig offen. Im Winter stank es wie im Hühnerstall. Auf dem Bahnsteig ging ich ganz nach hinten, dorthin, wo er sich gefährlich verjüngte. Das Zugende befand sich an der Station, wo ich aussteigen musste, gleich an der Treppe zum Ausgang. Es musste alles passen, ein Bedürfnis, das ich immer häufiger an mir wahrnahm.

Im Wagen schaute ich mir die Leute an. Nie sah mich jemand an. Dabei war ich geschminkt wie ein Zirkusgaul – in Zeiten, in denen »Natürlichkeit« angesagt war – und trug zum großen schwarzen Ledermantel eine silberne Lurexhose mit Schlag, obwohl doch gerade alle Hosenbeine eng waren. Aber auch das fiel nicht auf. Die meisten sahen müde und teilnahmslos ins Leere. Nur wenige lasen etwas. Die Männer könnten Gäste sein, dachte ich. Manchmal spießte ich einen mit dem Blick auf wie einen Gast. Vorsicht, das waren keine Devoten! Kaum einer, das machte ich mir klar, ließe sich von mir herunterputzen. Der eine oder andere würde mir dafür böse begegnen. Ich blieb inkognito. Ich allein wusste um meinen Wert. Meine Arbeit würde kaum eine Frau tun! Ich war souverän über Körper, über geheimste Wünsche, ich war tüchtig, ich half. Die Gäste führten ihr normales Leben weiter. Eine Stunde pro Halbjahr, pro Monat oder nur einmal im Leben besuchten sie eine Welt, in der ich mich mittlerweile auskannte.

Nach meiner neuen »Morgenpost«-Anzeige klickte der Anrufbeantworter ununterbrochen. Und als meine Telefonstunde begann, gab es viele, viele Aufleger, alle, die erwartet hatten, nur einen Anrufbeantworter abzuhören, wie so üblich, und die fürchterlich erschraken, weil ich mich persönlich meldete. Die anderen Frauen gingen nie ans Telefon und sagten am Ende ihres Sermons nur die Adresse durch. Regina hatte die persönliche Vorauswahl vorgegeben. Mit jedem Interessenten musste gesprochen werden. An meinem Arbeitstag hatte ich nach der Telefonstunde auch ein Band mit der Adresse laufen. Die Anzeige sollte nicht wirkungslos verpuffen. Aber erst arbeitete ich mich durch die Anruferflut. Niemand war unhöflich oder ordinär. Alle benahmen sie sich so gut erzogen, wie ich es bisher gewöhnt war. Sie waren nur überrascht, dass da jemand mit ihnen sprechen wollte. Ich verführte sie zum Reden und hatte schon bald Anmeldungen. Einige musste ich vertrösten.

Den Kolleginnen erzählte ich erst nachdem wegen der Anzeige nichts Unerwünschtes passiert war, dass ich trotz ihrer Bedenken in der Mopo inseriert hatte. Ich hatte neue Gäste. Sie wollten skeptisch bleiben.

Ich befühlte nachts im Bett meine Brust. Es war nicht mehr zu leugnen. Der Knubbel hatte sich vergrößert, seit ich ihn zum ersten Mal gespürt hatte. Das war vor einem halben Jahr gewesen. Er saß seitlich auf den Rippen, fest und groß wie ein Kirschkern. Das sei ungefährlich, müsse zur Sicherheit aber entfernt werden, hatte der Röntgenarzt damals gesagt. Ich hatte keine Lust auf Katastrophen, mein Frauenarzt ebenso wenig. Er empfahl mir lediglich die genaue Beobachtung. Und jetzt war es so weit. Angst überfiel mich. Morgen, sagte ich mir, werde ich anrufen und einen Termin machen, oder ich gehe gleich hin, ohne Termin!

Im Krankenhaus setzten sie eine ernste Miene auf. Mit so etwas dürfe man nie warten! Am nächsten Tag wurde ich operiert. Mein Operateur war ein kleiner Mann und der denkbar größte Optimist. Liebevoll reinigte er mir mit Alkohol die Brust, nachdem der Verband ab war. Er duzte mich: »Schau, wie schön ich das gemacht habe. Da bleibt nur eine winzige Narbe. Niemand wird was sehen können. Ich mach' dir nur die Klebstoffreste weg, denn wenn du jetzt bestrahlt wirst, wird das furchtbar hässlich aussehen, und du darfst währenddessen die Brust nicht waschen.« Ich war gerührt von seiner Fürsorglichkeit. Er fragte mich aus, und ich erzählte, ich sei Künstlerin und arbeite in einem Dominastudio. Er war sehr interessiert und wollte alles genau erklärt bekommen. Ich sollte ihm auch eine Zeichnung schenken. Aus einer Auswahl erbat er sich eine, auf der ein Mann in turnerischer oder tänzerischer Haltung einbeinig auf einer zitronengelben Eisscholle stand. Er hatte den Körper nach vorn gebeugt und hielt das andere Bein und die Arme in der Waagrechten, als wolle er abfliegen. Die Zeichnung stammte noch aus der Zeit, in der ich beim Zeichnen vor mich hin philosophiert hatte. Diese Bilder waren auf jeden Fall eingängiger, hübscher und deswegen als Geschenk besser geeignet als die Fotos von Wellendorfs Zurichtungen seines Körpers durch Fetischkleidung.

Mein Arzt hatte mich in sein Privatkämmerchen im Krankenhaus eingeladen, dessen Wände voller Bilder hingen. Er zeigte mir, wo er meines aufhängen würde. »Es wird nie wieder was kommen bei dir«, machte er mir Mut. »Wir haben es rechtzeitig erwischt. Es ist die langsame Sorte.« Ich glaubte ihm. Schließlich lebte ich gesund und vorsichtig.

Voller Sorge besuchte mich Regina im Krankenhaus. Sie war beeindruckt von meiner Entschlossenheit und Zuversicht und brachte das Geld von Kuddel mit, das sie ihm tatsächlich für meine halbe Stunde Assistenz noch hatte abknöpfen können. Das sei doch ein Ausgleich meines Verdienstausfalls, sagte sie mit Wärme, als sie es mir überreichte. Und dass Kuddel nicht wieder ins Studio dürfe. Sie gab mir ein Polaroidfoto. »Hier, damit du kein Heimweh haben musst!« Der Anblick hatte mir nun gerade nicht gefehlt! Auf der Couch des Mädchenzimmers sitzen mittig die Freundinnen, eng zusammengekuschelt, das äußere Bein jeweils nach innen übergeschlagen, in perfekt symmetrischer Einvernehmlichkeit. Lachend blicken beide auf Elise, die sie gemeinsam zwischen sich zum Männchenmachen hochhalten. Angelique dabei in Jeans, rosa Tennisschuhen und weißem T-Shirt. Regina trägt immerhin eine schwarze Strumpfhose und ein schwarzes T-Shirt. Damit hätte sie sich, falls es klingelte, mit dem Überwerfen des weißen Kittels und dem Tausch der Gesundheitslatschen durch Pumps leicht zurechtmachen können. »Dominas at work« und »Küsschen für Alexis« hatte Regina daruntergeschrieben. Gut, dass das nur eine leere Drohung war. Wir küssten einander nie. Das Foto brachte das Verhalten der beiden auf den Punkt: Spaß haben und Arbeit vermeiden.

Nach den Bestrahlungen ging ich sofort wieder ins Studio. Ich machte mir keine Sorgen. Meine Brust allerdings war rot verbrannt, deshalb konnte ich bei der Arbeit einige Wochen nur Baumwolle auf dem Oberkörper tragen. Regina hielt jetzt etwas von mir. Mein Stand im Studio hatte sich enorm verbessert.

Angelique überraschte mit einer neuen unschlagbaren Geschäftsidee. Schon bei Cora hätte sie Programme mit Äther gemacht, die brächten »echtes Geld«. Äther passe hervorragend zu ihr, schließlich sei sie Krankenschwester gewesen. Das hatte sie schon öfter erzählt. Ich glaubte es ihr nicht. »Bestenfalls war sie Zivildienstler im Krankenhaus gewesen, als sie noch als Mann unterwegs war«, hatte ich Wellendorf gegenüber gelästert: Wie das ginge mit dem Äther, fragte ich Angelique, wenn die Gäste doch die ganze Zeit betäubt wären und kaum etwas mitbekämen. »Weiß ich doch nicht«, hatte sie zunächst wenig mitfühlend geantwortet. »Die mögen das, wenn sie beduselt wieder aufwachen und sehen, was man ihnen mit Filzstift auf den Bauch gemalt hat, wo sie operiert werden sollen.«

Der gefährliche Stoff wurde besorgt und im Kühlschrank deponiert. Er sollte jedoch zu keiner Verwendung kommen. Niemand hatte eine Behandlung damit riskieren wollen. Regina warf das Giftzeug schließlich weg. Mit Genugtuung registrierte ich, dass Angelique ihr zunehmend lästig zu werden schien.

Da sie sich für gnadenlos hielt, genügte es Angelique nicht, einem Gast auf dem Gynstuhl einen Einlauf zu machen. Zur Verschärfung hatte sie ihm vorab auch noch ein rektales Abführmittel appliziert. Der Einlauf war eine Prozedur, die mir zu meiner Erleichterung bisher erspart geblieben war. Schon das Rohr in die Hand zu nehmen ekelte mich, auch wenn es gewaschen und desinfiziert war. Ganz zu schweigen vom Theater mit dem Aufpumpen der Luftkammern zur Halterung im Darm, denen ich nicht traute, dem Wasserbeutel, dem Schlauch, der Klemme zum Öffnen und Schließen des Zulaufs und zuletzt der Aussicht, den Gast mit gefülltem Bauch und mit der ganzen Apparatur im Hintern über den Gang ins nahe Mädchenklo zu schicken, wo er sich das Teil herausziehen musste. Wenn bis dahin nicht schon längst ein Unglück geschehen war. Abgesehen davon, wie die Toilette danach aussah …

Und dann stand Angelique mit der großen, hässlichen weißen Plastikschürze in der Tür – dass sie so was überhaupt anzog –, einem nassen Putzlappen in der Hand, und verkündete schockiert, verschämt und traurig vom geplatzten Gast: »Der hat auf einmal alles vollgemacht!«

Ich war so entsetzt, dass mich nichts mehr hielt und ich hysterisch losbrüllte: »Bist du wahnsinnig! Du hast bestimmt mit deinen verseuchten Fingern alles angefasst! Du tropfst doch mit dem Lappen alles voll! Und reingelatscht bist du auch!« Ich wunderte mich, wie leicht das ging und wie richtig es war. Den Ekel gab es also noch, er war potent genug gewesen, mich mitzureißen. Auch Queen Regina *was not amused* und hatte der wie eine reuige Sünderin vor uns stehenden Angelique kühl befohlen, alles sauberzumachen. »Nimm Desinfektionsmittel!«, setzte ich dazu.

Bei nächster Gelegenheit verkündete Regina förmlich, als hielte sie ein Ansprache: »Ich habe beschlossen, den Mittwoch künftig freizunehmen. Ich denke, ich kann euch inzwischen alleine lassen.« Sie lachte über ihr kleines Späßchen.

Ich entstieg der U-Bahn und bombardierte Wellendorf mit meinen Neuigkeiten: »Angelique kauft sich lauter teure Sachen, die zum Arbeiten komplett unpassend sind. Sie hat heute einen Lederanzug vorgeführt, sogar der Kopf ist umwickelt wie mit einem Verband, nur das Gesicht schaut noch raus, mit riesigen Ärmeln, in dem sie wie eine Fledermaus aussieht.«

»Da ist es bestimmt schön warm drin!«

»Im Gummizimmer hat sie eine blonde Perücke mit Haaren bis zum Hintern deponiert. Sie wolle das alles aber erst benutzen, wenn einer kommt, der richtig zahlen würde, sagt sie.«

»Ich dachte, es kommt niemand mehr. Was sagt Regina denn dazu?«

»Keine Ahnung, sie ist ja mittwochs nicht mehr da!«

»Und von was lebt Angelique dann?«

»Die neueste Idee ist, dass Regina ihr ein Epiliergerät kaufen soll. Sie will ein ›Epilierstübchen‹ aufmachen. Sie glaubt, sie habe nur eine Flaute im Geschäft.«

»Die bist du bald los!«, prophezeite Wellendorf. Er schloss die Tür auf. »Ich habe eine Überraschung für dich!«

»Wo?« Ich schoss ins Zimmer. »Du hast das Lederteil abgeholt! Und mir nichts gesagt!«

»Sie haben angerufen, dass es fertig ist.« Wellendorf strahlte, dass ihm die Überraschung gelungen war.

Schnell zog ich mich aus, obwohl ich für heute eigentlich genug vom Studio hätte haben sollen. Ich hatte mir einen klassischen Dress aus sehr festem Leder machen lassen. Ich glaubte an sexy Lockstoffe und freute mich, dass es mir hiermit gelang, diese trotz meiner Kinderfigur freizusetzen. Mein winziger Busen lag durch Wattierung leicht vergrößert im offenherzigen Bustier mit Schnürungen an den Seiten. Dazu gehörte ein hochgeschnittener Slip mit grobem, silbernem Reißverschluss. Die obligaten langen Schnürstiefel dazu lagen schon in meinem Schrank im Studio. Das bequeme Leder, statt dem schweißtreibenden Gummi, passte besser zu den härteren Programmen, an denen ich nach und nach Gefallen fand.

Wellendorf und ich saßen im Bungalow von Reginas geheimnisvollem Freund, weit draußen im grünen Vorort. Er selbst war abwesend, angeblich verreist. Wellendorf hatte schon gelästert, dass es ihn womöglich gar nicht gäbe, aber er war manchmal zu einer Behandlung im Studio gewesen. Seit Angelique Reginas Freundin geworden war, hatten wir uns nicht mehr wie früher manchmal beim Chinesen zum Essen getroffen. Nie war uns dabei viel zu erzählen eingefallen. Ich bewunderte immer, wie direkt Wellendorf mit Regina sprach, Angelique darin nicht ganz unähnlich. Und die konnte das gut vertragen. Auch wenn ich längst kapiert hatte, dass man genau so mit ihr umgehen musste, fühlte mich immer gehemmt und verquält mit Regina.

In der großen, profimäßig ausgestatteten, neonhellen Küche servierte Regina uns ein erstklassiges Menü mit mehreren Gängen. Das Wohnzimmer, in dem wir uns danach um den üblichen Couchtisch installierten, fand ich weniger gelungen. Unter der viel zu niedrigen Decke gab es wenig Licht. Durch die großen Fenster sah man auf eine kleine Rasenfläche, die allzu nah von einer hohen Hecke begrenzt war. Der Raum langweilte mich. Menschen, die geistig dazu fähig waren, sich ein großes Haus zu erarbeiten, hatten anscheinend nicht notwendigerweise Geist und Gefühl, um es auch einzurichten. Es gab eine Schrankwand mit Nippes aus Zinn und Prunkgeschirr wie überall, keine Bücher, noch nicht einmal Bilder.

Wellendorf stellte gleich ganz ungeniert die direkte Frage nach Angelique. »Ich höre so einiges von Susanne, wie du dir denken kannst.«

Und Regina antwortete ebenso ohne Umschweife: »Tja, nachdem mir Angelique jetzt seit Tagen die Beine epiliert und kein Gast mehr zu ihr kommt, habe ich sie an eine Freundin in Zürich vermittelt, die da ein Studio hat. Nutzt ja nichts. Sie muss was zu beißen haben. Dort gibt es viel Kundschaft.«

»Ich hab' kein Mitleid mit ihr!«, sagte ich zu Wellendorf auf dem Heimweg im Taxi.

»Das fehlte auch noch!«

»Obwohl sie mir neulich gesagt hat, sie wüsste nicht mal mehr, woher sie das Geld fürs Essen nehmen soll. Sie hat das ganz unspektakulär gesagt. So wie man sagt, dass es heute den ganzen Tag regnet. Also nicht, als wolle sie mich anbetteln oder als erwarte sie, dass ich sie bedaure. Ganz normal ist sie plötzlich, jetzt, wo es für sie ernst wird.«

Ich hatte Angelique überlebt! Erfüllt von Besitzerstolz lief ich von einem Raum in den anderen und machte die Lichter an. Nie würde ich sagen: Mein Studio. Aber zumindest einen Tag in der Woche war es nun mein alleiniges Herrschaftsgebiet. Denn Regina war ihr freier Mittwoch liebge-

worden, und sie ließ mich in Ruhe. »Allein, allein, allein«, sang ich. Der Beginn paradiesischer Zeiten! Ich konnte mich benehmen, wie es mir passte. Es gab nur noch eine Regel: Den Laden so zu verlassen, wie ich ihn angetroffen hatte. Ich stand im besten Zimmer, dem mit dem großen Spiegel, und sah mich um, schnüffelte. Den Geruch nahm ich jetzt erst wahr: Es roch nach leerem altem Zugabteil. Ich holte aus dem Bad das Raumspray, das ich noch nie benutzt hatte, und prüfte es. Es war erträglich, wie parfümierte Papiertaschentücher, hielt aber nicht lang. Ich nahm mir vor, ein paar gute Räucherstäbchen – Myrrhe – mitzubringen, keinen dieser muffigen Hippiedüfte.

Regina war nur noch auf ihren Bildern anwesend. Die schönen Schwarzweißfotografien hingen überall im Studio. Breitbeinig steht sie im sexy engen Lackdress aus Hose und Bustier, schlank und mit tadelloser Figur. Sie hält eine Fransenpeitsche mit beiden Händen gespannt vor sich hin. Keck sieht sie über eine riesenhafte runde Sonnenbrille hinweg. Das würde bestimmt wieder irgendwann Mode. Ja, Regina war sehr jung auf den Fotos. Und das fiel mir jetzt erst auf: Sie sah damals aus wie Brigitte Bardot. Mit ihren vollen Lippen, dem Blick und der Haarpracht. Deshalb hatte sie sich zum Arbeiten »Brigitte« genannt. Deutsch ausgesprochen, statt französisch, klingt der Name allerdings wenig inspirierend.

Dass ich nun allein für das Studio an meinen Tagen verantwortlich war, beflügelte einen mir bis dahin unbekannten Ehrgeiz. Ich warb um jeden Anrufer, dessen Geschichte mir irgend machbar erschien, und fand es aufregend, mich auf die verschiedensten Eigenarten einzustellen. In erster Linie wollte ich allen helfen. Ich hatte eine Servicementalität entwickelt. Und natürlich wollte ich Kundschaft, mein Geschäft sollte laufen. Es gab Tage, die vor Anmeldungen überflossen, an denen ich bis in die Nacht arbeitete. Auch weil SM gerade ziemlich Mode war. Daraus resultierten etliche schwerer zu handhabende Eintagsfliegen, die probieren wollten, was an der Sache dran war, sich eine Mutprobe verordnet hatten oder glaubten, es gehöre zu einem gewissen luxuriösen Lebensstil, sich so etwas einmal zu gönnen.

Die Koordinierung der Anmeldungen war nicht einfach. Außer den Stammgästen, auf die Verlass war, lernte ich abzuschätzen, ob ein Neuer kommen würde oder nicht. Ein wirklich Interessierter stellte ganz konkrete Fragen. Es war ihm anzumerken, wenn er auf meine Antworten anbiss. Um Enttäuschungen zu vermeiden, sagte ich, dass ich eher eine sportliche Figur hätte. Wenn jemand große Brüste sehen wolle, solle er lieber woanders hingehen. Bei denen, die Grenzfälle zu sein schienen, warnte ich: »Der normale Sex darf Ihnen nicht fehlen. Ich will Sie nicht enttäuschen. Nicht, dass Sie dann denken, ein Fick wäre doch gut gewesen.« So redete ich natürlich nur mit solchen, denen anzumerken war, dass sie das vertrügen. Es gab andere, die wollten mich romantisch, das mochte ich am wenigsten.

Den größten Anreiz stellten für mich die Schüchternen dar, die ich teils vorsichtig und rücksichtsvoll behandelte, teils besonders fest, um sie zu führen. Es gab einen, der nichts sagte, der nur lauschte. Immer war ich es, die ungeduldig aufgelegt hatte. Da fing ich auch an zu lauschen. Ich hörte seinen angespannten, unterdrückten Atem. Vorsichtig fragte ich: »Hallo? Ist da jemand?« Keine Reaktion, dann Auflegen seinerseits. Das ging drei, vier Mal so. Ich flüsterte: »Wollen Sie mir nicht sagen, was Sie sich Schreckliches wünschen?« Da kam es: »Ich will Stiefel küssen!«, stieß er ebenfalls flüsternd aus. Ich versuchte so etwas wie ein Gespräch mit ihm, und wir machten einen vagen Termin. Vergebens, er traute sich nicht.

Mit der Studioausstattung hatte ich wirklich etwas zu bieten. Fast immer konnte ich die Hoffnungen und Erwartungen der Anrufer mehr als übertreffen. Nur wenige wollten so Spezielles, dass ich nicht weiterhelfen konnte. Misstrauische lockte ich mit einer kostenlosen, unverbindlichen Besichtigung. Die nicht so einfach zu taxieren-

den Telefonate waren die, in denen jemand versaut reden wollte – es konnte sein, er holte sich gerade einen runter dabei, es konnte aber durchaus auch sein, dass er ein netter Gast würde. Genauso schwer abzuschätzen waren die Fälle endloser Erkundigungen, aus Sorge, ob ich wohl die Richtige sei.

Manche kannte ich dann zur Genüge. Etwa den, der unter dem Zwang stand, die Frage zu stellen: »Haben Sie schwarzes Gummi?« – »Natürlich«, antwortete ich und beendete schnell das Gespräch, indem ich einen Termin mit ihm ausmachte, den ich nicht zu notieren brauchte – der kam sowieso nie. Wenn jemand bereits schwer atmend sein Anliegen vortrug, gab ich ihm noch eine kurze Chance, sich zu fangen, denn es könnte ja auch an der Aufregung liegen, bevor ich höflich und freundlich sagte, ich sei kein Telefonsexunternehmen. Er solle woanders anrufen.

Meine Maxime war, niemandem böse zu sein. Ich fiel nicht mehr drauf herein, wenn einer mir genau erklären wollte, wie ich schon an der Tür angezogen sein sollte, und sich dann zur vereinbarten Zeit in sicherer Entfernung selbst bediente. Die Rache an der strengen Frau war das. Sie zeigte sich auch bei vielen, die schnell krachend auflegten, sobald ich den Hörer an mein Ohr hielt.

Ich fokussierte all meine Energie auf den Mittwoch und versuchte, diesen Arbeitstag im Studio aufs beste zu bewältigen. Ich lebte immer regulierter. Am Abend vorher lackierte ich meine Nägel. Nach der Arbeit, vor dem Vollbad, musste der Lack wieder herunter. Am Donnerstagmorgen wurden die Krallen so weit zurückgefeilt, dass sie beim Kunsterzeugen nicht im Weg waren. Der Kampf gegen Haare in der falschen Farbe und am falschen Platz war vielfältig. Die Kopfhaare färbte ich schwarz, mein natürliches Dunkelbraun reichte nicht aus. Die dagegen viel zu dunklen Härchen über dem Mund färbte ich bereits seit meinem fünfzehnten Lebensjahr silberblond. Mein Vater hatte mich damals brutal drauf hingewiesen: »Du hast da was über dem Mund. Sieht aus wie schmutzig.« Die Augenbrauen zupfte ich in Form, und seit kurzem epilierte ich auch die Beine. Die Schamhaare hingegen gingen niemanden etwas an. Die bekam sowieso kaum einer zu sehen. Blank wäre mir zu kindlich gewesen.

Bevor ich ins Studio ging, schminkte ich mich mit ganzem Aufwand: Make-up und Puder, dunkle Lidschatten, malte die dunklen Augenbrauen noch dunkler, den Lidstrich bis zu den Brauen hoch. Das war nie einfach. Trotz der Routine, die ich endlich entwickelt haben sollte, blieb meine Hand ärgerlich zittrig, ich musste die Luft anhalten, wenn ich den Pinsel führte. Die Linien im absolut perfekten Schwung, konvex, konkav, nicht zu dünn, nicht zu dick und natürlich über beiden Augen gleich. War es auf der einen Seite ein Quäntchen zu viel geworden, musste ich auf der anderen noch einmal nachlegen. Wimperntusche oben. Wimperntusche sparsam getupft zwischen die Wimpernansätze des unteren Augenlids. Fertig. Großer Seufzer. Das dauerte eine Dreiviertelstunde! Ich konnte es einfach nicht schneller. Dann musste ich los. Den Lippenstift legte ich erst im Studio auf, denn trotz Unterpuderung lief er in die feinen Mundfältchen aus.

Den Rest der Woche hatte ich für mich und versuchte, den Sex, der mein Leben geworden war, in die Kunst zu bekommen. Immer wieder blätterte ich den Stapel GUM-Hefte durch, die Publikation für Fetischisten wie du und ich, die meinem Appetit nach Hässlichkeit am besten entsprach. Wie der nackte Kerl im Kleppermantel, der sich da in seiner Küche mit der Gummiwärmflasche einen Einlauf macht. Er hält sie hoch und neigt den Kopf. Statt in ein Gesicht schaut man auf den Knopf in der Mitte einer Ledermütze, die ihn gut abschirmt gegen Betrachter. Er beobachtet, wie der Schlauch, der Wasser in ihn hineintransportiert, im Beinausschnitt seiner kleinen schwarzen Gummihose verschwindet. Dabei steht er lächerlich mit leicht gebeugten Knien. Das Bild eines Selbstauslösers.

Ein einsames Rumpelstilzchen. Niemand weiß … Aber er zeigte sich doch!

Das Heft war mein Lieblingsbilderlieferant geworden. Schnelle Bilder, aufs Notwendigste, auf den Moment des Zeigens begrenzt. Die Darsteller waren nicht auf Schönheit aus, nicht auf Erotik oder gar Romantik. Ich war genauso. Die meisten balancierten wie ich zwischen Zeigewillen und Furcht vor Entdeckung. Auch ich hatte schon höchst private Bilder beigesteuert, außer meinen Werbebildern als Domina, fand es aber nicht aufregend, mich da gedruckt zu sehen.

Was da im Verborgenen blühte, müsste in die Kunst, dachte ich. Wobei ich mich nicht selbst zum Thema machen wollte. Die anderen interessierten mich. Doch den Wärmflaschenmann zur Kunst erheben zu wollen, würde nichts als eine rare Anekdote ergeben. Ich war ratlos. Irgendwie aber mussten sich doch all diese Sonderfälle zu einer allgemeingültigen Aussage über Machtverhältnisse am eigenen Leib zusammenfassen lassen. Das betraf doch jeden, auch wenn die wenigsten pervers geworden waren. Ich brauchte willige Fotomodelle. Aber wie sollte ich an all die Leute rankommen? Ich sah ja im Studio, mit welcher Geheimgesellschaft ich es zu tun hatte. Und ich schlug mich mit der Hässlichkeit des Dargestellten herum, die ich doch liebte. Konnte ich den Modellen zumuten, dass man sie angaffte? Konnte ich sie einem Publikum zumuten? Würde es sich verärgert abwenden, wie Wellendorf es erlebte, wenn er in Hurenstiefeln und Minirock mit mir auf Ausstellungseröffnungen ging?

»Ich würde die Perversen als Stellvertreter für meinen Exhibitionismus missbrauchen«, erklärte ich Wellendorf.

»Was bist du nur für eine arme Bedenkenträgerin!«

»Sie würden betrachtet wie eine exotische Käfersammlung!«

»Das wollen wir doch genau! Machen, sage ich, einfach machen!«

»Davon wird es keine Kunst!«

Wellendorf blieb vorerst mein Modell. Dessen Perfektion leuchtete. Ich stellte ihn vor eine weiße Wand, und seine Kamera brachte vollautomatisch Fotos, nahezu in Profiqualität, zustande. Ich nannte die Serie »Marilyn«: Wellendorfs dicke Lippen, fett rot, ausufernd bemalt, wölben sich darauf vor zum Kleinmädchen-Trotzmund heraus aus dem Mundloch der hellgelben, transparenten Gummimaske. Die Maske wirft groteske Falten, gibt dem Kopf insgesamt etwas Blondes. Der Schwung der Augenbrauen erinnert an Marilyn, wie auch der Blick zwischen Aufforderung und Hingabe. Die schlanke Figur mit den sehr langen Beinen wird absurd verweiblicht durch die riesigen Kegel eines Madonna-Bustiers aus schwarzem Lack. Breite Träger laufen auf weißer, nackter Haut zum Hals hinauf zwischen knochigen Schulterkugeln. Ein Halsband schmückt mit silbernen Rauten aus Nieten auf schwarzem Lack. Der Minirock wiederholt das hellgelbe Gummi der Maske. In der Taille sitzt ein breiter schwarzer Gürtel mit großem silbermetallenem Dreieck. Schwarze Strapsstrümpfe schimmern auf den muskulösen Schenkeln, kniekurze, schwarze Lackschnürstiefel kleiden die Unterschenkel. Die armlangen Handschuhe glänzen feuerrot wie der Lippenstift. Auf den Hüften liegen die Hände in fraulicher Haltung. Marilyn hat einen dicken, schwarzglänzenden, erigierten Gummischwanz, der so prothetisch aussieht wie der Busen.

Ein Galerist, dem ich meine Fotos zeigte, sagte: »Das Bild könnte in den ›Stern‹.« Das war kein Kompliment. Und genau das hatte ich auch nicht gewollt. Thema verfehlt. Man hatte sich mit den bösen Medien – Künstlerregel – nicht gemein zu machen. Allenfalls durfte man sie kritisch beackern, die Feinde der Kunst, mit ihrer geilen Opulenz, mit ihrer Glätte, die nicht in die Tiefe gehen wollten. Die sich auch um jeden Perversen rissen, der sich zeigen wollte, und ihn vorführten wie einen dummen Tanzbären.

Der schlichte »Wichser mit der Wärmflasche« als Motiv wäre also doch besser, ahnte ich. Das Bild war rau – völlig unprätentiös. Reizend war ja auch seine Verschämtheit. Er zeigte und verbarg sich gleichzeitig. Ich wühlte in den Packen von Schnappschüssen, die ich zu Anfang von Wellendorf gemacht hatte. Auch sie waren zutreffender. Ich hatte einfach draufgehalten, während er in Bewegung war, seltener hatte ich Posen fotografiert. Das hätte genau zu der Zeit, als sie entstanden, in die Kunst gepasst. Jetzt war ich Jahre zu spät. Es gab von so was längst große Ausstellungen. Nachrichten aus New York, aus dem Underground. Deswegen hatte es keinen Sinn, es in absichtlich schlechter Qualität, manchmal unscharf, jedoch ein essentielles bisschen präziser noch einmal nachzustellen, wo ich doch längst nicht mehr so über Wellendorf staunen konnte wie damals.

Eine schmale Bar, frisch eingerichtet, keine Schmutzecken, keine lottrigen Provisorien, Neuschick neben den Stelzen der oberirdischen U-Bahn. Einmal im Monat gab es hier für den harten Kern der »nichtkommerziellen Szene« eine Party. Man traf sich zum entspannten Plaudern. Aktionen fanden eher keine statt oder vielleicht später – stellte ich mir wie immer vor –, wenn ich längst in meinem Bett lag.

Mein erster Blick war auf Dora gefallen. Sie saß allein auf einer Bank an einem kleinen Tisch am Schaufenster, halb versteckt neben einem Vorhang, so dass sie von draußen nicht zu sehen war. Die strenge Dora! Sie schaute mich so einladend an, als wir uns grüßten, dass ich mich näher traute. Dora deutete auf den Platz an ihrer Seite. Ich fasste es kaum. Sollte sich da ein nettes Treffen von Kolleginnen aus der kommerziellen Szene anbahnen? Wieder einmal sahen wir uns ähnlich, hatten die Lage gleich eingeschätzt, waren quasi inkognito da, im Wollpullover, Stoffrock, unauffälligen Stiefeln. Ich drehte mich zu Wellendorf um, für den am Tisch kein Platz mehr war. Er nickte uns zu und ging ins Lokal hinein – zu meiner Erleichterung ohne die weitschweifigen Umgehensweisen seiner liebevollen Anhänglichkeit.

Ich fragte mich, ob auf Doras Freundlichkeit Verlass war. Es könnte doch alles so gut passen.

»Hier ist Selbstbedienung.« Dora lächelte.

Die Bar war umlagert. Ich bestellte ein Mineralwasser und setzte mich wieder neben sie, ob die Bestellung nun gehört wurde oder nicht. Kurz schoss mir durch den Kopf, den Mund zu halten und zu warten, bis sie das Gespräch begänne, um gleich darauf doch zu fragen: »Und, läuft es bei dir im Studio?« Nie gelang es mir, mich taktisch zu benehmen! Doch Dora reagierte ganz normal. Wir bestätigten einander erstaunlich gute Geschäfte, und ich traute mich weiter: »Zu mir kommt übrigens ein Typ, der nennt sich Phillip/Henry. Er sagt, er gehe auch zu dir.«

Dora sagte nichts darauf. Ihre Augen weiteten sich, als sie die Tragweite der Mitteilung erfasste, und sie atmete tief ein. Ihr Blick wurde hart. »Ja, ich kenne einen mit zwei Namen. Aber bei mir nennt er sich Georges und Jacques.« Sie sagte es, als wäre das ganz unbedeutend, doch ich vermutete, sie war enttäuscht, wenn nicht wütend, dass dieser Verräter sich auch von mir, der redseligen Fetischistin, behandeln ließ. Dora lächelte an diesem Abend nur noch sparsam. Und ich hatte einen gewissen Stolz gefühlt. Durch den gemeinsamen Gast, und auch noch ausgerechnet diesen, musste ich meine Reputation ihr gegenüber erhöht haben. Phillip/Henrys Doppelspiel und sein einseitiger Verrat hatten sie sicher getroffen. Ich war froh darüber, dass er mich ins Vertrauen gezogen hatte und nicht Dora. Sie wollte das Thema nicht weiter besprechen und grüßte einen Neuankommenden, der sichtlich kaum wusste, wieso ihm diese Ehre zuteil wurde.

Gern hätte ich Phillip/Henrys Lob, Dora sei die Meisterin der Gerte, an sie weitergegeben. Seine Angst vor ihr, die sie durch ihre absolute Unberechenbarkeit bei ihm auslöste, hätte ich gern erwähnt, nicht aber, dass er Dora als kalt bezeichnete. Doch ich hielt mich zurück.

Dass ich mich Phillip/Henry gegenüber illoyal benahm, indem ich Dora von ihm erzählt hatte, machte mir keine

Sorgen. Er war mir mit seiner Geschwätzigkeit bereits ziemlich auf die Nerven gegangen. Ich hatte schon bereut, dass er in mir die Warmherzige liebte. Denn weil ich nett mit ihm war, hatte er sich in mich verliebt und mich mit charmant gemeinten Reden überzogen. Als er mich niedlich nannte, wurde es mir zu viel. Ich verbot es ihm, und er hielt sich daran. Er war so begeistert von mir, dass er mich sogar kurzzeitig wöchentlich besuchte. Und er rief fast täglich an, um mit mir lange Gespräche zu führen, denen nur schwer zu entkommen war. Schließlich bat ich ihn, sich erst zum Ende meiner Telefonstunde zu melden, damit er meinen Betrieb nicht blockierte. Trotz allem fand ich ihn ganz interessant. Wenn er mit mir sprach, schien er sich immer im gleichen Raum zu bewegen. Ich hörte knarrende Dielen und eine Uhr, die tickte. Er war ein älterer Herr, der mir erklärte, dass mein Pseudonym Alexis eigentlich ein Männername sei.

Wie ich dann erfuhr, hatte Phillip/Henry auch schon Regina ausprobiert, ebenfalls unter einem doppelten Namen. Sie verabscheute ihn, fand ihn zu schwärmerisch, zu verkünstelt, und behauptete, er sei schwul und färbe sich die Haare. Ich vermutete, dass sie gekränkt war oder ratlos, weil er in seinen Züchtigungsstunden keinen Sex wollte. Eine ausnehmend seltene Abneigung! Phillip hieß er als der zu Schlagende. Wenn er mit mir telefonierte, nannte er sich Henry. Henry besprach mit mir, wie es Phillip ergehen sollte und wie ihm die letzte Bestrafung bekommen war. Er erzählte davon, dass er Frauen geschlagen habe.

Henry brachte mir schriftliche Konzepte mit, gut geschrieben, die ich gern las, in denen er genau schilderte, wie mit dem Zögling Phillip zu verfahren sei. Die Atmosphäre, die er sich da wünschte, ließ ein reales Geschehen von Beklemmung und Bedrohung in seiner Jugend vermuten. Die Breite seiner Handlungsanweisungen forderte mich unangenehm. Ich wollte das alles nicht auswendig lernen, verstand jedoch, dass wenigstens gewisse Schlüsselworte unerlässlich waren. Das Wort »Höchststrafe«, mahnte er mich, dürfte ich zum Beispiel nur einmal pro Treffen, und nur wenn es sich wirklich um eine solche handelte, anwenden. Und ich sollte immer ankündigen, was als Nächstes folgte. Vor der Höchststrafe zitterte er besonders gern. Dabei hieß eine weitere Bedingung – wie so oft – »keine Spuren«. Ich war allerdings noch weit entfernt davon, welche zu hinterlassen. Seine Texte beschrieben das Zwingende einer Bestrafung, die keinen Grund braucht. Ein Umstand, der für mich schwer zu begreifen war. Er war einer der Gäste, die Geduld mit mir hatten.

Wie Regina vermisste auch ich die sexuellen Handlungen im Geschehen. Das war wie Brot ohne Salz für mich. Im Locken und Versagen lag ein Großteil, wenn nicht die Hauptthematik der Inszenierungen, die die Gäste wünschten. Mit Phillip war ich die ganze Zeit über nur an Bestrafungen gebunden, zu denen er mir nicht den kleinsten Anlass gab, nicht einmal einen phantasierten. Ich vermisste einen Gegenpol, eine Verschnaufpause, einen Trost von der Grausamkeit. Auch ließ sich kein Spannungsbogen aufbauen, an dessen Ende folgerichtig das Abspritzen stand. Ich hatte allein durch einen Blick auf die Uhr, und womöglich nach der »Höchststrafe«, das Ende der Veranstaltung anzukündigen. Danach saßen wir immer noch ein Weilchen gemeinsam auf der Streckbank und unterhielten uns. Sonst wäre mir der Übergang ins Ankleidezimmer zu abrupt gewesen. Ich hatte jedes Mal das Gefühl, ihm etwas schuldig geblieben zu sein.

So wie Phillip/Henry mir Dora geschildert hatte, hatte er genau zu ihrer Dominafigur gepasst. Zu einer »Meisterin der Gerte« mit ihrer Zurückhaltung und Beherrschtheit passte die bloße Zöglingsgeschichte ohne vordergründigen Sex. Er beschrieb sie als unberechenbar, was bedeutete, dass sie sich nicht wie ich brav an seine Vorgaben hielt. Und dass er wiederholt für sich reklamierte, ein Intellektueller zu sein, hatte ihr vermutlich gefallen.

In einem von Phillip/Henrys Exposés sollte ich auf keinen Fall ein »Höschen« unter dem Rock anhaben. Es war eine Phantasie, er würde mich nie bitten zu zeigen, ob ich seinem Wunsch gefolgt war. Mich ärgerte das Wort. Ich hasste dieses Diminutiv. War ich etwa ein Kind? Oder stellte er sich vor, ich wäre mit weiblicher Lingerie in Spitzen und Schleifchen garniert, verlockend angerichtet zum Vernaschen? Solche Wäsche kam mir nicht auf die Haut! Ich legte das Wort auf die Goldwaage, da er Schriftsteller war, wie er immer wieder erzählte, würde er das schon verstehen. Normalerweise unterließ ich es, mein Bestrafungsverhalten von persönlichen Launen und Vorlieben beeinflussen zu lassen. Doch bei dieser Gelegenheit wäre es schade gewesen, meine Wut nicht als Anlass und Verstärker zu nutzen. Ich nahm ihn mir so vor, dass er das Wort künftig nicht mehr verwenden würde.

Phillip/Henry sei Journalist gewesen, sagte er, und von den Kollegen als »Edelfeder« bezeichnet worden. Was sein Eigenlob betraf, nahm er den Mund ziemlich voll. Dass ich bildende Künstlerin war und er Schriftsteller sei, war ihm immer wieder romantische Bemerkungen wert, die ich abstoßend fand. Seinen wahren Namen verheimlichte er mir, so konnte ich kein Buch von ihm auftreiben. Er habe schon länger keins mehr geschrieben, sagte er, sei aber jetzt wieder an der Arbeit. Ich blieb skeptisch. Die Gäste erzählten immer viel über ihre Bedeutung im sonstigen Leben.

Eines Tages nahm ich mir vor, ihn einmal ganz ohne Schläge fix und fertig zu machen. Schon eine Weile hatten wir nur noch telefoniert, denn urplötzlich hatte er erklärt, von seinem Bedürfnis nach Erziehung geheilt zu sein. Ich wusste, dass so etwas nicht zu heilen ist, aber ich widersprach nicht. Sollte er sich einreden, was er wollte. Eine Woche zuvor hatte er mir das erste Kapitel seines neuen Manuskripts gebracht, einen Krimi. Ich war gespannt gewesen. Endlich würde sich zeigen, von welchem Kaliber er wirklich war. Stolz hatte er verkündet, er habe sich erlaubt, meinen Urlaubsort darin einzubauen, von dem er sich hatte erzählen lassen. Den Namen hatte ich ihm buchstabieren müssen. Das war seine Art, sich mit mir gemein zu machen. Wehe, seine Schreiberei hielt nicht, was er versprochen hatte.

Nach der Lektüre war ich enttäuscht. Phillip/Henry ließ bei Lampaul-Ploudalmézeau ein Auto von einer Steilküste abstürzen, nachdem die Bremse manipuliert worden war, dabei gab es dort Sanddünen. Die einzelnen Szenen blieben unverbunden. Die sechs handelnden Personen waren ausnahmslos finstere, perfide Charaktere, die einander Böses wollten, weshalb, wurde nicht gesagt. Sex kam in banalster Form vor. Danach war meine unerschütterliche und lästige Höflichkeit für ihn restlos verbraucht.

Gleich zu Beginn fragte ich Phillip/Henry kühl, ob es sich bei dem Text um einen Entwurf handelte. Verlegen verneinte er. »Dann kannst du es ja nicht gut gefunden haben, wenn du mir diese Frage stellst«, fügte er leise hinzu. Nachdem ich ihm meine Einwände aufgezählt hatte, streifte er mich nur noch mit einem devoten Blick, steckte den dünnen Schnellhefter in seine Tasche und verabschiedete sich. Erleichtert schloss ich hinter ihm die Studiotür. Ich sah ihn nie wieder.

Nach einem kurzen verzweifelten Blick in den Spiegel riss ich mir schon das dritte Shirt wieder über den Kopf. Dieses wirkte zu blass. Ich warf es zu den anderen auf die Waschmaschine. Heute bestand nichts vor meinen kritischen Augen. Ich verachtete meine fahrigen, über das Ziel hinausschießenden Bewegungen, die panische Eile ausdrückten. Niemand zwang mich, zu dieser Ausstellungseröffnung zu gehen, gar pünktlich zu sein, sagte ich mir. Und woher kam die Notwendigkeit, sich schön und außergewöhnlich herrichten zu müssen? Ich musste das haben und wäre von mir enttäuscht gewesen, wenn es mir nicht gelänge.

Ich unterdrückte den Impuls, den Kleiderberg aus Shirts und Jäckchen gleich wieder sauber zusammenzufalten und zurück in den Schrank zu betten. Dafür war jetzt keine Zeit. Verärgert griff ich mir an mein Bäuchlein, das wieder einmal prominenter war als meine Kinderbrust, obwohl ich nur ein Wurstbrot gegessen hatte, um den Blähbauch zu vermeiden, den ich von einem richtigen Abendessen immer bekomme. Sollte ich mich in mein schwarzes Taillenkorsett schnüren? Das hatte ich schon eine Weile nicht mehr getragen. Inzwischen wollte ich lieber »normal hübsch« aussehen, wie ich das nannte. Vor kurzem noch ging ich nicht aus dem Haus ohne wenigstens ein eindeutiges Detail auf dem Leib: das Lederhalsband mit den Nieten oder schwarze Hochglanz-Gummistrümpfe. Das hatte ich nicht mehr nötig. Diese Accessoires blieben nun im Studio, wo sie hingehörten und verlässlich mit Wertschätzung honoriert wurden.

Auf dem Flur lief Wellendorf vorbei. »Dass diese Kunstveranstaltungen aber auch immer abends zur Essenszeit stattfinden müssen«, rief ich ihm hinterher »Wie ich das hasse! Welcher Depp hat das eigentlich eingeführt, und wieso halten sich alle dran? Entweder stirbt man vor Hunger, oder man hat um sechs schon gegessen, wird faul und mag gar nicht mehr hingehen.«

»Ich bin gleich fertig, ich muss nur noch was probieren«, rief Wellendorf und verschwand in seinem Chaoszimmer, wo er nach einer unerlässlichen Kostbarkeit herumsuchen würde.

Ich hatte plötzlich doch Lust auf das Korsett. Wellendorf lief seinem Benehmen nach zu schließen gerade zu Hochform auf. Sein Tonfall hatte beschwingt geklungen, sein Tempo war rasch. Sein Auftreten werde ich auch noch mittragen müssen. Wir sind dann das komische Paar: die Frau mit dem Korsett und ihr durchgedrehter Mann. Ich wusste, wie schwierig es für mich sein würde, in den menschengefüllten Raum hineinzugehen! Ich wollte nicht schauen, ob jemand uns anschaut, welches Urteil jemand vielleicht fällt. Aber ich würde feststellen müssen, wen ich kannte, wen ich kennen wollte und wen übersehen, wen ich gar vermeiden musste. In dieses gegenseitige Meiden wurde auf Eröffnungen viel Sorgfalt gelegt, selbst wenn man sich vor Jahren im Studium noch regelmäßig gesprochen hatte. Einmal grüßte ich aus Versehen einen, als ich ihn in einer ganz anderen Ecke der Stadt auf einem einsamen Gehsteig traf. Ich musste laut lachen, aber er hatte sich nicht umgedreht wie ich, um gemeinsam mit mir zu lachen. Seitdem taten wir weiter so, als hätten wir uns nie gekannt.

Wieder zog ich das beige Hemdchen an, das, halb durchsichtig, meine Minibrust wenigstens interessanter machte, und holte das Korsett aus dem Schrank. In Wellendorfs Richtung rief ich: »Ich glaube, ich sehe inzwischen nicht mehr wie eine Künstlerin aus, sondern wie eine durchgeknallte Kunstkäuferin!«

»Gott sei Dank! Künstlerinnen sehen fast alle scheiße aus!«, antwortete Wellendorf immer noch gut gelaunt. Ich sollte mich davon anstecken lassen.

Wenn das Korsett nur nicht so eng wäre! Ich beschloss, es lockerer zu schnüren, damit es mich im Taxi nicht so gemein in die Rippen drückte. An welchem verschwiegenen Ort aber sollte ich die Schnüre nachziehen? Auf der Straße, bevor ich den Kunstverein betrat? Meine Oma, auf dem Dorf lebend, Lehrersfrau und Handarbeitslehrerin, soll im Gebüsch vor dem Bahnhof ihre Stadtgarderobe angelegt haben, bevor sie in den Zug stieg. Auf wen hatte sie Rücksicht genommen? Auf ihre Kleider wegen des Landstraßenstaubs? Oder auf die Nachbarn, die sie wegen ihrer Extravaganz nicht mehr ernst genommen hätten?

Auf Eröffnungen wie auf den SM-Partys waren Wellendorf und ich immer diejenigen, die zwar besonders aussahen, aber nicht wirklich dazugehörten. Nachdem wir unser anstrengendes Schaulaufen absolviert hatten, gingen wir meist bald nach Hause, Wellendorf enttäuscht von zu wenigen erschrockenen Gaffern, verärgert über die vielen, die so taten, als kennten sie alles oder als gebe es gar nichts zu sehen, ich erschöpft vom Spagat zwischen meinen Zeigegelüsten und meiner Geniertheit wie auch vom ehrlichen Bemühen, mir über die Exponate der Ausstellung Gedanken zu machen, und davon, meine wenigen Kontakte aufzufrischen, womöglich jemand Nettes zu sprechen.

Wellendorf drängte hämmernden Schrittes ins Bad, das viel zu eng für uns beide war, wenn ich nicht in der Wanne lag. Er trug die neuen mattglänzenden, oberschenkellangen, wunderbar modellierten Stiefel und vertrieb mich vom Spiegel. »Wie findest du die schwarze Krawatte? Toll, oder?« Er beugte sich vor, um den Knoten noch etwas höher zu schieben. Sein Mund war pink geschminkt. Sein Schädel mit den kurzgeschorenen blonden Haaren, das Gesicht, über das schon mancher auf der Straße erschrocken war – er könnte einen Nazibösewicht spielen –, und die metallene Intellektuellenbrille standen in unbegreiflichem Kontrast zu seiner weiblichen Figur. Ich war furchtbar stolz auf ihn, denn die Prothesen hatte ich ihm zum Geburtstag gebastelt, den prallen Po und die Buseneinlagen. Es sei das beste Geschenk, das er jemals bekommen habe, hatte er gesagt.

Wellendorf zupfte an seinem winzigen rotkarierten Schottenröckchen, das den vergrößerten Hintern kaum bedeckte. »Der Reißverschluss gehört doch an die Seite, nicht nach hinten.« Er zerrte den Rock zurecht. »Die Krawatte und das weiße Hemd! Was sagst du? Das perfekte englische Schulmädchen!« Das Zweimetermädchen zog die Schnalle des zehn Zentimeter breiten Gürtels um die schlanke Taille zu und schlüpfte in ein knallrotes kleines Wolljäckchen. Ich seufzte verhalten. Gleichzeitig war ich positiv überrascht, wie es ihm immer wieder gelang, das Groteske mit gutem Aussehen zu verbinden. Genau wegen solch seltener Begabungen liebte ich ihn ja. Ich lobte ihn, und er nahm das Lob dankbar an. Das war ein stets wichtiger Vorgang gegenseitiger Versicherung.

»Welche Jacke soll ich anziehen?« Ich schaute wieder skeptisch in den Spiegel. »Du musst mir helfen!« Bereitwillig begutachtete Wellendorf alle Jacken, die ich ihm vorführte. Auf seine knappen Urteile war Verlass. »Ihr Frauen habt es so gut! Ihr könnt euch sexy anziehen.« Er stand schon in der Tür, drehte sich jedoch wieder um. »Gehst du eigentlich so raus mit mir? Ich habe ganz vergessen zu fragen. Du wirkst nicht grade glücklich!«

»Ich schaff' das schon!«, sagte ich mit leicht verrutschtem Lächeln, wie ich im Spiegel sah. Ich musste vorsichtig sein, es war auch schon vorgekommen, dass Wellendorf sich wieder ausgezogen hatte, weil ich ihn zur Mäßigung gemahnt hatte. Worauf wir in einen Streit geraten waren – einen unserer typischen, bei dem jeder es dem anderen recht machen und der andere das nicht annehmen will. Dann waren wir meist in fürchterlicher Laune losgegangen, er in seinen gewöhnlichen Sachen, wobei er dann immer noch elegant aussah.

»Du darfst dich von ein paar blöden Arroganzlern nicht einschüchtern lassen«, riet mir Wellendorf. »Ich starre die immer an, und sie schauen schnell weg.«

»Der Gaffer blamiert sich. Es ist uncool zu schauen. Vielleicht sind sie aber auch einfach genervt, dass sich da einer in den Vordergrund spielt. Du störst die Einvernehmlichkeit. Die wollen sich mit der Kunst befassen. Und sei mal ehrlich, diejenigen, die ausflippen und dich beglückwünschen, sind doch auch Deppen.«

An diesem Abend half mir eine meiner alten Malerfreundinnen, Inge, Wellendorf zu überzeugen, sich nicht mehr so auszustellen. »Die Leute wollen nicht für euch als Publikum herhalten. Ihr benutzt das hier als eure Bühne!« Sie hatte recht. Inge betonte noch mal, wie gut ihr Wellendorf gefiel. Dass es tatsächlich auch an der humorlosen Steifheit der Menschen in dieser Stadt lag, unser Spiel so zu missachten. »Aber du musst bedenken, dass Susanne auch beruflich zur Eröffnung kommt. Sie muss den maßgeblichen Leuten zeigen, dass es sie gibt. Irgendwann kommt sie mit jemand ins Gespräch, und dann ist es wichtig, dass sie ernst genommen wird.« Wellendorf ging nie mehr im Aufputz zu Eröffnungen.

Ein neuer Gast wollte unbedingt an einem Samstag kommen und hatte sich partout nicht davon abbringen lassen. Ihm hatten die Lackstiefel meiner Bildreklame im »Domina-Führer« gefallen, und er wollte sie sehen. Es war kaum zu glauben, aber er war der Erste, den diese Stiefel interessierten, die ich im Studio nicht benutzte. Ich wahrte eine strikte Grenze zwischen privater Kleidung und den Sachen, die ich zur Arbeit trug. Wie allein das Gummi nach Rauch aus dem Mädchenzimmer stank, das ich zum Waschen mit nach Hause brachte! Ich müsse nur dasitzen, hatte er gemeint. Es ginge ihm nur ums Schauen. Dabei würde er sich gern hinlegen und wichsen. Eine ganz kleine Geschichte also, nicht länger als eine halbe Stunde. Ich war einverstanden.

Dora hatte nichts dagegen. »Kein Problem, komm vorbei.«

Angenehm war es mir dennoch nicht, in Doras heilige Arbeitsatmosphäre einzudringen, und ich machte mich ganz klein im Mädchenzimmer, beschied mich mit dem Quadratmeter vor meinem Schrank, wo ich mich rasch, wie mit dem Gast vereinbart, ganz und gar in Lackfolie warf, einen billigen Body und ein Jackett, dazu die extrem langen Lackstiefel mit monströsem Stilettabsatz. Ich sah mich im Spiegel, der neben meinem Schrank hing, und fand mich granatenscharf.

»Das sieht ja scheiße aus!«, rief Dora mit einem kleinen Auflachen, als sie von ihrem Buch aufsah. Ich zuckte zusammen. Was Dora meinte, war mir klar: Eine wahre Herrin mit Grundsätzen würde sich nicht für einen Gast zur Sexbombe stilisieren. Ich war anderer Meinung, schaffte es aber nicht zu parieren, dass sie zu puritanisch sei.

Widerwillig entgegnete ich: »Der Gast steht eben auf Lack.« Und unterließ es hinzuzufügen, dass ich solche oberflächlichen Gelüste nachvollziehen konnte. Als ich hinausging, dachte ich voller Zorn, ja, ich mache eben auch reine Wichsjobs!

Mein Gast war begeistert. Seine Bewunderung entschädigte mich. Der Typ war wirklich in Ordnung, und ich bereute es nicht, mich auf ihn eingelassen zu haben. Er machte noch nicht einmal Anstalten, meine geliebten Stiefel zu berühren. Ohne jeden Aufwand verdiente ich mein Geld. Er lag auf der Polsterliege, und ich schwenkte, auf einem Barhocker mit Rückenlehne sitzend, lediglich mein Bein über ihm. Ein bisschen Akrobatik im Austausch dafür, jemanden wirklich zu beglücken. Er hatte sich nicht einmal ausgezogen. Danach unterhielten wir uns darüber, wie schön Lackstiefel waren.

Ein zufälliger Blick in den Spiegel am kommenden Mittwoch beim Aufräumen des Studiozimmers zeigte mir, was wirklich scheußlich aussah: Reginas Kittel, den ich immer noch trug wie ein Vermächtnis, wirkte an mir völlig ungeil. So führte ich Gespräche mit Interessenten und der Laufkundschaft! Dass die trotzdem bei mir blieben, war kaum zu verstehen. Der langweilige weiße Kittel, als ginge es darum, mit allzu offensichtlichem Sex vorsichtig zu sein. Wer sollte da geschont werden? Regina war einfach geizig. Da könnte ja einer kommen, ein bisschen reden und schauen und dann heimgehen und sich selbst bedienen.

Ich kaufte mir ein kleines schwarzes Stoffkostüm, dezent, aber figurbetont. Dazu trug ich ein enges weißes Shirt. Blusen waren nicht mein Fall, wenn sie auch zum Bild der strengen Mistress gehörten. Für das Danach mochte der Kittel noch taugen, und so ließ ich ihn im Schrank.

Schon wie ein Gast zur Tür hereinkam, wie er sich benahm, wenn er an mir vorbeiging, meiner Hand folgte, die auf die offenstehende Tür zum Empfang wies, verriet sehr viel über ihn. Manche waren forsch, tatendurstig geradezu, einige zeigten sich ungerührt, andere waren linkisch befangen, hopsten nervös und unsicher, trotz all meiner Ruhe und Freundlichkeit. Fast alle Besucher begegneten mir höflich. Selten benahm sich jemand nach Gutsherrenart, der die Frau mietet und deshalb kalt und geschäftsmäßig kommandiert, wie ich angezogen zu sein hätte, was ich mit ihm machen sollte. Wie es im Normalsexbetrieb zuging, merkte ich, wenn sich einer bei den »Morgenpost«-Anzeigen in der Telefonnummer vergriff und in den Hörer blökte: »Wie siehst'n du aus?« Ich sagte dann meist kühl: »Ich bin Domina«, und war ihn sofort los.

Georg, ein fast hübsch zu nennender, heller, norddeutscher Junge, hatte es beim Hereinkommen fast völlig vermeiden können, mich anzusehen. Bis er vor mir auf dem Besucherstuhl im Empfangszimmer saß. Seine Kleidung war unscheinbar, wie von einem alten Mann. Er trug irgendeine dunkle Hose zu einer hässlichen Windjacke und ein blasses Hemd. Wie einer vom mathematisch-naturwissenschaftlichen Zweig, dachte ich, nicht gerade der Umgang meiner Wahl. Aber sobald jemand hier vor mir saß, war ich bereit, ihn anzunehmen.

Wie jung er ist, bemerkte ich erschrocken, hoffentlich hatte der sich nicht zu früh hier reingetraut! Ich fühlte mich alt und abgebrüht, fürchtete, ihn zu verderben. Georg hielt sich seitlich abgewandt, die steif ausgestreckten Arme mit gefalteten Händen steckten zwischen den zusammengepressten Knien. Seine Beine zappelten vor Aufregung. Der ganze Körper vibrierte vor Spannung. Nach wie vor hielt er den Blick gesenkt, mit demütig gebeugtem Kopf und hochgezogenen Schultern. Seine Wimpern zitterten. Endlich schämte sich mal jemand! Scham – wichtiger Bestandteil meiner eigenen Sexbiographie. Er war offenbar ein Verwandter. Ich war entzückt und hoffte, ihn nicht zu verscheuchen. Den wollte ich! Er sollte sich mir anvertrauen. Wahrscheinlich lag bei ihm noch alles frisch und unbeackert, waren seine Wichsphantasien noch nicht eingefahren. Ich könnte ihm beim Aufspüren helfen.

Doch Georg kam mir zuvor. Wortlos schob er ein Zettelchen über den Tisch. Auf Computerpapier, grob mit der Schere zugeschnitten, hatte er in winziger Schrift die Fixpunkte seiner Szene notiert, unter Berücksichtigung einer räumlichen Darstellung der Zeit, die er mit mir zu verbringen gedacht hatte. Seine Imagination reichte von »Begrüßung« bis »Fortsetzung«. Dazwischen flogen kleine Wölkchen aus Stichworten. Seine Ausdrucksweise war ungewöhnlich. Mit Mühe machte ich einige bekannte Vokabeln aus und fing gleich an zu fragen: »Was bedeutet ›Sitzkissen ausgiebig mit Illu‹?«

Georg antwortete leise und schnell, fast wie im Selbstgespräch: »Sie sollen mich als Sitzkissen benutzen und dabei am besten eine Illustrierte lesen.« Er hüstelte nervös, räusperte sich und nickte nachdrücklich. »Damit es so irgendwie nebenbei ist.« Mit welcher Mühe er das aus sich herauspresste! Er benahm sich unzeitgemäß wie ein romantisch Verliebter.

»›Fußablage Gesicht, gern ohne Schuhe, z. B. mit Fernseher‹«, las ich vor. »Wir haben keinen Fernseher im Studio.«

»Sie können ja immer was lesen.«

»›Natursekt-Toilette gern mit T.-Stuhl‹«, fuhr ich fort. »Wir haben keinen Toilettenstuhl, sondern eine durchsichtige Box aus Plexiglas.«

Georg nickte wieder, diesmal leicht lächelnd. »Das Wichtigste ist mir die braune Strumpfhose. Sie sollen Sie immer anbehalten. Das heißt, auch beim Pissen«, haspelte er schnell.

Wie unangenehm! Mit nassem Schritt weiterzumachen, war nicht mein Ding. Ich würde mich eben mit Papier abtrocknen, egal, ob ihm das gefiele oder nicht. »Ich habe hautfarbene Strumpfhosen.«

»Nein, so ganz braune müssen es sein«, korrigierte Georg. »Ich bringe Ihnen eine mit. Sie könnten einen Gummirock anziehen. Und ich würde gern ›Tante‹ zu Ihnen sagen. Sie sollen mich ›Toilette‹ nennen.«

Ich verstand, ich sollte nicht schön aussehen, und holte meinen ausgepolsterten schwarzen Gummi-BH und mein durch häufiges Waschen verfärbtes transparentes Trägerhemdchen, das als Minikleid durchgehen konnte. »Soll ich das anziehen, gefällt Ihnen das?«

»Das ist schön gelb«, sagt er zum Hemd.

»Pissgelb«, sagte ich, um ihm eine Freude zu machen.

Meine roten Riemchensandaletten waren ihm zu hübsch. Wir einigten uns auf meine Studiohausschuhe, billige, rote, blumenbestickte chinesische Stoffschläppchen.

»Eine Maske kann ich nur am Ende des Tages aufsetzen«, war mein nächster Einwand, »die ruiniert mir das Make-up und die Frisur. Ich habe eine transparente, die ist auch so gelb.«

»Eigentlich genügt es mir, wenn Sie sich einen Damenstrumpf, einen braunen, über den Kopf ziehen.«

Ich war erleichtert. Gummimasken zur Arbeit hatte ich eigentlich nie aufsetzen wollen. Auch wie er sich mein Auftreten vorstellte, hatte Georg notiert: »Tonfall: eher sachlich, freundlich, souverän; nicht ›betont streng‹, nicht ungeduldig. Und an Behandlung wünschte er sich »keine schmerzhaften oder anstrengenden Sachen, aber gern Ohrfeigen; keine Hektik, kein Anfassen, T. darf sich anfassen, außer wenn ausdrücklich verboten, KEIN Abschluss.« Besonders hierbei war die Vorgabe, dass ich ihn nicht anfassen sollte und er keinen Höhepunkt haben wollte.

Wir verabredeten uns für achtzehn Uhr der folgenden Woche. Er würde dann mein letzter Termin des Tages sein.

Auf dem Heimweg lachte ich. »Käfighaltung« hatte er geschrieben. Ich musste an Legehennen denken. Und bei »Intimverhör« an die »intimen Geständnisse williger, blutjunger Sexsklavinnen«. So einen hatte ich noch nie getroffen. Scham und die Liebe zur Hässlichkeit waren unsere Gemeinsamkeiten. Es blieb eine kleine Enttäuschung. Nicht ich würde ihn lenken, sondern er mich. Er wusste längst alles über sich und hatte sich die Stunde bei mir gut ausmalen können.

Georg kam wieder. Diesmal brachte er einen kunstlos vom Block gerissenen Zettel mit, auf dem er weitere Möglichkeiten aufgelistet hatte, darunter: »Hundeleine, FS tight + permission form, Po-Strafe mit d. flachen Hand, Aufgabe, sich NS zu erbetteln, gern zeremoniell, Sekt gern auch über den Körper.« Das Kürzel FS ließ ich mir erklären.

»Face sitting«, sagte Georg knapp.

Das ging ja gut los!

»Georg, das mache ich nicht!«, sagte ich bestimmt. Gespannt sah ich ihn an. »Ich kann meinen Schenkel auf dich drücken oder dich einklemmen.« Ich wartete. Gleich würde er sagen, das war's dann, und gehen, dachte ich.

Georg hielt den Kopf schief, blinzelte und lächelte etwas verkniffen. Er brauche das nicht unbedingt, sagte er schließlich. Er zappelte mit den Beinen.

»Bist du ganz sicher?«

Er nickte heftig wie ein Kind, doch ich war mir sicher, dass es ihm fehlen würde. Dann reichte er mir ein DIN-A4-Blatt, das aussah wie ein vorgedruckter Schulstundenplan. »Können Sie das bitte ausfüllen, jetzt während der Stunde, und es mir wieder mitgeben?« Wie gewöhnlich standen oben die Wochentage, links in vertikaler Liste Anweisungen wie: »Erlaubnis zu wichsen; Erlaubnis, zum Orgasmus zu kommen; Höschen wechseln! Erlaubnis, die Füße anderer Frauen anzusehen, Erlaubnis, im Sitzen die Beine übereinanderzuschlagen.« Ich sollte vermerken, wann und wie lang das zu geschehen hatte, ob er dabei etwa einen Dildo im Mund haben oder andere Auflagen befolgen sollte.

Wir zogen uns um, ich im Mädchenzimmer, Georg in der Ankleide. Dass ich mich für ihn nicht hochstilisieren, ohne schmückendes Beiwerk wie Nietenhalsband oder Gürtel auskommen sollte, war komplett ungewohnt für mich. Aber Handschuhe hatte er sich gewünscht. Ich arbeitete mich in meine langen, schwarzen Gummihandschuhe hinein, mit den abgeschnittenen Fingerkuppen zwecks besseren Tastsinns. Im Mädchenbad vor dem Spiegel putzte ich mir den Lippenstift vom Mund und wagte mich an die Sache mit dem Strumpf. Tapfer zog ich ihn über den Kopf. Es war machbar. Ich versuchte, mein Haar darunter zu arrangieren. Bestimmt würde ich nachher trotzdem komisch aussehen. Wieder mal etwas Neues! Erleichtert spürte ich die leichte Spannung, die sich mit der saugenden Enge einer Gummimaske nicht vergleichen ließ. Fast blind würde ich damit, die Brille musste ja auch noch ausfallen. Der Spiegel zeigte mir ein leicht verquetschtes, erstaunlich verfremdetes Bankräubergesicht. Auch Georg würde sich einen Strumpf überziehen, hatte er angekündigt, was ich auf seine Schamhaftigkeit zurückführte. Ich musste ihn nicht einkleiden, dabei wäre alles für ihn da gewesen. Er war Selbstversorger und trug sowieso jederzeit eine Miederhose und eine braune Strumpfhose unter seiner Männerkleidung.

Georg stand im Empfangszimmer. Tief geneigt hielt er das rund verstrumpfte Kopfei. Um den Hals trug er eine nagelneue Hundeleine aus hellem Leder mit dem Riemen nach vorne auf dem Bauch. Seine weißen, weiblich-weichen Arme hingen an den Seiten herunter. Der Leib steckte in einem Lycrakorselett aus Rosengewebe, hautfarben oder sekt, wie es im Versandhauskatalog hieß. Die dachten dabei natürlich nicht an Natursekt. Georgs Beine standen stramm und eng nebeneinander, so wie man früher brav auf arrangierten Kinderbildern posierte. An den Strapsen waren die braunen Strümpfe befestigt, darunter trug er noch eine Strumpfhose in der gleichen Farbe. Durch das Gewebe hindurch ahnte ich ein kleines Geschlechtswürstchen. Ich würde es nie zu sehen bekommen. »Kein Anfassen. KEIN Abschluss.« Weiße, zehenfreie Hausfrauenpantoletten mit winzigem Keilabsatz zierten die Füße.

Obwohl ich im Studio alle Lichter bis auf Angeliques Schwarzlichtfunzel brennen hatte, sah ich durch den Strumpf alles in einem weichen, lichten Dämmer. Mein Temperament war, seinen Vorgaben zufolge, zusätzlich heruntergedimmt. »Sachlich, nicht betont streng.« Schnell fand ich meinen Verhaltensmodus. Ich war jetzt eine laszive, schlampige, ermattete Müßiggängerin – die Tante –, eine Art milde nachsichtige Autoritätsperson. Ich saß auf der Polsterliege. Dummerweise gab es keine bequeme

Rückenlehne. Georg kniete vor mir, die Hände zu beiden Seiten aufgestützt. Meine in den Pantoffeln steckenden Füße lagen auf seinen Oberschenkeln. Er sah auf sie hinunter. Ich las keine Illustrierte, wie zunächst gedacht, sondern ich würde mir diesen Stundenplan vornehmen müssen.

Welch ein genügsamer Wunsch: Die Beine übereinanderschlagen zu dürfen. Ansonsten war ich ratlos. Wie oft und wann sollte ich erlauben, verbieten, gebieten? Es war doch völlig willkürlich. Ich erlaubte ihm, »am Dienstag eine Stunde vor dem Einschlafen« zu wichsen. Ich gebot am Donnerstag, denn einen Tag vorher war er bei mir und würde es vielleicht nötig haben: »Sooft es geht.« Ich schrieb: »Ein Wochenendtag muss wichsfrei bleiben«, und stellte mir vor, das könnte hart werden. Georg schien ja pausenlos an Sex zu denken, wenn er sich von mir so ein Reglement wünschte, und ich fürchtete, ihm mit meinen dürren Eintragungen nicht gerecht zu werden.

Die ganze Zeit über hatte ich getan, als würde ich dem Wesen am Boden keine Aufmerksamkeit schenken. Doch als ich mit dem Plan fertig war, sagte ich: »Du darfst jetzt meine Füße anschauen, Toilette.« Erregung durchzitterte Georg. Mit fahrigen Fingern zog er mir den Pantoffel vom Fuß. Vorsichtig wie eine empfindliche Kreatur nahm er ihn in die Hände, streichelte ihn mit Sorge und Liebe, als müsste er ihn einsalben. Ich spürte seine schweißigen Finger durch die Strumpfhose. Seltsam, es fühlte sich gut an.

»Tante, darf ich riechen?«

»Ja, mach!«, sagte ich uninteressiert.

Georg beugte sich und beroch mich. Er ging langsam und beherrscht vor. Wieso konnte er sich dabei so aufregen, dass er zitterte?

»Was ist mit dem anderen?«

Georg beeilte sich, der Aufforderung zu gehorchen, und schien sich dann nicht zwischen beiden Füßen entscheiden zu können.

»Hier die Beine!«, sagte ich und deutete darauf.

Vorsichtig und mit zarten Berührungen begann er, von unten nach oben zu riechen und zu betasten. Gemächlich arbeitete er sich bis zum Oberschenkel hinauf. Ich war gespannt, denn weiter durfte er laut Anweisung nicht. Er kehrte von selbst um. Ich lehnte mich zurück auf meine aufgestützten Ellbogen und spreizte die Beine, während er, jetzt auf allen vieren, dazwischen schaute. Er linste hin und her und versuchte, schräg spähend durch das allzu dichte Strumpfgewebe zu dringen. Er gab kleine Laute, Piepsen und Seufzer des Entzückens oder der Verzweiflung von sich. Seine Pein gefiel mir sehr. Er fragte, ob er sich anfassen dürfe. Natürlich durfte er, und sofort begann er frenetisch zu wichsen. Es wirkte verzweifelt, und es führte zu nichts.

»Hör auf!« Ich stand auf und holte unter der Streckbank die Plexiglastoilette in Form einer großen Hutschachtel hervor. Ich stellte sie mittig im Raum auf. Sie sah ganz elegant aus, nicht pervers, sondern funktional und hygienisch. Der Deckel war abnehmbar. Für den Hals war eine Öffnung ausgefräst. Der Trinker legte sich auf den Boden mit dem Kopf in der Schachtel. Deckel zu, und sein Mund lag unter einer annähernd ovalen, handflächengroßen Öffnung. Die Frau konnte bequem sitzend zielen. Selbst wenn sie den ganzen Kopf begießen würde, liefe nichts auf den Teppich. Da ich die Strumpfhose anbehalten musste, würde es nichts mit dem Zielen. Es lief alles irgendwohin. Dabei wollte er es doch in den Mund, den er weit aufriss. Obwohl er sich vorsorglich den Gesichtsstrumpf bis zur Nase hochgezogen hatte und versuchte, den Strahl zu fangen, bekam er das wenigste ab. Auch die Augen hielt er weit offen, um alles zu sehen. Er hätte sie besser geschlossen, denn Urin brennt. Ich hatte Papiertücher bereitgehalten und tupfte mir schnell den Schritt einigermaßen trocken. Dann hob ich den Deckel, um ihm die Augen abzuwischen.

Bei der Verabschiedung bedankte er sich artig, steckte den Stundenplan ein und ging.

Georg kam einmal monatlich. Die Treffen glichen sich. Mit unseren Strumpfköpfen wirkten wir wie Angehörige eines geheimen okkulten Bundes. Durch die Strümpfe war unser Kontakt auf das Geringste reduziert. Es hatte kaum einen Sinn, sich anzublicken, gar in die Augen schauen zu wollen. Er bewegte sich sparsam und gemessen auf dem Boden vor mir, der schäbigen, nachlässigen Priesterin, versunken in andächtigen Kulthandlungen an meinem Körper oder vielmehr dessen unterer Hälfte.

Ich brauchte keine Illustrierte. Er brachte mir Büschel von Zettelchen, kleiner als postkartengroß in verschiedenen Graden der Vergilbung, zum Lesen. Sie sahen aus, als würden sie an einem altmodisch sparsamen Arbeitsplatz aus Altpapier geschnitten und als Schmierzettel gelagert. Stets waren darauf Strafvorschläge notiert: »Das tagsüber verschmutzte Höschen ist nachts über das Gesicht zu ziehen. Der Penis darf ganztägig weder berührt noch angesehen werden. Es muss etwas Angepisstes gegessen werden.« Dankbar, mir das nicht selbst ausdenken zu müssen, füllte ich seine Tagespläne mit diesen Ideen aus. Obwohl ich vier Wochen lang Muße gehabt hätte, wollte mir selbst nichts Rechtes einfallen. Georg war unschlagbar. Und ich erledigte meine kleine Aufgabe meistens erst am Abend vor dem nächsten Termin – oft vergaß ich sie beinahe, dabei freute ich mich doch auf ihn.

Mit diesem Plan von Mittwoch zu Mittwoch, gültig für einen Monat, erlebte Georg vier identisch strukturierte, von mir befohlene Wochen bis zum nächsten Treffen. Er machte es mir so leicht. Bei den ersten beiden Punkten, die Standard waren – »Erlaubnis zu wichsen und Erlaubnis, zum Orgasmus zu kommen« –, musste ich nur ein Kreuz am betreffenden Tag machen. Dann folgten wechselnde weitere Vorschläge, zum Beispiel: »Angemessenes Benehmen beim Pissen auf der Toilette, dabei stets auf die Hände pissen«, etc.

Welche Entwicklungen eine seiner selbstverordneten »Strafen« nahm, »über Strapsen ist eine Miederhose zu tragen, die 2 Größen zu groß ist«, bekam ich dann einen Monat später zu lesen. Und zwar auf der zweiten Kategorie Zettelchen, die von Beginn an den Topos »strenges Intimverhör« ersetzt hatten. Daraus waren freiwillige schriftliche Geständnisse in Tagebuchform mit Datum geworden. Er hatte die Hose nicht groß genug gekauft, damit sie ständig hinderlich rutschte, er also dauernd Anlass hatte, daran herumzuzupfen, Grund für eine weitere Bestrafung: »Der Penis wird für zwei Stunden nach hinten zwischen den Schenkeln eingeklemmt und verschnürt.«

Einmal brachte Georg ein neues Instrument mit, eine Stablampe in Kugelschreiberformat, um seine Sicht zu verbessern. Natürlich erlaubte ich ihm die Benutzung. Begeistert öffnete ich weit die Schenkel. Es war absurd! »Watching pain«, wie er das auf dem Wunschzettel genannt hatte. Wieder kam er nicht zum Ziel und war sehr aufgeregt.

»Du darfst wichsen!«, sagte ich. Georg versuchte es nur kurz. Er ließ nach. Alles Wesentliche spielte sich bei ihm zu Hause ab. Doch ich hatte keine Ahnung, ob er dabei meine Vorgaben erfüllte, noch was er sonst machte. Ich war immer müde, was nicht nur daran lag, dass es Abend und er immer der Letzte des Tages war. Wir schienen uns so einig zu sein. Die liebevolle Versorgung meiner Füße machte mich dankbar. Ich riss mich jedes Mal nur schwer aus meiner Trägheit. Viel war es nicht, dachte ich, das sich mit ihm machen ließ.

»Stell dich hin und lass mich dein neues Kleid anschauen«, befahl ich. Georg trug ein weißes, keusches, ärmelloses Mädchenkleid aus Batist, oder war es ein Nachthemd? Er hatte zugenommen, das passte gut. Gepolstertes Fleisch um die Hüften, und seine nackten Arme waren fast so weiß wie der Stoff. »Es sieht süß aus!«, sagte ich.

»Es ist vom Flohmarkt«, flüsterte Georg.

»Beiläufige Gemeinheiten« hatte er sich gewünscht. Ohrfeigen fielen mir ein. Doch wieder einmal gab es dazu keinen Anlass. Und Gemeinheiten entsprachen mir nicht, ich musste dazu immer erst künstlich böse werden. Das machte die Sache alles andere als beiläufig. Schon als ich sagte: »Steh auf!«, mich vor ihm aufbaute und ihm leise irgendeine aus der Luft gegriffene Schelte hinzischte, wusste ich, dass ich es nicht gut machte. Klapse auf den Hintern versuchte ich erst gar nicht. Den »Käfig« hatten wir nur einmal probiert. Er war schmal, für einen Stehenden gemacht. Georg hatte darin keinen Platz, um am Boden kauernd meine Füße daraus zu versorgen.

Ich nahm Georg an der Leine: »Auf den Boden!«, befahl ich und führte ihn wie einen Hund herum, wie ein vertrautes Haustier. Ich setzte mich auf ihn wie auf eine Bank, verkündete: »Ich muss mal«, und pinkelte im Sitzen auf sein neues Kleid.

Danach im Empfangsraum redeten wir über Sex. Georg erzählte, dass er auch während der Arbeit dauernd im Internet nach Sexseiten suche.

»Pass bloß auf, dass dir der EDV-Mensch nicht auf die Spur kommt. Sonst werfen sie dich raus!«

»Der bin ich doch selber!«, grinste er.

»Warum wichst du hier eigentlich nie, bis du kommst?«

»Das würde mich fix und fertig machen. Danach will ich nur noch schlafen.«

Hatte ich ihn mir also meist schlafend vorzustellen, bei all den Orgasmen, die ich ihm ständig für zu Hause aufgab?

»Genau solche Frauen! Diese Bilder! So harmlos hübsch! Das ist es!« Ich legte Wellendorf die Reklamebeilage, die er achtlos auf den Boden geworfen hatte, auf seine aufgeschlagene Zeitung, in der er las.

»Die sehen doch scheiße aus!«

»Die wollen alle hübsch sein! So milde angesext. Das verstehst du nicht. Das letzte Weibchen will noch irgendwie hübsch sein. Und wenn es nur einen Ohrring trägt, um es nicht zu übertreiben, oder einen winzigen Zopf zur Kurzhaarfrisur.

Wellendorf wartete auf mehr.

»Und diese Frauen sind der Gegenpol zu den Männern, die den Sex auf ihrer Körperoberfläche inszenieren! Den Fetischisten und den SMern.«

»Genau!« Jetzt hatte ich Wellendorf.

»Ich möchte diese Frauenbilder gegen meine Männerbilder stellen. Daraus könnte man sehen, wie Männer und Frauen mit Kleidung verschieden umgehen. Umgehen müssen! Und wohin das führen kann.«

Wellendorf biss darauf an: »Männer dürfen mit Kleidung überhaupt nichts machen! Als ich früher als Erster eine türkisfarbene Brille hatte …«

»Erst seit ich dich kenne, weiß ich, wie sehr Männer aufeinander aufpassen, dass keiner aus der Reihe tanzt, was für ein Skandal es ist, irgendwie zu weiblich zu sein. Frauen dürfen Anzüge anziehen und kurze Haare haben. Sie dürfen alles.«

»Ein Mann, der im Minirock erwischt wird, ist seine Frau los und kann seine Position im Job vergessen.«

»Fliegt er raus?«

»Ein Kündigungsgrund ist es nicht. Aber …«

»Ich kann immer ein Frauenbild gegen ein Männerbild setzen! Die Frauenbilder kämen in geblümte Rahmen, die Männer in so Herrenzimmer-Rahmen. Dunkelrot und Gold …«, spann ich meinen Gedanken weiter.

»Und wo nimmst du die Frauen her?«

»Aus der Reklame! Die sind perfekt! Das sind Normfrauen! In ihrer hübschen, alltäglichen, praktischen Kleidung. Schau, wie verträumt sie gucken, wie selbstverliebt, verspielt, als wären sie im Urlaub und hätten endlos Zeit. Genau die Frauen kriegen einen Weinkrampf, wenn sie die Strumpfhosensammlung ihres Mannes finden! Genau solche Frauen haben meine Gäste zu Hause sitzen!« Ich war begeistert! Es gab etwas zu erklären, etwas Ernsthaftes. Ich würde SM und Fetischismus in der Kunst zusammenführen.

Ich maß, maß noch einmal nach, zeichnete an, bohrte,

schraubte und hängte die Bilder auf. Leiter hoch, Leiter wieder runter. Es war nicht so einfach, die Blöcke aus drei Mal sechs Rahmen so aufzuhängen, dass alle Abstände stimmten und alles lotrecht war. Um mich herum herrschte bei allen die gleiche aufgeregte Emsigkeit. Es waren wie jedes Jahr dreißig Leute, die ihre Sachen zeigen durften, die bei der alljährlichen Bewerbung für das Stadtstipendium die Mappenvorauswahl bestanden hatten. Zehn Stipendien würden vergeben.

In meinem Rücken mir gegenüber plagte sich auch eine Frau. Sie hängte sehr viel größere Fotos auf, rahmenlos, nur hinter Glas. Auch bei ihr ging es um Männer und Frauen und auch um Sex. Schlimmer könnte es nicht sein! Ich glaubte fest genug an mein Thema, um weiterzuarbeiten, statt einfach einzupacken und heimzugehen.

Da hing er, der Zeitgeschmack. Er sah toll aus. Bisher hatte ich das nur in den Magazinen gesehen, die gerade angesagt waren. Die schlafenden, nackten Knaben, in Laken verwühlt oder hingestreckt auf einer besonders grünen Gänseblümchenwiese, orangerothaarig, hellhäutig, sommersprossig, schutzlos, bereit zur Benutzung, passten in ein Schwulenmagazin. Das andere Geschlecht war durch sexy Girls im Cheerleader- oder Cowgirldress vertreten. Sie fläzten sich aggressiv verführerisch, dabei doch irgendwie devot in einer Küche herum. Eine Frau fotografierte so was! Bei der wusste nicht nur die Kamera, wie fotografieren ging. Nicht mein Geschmack, sagte ich mir trotzig. Sogar feministisch wollte ich mich empören. Dann verstand ich: Gegen die appetitlichen Bilder meiner Konkurrentin war meine Arbeit kleinkariert und verschroben. Ich hatte verklemmte Verhältnisse beschreiben wollen, und nun sah das Ergebnis selbst bedrückend aus.

»Didaktisch« sei meine Arbeit, kolportierten mir die zwei Freunde, die ich in der Jury hatte und sich vergeblich für mich einsetzten. Wie schon die letzten Jahre war ich auch dieses Mal nicht unter den zehn Auserwählten. Die andere hatte das Stipendium bekommen.

Den Schock, dass meine Arbeit didaktisch sein sollte, musste ich erst einmal verdauen. »Nie mehr will ich Fräulein Lehrer sein!«, schimpfte ich, während ich die Bilderrahmen sortierte und für die Einlagerung verpackte. »Da habe ich gekämpft, um mich der Kunsterzieherlaufbahn zu verweigern, habe in diese sturen Eltern so lange hineingeredet, bis sie mich in Ruhe gelassen haben …«

Wellendorf stand mit verschränkten Armen neben mir und schaute mich anteilnehmend an. Er wartete auf seinen Einsatz, die Rahmen einlagern zu helfen. Ich schaute im Vorbeigehen in den Spiegel. »Da! Wie ich aussehe, mit den Hausklamotten und Brille ginge ich doch als Lehrerin durch. Bloß gut, dass du mir geholfen hast, dem Elend endgültig zu entkommen.«

»Mach dich nicht wieder runter! Wir tragen die Sachen weg, und du machst was Neues.«

»Weg mit den Frauenbildern und den braven Bilderrahmen!«, rief ich. »Die Männer können für sich selbst stehen. Dafür brauche ich allerdings viele Männer, sehr viele!«

Ich gab Anzeigen in den »Schlagzeilen«, der Zeitschrift der nichtkommerziellen Szene, und im »Gum« auf. Ich hatte es leicht. Eine Frau, die Männer anschauen, gar dokumentieren möchte, war interessant. Es meldeten sich erstaunlich viele. »Es gibt keinen Sex«, warnte ich, »und keine Aussicht auf Fortsetzung.« Meine Bedingungen waren: Ich würde sie in einem Hotelzimmer fotografieren und alle Abzüge liefern. Und ich durfte die Bilder für Kunst verwenden. Keinem sollte direkt ins Gesicht zu blicken sein. Alle würden Masken tragen. Die meisten hatten welche, die anderen wurden von mir damit versorgt. Beim Verhandeln kam mir meine Erfahrung zugute. Doch keiner der Männer erfuhr, dass ich als Domina arbeitete.

In dem winzigen Hotelzimmer stellte ich mit seiner Hilfe das französische Bett diagonal, an das der Mann sich selbst fesseln würde. Ich half dabei nicht, denn ich wollte Bilder von in Einsamkeit entwickelten Zurichtungen. Ich fotografierte in der äußersten Ecke kauernd.

Am liebsten hätte ich von jeder Sorte einen gehabt, um sie zu sammeln und zu klassifizieren. Seltsam feststehend sind die verschiedenen Spielarten mit ihren jeweiligen Accessoires. Das Studio versorgte mich mit den dazu passenden Geschichten. Anfangs hatte ich mich über das verbreitete Bedürfnis nach altertümlichen Korsetts und Schnürstiefeln gewundert. Daraus war die Hurenuniform geworden. Ich begann an eine Art kollektives Gedächtnis zu glauben. Wie einfach war es, einem Anfänger passend zu seinen ursprünglichen Wünschen weitere Spielsachen und Szenen anzubieten. Ich wusste, kaum dass sie es ahnten, was sie brauchten.

Sebastian, ein Mann aus Süddeutschland, reiste nach vielen telefonischen Vorbesprechungen auf meine alte Gummistiefelwerbung hin an. Er wollte ins Freie mit den Stiefeln, er brauchte eine Pfütze, ein Schlammloch, einen Teich, einen Bach. Ich war optimistisch. Im Umland gab es Flussarme und einen Baggersee. Da sollte sich was machen lassen. Aber konnte ich dem Mann einfach so trauen, allein mit ihm draußen? Nicht, dass es über ihn käme und er die Herrin unterwerfen, töten und in ein Gewässer legen müsste, weil er vielleicht auch noch ein Faible für Leichen im Gelände hatte. Wellendorf schlug vor, sich ihn anzusehen. Ich willigte ein, auch wenn ich Bedenken hatte, ob er frei von Eifersucht bliebe, wenn er dem Gast gegenübersäße.

Wir trafen uns am Vorabend des anberaumten Termins zum Abendessen. Sebastian hatte Verständnis gezeigt, dass er begutachtet werden sollte. Er war klein und hatte ein fein geschnittenes, arabisches Gesicht mit dem dazu passenden dicken, blauschwarzen Haar. Die Männer fachsimpelten über Gummistiefel. Tiefergehend, gar interessant wurde der Abend nicht. Doch Wellendorf und ich waren uns wortlos einig, dass der Mann normal und absolut harmlos war.

Mit dem Stadtplan bewaffnet setzte ich mich zu Sebastian ins Auto. Der Fußweg zum Treffpunkt hatte mich Nerven gekostet. Ich steckte von Kopf bis Fuß in schimmerndem Schwarz. Wenigstens fielen meine Körperumrisse nicht so sehr aus dem Rahmen, musste ich mir Mut zusprechen, denn es gibt auch Gummisachen, die Freizeitkleidung imitieren. Diesen hier fehlte nur die muntere Buntheit. Friedo hatte mir einen Blouson aus dickem Latex mit Baumwollrollkragen angedreht, eigentlich stand ich gar nicht darauf, aber jetzt passte er hervorragend. Meine enge Latex-Radlerhose verschwand in – und da wurde es vollkommen abwegig – schenkelhohen, nie getragenen Anglerstiefeln, wunderbar poliert. Sie umwabbelten meine Beine, beschwerten den Gang. Eine hochmotivierte Anglerin schien da unterwegs zu sein, allerdings ohne Angel. Oder steckte sie zusammengeklappt in der kleinen schwarzen Reisetasche, die die Frau mit sich führte?

Es war Ende April, ein sonniger Tag, der erste wirklich milde. Der Beginn einer Hochdruckzone. Auch ein tiefer Pessimist würde keinen Grund für Regenkleidung finden können. Sebastian sah noch eindeutiger aus. Er hatte einen hautengen Anzug an und dazu seine Watstiefel. Ich war erleichtert, jetzt erst mal im Auto zu fahren. Sebastian ist mir sympathisch, für ihn werde ich das machen, dachte ich.

Durch einige Vororte fuhren wir nach Süden zu einem grünen Fleck auf der Landkarte, nördlich eines Flusses, der sich als große, parkartige, leicht hügelige Graslandschaft mit hohen Bäumen und kleinen Gebüschen entpuppte. Kein Wasser war zu sehen. Wir blieben guter Dinge. Irgendwo würde sich schon noch eine Pfütze finden. Genug geregnet hatte es in letzter Zeit. Auf einem Parkplatz vervollständigten wir unsere Ausrüstung und zogen schwere Gummihandschuhe an. Seine reichten über den ganzen Arm. Dann verließen wir das schützende Auto.

Wir gingen schnell, als wüssten wir, wohin. Etliche Spaziergänger begegneten uns, einige mit Hunden. Am Vormittag, mitten in der Woche? Ich vermied es, sie anzusehen. Wir liefen weit, es musste doch menschenleerer werden.

Ich hatte gedacht, hier sei Bauernland und die Bauern bei der Arbeit. Sebastian erzählte von seinen Reisen nach Südafrika. Ihm gefiele die Hitze in Gummi. Er würde so in der Sonne herumlaufen, hätte sich auch schon auf heißen Straßenasphalt gelegt. Ich sagte, ich glaube nicht, dass ich das überleben würde. Endlich näherten wir uns einer größeren Gebüschinsel. »Lass uns doch da reingehen«, schlug Sebastian vor. »Mal schauen, wie es da drin ist.«

Zu unserer Freude versteckte sich im Gewirr der Äste, an denen sich die ersten grünen Blättchen zeigten, eine Senke, und unter den welken Blättern des Vorjahres war es einigermaßen matschig. Begeistert stapften wir darin herum, es schmatzte kräftig. Ich streckte meine Hand nach Sebastian aus und befühlte, wie sein Schwanz unter dem Gummi zu wachsen begann. Nervös schaute ich mich um. So richtig blickdicht war das Gebüsch nicht, doch Sebastian schien sich sicher zu fühlen. Das hier war eigentlich kein Dominajob. Als ich überlegte, was zu machen sei, näherte sich auf einmal laut bellend ein Hund. Der große braune Jagdhund brach durch das Gebüsch und stellte uns, und sein Besitzer, der das Tier vom Wildern abhalten wollte, stürzte gleich hinterher. Mit einem irritierten Blick zog er den Hund am Halsband nach draußen.

So konnte es nicht weitergehen, waren wir uns einig. Wir mussten unbedingt von dieser Freizeitecke weg, denn inzwischen waren die Wiese und der Weg gut frequentiert. Wir hatten die ganze Strecke zurückzulaufen, unsere Stimmung war etwas gedämpft.

Es war Mittag, als Sebastian das Auto öffnete, und warm geworden. Ich hatte Hunger und biss in mein Vesperbrot. Sebastian wollte nichts davon haben, sondern nur wissen: »Wohin jetzt?«

»Den Baggersee können wir unter diesen Umständen ganz vergessen. Da gibt es keine Deckung. Alles liegt blank: Wasser, Strand und Wiese.

Wir entschieden uns, den Fluss zu überqueren, die Stadt wäre dann wohl weit genug weg. Nach einer endlosen Reihe von Straßendörfern erreichten wir endlich eine Brücke. Auf der anderen Flussseite war es dann das Gleiche, kilometerweit kein unberührtes Fleckchen Natur zu sehen, nur Kulturlandschaft. Wir fragten uns, wie es sein konnte, dass wir auf einem Deich einen Fluss entlangfuhren, zu dem es keinen Zugang gab. Ich wurde müde. In der Ferne tauchte ein Fichtenwäldchen auf, höhere Bäume standen dahinter. Wir parkten auf dem Feldweg bei den in Reih und Glied stehenden kleinen Fichten. Es waren Weihnachtsbäume. Ringsum schien alles menschenleer, nur drei Bauernhäuser standen in Reihe auf dem Deich. Sebastian und ich verschwanden zwischen den Fichten. »Wächst denn hier nichts wild?«, rief ich enttäuscht. Das Gras stand hoch und gelb aus dem letzten Sommer, dazwischen erste kurze grüne Halme. Dann liefen wir auf knirschend trockenem Schilf. Eine dicke, federnde Schicht aus abgestorbenen Pflanzen hatte alles Regenwasser der letzten Zeit verschluckt. Das Fortkommen wurde immer beschwerlicher. Unter ein paar hohen Pappeln blieben wir stehen. Wir waren in eine Sackgasse geraten. Rundum umfing uns ein Dickicht, durch das kein Weiterkommen sein würde. Der Fluss musste ganz nah sein. Es gab keinen feuchten Fleck.

»Machen wir es hier!«, sagte Sebastian ergeben und öffnete seinen Reißverschluss im Schritt. Ich sah einen ungewöhnlich dicken, langen Schwanz. Schau mal an, kleine Männer, dachte ich erschöpft. Na gut, wenigstens war er geil. Ich griff ihn mit meiner dickbehandschuhten Hand, drückte mich an ihn und legte ihm den anderen Arm um die Taille. Er hielt sich an mir fest, während ich ihn wichste. Wir hatten zu lange auf diesen Moment gewartet, es gab nichts mehr aufzuschieben. Doch er blieb nicht steif und bremste mich. Die Sonne stand hinter einem Wolkenschleier, es war schwül geworden. Kunstlos begann ich wieder zu wichsen. Da kam es ihm.

Ich wusste, dass das nichts war, überhaupt nichts. »Schau, du hast mir eine Blase gewichst!«, jammerte Sebastian auch noch. Eine feuerrote Wölbung saß gleich hinter der Eichel. Traurig und erschöpft kämpften wir uns zurück.

Als wir die letzten Fichten verließen, sahen wir Polizisten neben dem Auto stehen. Ihres stand quer hinter unserem, mit offenen Türen, so als hätten sie uns eiligst gestellt.

»Die können uns nichts«, sagte Sebastian sofort. War das zu glauben? Dorfpolizisten! Ein kleiner junger und ein älterer mit unglaublich rotem Gesicht wie aus einem Kasperletheater.

»Sie stehen auf Privatgrund«, erklärte der ältere finster, als wir uns näherten. »Wir sind vom Bauern gerufen worden, Sie dürfen hier nicht stehen.« Und es kam die befürchtete Frage: »Was tun Sie hier?«

Mir stockte der Atem, als ich Sebastians Antwort hörte: »Wir beobachten Vögel!« Vögel! Das lässt sich der Mann doch nicht gefallen, die nehmen uns mit zur Wache, dachte ich entsetzt.

»Ihre Papiere!« Sebastian schloss das Auto auf und zeigte sie. »Wir wollten jetzt sowieso wegfahren. Wir wussten das nicht mit dem Privatweg.«

»Oben steht aber ein Schild!«

»Tut mir leid, das habe ich übersehen.« Sebastian blieb ruhig, während mir die Knie zitterten.

»Dann fahren Sie jetzt mal weg hier!« Der Polizist gab ihm die Papiere zurück.

Nichts lieber als das.

»Hast du gesehen, wie besoffen der war?«, fragte Sebastian.

Ich schloss die Tür auf. Es war schon dunkel in der Wohnung. Nur die kleine Notleuchte in der Küche war an. Kein Wunder, es war halb zwei. Erleichtert stieg ich aus den hohen weißen Lackstiefeletten und lockerte meine Zehen. Ich hängte meinen Mantel auf, schälte mich aus der engen, weißen, schenkellangen Miederhose, warf den künstlichen Gummibusen und das Korsett von mir. Heute war ich Wäschedomina gewesen. Ob das jemand verstanden hatte? Als ich mir einen Pullover überzog, hörte ich Wellendorf aus seinem Zimmer etwas rufen und ging zu ihm.

Er hatte zeitunglesend im Bett gelegen und setzte sich erwartungsvoll auf. »Das ist ja schön! Meine Frau hat aber lang durchgehalten!« Ich hatte eine von SM-Lesben veranstaltete Party besucht.

»Da hat es wirklich was zu sehen gegeben. Es war so liebevoll zusammengestellt! Ein Schulzimmer mit Lehrerpult, Tafel und Stühlen für die Kinder. Ein kleiner Grabstein, kerzenbeleuchtet, mitten in einem Haufen Herbstlaub. Dabei ein Sarg! Käfige, Ketten, Gebälk. Eine Kapelle. Ein Büro mit Platz an der Schreibmaschine für die Tippse und daneben der Chefinnensessel … Und rate, wer da war!«

»Regina!«

Ich schüttelte den Kopf. »Quatsch! Dora!«

»Nein!«

»Ich dachte sofort, mit mir hat die überhaupt nicht gerechnet und sie will sicher nicht, dass ich sie so sehe, in diesem Aufzug!«

»Sie war nicht als Domina …?«

»Nein! Als kleines Mädchen!«

»Pfff!«, machte Wellendorf ungläubig.

»Sie hatte Zöpfchen und eine Mädchen-Lederhose an! Eine kurze, bayrische. Die burschikosen Mädchen liefen früher so rum. In so was hättest du mich als Kind nie reingekriegt!«

»Was sollte denn das?«

»Das ist ihre Masoseite! Sie saß an der Bar. Ganz in der Ecke. Ich habe sie nur kurz gegrüßt.«

»Und dann?«

»Ich bin weiter rein und habe alles angeschaut. Eine große, ziemlich üppige Frau hatte sich anketten lassen. Zwischen ihren Beinen stand eine Blechschüssel. Da musste man Geld reinwerfen, dafür durfte man was mit ihr machen. Eine ganz Kerlige mit ausrasiertem Hals im karierten Hemd und grober Lederhose ist gekommen, hat verächtlich eine Münze in die Schüssel geworfen, dass es schepperte, und sich die Frau gegriffen. Sie hat sie um die Taille gefasst und sich an sie rangemacht, als wollte sie sie ficken, und ihr die Faust zwischen die Beine gesteckt. Sie hat nicht versucht einzudringen, hat sie aber gewichst. Dann hob sie sie mit nur dem einen Arm an und wiegte sie hin und her, die schwere Frau! Die andere Hand lag auf dem Hintern. Muss die eine Kraft gehabt haben! Es sah alles sehr routiniert und sehr elegant aus und dabei auch noch liebevoll! Und wie sie sich zur Musik bewegt hat. Das hat mir wirklich gefallen.«

»Und die an den Ketten?«

»Sah aus, als würde sie das genießen. Und ich bin als Nächste hin. Die Frau hat was mitgemacht!«

»Du?!« Wellendorf schaute mich erschrocken an.

»Mein Geld klapperte in der Schüssel genauso scheußlich laut. Es war klar, dass ich auch eine gute Schau bieten musste. Ich hatte dieses transparente Gummituch mit den Bindebändern dabei. Ich habe sie damit erst sehr vorsichtig gestreichelt. Am Körper und auf der Brust. Sie hat gut dagegengehalten. Dann habe ich sie obenherum umwickelt, die Bänder wieder nach vorne gezogen und oberhalb der Brustwarzen ziemlich fest zugebunden. Sie hatte große Titten. Ich habe sie richtig gequetscht. Man sah ihre Brustwarzen durch, und ich fing an, sie zu streicheln. Gezwickt habe ich sie auch. Das andere Ende vom Tuch war noch lose. Ich legte es ihr auf den Mund und zog es straff. Dann über die Nase. Ich ließ sie nach Luft schnappen. Nachher bin ich ihr zwischen die Beine damit, habe es rascheln und fließen lassen. Sie schien sehr lustbegabt … An einer Frau komme ich mir vor wie eine Betrügerin, weil bei mir ja nichts abgeht. Und ich leide noch ganz anders mit! Bei Männern habe ich das nie!«

»Dass du da mitmachst!«

»Es ist aufregend! Ich musste es einfach ausprobieren!«

»Ich möchte nicht von Ihnen hören, wie die Frau veranlagt ist. Sie soll mir das persönlich erzählen, das ist ganz wichtig. Sagen Sie ihr, sie soll mich gleich anrufen«, wimmelte ich einen Typen am Telefon ab, dessen Stimme mir schon nicht gefiel.

»Holzrr!«, hatte es aus dem Hörer geplärrt. Holzer war Schweizer und unangenehm laut und angeberisch dahergekommen. Es gab immer wieder welche, die mir von ihrer Freundin oder Frau erzählten, die erzogen werden müsse. Diese Frauen existierten nicht. Der Anrufer wollte sich nur einen runterholen. Entweder war er ein einsamer »Dominus«, der mit der Profifrau fachsimpeln wollte, oder einer, der sich selbst in die Rolle der Frau hineinphantasierte. Ich hatte mir angewöhnt, sofort die Frau zu verlangen. Dann war gleich Ruhe. Einmal meldete sich ein Kerl drei Minuten nach dem Auflegen wieder: »Ja hallo, hier ist Hildegard.« Er machte sich nicht einmal die Mühe, seine Stimme zu verstellen. Ich hatte ein Lachen unterdrückt und gesagt: »Hildegard, Sie haben aber eine tiefe Stimme. Ganz unglaublich für eine Frau!« Und sofort hatte er aufgelegt. Dass es die von Holzer angekündigte »geile Skchlaavin«, die »Liesi«, mit der man sehr viel machen könne, wirklich gab, hatte ich nie für möglich gehalten.

Seine Lissi meldete sich dann tatsächlich bei mir. Was sie vorzuschlagen hatte, war so einfach und dabei interessant, dass ich sofort einwilligte.

Ich saß mit ihr im Empfangszimmer. Lissi war beauftragt, von sich und ihrem Meister zu erzählen und ihren Intimschmuck zu zeigen. Holzer war durch ein Diktiergerät, das Lissi auf den Tisch stellte, als Zuhörer präsent. Wir standen unter Aufsicht. Lissi war angenehm norddeutsch zurückhaltend und wirkte im Gegensatz zu Holzer vollkommen vernünftig. Sie sah hübsch aus, schien selbstsicher, vielleicht war sie eine Geschäftsfrau. Kein Gedanke an eine Sklavin! Sie war um die vierzig, also in etwa mein Alter.

Stolz erzählte Lissi von ihrem Herrn und den Spielen, die er sich für sie ausdachte. Die beiden trafen sich nicht allzu oft. Er hatte eine Familie in der Schweiz und kam nur zu Geschäftsreisen in den Norden, um dort dann auch seine Sklavin zu treffen, die er allerlei Abenteuer bestehen ließ. Meist musste sie in einer Art Schnitzeljagd nach ihm suchen.

Das Gespräch blieb künstlich. Lissi war beflissen wie ein Kind, das Gelerntes vortrug, und ich war nicht weniger bemüht. Ich tat so, als bewegte ich mich ganz auf der Machtebene des durch sein Diktiergerät anwesenden Holzer. Lissi zog den leichten Stoff ihres Sommerkleides am Dekolleté auseinander und zeigte mir ihre nackten, vollkommenen Brüste mit Ringen in den Brustwarzen. Ich lobte sie lautstark, um den Lauscher zufriedenzustellen. Ebenso als Lissi den weiten, wadenlangen Rock hob, um mir ihre rasierte Scham vorzuführen, die beiderseits mit Ringen durchbohrt war, an denen lange Kettchen baumelten, zu dünn, um hörbar zu klingeln. Keine der Schilderungen Lissis interessierte mich. Bis auf eine, die mich neidisch machte. Sie erzählte, nach einer gemeinsam verbrachten Nacht müsse sie ihrem Meister jeden Quadratzentimeter Haut ablecken. Ich war von der Liebe begeistert, die in diesem Dienst steckte.

Dann schaltete Lissi den Recorder ab und gestand: »Also eins muss ich sagen: Mir bringt es überhaupt nichts, von einer Frau dominiert zu werden!«

So erstaunt wie erleichtert holte ich nach dem Krampf der letzten halben Stunde tief Luft. »Mir geht es genauso«, gab ich zu. »Ich mag keine Frauen behandeln. Ich habe nur zugestimmt, weil es bloß um ein Gespräch ging.« Wir fühlten uns einig und lachten, dass wir einander nur wegen Holzer etwas vorgespielt hatten.

Doch Holzer war mit mir noch nicht fertig. Die Aufnahme habe ihm gefallen, aber man könne noch mehr machen. Zum Beispiel mit Lissi in einen Zug steigen und ihr eine Überraschung versprechen. Ich sollte an der nächsten Station zusteigen, und wir würden uns zu dritt in einem Abteil bei zugezogenen Vorhängen verlustieren. Ich lehnte ab. In solchen Fällen sagte ich, dass ich noch einen anderen Beruf hätte, der mir solche Freiheiten nicht ließe. Dann schlug Holzer ein Abendessen vor, daran anschließend sollte ich Lissi erziehen. Ich sagte, dass ich darüber nachdenken würde, auch über meinen Preis.

Von vornherein hatte ich keine Lust auf so eine Aktion. Holzer klang schrecklich, wie konnte sich Lissi nur mit so einem einlassen? Hatte sie ihm nicht gesagt, dass sie keine Domina wollte? Und dann noch auf fremdem Terrain. Wie sollte das gehen, ohne die vielen Möglichkeiten von Reginas Studio? Andererseits hatte er gesagt, sie brächten reichlich Instrumente mit. Es reizte mich doch. Ich hatte Regina und Angelique von glanzvollen Außer-Haus-Erziehungen reden hören, die wären sozusagen die Krönung einer Domina-Karriere. Sie brächten das wahre Geld. Regina behauptete sogar, mit einem im Spanienurlaub gewesen zu sein. Für mich eine schlimme Vorstellung: gefangen in irgendeinem Ferienpalast mit einem Typen, dem gegenüber man sich die ganze Zeit irgendwie verhalten müsste. Aber ein Abend zu dritt? Das ginge doch.

Ich verlangte einen lächerlich niedrigen Preis. Ich konnte einfach kein Geld aushandeln, schon gar nicht einen echten Hurenpreis. Ich war weit unter dem geblieben, was sich eine Domina für einen ihrer kostbaren Abende außer Haus bezahlen ließ und ich als obszön empfand. Holzer war kurzzeitig sprachlos. Fast fürchtete ich, er könnte ablehnen, weil er glaubte, das könne dann ja nichts Rechtes werden. Doch wir vereinbarten einen Termin.

Für den Abend putzte ich mich mit einem neuen strengen, schmalen Lederkostüm mit Weste auf, das passend zum Termin fertig geworden war. Ich musste an mein Deutschabitur denken. Da hatte ich zum ersten Mal einen von meiner Mutter genähten geblümten Rock getragen, der genauso wie für den Tag gemacht schien. Selbstzufrieden war ich in die Schule gegangen. Ich hatte mich darauf verlassen, dass ich gut in Deutsch war, doch dann wollte mir überhaupt nichts gelingen, und ich schrieb eine Fünf. Der Rock, der nichts dafür konnte, blieb mit dem Desaster verbunden. Ich glaube nicht an böse Omen. Das Kostüm würde mich in meiner Rolle stärken.

Holzer logierte mit Lissi in einem bekannten Hotel mitten in der Stadt, einem weißverkleideten Neubau-Kasten, keinem der traditionsreicheren Häuser. Hochmütig spazierte ich in die Halle, im vollen Bewusstsein meiner Rolle. Auffällig, wie ich angezogen war, allerdings mehr als seriös, auch die Stiefel nur bis zum Knie, überlegte ich, ob mir mein Auftrag wohl anzusehen war. Mir fielen Hotelhuren ein, die gab es ja auch! Ich bewegte mich auf deren Terrain, falls es hier welche gab. Im höher gelegenen Teil der Lounge setzte ich mich in einen Sessel mit Blick auf den ganzen Raum. Eine zweistufige, wellenförmig vor und zurück schwingende Treppe teilte ihn auf der Diagonalen. Die Hässlichkeit sprang mich an: Billigluxus im Stil der besseren Einkaufspassagen oder Kreuzfahrtschiffe, der an frühere Üppigkeit nicht heranreicht.

Wo blieb Holzer? Leimte er mich etwa? Da verließ ein Mann den Aufzug und kam schnurstracks auf mich zu. Ich muss wirklich weithin leuchten, dachte ich. Statt mich zu begrüßen, erklärte er knapp, Lissi sei mit ihren Vorbereitungen noch nicht fertig. Was für ein ungehobelter, selbstbezogener Kerl! Sollte noch ein Rest Zweifel übrig geblieben sein, ob ich Holzer doch nett finden könnte, so erledigte sich das jetzt. Seine Freizeitkleidung war wenigstens so anständig, dass man ihn anschauen konnte, sein Gesicht hatte nichts Besonderes, ein Mann eben, dachte ich. Er schien frei von Humor oder Freundlichkeit.

Holzer lotste mich an eine Bar in einer dunklen Ecke eines auf gemütlich rustikal getrimmten Saloons. Oder war es ein Yachtinterieur? So genau schaute ich lieber nicht hin. Die verschachtelte, grausam biedere Enge schmerzte mich, und mich überfiel lähmende Langeweile. Holzer redete, ich hörte nicht zu. Wieso dauerte das alles so lang? Ich bekam Hunger. Ob der Mann überhaupt merkte, dass wir nicht miteinander konnten? Vermutlich war ihm jedes Publikum recht, solange es stillhielt.

Schließlich holten wir Lissi aus ihrem Zimmer ab und verließen das Hotel, um zu einem der ältesten und konservativsten Restaurants der Stadt zu fahren. Holzer wurde dort wie ein häufiger, gut bekannter Gast begrüßt. Von den vielen kleinen Räumen mit nur wenigen Tischen hatte er den kleinsten mit nur einem Tisch reserviert. Wir gruppierten uns darum wie früher zu Hause zum Sonntagsbraten in der guten Stube. Der Kellner nahm zunächst eine Wasserbestellung entgegen und ging.

Kaum war die Tür geschlossen, flüsterte Holzer Lissi etwas zu, die sich daraufhin gerader hinsetzte und ihre Hände artig auf den Tisch legte. Ohne uns Frauen die Menükarte zu zeigen oder zu befragen, bestellte Holzer, der Herr und Meister, für alle schnellentschieden das gleiche Menü und den Wein. Als der Kellner wieder verschwunden war, kommandierte er: »Alexis, Sie sollten jetzt mal mit Lissi zur Toilette gehen. Sie haben doch sicher was mit ihr zu besprechen.« Ich sah, dass ich hier nicht automatisch die Mitherrschaft innehatte. Jetzt hätte ich etwas sagen müssen. Mir fiel nichts ein, und ich entschied, es genüge vorerst, Beobachterin zu sein. Damit rangierte ich ab jetzt nur eine knappe Stufe über Lissi.

Was hatte Holzer sich vorgestellt, das ich Lissi zu sagen hatte? Im Vorraum der Toilette fühlten wir jedenfalls sofort wieder eine gewisse Solidarität füreinander und kicherten wie Verschwörerinnen, so als steckten wir gemeinsam in derselben Klemme. »Ich mache es ganz vorsichtig, okay? Wir spielen ihm was vor«, sagte ich.

»Machen Sie sich keine Sorgen um mich«, wehrte Lissi ab. »Er will es halt unbedingt, also ziehen wir die Sache zum Schein durch.«

Lissi stellte meine Position nicht in Frage. Sie könnte mir böse sein, dass ich auf ihrem Rücken Geld verdienen wolle. Denn wozu war ich sonst hier? Ich stand nicht auf Frauenerziehung. Lissi aber war sicher erleichtert über mich. Holzer hätte auch eine andere Frau auftreiben können, die unangenehm und grausam wäre, versuchte ich mein schlechtes Gefühl zu bekämpfen. Diesen Holzer werde ich auch noch schaffen, machte ich mir Mut. Ich hatte doch schon viele Phantasien bedient.

Das Menü bestand aus vielen kleinen Gängen. Gut, dass wir dazwischen kaum warten mussten und somit nicht in die Verlegenheit kamen, viel zu reden. Der Meister war ständig beschäftigt, an seiner Sklavin herumzumachen, hakte am hellbraunen Halsband, das Lissi gut sichtbar trug, eine Leine ein und zerrte an ihr. Sie musste auf dem Boden knien, auf allen vieren warten, vom Teller auf dem Boden essen, sich von ihm füttern lassen und ihm auch zwischendurch allerlei Dienste erweisen: die Füße küssen, in seinem Schoß hantieren. Holzer fehlte Gelassenheit, und er war ohne Liebe dabei. Was fand die Frau nur an dem Mann? Ständig drohte die Wiederkehr des Kellners, ich fand das unangenehm aufregend. Als er einmal Lissi auf dem Boden zu sehen bekam, tat er so, als wäre nichts. Genau das war es, was Holzer wollte.

Ich ärgerte mich über das Essen. Jedes der Gerichte bestand aus kunstlos in Wasser gekochten Krustentieren in der aufsteigenden Reihenfolge ihrer Körpergröße: Shrimps mit einer Grüngarnierung, Garnele mit einem Löffelchen Sauce, Hummer mit einer Crème zum Eintunken und einem Häufchen Kaviar. Das Reiche-Leute-Missverständnis! Keine Haute Cuisine. Oder war es die falsche Wahl des selbsternannten Gourmets Holzer? Bei einem der Gänge lagen zur Zierde drei hauchdünne Scheibchen getrocknete Trüffel obenauf. Zum ersten Mal aß ich Trüffel! Ich konnte aber keinen Geschmack feststellen, obwohl ich sie alle drei zugleich in den Mund genommen hatte, damit mir das Aroma nicht entginge. Als Letztes kam geschmolzener Camembert auf den Tisch. Ein durchdringender Gestank erfüllte das Zimmer. Nicht mal der Schweizer wollte davon essen, und der Kellner musste gleich wieder abtragen.

»Wir gehen sofort hoch!«, befahl Holzer im Hotelfoyer. Nun gab es kein Zurück mehr. Das große Zimmer war freundlich hell erleuchtet. Am Fußende des großen Bettes gab es einen langen, teppichbezogenen Quader zur Ablage der Koffer. Er war wie gemacht für eine Erziehung. Säuberlich reihte Holzer den Inhalt einer Tasche nebeneinander auf: Spielsachen und Schlaginstrumente. Er zog seine Jacke aus, ich zog meine Jacke aus, Lissi musste sich ganz entkleiden. Es schüttelte mich, als ich sah, dass auch Holzer sich weiter entblößte. Kurz fürchtete ich, er könnte es doch auf Normalsex abgesehen haben. Doch nachdem er seinen Oberkörper freigelegt hatte, war für ihn die Herrenfigur perfekt. Männlich war er, hatte aber schon gut Bauch angesetzt. Wie konnte er glauben, sich so zeigen zu müssen! Er trat zurück zur Wand und befahl mir mit einer Geste, zu beginnen. Was hatte ich mir da nur eingebrockt!

»Komm her!«, sagte ich leise zu Lissi. Die stellte sich vor mir auf und schaute reglos zu Boden. Ich sah den fremden Frauenkörper, ohne ihn wahrzunehmen. Ich hob meine Hand, weil ich es musste. Ich streichelte Lissi. Sacht und liebevoll. Vielleicht konnte sie sich ja doch noch für eine Frau erwärmen. Davon war aber nichts zu bemerken, und ich begann mit kleinen Bosheiten. Schmerzlich war mir bewusst, dass Lissi es gar nicht mochte, von mir in die Brustwarzen gezwickt, im Schritt befummelt, geohrfeigt zu werden. Ich handelte wortlos. Ich konnte diese Frau einfach nicht beschimpfen. Bestimmt war klar zu sehen, wie wenig dieses Handeln zu mir passte. Lissi blieb ohne Regung, nicht mal ihr Atem stockte, wo es doch weh tun musste. Bestimmt boten wir eine miserable Vorstellung.

Streng befahl ich Lissi, sich bäuchlings auf die Kofferablage zu legen. »Streck die Arme nach oben!« Ich befestigte Handfesseln, klickte sie zusammen, die Fußfesseln ebenso. Ich nahm eine Lederfransenpeitsche, die nicht so hart aussah, und fing ohne Druck an zu schlagen. Ich ermahnte mich, härter zu werden. Eine Weile hielt ich das durch, dann hielt ich an und streichelte ihre errötete Haut. Ich wusste, das war erst der Anfang gewesen, ich musste sie ausdauernder schlagen. Ich zählte in Gedanken mit. Noch ein paar, das kann Lissi ertragen, das kennt sie, versuchte ich mich anzutreiben. Die letzten fünf Peitschenhiebe klatschten gewaltig. Ich hörte einfach auf. Mir reichte es. Lissi gab keinen Mucks von sich. Verlegen sah ich zu Holzer. Der wirkte alles andere als enttäuscht und grabschte sich eine Gerte. Erst war ich erleichtert, dann belustigt. Er wollte mir zeigen, wie es geht. Deshalb war ich hier, damit ihm endlich mal jemand zuschaute.

Das Vergnügen verging mir schnell. Auch Holzer sprach kein Wort, während er immer heftiger mit der Gerte zuschlug, die weit schmerzhafter war. Er hielt nicht inne, um zu prüfen, wie es Lissi dabei ging. Er ist überhaupt nicht mit ihr in Verbindung, dachte ich empört und zunehmend besorgt. Holzer wollte anscheinend nicht mehr aufhören. Lissi war für ihn nur das Fleisch, das geschlagen werden musste. Ich sah, wie sie sich krümmte, sich nach ihm umzudrehen versuchte, sah die entsetzte Überraschung in ihrem Gesicht. So etwas hatte sie offenbar noch nicht erlebt. Sie bemühte sich, die Fassung zu bewahren, es bis zum Ende auszuhalten. Mir war schlecht geworden. Ich wusste, dass es an mir lag, dass er sich so produzierte. Sicher war er mit ihr allein bisher sensibler gewesen, um seine »geile Sklavin« nicht zu überfordern. Endlich hieß Holzer Lissi sich umdrehen. Hektisch griff er eine Gummimaske und wollte sie ihr über den Kopf stülpen, was ihm aber nicht ohne weiteres gelang. Wer weiß, ob sie das Ding schon einmal aufhatte. Das Gummi sah ganz neu aus. Selbst mit Einverständnis ist es schwer, einem anderen eine Gummimaske aufzusetzen. Eigentlich sollte der Sklave mit zur Hand gehen, die Maske muss gepudert und die Haare, auf denen das Gummi nicht rutscht, mit einer Schwimmhaube abgedeckt sein. Lissi reagierte widerstrebend. Ich sah, dass sie sich ekelte und fürchtete und sich am liebsten gewehrt hätte. Holzer zerrte so lange an ihr, bis die Maske ungefähr saß, dann zog er, ohne Rücksicht auf ihre Haare, so schnell er konnte, den Reißverschluss zu. Lissi bäumte sich auf, als bekäme sie keine Luft. Eine Marter! Sah so etwa deren Praxis aus?

Während Lissi wieder ergeben auf der Pritsche lag, holte Holzer einen Trichter. Er montierte ihn auf ihrem Mund, öffnete seinen Hosenschlitz und pisste hinein. Ein verzweifeltes Gurgeln und Husten war zu hören, Lissi bäumte sich erneut in völliger Panik auf. Endlich begriff Holzer. Er beeilte sich, ihr die Maske vom Kopf zu reißen, darin bestand seine einzige Hilfestellung. Er wandte sich ab.

Als Lissi ins Bad rannte, lief ich hinterher. Weinend stürzte sie vor der Badewanne in die Knie, schlug sich Wasser ins Gesicht und in den Mund und spuckte es wieder aus. »Das war zu viel!«, sagte ich.

Doch Lissi fand nach einem kurzen Aufschluchzen ihre Fassung wieder, wischte sich über das nasse Gesicht und lächelte. »Er war jetzt zwar besonders streng, aber das renkt sich schon wieder ein.«

»Wirklich?« Ihre Tapferkeit bekommt dieser Frau nicht gut, dachte ich.

»Ja, bestimmt.«

Ich fasste es nicht und wollte nur noch weg. Ohne ein weiteres Wort an den Meister raffte ich im Zimmer meine Sachen zusammen, verlangte mein Geld und verabschiedete mich.

»Nie mehr, nie mehr, nie mehr …«, flüsterte ich im Rhythmus meiner Schritte draußen auf dem langen Flur. Ich war in heller Aufregung, Ekel vor Holzer und Selbstekel erfüllten mich. Ich hatte nicht Einhalt geboten. Ich hatte ihn anbrüllen sollen! Diese komische Mischung aus Intimität und ungezügelter Grausamkeit, in die ich da geraten war, nein, das wollte ich nie mehr.

Als wäre das ein gelungener Abend gewesen, rief Holzer einige Zeit später wieder an. Wie eine Alarmglocke schrillte sein »Holzrrrr!« aus dem Hörer. Ob ich nicht noch ein paar schöne Ideen hätte, was er mit »dr Liiisi« noch machen könne? Ich war empört. Was glaubte der denn?

»Nein, ich habe mich geirrt. Ich kann mit einer Frau

nichts anfangen«, sagte ich möglichst kalt. »Ich möchte nur Männer erziehen.«

Damit war ich ihn los.

Ich schaute durch den Spion hinter einem Mann her, wie er die Treppe hinab verschwand, und rannte ins Mädchenzimmer zum Telefon. Das musste ich unbedingt Wellendorf erzählen.

Doch Wellendorf wollte mich gar nicht zu Wort kommen lassen, sondern gut gelaunt berichten, was er alles erledigt hatte. Ich unterbrach ihn: »Der Typ, der umgebracht werden wollte …«

»Ist er da gewesen? Du hast doch gesagt, er kommt nicht.«

»Weil er am Telefon ja nur fragte, ob ich ihn umbringen kann. Ich sagte sofort, ja, und habe ihm die Adresse gegeben, mehr nicht. Ich dachte, ein Spinner.«

»Dem musstest du doch nicht die Adresse geben!«

»Er sah völlig unscheinbar aus. So einer, der gar nicht auffällt, bei dem man hinterher nicht mehr weiß, wie er ausgesehen hat. Klein, absolut bleich und blond. Mit Staubmantel. Beige. Ich war furchtbar aufgeregt, als ich ihn reingeführt habe. Ihm war überhaupt nichts anzumerken. Er schlich also hier rein und wollte gleich wissen, wie ich es mache. Ich sagte, ich fessle ihn auf die Pritsche, dass er sich nicht wehren kann, und würge ihn mit einem Gummituch. Das drehe ich so lange zu, bis es gelaufen ist mit ihm. Ich dachte, das würde ihn vielleicht freuen. Das ist so einer, der auf ganz real macht und das Spiel schon im Vorgespräch braucht. Wäre ja auch höchst passend bei dem Thema. Er aber auf einmal ganz scharf: ›Und wie wollen Sie meine Leiche abtransportieren?‹ Darauf war ich nun gar nicht gefasst. Ich sagte, ach, da gäbe es sicher ein, zwei Leute, die mir gern ein Paket für ein paar Euro nach draußen in den Wald bringen würden. Doch er war überhaupt nicht zufrieden mit der Antwort, sondern fragte, welche Leute? Ich sagte, das wüsste ich jetzt nicht. ›Und

was soll das kosten?‹, wollte er wissen. Ich dachte ja die ganze Zeit, er spielt, und antwortete für alle Fälle vorsichtig: ›Es kostet je nach Dauer, bis Sie tot sind. Wenn es nur zwanzig Minuten dauert, hundert Euro.‹ Da ist er ausgerastet: ›Hundert!‹, hat er gebrüllt. ›Ich dachte an zehntausend!‹ Er war total enttäuscht. Als hätte ich ihn unter Wert verkauft.«

»Der meinte es wirklich ernst!«

»Genau! Das war kein Spiel für ihn! Und ich fand zehntausend nun wieder nicht genug für das, was er verlangte. Also sagte ich, ich würde jetzt offen mit ihm reden. Dass ich mir nie die Last aufbürden würde, jemanden umzubringen. Ich sagte nicht, dass ich so was gar nicht fertigbrächte. Ich machte noch einen Versuch: ›Man kann das spielen. Ich kann es so machen, dass Sie wirklich Angst bekommen.‹ Wie absurd das Ganze war, war mir in dem Augenblick nicht klar. Ich biete dem was an, das ihn in Todesangst bringen soll, und sage dabei, ich mache es nicht wirklich! Und da ist er abgehauen.«

»Na, Gott sei Dank!«

»Nein, schade! Da hätte sich was Schönes draus machen lassen! So wie damals, als der Würgeklaus von Angelique bei mir war. Danach war ich erschüttert, dass ich das gekonnt hatte und dass es solchen Spaß gemacht hat! Aber der heute war nicht zu kriegen, weil er es wirklich wollte. Ich, als Killer! Was für eine Zumutung!«

Wieder mal sollte ich am Samstag ins Studio. Mein Gast Åke kam aus Schweden, und weil er so einen weiten Weg hatte, richtete ich mich nach ihm. Dora hatte keine Einwände. Åke meldete sich immer im Abstand von einem halben Jahr und war bisher zwei Mal bei mir gewesen. Wäre er nicht so ein vergnügter, kluger, ansehnlicher Mann, ich hätte die Mühe seiner Geschichte, die fürchterlich anstrengend war, nicht auf mich genommen. Åke war unaufdringlich an mir interessiert. Nie hatte er das Bedürfnis, nach unseren Treffen oder sonst irgendwann mit mir zu telefonieren. Wenn er sich plötzlich meldete, dann nur, um den Termin auszumachen. Diesmal besuchte er einen Kongress von Tangotänzern und wollte mir einreden, das sei der richtige Sport für mich. Ich hätte genau die Figur und die Persönlichkeit dazu. Ich sagte, ich tanze nur Pogo, was zutraf.

Åkes eigentlicher Wunsch war unerfüllbar, denn dafür hätte es der Schwerelosigkeit im Wasser bedurft. Im Studio gab es aber keinen Pool. Gott sei Dank! Außerdem hätten wir mehrere Schichten Gummi, Masken sowie Schläuche gebraucht, mit denen wir zusammengekoppelt wären. In dem Zustand hätte er gern noch mit mir gefickt. In unserem Studio konnte ich ihm nur eine sehr reduzierte Trockenversion bieten.

Ich holte den nackten Åke, der klein und zierlich war, aus der Umkleide. Ich selbst trug mein Textilkostüm. Im Gummizimmer half ich ihm in Lagen von erbarmungslos engem, festem Gummi, wenigstens die waren im Studio in ausreichender Menge vorrätig. Dann zog ich mich bis auf die nackte Haut aus. Das war einfach, denn nicht meine Nacktheit interessierte ihn, sondern erst das, was darauf folgte. Ich präsentierte ihm einen umgekehrten Strip: hinein in das Gummi. Zuerst zog ich den transparenten Anzug mit den Füßlingen an, den ich mir auf seinen Wunsch gekauft hatte, darüber den groß aufgepolsterten schwarzen »Bombentitten-BH« und meinen doppelwandigen, aufblasbaren Schlüpfer. Der Anblick war wunderbar seltsam. Es sah aus, als steckte ich in einem schwarzen, glänzenden Ballon. Åke half mir mit dem Aufpumpen. Als Nächstes legte ich das Gummikorsett an. Außer meinen Fingerspitzen blieb wegen der abgeschnittenen Fingerkuppen meiner langen Handschuhe kein einziger frei atmender Quadratzentimeter Haut mehr frei. Denn zum Ende der Behandlung setzte ich mir noch meine transparente Maske auf. Es war mein schweißtreibendstes Programm. In den Füßlingen sammelte sich das Wasser. Nach einiger Zeit plätscherte und quietschte es leise bei

jedem Schritt. Genau das aber wollte Åke. Und obwohl ich jetzt eine Gummipuppe geworden war, hatte das nichts mit Demütigung zu tun. Er war mein männliches Pendant, wir steckten in unseren Häuten und erlebten die gleiche Einengung. Das war seine Lust, und ich spielte mit, als sei das für mich genauso. Viel mehr hatte ich ihm nicht zu bieten. Er wollte keine Rollenspiele, keine Geschichten, sondern Realität.

Nachdem Åke die Hose aufgepumpt hatte, berührte und streichelte er sie. Dann half ich ihm, sich die doppelwandige Kopfmaske überzuziehen. Die war sogar für ihn ein Abenteuer, denn das Teil hatte keinen Reißverschluss. Man musste durch den engen Halskanal tauchen. Dabei bekam man erst wieder Luft, wenn man mit der Nase passgenau an den kleinen Nasenlöchern angelangt war. Augenöffnungen waren keine dran. Er war vollständig auf mich angewiesen. Ich setzte die Fahrradpumpe ans Ventil und hoffte, dass die anfällige Konstruktion funktionierte, was manchmal nicht der Fall war. Ich pumpte, bis sein Kopf dick wurde. Eine Weile verharrte er so. Vorsichtig wichste ich ihn. Relativ bald gab er Zeichen, dass er wieder rauswollte. Die Luft entwich nur langsam. Wieder frei, schüttelte er sich und prustete, als käme er mit dem Kopf aus dem Wasser.

Da Åke Luftspiele liebte, steckte ich ihm das Fick-Gummiding, den kleinen pilzförmigen Gummisack mit einem Schlauch im Inneren, auf den Schwanz, den man auch aufpumpen konnte. Ich hielt hin, während er hineinstieß. Das fanden wir eher lustig.

Jede unserer Handlungen benannten wir, lobten das Material, bekräftigten einander gegenseitig, wie aufregend, wie geil das war, was wir gerade taten. Mir war nie ganz wohl dabei. Es blieb ein Gemache mit Mängeln, angesichts von Åkes eigentlich viel weiter gehenden Wünschen. Bei mir mangelte es an echter Begeisterung. Ich musste sie spielen. So viel Gummi anzuziehen war in Wahrheit eine große Zumutung. Dabei war er keiner, dem ich etwas vormachen wollte. Wenigstens liebe ich tatsächlich Gummi, allerdings genügt mir ein Bruchteil davon.

Letztlich war Åke in diesem Studio fehl am Platz. Wir hatten nicht die richtige Ausstattung für ihn. Als Ersatz bastelte er sich schließlich ein ebenso einfaches wie wirksames Modell: ein viereckiges Etui aus einer Lage transparentem Gummi, das durch einen Reißverschluss für Taucheranzüge luftdicht verschließbar war. Zum Ende unseres Treffens legte er sich auf dem Gummibett in diese Hülle. Ich erklomm das hohe eiserne Krankenhausmöbel und setzte mich mit gespreizten Beinen auf Åkes Schenkel. Durch das milchige Gummi sah ich seine schwarze Gestalt. Ich hörte ihn tief einatmen und die Luft durch das Mundrohr nach draußen blasen. Überraschend schnell war alle Luft aufgebraucht, und er atmete nun durch das Rohr. Das Gummi fesselte ihn so vollständig, dass er tatsächlich keinen Finger mehr bewegen konnte. Der Anblick war bizarr: ein vakuumverpackter Mensch! Auch für dieses Bild nahm ich die anstrengenden Umstände seiner Behandlung in Kauf. Sobald er erstarrt war, streichelte und wichste ich ihn durch die Lagen von Latex, bis es ihm in heftigen Konvulsionen kam.

Im Mädchenzimmer entblätterte ich mich. Vorsorglich stand ich auf einem Handtuch. Es tropfte, als ich mich aus der untersten Gummischicht befreite, die Haut war weiß und aufgequollen, als hätte ich zu lange in der Badewanne gelegen. Aus den Füßlingen schwappte es. Ich trocknete mich ab. Dora nickte anerkennend. Ich war zufrieden.

»Gehst du nächsten Samstag auf die Party?«, fragte sie.

»Wieder mal was Neues. Ist das nicht so eine Vorstadtdisko?«

»Ich bringe eine Berliner Kollegin mit. Bibiana, eine interessante Frau. Die macht alles, von Babyprogrammen bis zu ganz harten Sachen. Sie ist sehr nett, könnte dir gefallen. Sie will sich das Studio ansehen und vielleicht hier arbeiten.«

Zu viert hatten wir uns auf der sonderbaren Party in jener Vorstadtdisko getroffen, Dora, Bibiana, Wellendorf und ich. Wir waren uns einig, es war zu voll, zu laut und wieder mal zu dunkel gewesen. Für mich und Wellendorf hatte unser Treffen das Ereignis des Abends ausgemacht, als Hauptfigur dabei ganz klar Bibiana, Kurzform Bibi, ursprünglich Renate. »So darf mich aber niemand mehr nennen!«, hatte sie gewarnt. Dora hatte, gegen die Musik anschreiend, die Vorstellung der sehr kleinen, hübschen, fröhlichen Frau mit den kurzen schwarzen Haaren besorgt. Mit ihr waren sofort die Gespräche möglich, die ich mit Dora hatte führen wollen. Niemand in diesem Business war bisher so zugänglich und normal gewesen wie Bibiana.

Auf dem Heimweg hatten wir Bekanntschaft mit Bibis Fahrkünsten gemacht. Wir quetschten uns in ihre kleine schwarze Cabriokiste, nachdem sie vom Rücksitz einen Kleiderberg in den Kofferraum verfrachtet hatte. Die erste Kollegin mit Auto! Sie fuhr mit großem Selbstbewusstsein unter großzügiger Auslegung der Regeln. Wenn wir den Weg nicht schnell genug ansagten, zwang sie das Gefährt schleudernd in die richtige Spur oder kurvte eine abenteuerliche Umkehr. Bibi lachte, als wir uns beschwerten. An einem Taxistand wurden Wellendorf und ich abgeladen. Wellendorf rief Bibi »Immer der Straße nach!« hinterher. Sie und Dora würden im Studio übernachten.

Zu Hause beschwerte sich Wellendorf: »Für mich wäre das keine Domina. Sie ist viel zu klein. Ich kann die nicht ernst nehmen.«

»Sie hat gesagt, sie wäre superstreng. Wenn man sie dabei lachen sieht … Kaum zu glauben. Aber sie hat so ein Funkeln in den Augen.«

»Das Gummikleid war auch nicht toll.«

»Du immer mit deinen Ansprüchen! An der ist doch alles dran, jede erforderliche weibliche Kurve! Und sie findet Babys niedlich. Sie lässt sie mit Spielzeug spielen und füttert sie. Gegen volle Windeln hat sie nichts, und sie macht auch Kaviarprogramme. Das zwitschert sie so daher!«

Bibi hatte sich mit Regina darauf geeinigt, Montag, Dienstag und Donnerstag im Studio zu arbeiten. Wenn Gäste es wollten, sei sie auch noch freitags da. Das Erstaunliche war, dass Bibiana gleich nach dem Treffen bei mir angerufen hatte, um mir das Gespräch mit der Chefin in allen Details zu schildern. Bibi fand Regina umgänglich. Sie hätten sich sofort verstanden. Chefinnen seien nie so ganz einfach, meinte sie, aber wenn man Klartext rede, kein Problem. Das Studio sei erfreulich gut eingerichtet. Sie war schon ganz scharf darauf, da zu arbeiten, und hatte bereits Anzeigen in der Abendzeitung aufgegeben. Aber sie wollte Regina noch einige Verbesserungen vorschlagen. Es müssten dringend Einmaldarmrohre her, das sei hygienischer, meinte sie. Sie sei Krankenschwester gewesen, danach Pharmareferentin, und sie wüsste einen Vertrieb medizinischer Artikel, wo man günstig einkaufen könne. Außerdem seien die Papierservietten zum Abwischen nicht so toll, besser seien Küchenrollen. Sie habe einen Packen im Gynzimmer gesehen, auf denen »Guten Appetit« stünde, hatte sie sich empört. Mir war das noch gar nicht aufgefallen. Nach einem nochmaligen »Guten Appetit, das ist doch wohl nicht wahr!« hatte sie vorgeschlagen, sie, ich und Wellendorf könnten uns doch zum Essen treffen, bevor sie sich rasch verabschiedete. Das gefiel mir.

Obwohl ich nur ganz kommod im Kostüm auf der Kante der Polsterliege neben einem Wichsenden saß, nicht einmal nackt wollte er dabei sein, kam ich in Schwierigkeiten. Ich hatte geglaubt, wenn ich lediglich dabei helfen sollte, eine Phantasie zu entwickeln, würde mich der Inhalt nicht belasten. Am Telefon hatte der Mann beschrieben, worum es ihm ging. Am Schauplatz einer idyllischen, tropischen Insel in der Karibik, wo Leute Sex miteinander hatten, sollten Männer von Frauen gequält und ermordet werden. Ob ich mich in diese Rolle hineindenken könne. Ich sagte, ja. Den wollte ich sehen. Er machte auch gleich klar, dass er nicht das Opfer sei. Er wolle sich nur mit mir darüber unterhalten. Das sei geil für ihn.

Ein ahnungsloser Mann geht also in den Urwald und sieht eine sexy Amazone. Er will die Frau haben. Das musste sich in eine Verführungsszene weiterentwickeln, doch ich kam nicht zu Wort. Auch an netten kleinen Foltern, die – so wie im Studio – Verletzungen an Leib und Seele vermieden, hatte er kein Interesse. Es ging noch nicht mal um Qualen, die auszustehen waren. Der Mann, der die Frau haben will, nähert sich ahnungslos, schon läuft er in eine klug ausgedachte, unsichtbare Falle und damit in seinen sofortigen Tod. Und dann der nächste, und so weiter, ein Massengemetzel wie am Fließband. Die Frauen, die das tun, sind heimtückisch, grausam, mordlustig. Die sollte ich vertreten.

Ich schaute mir den Mann genau an. Bei der Begrüßung hatte er einen freundlichen, normalen Eindruck gemacht. Und auch jetzt lächelte er, während er gemächlich vor sich hin wichste, dabei floss aus seinem Mund eine Litanei grauenhaftester Todesarten. Mehrmals wollte ich ironisch werden, um dem Ganzen die Schwere zu nehmen. Doch der Mann ließ sich vom Ernst seiner Aufgabe nicht abbringen. Ich versuchte sogar, die Folterszenen auszudehnen, um eines der armen Opfer wenigstens noch etwas länger am Leben zu halten. Ich spürte die ungeduldige Irritation des Mannes. Also trug ich nur noch ab und zu, tapfer meinen Widerwillen bekämpfend, ein böses Wort bei, während er weiterredete.

Mit dieser Geschichte hatte er sich warm gemacht. Für die zweite Story sollte ich mir vorstellen, ich sei mit einem enorm reichen und mächtigen Mann verheiratet, der mir ganz verfallen sei. »Sie und Ihre beste Freundin nutzen das weidlich aus«, sprach der Märchenerzähler, »betrügen und erniedrigen ihn nach Strich und Faden, mit und ohne sein Wissen. Nun hat der Mann einen heranwachsenden Sohn aus erster Ehe, der von Ihnen beiden über Ihre Machenschaften ins Vertrauen gezogen wird. Er ist immer auf dem Laufenden über alles, was Sie seinem Vater antun.« Ich solle mich nur ja gründlich in diese Rolle hineinversetzen, verlangte er. Dabei wäre so eine Hexe garantiert meine Erzfeindin!

Gemeinsam malten wir den Niedergang des Opfers aus. Am Ende wurde der Vater in ein Gladiatorenspiel gegen uns Frauen gezwungen. Es bedeutete seinen sicheren Tod. Wieder einmal hatte da einer nicht die leiseste Chance. Der Vater liegt bereits bis auf den Kopf im Sand begraben, da nähert sich ihm die Frau, die zu sein ich mir vorstellen soll, bedrohlich auf hohen Stiefeln. Ich müsse nun die Todesart liefern, die den Vater zur Strecke bringt, verlangte der Mann. Zu meiner Überraschung fiel mir eine schlimme Szene ein. Wozu es doch gut sein konnte, wenn man sich quälend lang einen ganzen Fantasy-Film erzählen ließ. Jemand hatte Stiefel, aus deren Spitze bei Bedarf Dolche herausschnellten. Damit wurde durch die Augen ins Hirn gestochen. Der Mann war begeistert von meiner Idee und übernahm die Ausmalung des Höhepunktes: »Dann wird der Sohn gefragt: ›Soll der finale Stoß ausgeführt werden?‹« Schau an, dachte ich, ein begeisterter Vatermörder! Erwartungsgemäß bejahte der Sohn. Und der Mann ejakulierte.

Es dauerte eine Weile, bis ich mich von diesem Schlachtfest erholt hatte. Was wollte einer mit dem Tod? Was bewegte ihn, dass er überleben und die anderen kaputtmachen musste? Größte Allmachtsäußerung, vermutete ich. Ich hingegen wollte mit dem Tod nichts zu tun haben. Manchmal nachts schauderte mich, wenn ich vor Schläfrigkeit wehrlos war gegen das plötzlich heranschwappende Thema. Was wäre, wenn Wellendorf sehr krank würde und stürbe oder ich selbst? Ich sah meine Mutter vor mir, die sich dick gefressen hatte und an vielen Krankheiten litt: Diabetes, seniler Makuladegeneration, Taubheit, Demenz, die Herzprobleme hatte und schlaganfallgefährdet war. Das wird mir nicht passieren, hatte ich beschlossen. Ich würde rüstig alt werden, indem ich turnte und mich anständig ernährte. Als Domina konnte man lange arbeiten. Die alteren unter ihnen hatten auch zu tun. Sonst würden sie nicht immer noch in den Werbeheften zu sehen sein. Und Kunst konnte man erst recht bis zum letzten Atemzug machen.

Bibis Geschäfte liefen »supergut« an, wie sie sagte. Wir telefonierten mindestens einmal wöchentlich. Sie lieferte die neuesten Studiogeschichten, von denen ich sonst wegen meines einsamen Mittwochs nichts erfahren hätte. Bibi war eine Schnell- und Vielsprecherin. Zu allem äußerte sie dezidiert ihre Meinung. Eine Freundin Reginas hatte ins Studio gefunden. Sie mache sich nicht gut, sie sei zu lieb.

Übergangslos schaltete sie um auf ihr eigenes Treiben: »Ich wohne jetzt bei Tommy. Am Freitag bin ich an die Ostsee gedüst.« Wer war Tommy? »Da hat Tommy einen kleinen Wohnwagen. Das Wetter war so toll und der Strand, einfach super! Dann bin ich gleich nach Berlin weitergedüst. Ich werde aus dem Laden aussteigen.«

»Welchem Laden?«, gelang es mir zu fragen.

»Bedruckte T-Shirts. Das wird mir zu viel. Obwohl Guido mir schon so viel hilft. Der würde alles für mich machen, aber er hat schließlich seine Arbeit. Den Wagen habe ich von Florian nachsehen lassen. Der hat echt Ahnung von Autos. In der Werkstatt hätte das schon wieder eine Stange Geld gekostet! Also im Studio läuft's echt super. Regina gehen die Augen über, was ich ihr an Geld hinlege!«

Bibi holte Luft, und ich hatte die Chance, auch etwas zum Gespräch beizusteuern. »Bei mir geht's auch gut! Ich hatte den ganzen Monat meinen Mittwoch voll. Da war einer, hattest du den mit der Todesinsel schon mal, auf der alle Männer sterben müssen?«

»Nein, keine Ahnung. Den ganzen Montag und Dienstag hat man das Gummizimmer nicht benutzen können!«

»Wieso?«

»Wegen der Bauarbeiten!«

»Ach ja, das Holz habe ich liegen sehen und mich schon gefragt, was Regina da vorhat.«

»Sie will im Gummizimmer eine Balkenkonstruktion einbauen!« An der Decke durfte man bisher allenfalls einen sehr kleinen, sehr dünnen Mann aufhängen, sonst riss womöglich die Halterung aus. Bibi und ich echauffierten uns gegen diese Idee. Das Zimmer war jetzt schon übervoll, es hatte keine gute Atmosphäre. Auch die Beleuchtung war ungünstig.

»An die Balken kommt ein Sling dran«, erklärte Bibi.

»Ein was?«

»Na so eine Schaukel, wo einer drin liegen kann.«

»Und wenn man jemanden aufrecht anhängen möchte?«

Das könne man alles variabel nutzen, meinte sie und fragte, ob ich nicht die vielen Rollen und Seile gesehen habe. Dann begann Bibi wieder mit der Ostsee und Tommys Wohnwagen. Nach mehrmaligem Insistieren »Ich müsste noch …«, wobei ich noch nicht mal zu sagen hatte, was ich denn müsste, entließ sie mich abrupt: »Ja, klar! Mach's gut! Tschau, tschau!«

Nach langer Zeit lag Jürgen Fistfuck wieder vor mir auf dem Gynstuhl. Ich war auf alles Mögliche gefasst. Damals hatte er mich ein versautes Mädchen genannt und mir an den Hintern gehen wollen. Ein halbes Jahr später hatte ich ihn auf einer Party gesehen und Wellendorf etwas zu unbefangen auf ihn hingewiesen. Als wir uns wegdrehten, hatte er sich flugs genähert und mich diesmal am Hintern erwischt. Wellendorf bestand bestens in seiner Alphatier-Rolle. Laut brüllte er Jürgen an, worauf der sich grinsend davonmachte. Ich war erschrocken. Ich hatte Angst um den völlig untrainierten Wellendorf gehabt. Jürgen war dagegen ein Schrank.

Jetzt jedoch fürchtete ich mich nicht, denn Jürgen lag mit weit gespreizten Beinen vor mir, meine Faust steckte in seinem Anus und bewegte sich sanft. Ich würde ihm die Eier ausreißen, wenn er unvernünftig werden sollte! Er glotzte mich geil an, spielte an seinem Schwanz und fing an zu feixen. »Hast du eigentlich gar keine Angst vor mir? Ich meine, wo wir doch jetzt ganz allein hier sind!«

Ich lachte. Er drohte mir wie ein böser Onkel, dabei hatte ich ihn aufgespießt. Dann sagte ich kühl: »Das kannst du vergessen. Du fliegst sofort raus, wenn du nicht brav bist. Ich steh' nicht auf passiv. Du willst doch, dass das hier hübsch weitergeht, oder?« Sofort ließ er locker. Ich war stolz. Ich hatte ihn bezwungen.

Bibi half Regina auch noch die dritte Platte mit Sushi auf den Tisch zu stellen. Mutter Regina hatte Werkzeug und Anleitung zur Herstellung dieser Dinger zum Geburtstag bekommen. Von Dora das Kochbuch, von Bibi die Bambusmatten, von mir Reisessig, Algen und Ingwer. Sushi war Mode. Bibi und Regina hatten im Studio fast täglich welche bestellt. »Selbstgemacht!«, rief Regina, und als brave Kinder gaben wir laute Ahs und Ohs von uns. Wie hatte sie das nur alles so hinbekommen? Die Meisterköchin. Sie gestand, doch Hilfe gehabt zu haben. Um Fragen zu klären, sei sie nach dem Fischkauf in den japanischen Laden gegangen. »Die kleine Verkäuferin hat mich einfach mit nach hinten genommen, wir haben Reis gekocht«, und dann hatte die rundliche Regina mit ihr zusammen Sushis gerollt. Wir waren sprachlos bei dieser Vorstellung. Regina lachte ihr glucksendes Lachen.

Wie immer war von allem zu viel da. Wie immer mahnte Regina, doch noch nachzunehmen. Wie immer lagen dann allzu viele Reste anklagend auf feinem Porzellan in der Tischmitte. Bibi dokumentierte mit ihrer kleinen Kamera, wie alle auf ihren Sesseln eher lagen als saßen und sich den Bauch hielten. Als Nachtisch gab es Eis in der Geschmacksrichtung grüner Tee und kleine süße Kuchen. Wir genossen die angenehme Einmütigkeit bei Reginas opulentem Familienessen. Wir waren eine gute Belegschaft geworden. Regina hatte drei wunderbare Fachkräfte. Wir arbeiteten sehr effektiv, konnten mittlerweile gut miteinander und waren stolz auf unseren Laden.

Doch ich blieb skeptisch. Ich sah das Spektakel. Regina wollte uns unbedingt beglücken, und wir benahmen uns dementsprechend artig. Vollkommen freiwillig geschah das nicht. Würde ich jedoch unter einem Vorwand absagen, weil mir nie ganz wohl war mit Regina, auch wenn sie mir ihre Liebe antun wollte, wäre es ganz schnell damit vorbei gewesen. Dieses Mal hatte sie schon bei der Einladung angekündigt, nach dem Essen wäre Ernstes zu besprechen.

Der Tisch wurde abgeräumt, noch einmal für Getränke gesorgt. Regina setzte sich in Positur: »Ich habe mit euch noch nie über den geschäftlichen Hintergrund des Studios geredet. Jetzt kann ich es euch nicht mehr ersparen. Es steht nicht zum Besten«, sagte sie mit größtem Ernst. »Die Ausgaben sind sehr hoch. Die Miete, die Nebenkosten, die Anschaffungen. Die Hängevorrichtung im Gummizimmer war insgesamt sehr teuer. Aber man musste es ja so machen, dass es auch nach was aussieht und wirklich stabil ist.« Regina machte eine Pause und setzte eine kummervolle Miene auf. »Ich muss die Abgaben von dreißig auf vierzig Prozent erhöhen. Sonst kann ich den Laden dichtmachen.«

Betroffen schwiegen wir, bis Bibi als Erste das Wort ergriff: »Natürlich unterstützen wir das. Es ist ja wohl auch nicht anders zu machen.« Sie lächelte, Dora nickte. Ich staunte. Ging das aber schnell!

Erfreut über die Einverständniserklärungen, sagte Regina: »Das war leider noch nicht alles.« Sie gab jeder von uns ein Blatt Papier mit einer Wochenübersicht. »Ich muss euch bitten, mir beim Sauberhalten des Ladens zu helfen. Ich schaffe das nicht mehr allein.« Behandlungsräume, Küche, Bäder, Toiletten, Gänge, Mädchenzimmer, Spiegel, Türen, Fenster und Fensterrahmen waren aufgelistet und wann sie gesaugt, geputzt und gewischt werden mussten. »Bitte haltet euch dran.«

Vieles davon war täglich zu erledigen. Mir schwindelte. Wie sollte das gehen? Ich sah auf und erwartete, dass die anderen protestierten. Bibi war wieder die Erste, die sich äußerte: »Ja, selbstverständlich müssen wir das machen, klar lassen wir dich damit nicht allein!« Und auch Dora zeigte sich sofort wieder einverstanden. Sollte ich jetzt etwa als Einzige widersprechen?

»Eine Putzfrau!«, fiel mir ein. »Das soll eine Putzfrau machen. Lasst uns gemeinsam eine bezahlen. Das wenigstens muss doch noch finanzierbar sein!«

»Ja, genau!« Bibi nickte erleichtert, Dora ebenfalls.

Doch Regina wehrte ab: »Das geht nicht. Wen wollt ihr denn als Außenstehenden ins Studio lassen. Nein, das passt mir gar nicht. Das will ich nicht!«

»Und wie stellst du dir das bei mir vor?«, fragte ich, wütend geworden. »Ich mit meinem einen Tag, an dem ich von mittags bis in die Nacht arbeite. Wenn ich vorher putze, ist es Blödsinn. Dann müsste ich am nächsten Morgen kommen und …«

»Auf keinen Fall«, unterbrach Regina. »Das muss am gleichen Tag gemacht werden. Jede muss an ihrem Tag …«

Reginas Verbissenheit war mir unbegreiflich. Ich sah die beiden anderen an. Doch die schwiegen betreten.

»Du musst eben sehen, wie du das einrichtest«, sagte Regina kühl zu mir.

Stimmung kam an diesem Abend keine mehr auf. Die Harmonie war dahin. Wir Besucherinnen waren uns einig, plötzlich alle nach Hause zu müssen.

»Die spinnt!«, schrie ich danach ungeachtet der Nachbarn und der späten Stunde in unserem Wohnzimmer. Aufgeregt lief ich auf und ab und gestikulierte wild. Wellendorf glaubte sich an meine Anfangszeiten im Studio versetzt. »Und ich war die Einzige, die was dagegen hatte. Wie die Lämmer saßen Dora und Bibi da und haben genickt!«

Wellendorf las laut in der Liste. »… Türrahmen wischen, alle drei Toiletten putzen …«

»Weißt du, was da los ist? Sie hat das jahrelang alles

gemacht. Natürlich hängt es ihr zum Hals raus! Wahrscheinlich schmort ihr das schon lang im Kopf. Statt was zu sagen, lässt sie es auflaufen. Die tut sich dauernd nur selbst leid, und raus kommt ein Racheakt! Dafür, dass wir nie was geputzt haben, sollen wir jetzt büßen. Ich würde den ganzen Nachmittag putzen, wenn ich alles machen würde, was da steht! Was will sie? Eine Domina oder eine Putzfrau?«

»Frag sie doch!«, sagte Wellendorf müde.

Viel zu aufgeregt, um zu schlafen, holte ich meine Einnahmenliste der letzten Monate und begann zu rechnen.

In den folgenden Tagen drehte sich das Telefonkarussell zwischen Dora, Bibi und mir.

»Weißt du was?«, sagte Bibi. »Die Miete vom Laden, hat Regina mal gesagt, das ist grade mal achthundert! Nur achthundert! Dass ich mich da gestern nicht dran erinnert habe! Und Dora hat sie mal die Nebenkostenabrechnung gezeigt. Sie ist lächerlich!«

»Ich habe alles durchgerechnet«, sagte ich. »Ich erarbeite gerade genug zum Leben. Und so will ich das auch. Schließlich habe ich noch einen Beruf! Bei vierzig Prozent Abgabe an Regina kann ich einpacken mit meinem einzigen Tag.«

»Andere Studiobesitzer nehmen aber sogar fünfzig!«, wandte Bibi ein.

»Ja, die finanzieren aber auch das Telefon und die Anzeigen. Wenn ich das dazurechne, komme ich genau auf fünfzig Prozent.«

»Bei all dem, was Regina von uns bekommt, und sie selbst verdient ja auch noch was, abgabefrei, die Frau müsste doch eigentlich in Geld schwimmen! Das müssen wir unbedingt nachrechnen! Sag mal, hast du das geglaubt mit den Sushi?«, fragte Bibi, »dass sie mit 'ner Japanerin …?«

»Glaubst du, sie hat das erfunden?«

»Und wie sie das erfunden hat! Sie hat einfach wie gewohnt Sushi liefern lassen.«

»Die lügt uns den Buckel voll!«

Bibi war diejenige, die wöchentlich drei lange Nachmittage mit Regina auskommen musste. Sie zeigte ihre Kränkung offen und kündigte an, es müsse noch mal geredet werden. Bisher gaben wir alle brav die vierzig Prozent ab. Das Putzen wurde verweigert. Endlich getraute sich Bibi, die Aussprache zu verlangen. Ich sagte meinen Mitstreiterinnen, ich wolle zuerst das Wort. Ich hatte den größten Kritikbedarf.

Anderthalb Wochen voller Aufregung später trafen wir uns wieder. Regina hatte sich noch einmal Zeit ausbedungen, die Spannung war gestiegen. Um acht füllte sich das Mädchenzimmer. Reginas Schreibtischlämpchen leuchtete, die Deckenfunzel warf ihren traurig-matten Schein. Der Umgangston war an Förmlichkeit nicht zu überbieten. Es wurde leise gesprochen, bis jede Jacke oder Mantel abgelegt und Platz genommen hatte. Regina saß über Papiere gebeugt am Schreibtisch. Wir, ihre Gegnerinnen, hatten uns einmütig auf dem weißen Sofa nebeneinander aufgereiht. Ich saß am weitesten entfernt von Regina und spürte einen Klumpen im Bauch. Meine Rede würde ich mit dem Satz beginnen: Du hast uns abgefüttert, bis wir fett und faul waren und nicht mehr widersprechen konnten, um dann …

Doch Regina kam mir zuvor. Sie machte eine angedeutete Drehbewegung in unsere Richtung, hatte sofort unsere Aufmerksamkeit und hob den Kopf, wie auf ihrem Reklamebild mit dem Trotzkinn. Dann sah sie hinunter auf ihr Blatt. Mit erhobener Stimme las sie langsam und pathetisch klagend, dabei jedes Wort genau artikulierend, den vorgefassten Text ab: »Ich fühle mich wie vor einem Gericht! Ich fühle mich angeklagt, meine Kolleginnen freundlich behandelt zu haben, ihnen mein Studio zum Arbeiten überlassen zu haben – ein gut gepflegtes und sauberes Studio –, siebzig Prozent meiner Gäste an sie weitergegeben zu haben …«

Der Ärger schoss in mir hoch. *Verschoben* hatte Regina ihre Gäste! Sie machte doch nur noch die, mit denen das nicht geklappt hatte. Ich dagegen hatte dauernd neuen Zulauf!

Aber jetzt legte Regina erst richtig los. Sie kündete aus alten Zeiten, wie viel Geduld sie für mich Arbeits- und Lernunwillige aufgebracht, was ich alles falsch gemacht habe, um Schlag sechs wegen meines kranken Mannes nach Hause zu gehen.

Das alles lag vier Jahre zurück! Ich schnappte vor Wut fast über. Regina hatte sich gut in der Gewalt gehabt und mit ruhiger Stimme gesprochen. Ich schrie: »Du und Angelique, diese Gurke, in die du nur Geld gepumpt hast, ihr habt doch nur noch auf dem Sofa gesessen und die großen Damen gespielt! Dabei habt ihr doch gar nicht mehr gearbeitet! Ihr habt nur Gäste vergrault. Ich war diejenige, die den Laden noch am Laufen gehalten hat!« Ich überlegte keine Sekunde, was ich damit verlieren könnte, und sagte: »Weißt du, ich kann auch gehen, wenn dir das lieber ist!«

Genau das hatte Regina offensichtlich provozieren wollen. Sie beugte sich neben den Schreibtisch, griff sich eine Rolle Müllsäcke und warf sie mir zu Füßen. »Hier, du kannst gleich einpacken!«

Völlig außer mir schnappte ich sie und riss sie hoch wie einen soliden, schweren Prügel. Den Arm zum Schlag erhoben, hörte ich mich schreien: »Du alte Scheißkuh!«, um im gleichen Moment entsetzt innezuhalten. Zu welcher Gewaltentgleisung war ich fähig! Angewidert warf ich die Rolle zu Boden und setzte mich. Mir war übel. Wortlos schubste ich sie mit dem Fuß zurück. So leicht war ich nicht loszuwerden.

Nach einer Weile erschrockener Stille ergriff Dora das Wort. Eine Bessere wäre nicht denkbar gewesen, Vernunft und unwiderlegbare Argumente in die Auseinandersetzung zu bringen. Ruhig meinte sie, dass nach ihrer Kenntnis das Studio nicht so schlecht dastehen könne, und nannte die von uns ermittelten Zahlen. Ihr manierliches Auftreten hatte mir meine Fassung zurückgegeben. Ich trug vor, ich hätte errechnet, dass ich auf fünfzig Prozent Abgaben für mich käme. Regina hörte mich kommentarlos an. Der Putzplan müsse eingehalten werden, forderte sie. Niemand widersprach mehr. Niemand hatte Lust, weiter zu streiten. Und Bibi ließ sich piepsend hören: »Ich friere so!«, sich die Arme reibend, was Regina die Gelegenheit gab, das Thema zu wechseln. »Ach, wahrscheinlich kriegst du deine Tage. Da hat man das mal.« Damit war der Krieg für heute beendet.

Typisch Frauen, dachte ich verärgert. Mir war immer noch schlecht. Förmlich, mit gefrorenen Mienen wie gegnerische Politiker, verabschiedeten wir uns voneinander. Betreten schlichen wir aus dem Haus. Ich stellte mir die einsame Chefin vor. Was hatte die sich eingebrockt! Erst auf der Straße in einiger Entfernung explodierten wir, schrien uns gegenseitig das Erlebte ins Gesicht, fielen einander flatternd ins Wort, lachten und kicherten, zeigten einander unsere zitternden Hände. Wir liefen in Dreierreihe im Gleichschritt durch die Nacht. Auch im Café konnten wir uns nicht beruhigen, erzählten uns immer wieder alles von vorn, um zu verstehen, dass Regina uns tatsächlich um ein Haar alle zusammen hinausgeworfen hätte, wenn wir nur noch ein bisschen mehr Druck gemacht hätten. Wir waren fassungslos über die Bedenkenlosigkeit, mit der sie ganz offenbar zu so einem ruinösen Rundumschlag imstande war, und das, wo das Studio gerade so gut lief. Als wären wir alle wertlos und sofort ohne weiteres durch andere Frauen zu ersetzen!

Am Tag darauf, einem Mittwoch, traute ich mich kaum, die Tür vom Studio aufzuschließen. Keine Regina weit und breit. Auf dem Schreibtisch lag eine Abrechnung, zurückgegebenes Geld für mich und ein einziger Satz: »Es sind künftig exakt 33% zu zahlen, das heißt, 33,30 Euro von 100.« Nicht auch noch die drei Cent?«, knurrte ich vor mich hin. »Das ist ein unendlicher Bruch, meine Liebe! Da entgeht dir was!« Aber ich war vollkommen platt, dass Regina nachgegeben hatte.

Es begann die Zeit der Zettelmitteilungen und Retourkutschen zwischen uns und Regina. Bibi stellte ihren Freitag im Studio ein und wusch auch keine Wäsche mehr. Und sie überredete mich, eingerissenes Gummi nicht mehr kostenlos zu reparieren. Allerdings wagte ich dafür nur einen symbolischen Stundenlohn zu verlangen. Denn es war möglich, dass Regina mich nur deshalb nicht rausgeworfen hatte, weil ich diese vielen Reparaturen machte. Im Spezialladen für Gummikleidung wäre das eine teure Angelegenheit für sie, abgesehen vom Transport und der üblichen Säumigkeit der Werkstatt. Nach wie vor weigerte ich mich zu putzen, und Bibi und Dora erledigten nur das Nötigste.

Regina reagierte ihrerseits mit Maßnahmen. Das Bidet im Mädchenbad wurde ausgebaut und ein Turm aus Waschmaschine und Trockner errichtet. Für die Küche kaufte sie eine kleine Geschirrspülmaschine. Jede ihrer Maßnahmen zog Anweisungen und Arbeit nach sich. Manchmal gab es auf angeklebten Zetteln bissig formulierte schriftliche Gebote, die Bibi unendlich aufregten und sie mir am Telefon brandheiß und in so vielen Wiederholungen aufnötigte, dass ich begann, mir Sorgen zu machen. Während der Arbeit sollte die Waschmaschine laufen. Das sei zu laut, zu heiß, eine Zumutung! Das Waschmittel sei ein Konzentrat, stand auf einem Zettel, man solle nur eine Kelle pro Waschgang nehmen. Eine Frechheit, wir seien doch nicht blöd, rief Bibi. Ich mochte nicht mehr mit ihr telefonieren. Sie dachte sich in einen gefährlichen Zugzwang hinein: »Wir müssen Regina klipp und klar sagen …« Dabei war ich froh, dass sich inzwischen ein wenn auch wackliger Friede eingependelt hatte. Ich antwortete sparsam auf Bibis Rage und hoffte, sie würde sich wieder beruhigen.

»Regina will jetzt, dass jeden Tag zwei Frauen arbeiten. Das heißt, sie drückt dir und Dora jemanden rein!«, verkündete sie Reginas neueste Idee.

»Das ist gefährlich, bei ihrer Menschenkenntnis kann das eine Katastrophe werden!«, stöhnte ich.

Bibi wusste Abhilfe: »Ich kenne eine Frau, die macht normal, Haus und Hotel in Berlin. Die ist zwar ein Fickfrosch, aber ganz nett. Sie wollte schon mal Richtung Domina arbeiten, halt ganz soft. Ich frag' die, ob sie am Mittwoch, Donnerstag bei uns arbeiten will.

Wenn Bibi geglaubt hatte, mir mit der Vermittlung von Tanja einen Freundschaftsdienst erwiesen zu haben, war das ein grober Irrtum. Ich musste mich zusammenreißen, als ich das mopsig dicke, junge Mädchen in Dessous auf der Couch liegend antraf. Natürlich redete sie nichts als Unsinn und Banalitäten daher. Als ich Bibi gegenüber andeutete, dass diese Frau nicht so meiner Kragenweite entspräche, lachte sie nur: »Die wird aber nie gegen dich arbeiten, dazu ist sie zu doof. Bei mir heißt Tanja nur Happy Hippo!«

Tanja aß die ganze Zeit die Schokowaffeln dieses Namens und schaute fern. Der Fernseher hatte eines Tages plötzlich dagestanden. Er sollte über dem Gummibett montiert werden, dann könnte man jemand länger liegen und Sexfilme ansehen lassen, meinte Regina. Eine grässliche Idee, fand ich. Für so was ging man doch nicht in ein Studio. Immerhin drehte Tanja leise, wenn ich ins Zimmer kam. Sie erzählte viel von ihrem Pferd, das nicht laufen wolle und stattdessen die Reiterin immer wieder abwerfe. Es stünde für viel Geld in einem Stall und bräuchte einen teuren Tierarzt. Meist schlug ich dann eine Zeitung auf und las demonstrativ, das half.

Am Telefon meldete sich Tanja vornehm mit »Lady Samira«. Viel Erfahrung konnte sie noch nicht haben. Einmal bekam sie große Augen. »Ja, das mache ich. Ja, in einer halben Stunde!« Aufgeregt hatte sie den Hörer aufgelegt und mich gefragt. »Der will weiße Strümpfe! Ich brauche sofort weiße Strümpfe! Wo kriege ich die her?« Ich riet ihr, im Schuhladen gegenüber zu fragen, und Happy Hippo war losgerannt. Ich hatte ihr von oben nachgeschaut und mir meinen Teil gedacht. Sie saß dann mit weißen Strümpfen, die furchtbar teuer gewesen waren, und wartete vergeblich auf den Gast. Ich erklärte ihr die Perfidie der Anrufer, die ausgefallene Wünsche anmelden, um einen dann sitzenzulassen.

Happy Hippo fiel schnell in Ungnade. Sie hatte gebadet und danach die Wanne nicht ausgespült. Ein breites Band aus sonnenstudiogebräunten Hautpartikeln und viele lange Haare waren zurückgeblieben. Schließlich warf sie von selbst hin. Zu viele teure Anfahrten aus Berlin, die nichts gebracht hätten, meinte sie. Kaum ein Gast kam ein zweites Mal zu ihr. Einige hatten sich sogar über sie beschwert. Nach drei Monaten war ihr Arbeitsversuch beendet.

Ein Erfolg war dagegen eine Vermittlung von mir. Ich hatte Juliane, die ich schon von den ersten SM-Partys kannte, überreden können, von der passiven auf die dominante Seite zu wechseln. Ein Wunder geschah. Regina und sie verstanden sich sofort. Bibi allerdings war eifersüchtig. Sie wollte den Montag aufgeben, an dem Juliane im Studio war.

Das brachte mich auf eine Idee. »Warum arbeiten wir eigentlich nicht zusammen?«, fragte ich sie.

»Ja, warum arbeiten wir nicht zusammen?«

Als Bibi am Sonntagvormittag anrief, wollte ich schon ungehalten werden. Ihre Aufregung war so groß, dass sie kaum sagen konnte, worum es ging. Dora habe sie gerade angerufen. Sie hatte wie meist im Studio übernachtet. Morgens auf dem Weg zur Toilette habe sie ein klickendes Geräusch gehört. Genauso auf dem Rückweg. Sie sei vor und zurück gelaufen, bis klar war, sie selbst löste es aus. Sie habe schließlich ganz oben im großen Schrank im Gang eine Videoüberwachungsanlage gefunden. Regina!

Wir trafen uns im Studio. Wellendorf als Rechtsberater war auch dabei. Dora zeigte einen kleinen, unscheinbaren schwarzen Kegel, der weit oben auf der Wand saß,

die Kamera. Dann öffnete sie den Schrank, in dem gut sichtbar ganz oben eine technische Anlage prunkte. Wer sah schon da hoch, wenn nur ein Teller oder eine Tasse gebraucht wurde? Es herrschte Alarmstimmung, als wir die Kassette in den Fernseher mit Videoschublade legten. Wurden wir gar mit Mikros überwacht? Mussten wir aufpassen, was wir sagten? Eins hatten Bibi und ich verbrochen: Seit dem großen Krach hatten wir uns allerhand kleine Hinterziehungen gegönnt.

Die Bildqualität war sehr schlecht. Ein körniger Schwarzweißfilm lief mit Einblendung von Uhrzeit und Datum. Zu sehen war ein leerer zwei Meter langer Ausschnitt vom Gang, am Ende die Eingangstür. Wellendorf spulte vor, bis eine Person schemenhaft durchs Bild flitzte. Eine Frau ging zur Tür und schaute durch den Spion. »Das bist du!«, rief Dora Bibi zu. Schon öffnete die brutal verkürzte Filmbibi die Tür, und es kam ein Kopf zur Tür herein, noch stärker vergrößert, weil noch näher der Kamera, dünne Haare quer über den Schädel gekämmt. Wutsch, waren die beiden weg. »Das war letzte Woche! Das war Albert!«, erinnerte sich Bibi.

Man könne doch gar keinen erkennen, empörte sich Dora. Wir beratschlagten, die Kamera könne keine Sicherheitsmaßnahme sein, denn die Besucher waren höchstens an der Frisur erkennbar. »Wenn die Gäste das merken!«, fiel Bibi ein. Wir waren uns einig, dass Regina damit gefährlich gegen die Regeln der Diskretion verstoßen hatte. Wellendorf stellte auf Schnelldurchlauf. »Halt!«, rief Dora, »das sah nach Regina aus!« Und da war die Chefin, wie sie durch den Spion sah. Kurz bevor sie die Tür aufmachte, drehte sie sich zur Kamera, lächelte voll und breit und warf eine affektierte Kusshand in Richtung Zuschauer.

»Die hält sich für oberschlau!«, rief ich angewidert. Regina hatte sich mit ihrer kleinen Show nicht selbst gratuliert, sondern ihre Widersacherinnen gegrüßt. Dabei war mir noch nicht einmal in den Sinn gekommen, was sie uns später erklärte.

Wieder saßen wir zusammen. Regina rechtfertigte sich nicht ganz zu Unrecht, das Klima sei derzeit so schlecht, dass sie die Anlage eben ungefragt eingerichtet habe. Natürlich habe sie mit ihrer Entdeckung gerechnet und gar nicht versucht, sie vor uns zu verstecken. Jede, die den Schrank aufmache, könne sie ja sehen. Ihr würde es nur um unser aller Sicherheit gehen, erklärte sie streng. In anderen Studios habe man das längst, und zwar so, dass die Gäste sehen könnten, dass sie gefilmt werden.

Mit dieser Begründung, die wir ihr nicht abnahmen, konnte sie jedoch nicht anders, als Bibis Bedingungen zu akzeptieren: Jede Frau müsse ihre eigene Kassette haben und sie mit nach Hause nehmen, damit man einem misstrauischen Gast die Bedenken nehmen könne, er wäre erpressbar. Sie habe Gäste aus dem Milieu, drohte Bibi, die könnten empfindlich reagieren.

Wir waren uns einig, dass Regina selbstverständlich nur Gäste zählen wollte. Und die Zeit kontrollieren, fürchtete ich, mit der ich so verschwenderisch umging, ohne höhere Preise zu verlangen. Wie sollte ich das Regina glaubhaft machen?

Die Bewältigung dieser neuen Katastrophe war typisch für uns alle. Weder gestand Regina ein, dass sie spitzeln wollte, noch warfen wir ihr das vor. Wir sagten ihr nicht, dass doch noch nie was Gefährliches passiert war. Wir sagten nicht, dass hinten im Studio erst das Gefährliche passieren könnte, weit weg von der Kamera, und auch nicht, dass auf dem Film überhaupt niemand zu erkennen war.

Bibi und ich waren uns in allem einig. Über den Laden. Über die Chefin. Über Dora. Darüber, uns die Haare mit der gleichen blauschwarzen Farbe zu färben. Wir erklärten uns für klüger als Blondinen und meinten damit Regina. Beide rauchten wir nicht. Auch darüber, wie die Arbeit anzugehen sei, wie mit Gästen verfahren werden musste, wie man sich die Behandlungszimmer teilen sollte, waren wir uns einig. Beide waren wir schnell, wir liebten diese Arbeit und den direkten Umgang miteinander.

Bibi und ich besetzten das Mädchenzimmer, indem wir überall unsere Utensilien verstreuten, nicht ohne sie voneinander getrennt zu halten. Das Zimmer war in zwei Hälften geteilt, was nicht erst hatte erklärt werden müssen. Bibi ließ auf ihrer Seite alles unbekümmert liegen, unsere beiden Schranktüren standen offen, von mir standen nur Schuhe auf dem Boden. Meine Kleidung hing über dem überzähligen Stuhl. Darauf lag auch meine Reisetasche. Ich begrüßte die Ordnung in der Unordnung, es ging um effektives Handeln. Wir mussten manchmal beim Gäste- und Garderobenwechsel sehr fix sein und durften einander nicht in die Quere kommen.

Die weiße Couch war weg. Regina hatte einen Tisch zwischen die Fenster gestellt. Die vielen neuen Frauen, die einzustellen sie noch vorhatte, sollten Platz haben. Auch über den Tisch lief eine Linie, links häuften sich Bibis Schminksachen, Handy, Lektüre (die erste Kollegin, die las!), rechts lagen mein Pausenbrot, das allgemeine Studiotelefon, die Zeitung und meine Thermoskanne. Sofort hatte sich alles so eingespielt. Es gab jetzt ein winziges Sofa, wo vorher der Schreibtisch gestanden hatte. Es gehörte auch zu Bibis Seite, war dementsprechend überhäuft, manchmal lag Bibi auch selbst darauf, wenn sie sich völlig verausgabt hatte. Darüber hing immer noch die Wasserlandschaft von Monet. Sie konnte gegen die Düsternis des Schrankkistenzimmers nichts ausrichten und verschwand ohnehin fast hinter den in den Rahmen geklemmten Urlaubspostkarten, dem Stundenplan mit den Arbeitszeiten und der Liste mit unseren Telefonnummern.

Das neue Mobiliar hatte Regina angeblich einer notleidenden Freundin abgekauft. Vorstellbar war es. Sie hatte auch schon andere großzügig durch Aufkäufe von Fetischbekleidung unterstützt. Wir mokierten uns über die Möbel: Billiges Chrom an Stühlen und Sofa, schwarzes und braunes Kunstleder. Den Tisch zierten zwei sich weitgehend überlappende Plastiktischdecken, gemustert wie eine hellgelbe Marmorplatte. Eine allein hätte das Tischformat nicht bedeckt. »Wie im Altersheim sieht das aus!«, grinste Bibi.

Über dem Tisch war ein silbermetallenes Ensemble an die Wand montiert worden, das uns gefiel. Es bestand aus einem Lämpchen und einem Schminkspiegel, beide an einer schwenkbaren Scherenhalterung. So mochte es die Chefin, hübsch und besonders praktisch. Wie die Vorrichtung hinten im Gummischrank für eine Kleiderstange im zweiten Stock, die so mit schwerem Gummi beladen war, dass man fast zusammenbrach, wenn man das Teil wieder nach oben und hinten in den Schrank hieven wollte. Bibi stellte fest, dass die Schere vom Schminkspiegel bereits verbogen war. Wir freuten uns, dass das Regina ärgern würde. Die Jalousien waren durch Vorhänge ersetzt, dicht und weiß, immer zugezogen. Ein neuer Teppich lag auf dem alten. Wir stellten fest, dass er in Richtung Tür bereits Wellen schlug. Sollten wir uns etwa die Beine brechen?, empörten wir uns. Ohne Schadenfreude ging nichts mehr.

Ein heikler Moment für Bibi und mich war, als es zum ersten Mal klingelte und kein Termin anstand: ein Prüfstein für gute Zusammenarbeit. Leicht konnte ein orientierungsloser Gast abgefangen werden, wenn man ihm verheimlichte, dass noch eine andere Frau im Laden ist und er die Wahl hätte. Ich war voller Misstrauen. Immerhin gehörten bisher mittwochs alle Gäste mir.

»Happy Hippo ist immer sofort zur Tür gespritzt!«, erzählte ich am Abend Wellendorf, der in seiner Gewohnheit, mich nachts vom Bahnsteig abzuholen, nicht nachließ. »Bibi aber hatte mich gefragt, ob ich nicht gehen und schauen wolle. Das war dann ein Depp, der wieder gegangen ist, nachdem er auch mit ihr geredet hat. So machen wir es: Jeder unangemeldete Gast hat die Wahl!«

»Erzählt sie immer noch alles fünfmal? Nervt sie nicht?«

»Es nervt, wenn sie von Leuten redet, für die sie sich Strategien ausdenkt, wie die ihr Leben bewältigen sollen. Dass sie sich dann nicht nach ihren Ideen richten, macht

sie richtig wütend. Ich mag sie trotzdem, also ist es auszuhalten. Was mich gar nicht interessiert, sind ihre ganzen Hansi und Franzi, die alle für sie arbeiten, der eine macht das Auto, der andere die Steuererklärung. Hauptsache, sie steht nicht auf die Weiberscheiße. Keine Horoskope, keine Plüschtiere, keine komplizierte Männergeschichte, keine Kochrezepte, keine Brillanten. Sie freut sich über die Sportklamotten, die sie in der Kinderabteilung findet. Wie billig die sind und dass sie ihr passen.«

Wellendorf warf ein »Furchtbar!« ein.

»Sie hat keinen Prestigedruck, obwohl sie auch geldgeil ist, aber sie freut sich so über die Kohle, dass man sich mit ihr freuen kann. Sie liebt ihre Gäste. Sie ist neugierig auf sie, sie macht alles für sie.«

Im Übrigen war Bibis Kundschaft ganz anders als meine und nicht mein Geschmack. Sie machte kein Geheimnis darum, sondern ließ sich in die Karten schauen. Und ich machte es genauso. Türen waren nur noch für Gäste tabu. Wir Frauen durften jederzeit mit der gebotenen Vorsicht bei der anderen hinein, um etwa ein Utensil zu holen, das es nur in diesem Zimmer gab.

Unsere Maxime war, so viel und so lustvoll wie möglich zu arbeiten. Mittags um eins rauschten wir an, Bibi mit noch mehr Elan, ja Furor, und zehn Minuten früher als ich. Wir besprachen unsere voraussichtlichen Dienstpläne. Legten fest, wer wo was machte. Gut, dass das Studio mit seinen vielen Türen und Räumen die Möglichkeit bot, Gäste aneinander vorbeizuschleusen, ohne dass sie einander begegnen mussten. Gut, dass Bibi eher in die Zimmerhälfte mit dem Andreaskreuz wollte, ich lieber in das mit dem Joch und den Spiegeln. Wir hörten einander beim Arbeiten auf beiden Seiten der Schiebetür.

Von Bibi lernte ich die Perfektionierung des Anbahnungsgesprächs. Sie stellte als Erstes die entscheidende Frage: »Was möchten Sie bei mir erleben?« Ohne Umschweife war man mittendrin. Der Mann musste sich gleich auf das Machbare konzentrieren. Kein Gefasel, kein Ausufern mehr. Bibi sprach in einem Serviceton, den ich fast zu künstlich fand, garniert mit einem immergleichen, tiefen, animierend gemeinten kleinen Lachen. Wenn das Gespräch weiter in die Details ging, wurde das Lachen echt.

Bibi hatte einen Gast, den sie mir vorführen wollte. Wir gingen in die Umkleide. Ich passierte gerade den Türrahmen, als sie schon losbrüllte: »Knie dich hin, wieso kniest du noch nicht, was ist das für eine Unverschämtheit, beug dich nach vorn, auf den Boden, ganz nach unten, ja, so ist es richtig, mach deine Arschbacken auseinander, los, los, los, mach sie auf, zeig mir dein Arschloch, aber dalli, dalli …!« Und sie traktierte ihn genau da mit der Spitze ihres Lackpumps. »Wackle mit dem Hintern, los, auf allen vieren ins Zimmer! Marsch, marsch!«

Ich konnte gerade noch die Tür aufreißen und beiseitetreten. Drüben im Dämmer verpasste Bibi dem Gast eine Abbindung mit einem dicken, weichen, leuchtend weißen Nylonstrick. Auch das ging dalli, dalli. Dabei waren ihr ihre riesenlangen, angeklebten, dunkelroten Fingernägel unbegreiflicherweise überhaupt nicht im Weg. Bibi holte die Handschellen ohne Kette, die seine Handgelenke unmittelbar zusammenbanden, und fixierte sie unter seinem Hintern, so dass er vorgebeugt bleiben musste.

»Leg dich nach vorn!«, befahl Bibi. Und der Gast lag mit dem Gesicht auf dem Teppich. Mir grauste. »Den Arsch in die Luft! Hoch, hoch! Zeig meiner Freundin, was du für ein nichtswürdiges Stück bist!« Und schon hatte er einen, von Bibi neu beschafften, praktischen, weil nur daumendicken und daumenlangen Vibrator hinten drin. »So, da kannst du jetzt ein bisschen schmoren. Und dass ich dich ja in dieser hübschen Stellung wiederfinde, wenn ich zurückkomme. Falls ich zurückkomme!« Sie lachte auf.

Abgesehen davon, dass die niedliche Bibi ihrem Ruf, sehr hart zu sein, alle Ehre machte, hatte ich wieder etwas lernen können: Die Aktion beginnt also in der Umkleide, sobald man dem Entkleideten gegenübersteht, dachte ich. Wieso war ich da nicht längst draufgekommen? Ich hatte den Moment immer als peinlich empfunden, wenn ich und der nackte Mann, gerade noch als Normalpersonen, ins Behandlungszimmer hinübergingen, um dann erst unsere Rollen einzunehmen. Es brauchte sich ja nicht jeder Gast dabei gleich auf allen vieren zu bewegen. Allerdings würde ich auch in Zukunft nicht brüllen. Das lag mir einfach nicht.

Als Bibi und ich zu ihrem Gast zurückkehrten, lag er auf der Seite. Bibi schrie ihn erneut an. Dann befreite sie ihn von Vibrator und Handschellen. Genüsslich erklärte sie, dass das ja nichts gewesen wäre, was seinen Neigungen entsprochen hätte. Jetzt erst ginge es richtig los. Sie band ihm mit einem Strick die Hände auf die Körperseiten. »Schaut mal, was ich Schönes gekauft habe!«, sagte sie und zeigte Brustklammern mit spitzkegeligen Edelstahlgewichten. Pretiosen, die mit Reginas Gewichten von der Gemüsewaage nicht zu vergleichen waren. Mir gefielen die trotzdem besser. Ich schätzte sie auf zweihundertfünfzig Gramm. Dementsprechend stramm saßen die Klammern. Abgesehen davon, dass ich nicht einmal wusste, wie sich eine bloße Wäscheklammer an den Brustwarzen anfühlte, mochte ich mir nicht vorstellen, was der Mann jetzt spüren musste. Sein Gesicht war schmerzverzerrt, doch lustvoll, selbst als Bibi ihn daran im Zimmer herumriss. Sein Schwanz stand. Und er grinste.

»Schau mal, wenn du brav bist und nicht so hampelst, zeigt dir Alexis was!«, lockte Bibi. Das war so ausgemacht. Ängstlich sah er mich an. Er schien sich vor mir sogar noch mehr zu fürchten. Langsam schob ich meinen Rocksaum hoch, unter dem ich nackt war. Langsam, Zentimeter für Zentimeter. Ungläubig und wunderbar lüstern gaffte er, da ließ ich den Stoff wieder nach unten gleiten. »Du willst mich sehen?«, fragte ich und näherte mich ihm. Natürlich nickte er und wurde dafür von Bibi mit Wäscheklammern rund um die Brustwarzen gespickt. »Du siehst, das hast du nicht verdient, meint deine Herrin!«, sagte ich.

»Ich finde, dass der Anblick für dich viel zu gefährlich ist.« Wir lachten ihn aus. Bibi zerrte weiter an seiner Brust, und ich schob den Rock wieder hoch. Dann wichste Bibi ihn. Es war ein grandioser Anblick mit ihren roten Klauen. Aber der Mann achtete nicht darauf, er glotzte mich an, starrte auf meine Möse, die ich ihm kurz zeigte und wieder verbarg. Bibi ließ ihn nicht los und benannte laut, was geschah: Der Schmerz, die Klammern, die Möse. Sie drohte mit seiner Dauerbenutzung als unser Sklave.

Hinterher saß der Gast in der Ankleide bei einem Glas Sprudel. Er beschwerte sich vergnügt über die Gemeinheit mit den engen Handfesseln, was Bibi köstlich amüsierte. »Ich hab' ja versucht, da rauszukommen. Aber keine Chance! Du kriegst die Dinger keinen Zentimeter den Hintern hoch.«

»Ja, man denkt, das geht doch ganz einfach«, kicherte Bibi.

»Du musst knien! Und nach unten raussteigen – genauso unmöglich! Und den Vibrator kann man auch nicht loswerden!«

Bibi gab mir anschließend dreißig Euro für die Mitarbeit. »Das können wir immer so machen, wenn es passt. Für dreißig mit rein. Das ist toll für die Gäste, und man hilft sich. Auch wenn ein Langweiler kommt oder ein Schwieriger, hält man das besser durch.« Ich dankte und stimmte ihr zu.

Abends beim Abrechnen verkündete sie flüsternd und mit Handzeichen, wie viel weniger sie abgeben würde, aus Angst, Regina könnte auch im Mädchenzimmer eine Kamera versteckt haben. Die Hinterziehung fand ich momentan gerecht. Wir brauchten dieses Ventil.

Georg kam nach wie vor jeden Monat zu mir. Wir wurden immer vertrauter. Seine Behandlungen bestanden aus den immergleichen Komponenten. Durch seine Geständnisse auf den Zettelchen, von denen ich bereits einen ganzen kostbaren Packen gesammelt hatte, konnte ich Anteil an seinem sonstigen Leben nehmen. Er hatte eine reizende Art, sich über sich lustig zu machen, wenn er schilderte, wie er darbte, weil ich etwas verboten hatte oder weil etwas in der Inszenierung schiefging. Ich blieb die Zuschauerin in der Ferne, und die besten Ideen kamen immer noch von ihm.

Eine Szene, die er beschrieb, ergab sich aus einer Hausaufgabe, die ich ihm gestellt hatte. Er berichtete hierüber: »Fr. 14.3. Nach der Verschönerung meines Tisches durch einen Blumenstrauß widme ich mich bei einem Cremetörtchen der Lektüre der Cosmopolitan. Hier erfahre ich u. a., dass man möglichst überall und ständig an Sex denken soll. Kein Problem, denke ich mir, daran soll es nicht scheitern.«

Ich machte mir genau deswegen Sorgen. Wie weit trieb Georg seine Abenteuer, mit offenen Sandalen, damenbestrumpften Füßen und lackierten Fußnägeln herumzulaufen? Ging er damit zur Arbeit? Roch er nicht langsam für jeden unverkennbar, da er neuerdings mit einem kleinen BH unter dem Hemd nach draußen ging, in den er bepinkelte, getrocknete Strümpfe legte? Ich führte sogenannte Baumwolltage ein, an denen kein Lycra und kein Nylon getragen werden durfte. Hielt er sich daran? Besaß er überhaupt noch normale Unterwäsche? Ich bekam darüber keine Auskunft von ihm.

In den nächsten Hausaufgaben ordnete ich an, Georg solle sich ein Waschnetz besorgen, wie Frauen es verwenden, um die empfindlichen Strumpfhosen in der Maschine schonend zu waschen. Ich befahl ihm, seine gesamte Wäsche darin zu waschen. Natürlich hatte er das Waschnetz, einen Gegenstand, der sicher nie von einem Mann gekauft wird, nicht finden können und musste eine Verkäuferin fragen. Er hatte es genossen, sich zu schämen. Als stünde ihm seine Regelwidrigkeit auf die Stirn geschrieben.

Einmal gab er mir eine kleine Wunschgeschichte zu lesen, in der vom »Facesitting« die Rede war. Der Wunsch war natürlich nicht verschwunden. Also befahl ich ihm, sich hinzulegen. Ich sagte: »Bei dem, was jetzt kommt, behältst du deine Zunge im Mund. Ist das klar?«

»Ja, Tante.«

Ich hockte mich über seinen Kopf. Vorsichtig ließ ich mich hinunter, blieb in der Schwebe, stützte die Hände auf seine Brust und beobachtete ihn, es war keine Zunge zu sehen, also streichelte ich seine Nase mit meiner Möse. Zwei Lagen Strumpfgewebe trennten uns. Dann setzte ich auf seinem Mund auf. Ich übte Druck aus, hob und senkte mich. Er atmete tief. Ich spürte den Luftzug. Dann ließ ich mich nieder und presste seinen Kopf mit den Schenkeln, so dass ihm der Atem genommen war. Geht doch, dachte ich.

»Schade, dass wir das so selten machen«, beschwerte sich Wellendorf. Es war ein warmer Sommertag, und wir saßen auf einem Mäuerchen am Steg des Anlegers für Personenbarkassen.

»Aber jetzt sind wir da!«

Vor uns lag feingekräuselt, lichtflirrend der See, auf dem Segelboote kreuzten. »Ich könnte jetzt ein Bier trinken.«

»Und ich ein Eis essen.« Wir setzten uns ins Café auf dem Anleger. Ich erzählte von Bibi, dass sie mir weit voraus sei als Domina.

»Kränkt dich das? Macht sie nicht einen auf Chefin?«

»Nein, nein, bestimmt nicht. Aber auch wenn ich noch zulege, sie wird immer viel extremer sein als ich. Doch das macht sie nicht zur Chefin.«

Es war Selbstbedienung, und Wellendorf holte Bier und Eis.

»Sie hat nur das! Das Dominasein«, sagte ich und schälte mein Eis aus dem Papier. »Sie spielt nicht, sie ist es durch und durch. Es ist ihr Sex! Und es graust ihr vor gar nichts. Sie hat mir erklärt, sie habe sich Bibiana genannt, weil es nach Pipi klingt. Pissprogramme sind ihr Lieblingsding! Sie macht gern Einläufe! Sie macht Kaviar! Sie ist Tag und Nacht bereit, jemanden zu verarzten! Auch auf

Partys, im Hotel, bei jemandem zu Haus. Sie macht alles, wenn einer nur hart genug drauf ist, sie auszuhalten.« Ich genoss solche Gespräche in der Öffentlichkeit, dabei ging es mir nicht darum, dass jemand zuhörte. Ich setzte mich ins Verhältnis zu dem vielen Licht und der Harmlosigkeit der Umgebung.

»Was heißt, sie macht alles?«

»Keinen Normalsex! Normale Huren seien Fickfrösche. Aber meinen Sex respektiert sie. Sie freut sich auch, dass wir, also du und ich, zusammenpassen. Sie respektiert, dass ich milder drauf bin. Sagen wir: In der SM-Rangordnung nehmen wir so was wie die mittlere Stufe ein. Damit kann ich leben. Klar hält sie sich für die Tollste, die immer weiß, wie alles laufen muss.« Ich schlürfte an meinem Eis, das zu tropfen begann. »Wenn sie mir sagt, dass ich Männerbad und Umkleide immer sofort nachsehen und wischen müsse zum Beispiel, ist sie dabei so freundlich, dass ich es sofort annehme. Haare in der Dusche wegspülen, Klo kontrollieren, gebrauchte Handtücher in die Tonne hauen. Regina hat nie geschafft, dass ich mich verantwortlich fühle.«

»Pass auf, sonst wirst du da noch zur Hausfrau!«, lästerte Wellendorf.

»Bibi möchte mit einer Frau, die sie im Urlaub kennengelernt hat, eine Wohnung suchen. Sie heißt Mareike und arbeitet in einer Werbeagentur.«

»Interessiert Bibi sich eigentlich für deine Kunst?«

»Ach du liebe Zeit! Da darf ich nur ganz kurz was dazu sagen, ihre Aufmerksamkeit reicht nicht weit. Aber immerhin scheint sie auch das zu respektieren. Dass sie mir nicht zuhört, kostet mich nichts. Ich kann ihr mein sonstiges Leben nicht vermitteln. Von meinen Stärken wird sie nie eine Ahnung haben. Hauptsache, ich weiß selbst um meine Werte und wir können gut miteinander arbeiten. Es macht einfach ungeheuer Spaß mit ihr.

Ich hatte gerade nichts zu tun und ging zum Mädchenklo.

Auf dem Vorplatz traf ich auf Bibi, die hier im sogenannten Schrank einen Gast vertäute. In diesem besonderen Möbel konnte man jemanden stehend an dafür vorgesehene Haken anbinden. Der untere Teil des Körpers ab dem Hals lag offen, es gab keine Türen. Oben war der Kopf mit zwei Klappen wegzuschließen. Ihr Gast hatte heute bereits einiges hinter sich. Er hatte im Stadtpark eine Stunde in der prallen Sonne verbringen müssen, mit einem Gummianzug unter seinen Sachen. Den Anzug hatte er anbehalten, und sie hatte ihm zusätzlich hohe Lackstiefel verpasst. Der Mann stand gegrätscht, so breit es der Schrank hergab.

Da hat es wieder mal einen hart erwischt, dachte ich und stellte mich eine Weile dazu. Wie üblich setzte Bibi ihre Waffen, die langen roten Krallen, ein und fuhr leicht auf seinem Körper und den Innenseiten der Schenkel auf und ab, was ihn augenscheinlich elektrisierte. Sie packte seinen Schwanz und nahm ihn in den Würgegriff. Mit der anderen Hand glitt sie mit einem ihrer imposanten Nägel druckvoll über die glänzende Haut des prall gefüllten Kondoms. Der Gast und ich beobachteten das fasziniert. Gleich würde er spritzen. Sie stach mit der Spitze ihres Fingernagels vorsichtig in die Harnröhre. Er wollte nach hinten ausweichen und konnte nicht. Sie ließ ihn los. Schwingend blieb der Schwanz stehen. Sie lachte theaterverächtlich, löste seine Fesseln, die die Hände links und rechts am Körper festgehalten hatten. »Heb die Arme, leg sie oben in die Höhlungen!« Ungeduldig langte sie zu. »So!«, korrigierte sie. »Da lassen!«, griff sich das Brett, das an der Wand lehnte, und schob es in der passenden Höhe zwischen den Leisten ein, so dass es mit seinem Gegenstück von hinten einen Pranger ergab, der den Kopf am Hals und die Hände an den Handgelenken umschloss. »So mein Lieber, du kannst jetzt warten, bis du schwarz wirst, ich gehe mich mit Alexis amüsieren. Wer weiß, wann wir wiederkommen. In der Zwischenzeit …«, sie verriegelte die beiden Türchen, die nur den Kopf abdeckten, unten war der Mann allen Blicken und Zugriffen ausgesetzt, »kann jeder, der hier durchkommt, dich anfassen.«

»Bibi übertreibt!«, rief ich. Wellendorf und ich saßen nach dem Abendessen am offenen Fenster. Es war lau und noch licht, die Nacht kaum angebrochen. »Der Mann war schon fertig von seinem Sonnenbad und dann ohne Luft endlos im Schrank! Ich war längst mit Fessel-Günther beschäftigt, da hörte ich sie laut nach mir schreien. Ich rannte raus, sie rief: ›Lang hin, halt fest, er ist ohnmächtig, ich hab' ihn nur an den Knien!‹ Der Typ hing ganz schräg im Schrank. Wir haben ihn dann vorsichtig auf den Boden runtergelassen. Mein Gott, ist so ein Bewusstloser schwer! Sie hat ihm die Unterschenkel angestellt. Da kam er schon wieder zu sich. Und beide fanden das sogar ganz lustig.«

»Es gibt ja immer wieder Geschichten«, freute sich Wellendorf, der sich offensichtlich von mir gut unterhalten fühlte, »dass Leute im Puff ihr Leben lassen. Was macht ihr denn, wenn euch einer stirbt?«

»Der war jung, der hat es ausgehalten. Neulich mit dem ganz alten Mann war ich so vorsichtig wie möglich. Ich habe auch erst gemerkt, als er nackt war, dass er sehr alt sein musste. Als er zur Tür reinkam, hatte er eine Baseballkappe auf und trug eine kurze Windjacke. Sah alles sehr flott aus. Dann der Schädel ohne die Mütze, da bin ich erschrocken!«

»Dass der noch Sex im Kopf hat.«

»Das hört, scheint's, nie auf ...« Ich lachte.

»Dann habe ich ja noch was zu hoffen.«

»Ja, genau, du hast ja so wenig Sex!« Ich gab Wellendorf einen tadelnden Klaps auf den Schenkel. »Bibi ist aber einfach gut. Wenn wir an einem dran sind, bei dem abzusehen ist, dass er Schwierigkeiten hat, lässt sie nicht locker und betet ihm immer wieder her, was sie da grade mit ihm macht, was sie noch alles Schreckliches mit ihm anstellen wird, manchmal nur ein paar Worte, seine Schlüsselvokabeln, wie ein Mantra. Auch wenn man denkt, man kann das jetzt nicht noch mal sagen, muss man es doch … Bis er endlich spritzt. Es genügt eben nicht, einfach nur ja, ja, ja zu stöhnen, wie Regina das gemacht hat, oder stumm zu wichsen, bis der Schwanz abfällt. So bezwingt Bibi zum Beispiel den Schnäppchenjäger bei seinem zweiten Abgang. Der muss irgendwie ahnen, dass ich ihm das nicht gönne, weil er es bei mir nie ein zweites Mal schafft.«

»Na, danke!«

»Und weißt du was? Ich hab' sie gefragt, ob sie geil wird von dem, was sie macht, weil sie das immer irgendwie so raushängen lässt. Und sie sagte, manchmal wäre es ihr schon peinlich, so feucht wird sie!«

»›Naturveranlagt‹! Der Traum der Kerle!« Wellendorf lachte auf.

»Mit dem Ohrenarzt, den Regina mir erst aufdrücken wollte und den ich langweilig fand, wahrscheinlich lag's an mir, geht sie ins Kurbad, hat Bibi heute erzählt. Da muss er sich im Gummianzug ins Solarium legen, und sie machen da Pinkelspiele. Der steht auch auf Schwimmen im allgemeinen Becken in Gummibadeklamotten. Das macht sie alles! Dazu hätte ich keine Lust! Da geht ein halber Tag drauf. Sie nimmt nicht viel Geld dafür, dabei feilscht der Geizknochen jetzt mit ihr, dass sie das zeitlich beschränkt und er nur die Hälfte zahlen muss! Der soll erst mal eine finden, die das alles mit ihm macht! Und auch noch gern!«

Es war dunkler geworden, und ich machte in der hinteren Zimmerecke eine Lampe an. »Der Erste, den sie heute hatte, das war ja auch so was! Scheußlich! Ein Fußfetischist, er musste einen Erdbeerkuchen mit Sahne für seine Herrin mitbringen. Auf die Szene war sie ganz spitz. Er durfte ihr den Kuchen ins Zimmer tragen, hat gedacht, Bibi sei naschhaft und würde ihm jetzt was voressen. Dann sollte er den Teller vor ihr abstellen, ihr den Schuh ausziehen, und sie trat mit dem Fuß voll in den Kuchen und matschte ihn langsam, voll Behagen, die roten Erdbeeren zwischen ihren roten Zehennägeln, zu Brei. Dann gab sie den Befehl: ›Ablecken! Jede Zehe einzeln! Und alles auf-

essen!‹ Sie, mit ihren Schweißfüßen! Und er fraß dann wie ein Hund mit dem Gesicht im Teller.«

»Sie hat Schweißfüße?« Wellendorf schüttelte sich.

»Ja, sie hat doch immer Turnschuhe an im zivilen Leben, und im Studio trägt sie ihre ewigen Lackpumps mit nackten Füßen, da schwitzt sie auch drin. Für alles gibt es einen Abnehmer!«.

»Du meinst, der wollte das so?«

»Ja klar, ich frage Fußfreunde immer, ob ihnen bei mir der Geruch nicht fehlen wird, und manchmal sagt einer, ja.«

Ich stand auf und schloss das Fenster. »So, das war's für heute!«

Als ich, die Studioschlüssel noch in der Hand, ins Mädchenzimmer gehen wollte, war Bibi wie immer schon da und kam von hinten mit einem Berg Wäsche auf den Armen, frischgewaschene Handtücher, noch ganz warm vom Trockner. Über dem Sofa ließ sie sie fallen. »Der Hammer! Sie hat uns eine Riesenwäsche dagelassen. Muss morgens schon da gewesen sein.«

Ich begann, meine Sachen auszupacken.

»Schau dir diese Unverschämtheit an! Diesen Zettel!« Bibi fuchtelte mit einem winzig zusammengefalteten Papierchen herum.

»Was soll das sein?«

»Das ist die Faltanleitung, wie ab sofort die Handtücher zu falten sind! Es dürfen rundum keine Kanten mehr zu sehen sein!« Bibi schäumte.

»Wie, keine Kanten?«

»So!« Bibi zeigte ein ordentlich gefaltetes Handtuchpäckchen, das wundersamerweise nur auf der Rückseite Randkanten des Handtuchs aufwies. »Das hat Regina mir gestern schon vorgemacht, ich hab' das gar nicht ernst genommen, und heute legt sie dann diesen Wisch hin. Als Faltanleitung!«

»Ist das kompliziert!« Ich faltete das Papier auf und wieder zu. »Sind wir hier auf der Hotelfachschule?«

Bibi quetschte sich neben dem Wäscheberg auf das Sofa und versuchte sich auf ihrem Schoß mit einem Handtuch. Gleich gab sie angewidert auf. »Das lasse ich den neuen Putzsklaven machen. Der kommt heute Abend.«

»Er soll aber nicht für mich mitarbeiten. Gib mal her.« Bibi verschwand wieder nach hinten, um die Sprühflaschen mit Desinfektionsmittel aufzufüllen. »Darum kümmert sich Regina natürlich nicht!«, rief sie von hinten.

In der Zwischenzeit übte ich. Mein Ehrgeiz war geweckt. Als Bibi wiederkam, hatte ich einen Stapel fertig. »Du musst mich jetzt loben, wie geschickt ich bin«, sagte ich stolz. »Schau, ich kann das Falten im Stehen! Ich brauche keinen Tisch!« Wie ein Magier auf der Bühne stellte ich mich in Pose, hielt das Handtuch quer vor mir in die Höhe und bog die Schmalseiten symmetrisch aufeinander zu, so dass sich die beiden seitlichen Kanten in der Mitte trafen. Dann faltete ich das Tuch entlang dieser Achse zum zweiten Mal, wodurch die Kanten im Innern verschwanden. Zuletzt legte ich es senkrecht zu den bisherigen Faltungen in der Hälfte zusammen.

Doch Bibi hatte längst nicht mehr zugeschaut. »Lass den Rest den Sklaven machen!«, sagte sie abwesend. Sie war mit den Gedanken schon wieder ganz woanders. »Ich war auf dieser Hundefarm und hab' mir einen ausgesucht. Einen ganz süßen! Und der sieht nicht aus, wie Rehpinscher sonst aussehen, sondern wie ein Dobermann im Kleinformat. Die Mutter, an der kann man es sehen, ist so schön!« Verträumten Blicks hielt Bibi den Kopf schief.

»Nachher kommt Paul. Ich brauche für ihn die Seilwinde, geht das?« Auch ich konnte Themen wechseln.

An Paul hätte ich mir fast die Zähne ausgebissen. Er war Psychiater, einer, der mit echten Irren arbeitete. Er liebte seine Patienten und erzählte lustige Geschichten von ihnen. Zuerst glaubte ich, der freundliche Mann sei immer vergnügt. Bis ich ihn einmal in der Stadt gesehen hatte. Ich wollte ihn erst ansprechen, hatte es dann aber erschrocken bleiben lassen. Paul hatte auf den Boden gestarrt, schwer gebeugt von irgendeiner Last. Er wirkte alt und krank. Es war nicht einfach, einem Gast außerhalb des Studios zu begegnen. Manchmal wollte ich nicht gegrüßt werden, manchmal der andere nicht. Nichts wusste ich von meinen Gästen, stellte ich immer wieder fest.

Wenn er zu mir kam, war Paul erwartungsfroh, ein lockerer, mir gegenüber sehr respektvoller, in die Jahre gekommener Punk. Er trug kleine Ohrringe und einen Bürstenschnitt. Sein dichtes Haar war weiß gebleicht. Nie hatte er etwas anderes an als T-Shirt und Jeans. Es fiel mir schwer zu glauben, dass er Arzt im Krankenhaus sein sollte. Beim ersten Gespräch überwältigte ihn die Aufregung, als hätte er nicht die geringste Übung, seine Wünsche zu artikulieren. Ein Mann mit diesem Beruf! Ich hatte geglaubt, denen müsse alles klar vor Augen stehen. Sicher war vorerst einmal, dass es ihn danach verlangte, beherrscht zu werden. Das käme von seiner traurigen Kindheit im Heim bei Ordensschwestern, sagte er mir. Wie dieses Beherrschen aussehen sollte, konnte er jedoch nicht genauer artikulieren. Er hatte mit den Händen herumgefuchtelt, um seine Phantasien als überbordend zu beschreiben, konfus wuchernd, uralt, auftauchend aus kindlichen Bedrängnissituationen. Er bot mir nichts, das sich in eine zu spielende Geschichte verwandeln ließe, und deutete an, es gebe vieles, das er lieber ruhen lassen wollte. Kaum sagte er etwas, schüttelte er schon wieder irritiert den Kopf und verneinte es sofort. Die einzigen Vorgaben, die sich festmachen ließen, waren, dass es nicht weh tun dürfe und dass Fesselungen eine Rolle spielen sollten. Erschöpft hatte er damals geschwiegen und mich verzweifelt angeschaut.

»Sind Sie sicher, dass Sie bei mir richtig sind?«, hatte ich ihn gefragt. Eine Studiobehandlung schien mir viel zu platt und konkret für ihn.

»Sie werden rausfinden, was es ist, das ich suche«, hatte Paul mich angelächelt.

»Sie kennen mich doch gar nicht.«

»Sie sehen aus, als würden Sie es können. Ich vertraue Ihnen.«

Das hatte mich gefreut. Denn der war echt, das spürte ich. Weder war er einer dieser Gelangweilten, die endlich mal was richtig Wüstes erleben wollen, wobei ihnen die klare Vorstellung davon fehlte. Noch war er ein Nassauer, der hoffte, wenn er sich unschlüssig gab, die Behandlung zu verlängern, weil die Frau erst noch an ihm herumprobieren musste.

Bei der ersten Behandlung hatte ich Paul mit gespreizten Beinen ans Kreuz gefesselt. Er hatte sofort die Augen geschlossen und ergeben alles Weitere erwartet. Umsonst tanzte ich eine Weile um ihn herum, wollte sexy sein. Er behielt die Augen zu. »Mach die Augen auf! Da drüben! Schau! Das bist du!« Er sollte sich weit entfernt, quer durch beide Behandlungszimmer mit der offen stehenden Schiebetür im Spiegel sehen. Folgsam sah er hinüber und schloss die Augen sofort wieder. Ich verstand, dass es auf visuellem Gebiet nichts zu gewinnen gab. Meine ganze Ausrüstung war für die Katz. Ich hätte ihn im Wohnzimmer behandeln können, in alten, ausgeleierten Klamotten. Damit schied auch jegliches Theater aus.

Als Nächstes verstärkte ich, was er mit seiner Weigerung zu sehen vorweggenommen hatte: Ich reduzierte das Licht und verband ihm die Augen mit einem Tuch. Ich schlich um ihn herum, berührte ihn. Er zuckte zusammen, als hätte ich ihn mit einer Nadel gestochen, so heftig, dass ich selbst erschrak. Mit langen Pausen dazwischen wiederholte ich aus immer neuen, unerwarteten Richtungen sachte Berührungen und reagierte jedes Mal mit ihm, als hätte ich mir einen Schlag von seinen Zuckungen geholt. Es war ein Spiel von erzwungener Distanz bei großer Nähe und gemeinsamem Atmen. Erfreut hatte ich registriert, dass sein Schwanz anschwoll. Dann hatte ich Paul am Kreuz allein gelassen und, als ich wiederkam, flüsternd gedroht, jetzt nach Haus zu gehen. Er würde mich noch laufen hören, Türen auf, Türen zu. Bis er zuletzt den Schlüssel im Schloss hören würde und dann nichts mehr. Stundenlang, tagelang. Dazu hatte ich ihn gestreichelt. Paul war reglos geblieben. Dann hatte ich ihn abgewichst. Doch das war mir zu leicht gegangen. Das war noch nichts Richtiges. Wenn es auch nicht ganz falsch war. Hinterher hatte er nicht viel gesagt, aber zufrieden gewirkt. Er wolle wiederkommen, er sei sich sicher, ich würde ihn irgendwann glücklich machen.

Paul kam im viertel- bis halbjährlichen Abstand zu mir. Ich freute mich jedes Mal, doch es war zum Verzweifeln. Nie war es schwer, ihn zum Höhepunkt zu bringen, aber allein dafür war er nicht hier. Aus dem Bisherigen ließ sich einfach noch keine Dramaturgie entwickeln. Ich behandelte ihn im Liegen, im Stockfinstern, verfeinerte meine unbegreiflichen Berührungen. Ich arbeitete mit Feuchtigkeit, indem ich Wasser in den Mund nahm, es tröpfchenweise über seinen Schwanz rinnen ließ. Das rief immerhin Seufzer und wohliges Schaudern hervor. Ich fand heraus, dass er den fesselnd engen Gummisack mochte. Er zahlte viel Geld, dabei blieb ich ihm etwas schuldig.

Bis dahin hatte ich immer geglaubt, zur Blindheit müsse vollkommene Stille gehören. Doch eines Tages bekam ich den Mund auf und flüsterte ihm aus dem Stegreif eine neu erfundene Geschichte ins Ohr, eine andere als meine Standardgeschichten: »Stell dir vor, es ist Nacht und du findest keine Ruhe. Du gehst aus dem Haus und durch die Straßen. Du läufst und läufst, um müde zu werden. Da kommst du an einem Parterrefenster vorbei und siehst die nackten Unterschenkel einer Frau. Die Jalousie ist nicht ganz, nur drei viertel geschlossen. Das Fenster ist gekippt. Sie läuft barfüßig auf ihrem Holzboden durch ihr Zimmer. Neugierig trittst du näher ran. Die Beine gefallen dir. Du wagst es, über eine kleine Einfriedung zu steigen, dich wie ein Spanner aufzustellen. Um dich herum ist nur lichtes Gebüsch, ein schmaler Grünstreifen. Du befürchtest, dass man dich so sehen könnte. Die Frau ist auch nicht mehr im Bild, du willst schon weiter, aber da hörst du sie leise singen und bist ganz und gar – eingenommen.«

Ich machte eine Pause, näherte mich ihm wieder, mit dem Mund an seinem Ohr, wusste, dass er Nähe und Entfernung spürte, auch wenn ich nur verhalten atmete, streifte mit meiner Hand hauchzart seine nackte Haut. Er lag still. Ich schlich ans andere Ohr und setzte die Geschichte fort: »Die Frau plätschert irgendwo unsichtbar, aber ganz nah mit Wasser. Ein Gefäß läuft voll. Sie erscheint wieder. Das heißt, du siehst wieder nur die Füße und dann ihre Arme und Hände, denn sie bückt sich, um eine Schüssel auf den Boden zu stellen. Dabei singt sie immer noch vor sich hin. Du stehst unbequem, bewegst dich, trittst auf einen Ast, der laut knackt. Du erschrickst, siehst die Frau zusammenzucken und erschrickst noch mehr. Gleich wird sie ans Fenster kommen, dich entdecken. Sie wird grässlich anfangen zu schimpfen. Stattdessen schiebt die Frau von hinten einen Stuhl an die Schüssel heran, so, dass du nur seine vorderen Beine siehst, und setzt sich drauf. Auch ein Stück Seife hat sie bereitgelegt, taucht jetzt die Füße ins Wasser. Und plötzlich begreifst du, dass sie es genau darauf angelegt hat: Jemand soll ihr zuschauen!

Sie sitzt frontal zum Fenster, dabei könnte sie ihre Füße viel bequemer im Bad waschen. Sie beginnt eine regelrechte Vorstellung, fängt an, sich die Füße einzuseifen, einen nach dem anderen. Sie bewegt sich langsam, wäscht gründlich, als wären die Füße schlammverkrustet gewesen. Dann trocknet sie sie ebenso sorgfältig ab. Sie räumt Stuhl, Schüssel und Seife weg. Das Licht geht aus. Der Rollladen fällt, ohne dass du sie ans Fenster hättest kommen sehen.« Ich machte wieder eine Pause für Berührungen.

»Du gehst noch öfter da hin und bekommst, wenn das Fenster nicht dunkel und verschlossen ist, wenigstens ihr Hinundhergehen zu sehen. Einmal kehrt sie flüchtig den Boden. An zwei Abenden brennt nur Licht, und es geschieht nichts. Beim nächsten Mal stehen auf dem leeren, gut erleuchteten Bühnenausschnitt der Stuhl und die volle Wasserschüssel vom ersten Abend bereit. Erfreut stellst du dich für eine neue Spanneraktion in Position. Doch du

bist schon erwartet worden. Plötzlich umringen dich dunkle Gestalten, keine Polizei, die da geisterhaft auftaucht, keine bösen Männer, sondern anscheinend drei Frauen, die dir ein schweres, schwarzes Tuch über den Kopf werfen, dir in Mundhöhe ein weiteres so befestigen, dass du nicht schreien kannst, dich schnellstens zum Bündel verschnüren und abtransportieren. Du spürst, wie du geschleppt, auf den Rücksitz eines Autos gewuchtet, herumgefahren, herausgenommen, in ein Haus getragen wirst. Du hörst die Frauen wenig sprechen. Einmal ganz deutlich: ›Das geschieht ihm recht!‹, worauf sie lachen. Sie legen dich in ein Loch im Fußboden, das sie mit Brettern verschließen. Nur wenn sie dich für ihre Spiele benötigen, gehen sie an die Grube und bedienen sich an deinem wehrlosen Körper.«

Endlich hatte ich Pauls Geschmack getroffen. Er wollte es schmucklos, ohne Dramatik oder grausame Einzelheiten. Die Beschreibung einer weiblichen Macht, die mit Selbstverständlichkeit funktioniert, genügte ihm. Er brauchte dieses ganze dominante Brimborium nicht. Nach dieser Entdeckung waren wir beide sehr zufrieden, geradezu in Feierstimmung. Ich war stolz, einem Psychiater auf die Sprünge geholfen zu haben.

Ein anderes Mal steckte ich ihn wieder als Mumie in den engen Gummisack auf der Holzpritsche unter einer der Seilwinden. Es war hell im Raum, noch hatte ich ihm nicht die Augen verbunden. Er sollte sehen, was ich gleich mit ihm machte. Ich heftete seinen Oberkörper mit den Armen zu beiden Seiten mit den Riemen der Pritsche fest auf die Liegefläche. Seine Beine umschlang ich mit mehreren Schlaufen Seil. Gebündelt wurden die Stränge am Haken eingehängt. Dann schwang ich kreisend und mit Kraft die große Wandkurbel. Laut knurrend, bei schlechter Übersetzung tat sie ihren Dienst, hob ihm langsam die Beine an. Ich versprach Paul eine Überraschung und ging aus dem Zimmer. Bibi sollte ihn ›anschauen‹, so nannten wir das untereinander, und sie war gespannt auf den schwierigen Fall, über den ich sie auf dem Laufenden gehalten hatte.

Unter den für sie typischen Entzückungslauten wieselte sie in den Raum. Sie umkreiste die Pritsche. Ich kurbelte Pauls Beine höher, bis sie über fünfundvierzig Grad standen. Dann holte ich seinen Schwanz aus dem Gummisack heraus, der bereits gut geschwollen war. Bibi griff sofort zu. Mit der einen Hand hielt sie ihn an der Wurzel, mit der anderen fuhr sie mit ihren roten Fingernägeln ritsch, ratsch auf und ab. In kürzester Zeit, ohne Vorwarnung, kam Paul mit nur einem kleinen Seufzer.

»O Gott! Das wollte ich nicht!« Erschrocken beugte sich Bibi über ihn. »Willst du noch mal? Wir machen es noch mal!« Doch Paul wollte nicht und lachte.

Als wir danach die Szene besprachen und ich mich aufgeregt entschuldigte und ihm sein Geld zurückgeben wollte, versicherte er mir vertraut, wie wir mittlerweile waren: »Mach dir keine Sorgen! Das war in Ordnung so. Es war wunderbar! Das war genau die Situation: Die zweite Frau, die ich gar nicht kenne, fasst einfach zu!

Ich zeigte Paul noch die Gummikataloge. Doch darauf könne er sich nicht auch noch konzentrieren, sagte er. Ich war ein bisschen enttäuscht, da ich gehofft hatte, einen neuen Anhänger zu gewinnen. Vorerst reiche es ihm vollkommen, wenn ich ihm eine Radlerhose aus Gummi als Unterwäsche anzog und ihn zu dem Arbeitsgespräch schickte. Hauptsache, sie sei eng, dann hätte er die ganze Zeit das Wissen, das komme von mir. Ich war überrascht. Paul äußerte Wünsche! Und er wollte von mir gehalten werden. Es kam sogar noch besser: »Du bist sowieso bei mir zu Hause auch immer dabei«, so als würde er eine Belanglosigkeit aussprechen, um dann auf das Arbeitsgespräch zurückzukommen, er solle hochgestuft werden im Krankenhaus, was er sich nie habe träumen lassen. Schließlich sei er im Leben auch schon mal Müllmann gewesen. Ich wusste nie, ob an den Geschichten etwas Wahres dran war, die mir die Leute erzählten. Dass er über mich phantasierte, glaubte ich ihm, und es freute mich.

Wieder dieses Knacken! Am Tag fiel mir das nicht auf, nur nachts, wenn ich im Dunkeln auf die Toilette ging, die Augen fast geschlossen, um möglichst nicht zu wach zu werden. Geneigte Fußböden, Knacken im Gebälk, quietschende, seufzende Dielen, wir wohnten im Altbau, und ich hatte Hauseinsturzängste. Wellendorf überlud sein Zimmer. Er kaufte immer mehr. Auf dem Boden lagen seine Sachen schon einen halben Meter hoch, die Schränke waren voll. Besondere Sorgen machte mir der Schrank mit Mänteln aus schwerem Plastikstoff. Wie viele? Zwanzig, dreißig oder mehr? Der Schrank, das wusste ich, stand im Leeren, bei Wellendorf zwar an der Rückwand des Zimmers, dahinter das Bad, aber in der Wohnung darunter gab es an der Stelle nur ein großes Zimmer und keine Wand, die diesen übervollen Schrank trug. Meine Hauseinsturzängste verbargen die wahren Sorgen. Wellendorf kränkelte. Als Spätfolgen des Diabetes hatte er schmerzhaft kalte Füße und Übelkeiten, die ihn dauernd belästigten.

Morgens hatten meine Ängste nicht mehr die geringste Kraft. Ich fühlte mich wieder stark, eine Frau, die alles bewältigte, was sie sich vorgenommen hatte. Ich empfand mich als obszön glücklich und klagte vor anderen nur, weil es denen so schlecht ging, weil die Welt in so einem Zustand war und ich doch nicht als Einzige so viel Glück sichtbar mit mir herumtragen durfte. Nichts konnte dieses grundsätzliche Gefühl wirklich beeinträchtigen, weder meine häufigen kleinen Unzufriedenheiten über mich, wegen eines Irrtums, einer Ungeschicklichkeit, des Verdachts, mir fehle es grundsätzlich an Geist und ich sei in manchen Dingen unverbesserlich. Noch machte mir das Eingeständnis, dass ich höchstwahrscheinlich im Kunstbetrieb nicht mehr Fuß fassen würde, da ich nicht wusste, wie ich mich den wichtigen Leuten nähern sollte, ja, wer sie überhaupt waren, wirklich etwas aus. Es gab einen Punkt, der mich tatsächlich entmutigte: Ich war selten von der Qualität meiner eigenen Werke überzeugt, sodass ich für sie eintreten, die dafür nötige Werbung hätte machen können. Auch wie ich in meiner Arbeit immer alles aussprechen musste, war mir hinterher peinlich. Doch auch das würde ich beiseiteschieben, ich hatte eine neue Verbissenheit entdeckt, ich würde immer weitermachen und irgendwann einfach gut sein. Mit siebzig würde ich dann endlich groß auftreten. In der Kunst ist vieles möglich, wenn auch sehr, sehr selten.

Mein Gesicht, mein Körper alterten langsamer als üblich. Den Gästen im Studio erzählte ich immer noch, ich wäre neununddreißig, was schon eine ganze Weile nicht mehr stimmte. Alle Frauen machten sich jünger. Um mich fit zu halten, vermehrte ich wöchentlich meine Liegestütze um einen oder zwei und stand inzwischen bei zweimal fünfundfünfzig, mit einer Yoga-Pause dazwischen. Ich konnte Gewichte schleppen wie ein Mann. Leicht konnte ich im Studio einem Gefesselten beim Hinlegen oder Aufstehen helfen.

Selten ging ich noch in Wellendorfs Zimmer. Einmal hatte ich wegen einer lauten Huperei auf der Straße dort aus dem Fenster geschaut. Wellendorf war Brötchen holen. Der zimmerbreite Spiegelschrank verdoppelte das Chaos in der hellsten Morgensonne. Ich verschwand darin wie in einem Vexierbild: »Finden Sie die Figur!«. Wenn ich zu lange hierbleibe, werde ich unglücklich, dachte ich. Das wiederum durfte ich Wellendorf nicht merken lassen. Es würde ein Tabu berühren. Wir hätten sinnlosen Streit über die Unveränderbarkeit des Zustandes. Zwar gab es die beruhigten Zonen von Systematik in seinen Schränken, aber davor war jeder Quadratmeter kniehoch bedeckt. Über den Stühlen, dem Schreibtisch und den dazugehörigen Kästen mit ihren aufgezogenen Schubladen lagen die Dinge wie Schneewechten. Um zum Fenster zu kommen, hatte ich die größten Schritte machen müssen. Der Grund war unsicher. Man könnte auf einer Plastiktüte ausrutschen oder etwas beschädigen. Hier herrschte nicht nur Unfähigkeit, noch trauriger, ich entdeckte einen Unwillen zur Ordnung überhaupt. Sonst hätte er wenigstens angestrebt, zu sortieren, rechteckige Gegenstände bündig aufeinander zu lagern, die großen unten, die kleinen oben, in parallelen Stapeln nebeneinander. Wellendorf sprach von der Wanderdüne, wenn er einen Witz über sein Versagen machen konnte, was selten geschah.

Frühere Nachbarn von uns besaßen ein Karnickel. Es lief in der Küche herum, seine Kügelchen lagen überall verstreut. Wenn sie Handbesen und Schaufel nahmen, um aufzukehren, stürzte das Tier sich auf sie und biss sie in die Hand. Auch bei Wellendorf durfte ich nicht aufräumen, ihm Hilfe noch nicht einmal anbieten. Allein das Wort *aufräumen* erboste ihn. Er sträubte sich dagegen, auch nur wertlose Papierschnipsel, die vielen Kassenzettel, Verpackungen, zum Beispiel Strumpfhosentüten mit ihren Versteifungspappen, Papier- und Plastiktragetüten, kleine und große Kartons, manche voll Styroporchips oder polymorpher Füllkörper, wegzuwerfen. Als wären die Verpackungen, Zeugen seiner Einkäufe der letzten Jahre, einst ihre Behausungen, genauso wertvoll wie die Einkäufe selbst. Ein Unterschied war nicht zu erkennen.

Ein Stiefel lag geknickt herum, der andere irgendwo, wertvolle Fetischbekleidung, Einzelstücke, Schätze, wie achselhöhlenhohe, wabbelige, transparente Gummihandschuhe mit Riemen, um sie am Hals zu befestigen, hellgelbliches, hochempfindliches Material, das im Dunkeln lagern sollte, sich aber mit billiger pinkfarbener, nie getragener Unterwäsche mischte. Zu klein für Wellendorfs Atombusen, das Preisschild hing noch daran. Ausschuss, der nicht aussortiert wurde. Wie ein Biologe, der einen Kubikmeter aus Maschendraht über die Wiese stülpt, um zu katalogisieren, was er fand, bestimmte ich ein Teilgebiet und registrierte, was zu sehen war: Leitzordner, rosa Plastikbrüste, neongelber Minirock, Lackkorsett, Plastikschürze, hellblaue Handtasche, Diabetikerbedarf, Spritzenkartons, leer oder voll, Shirts aus Polyamid in allen Farben, rosa Tutu aus Tüll, fünf Kleiderbügel im Büschel, pinkfarbene Strickjacke, Prospekte elektronischer Geräte. Und was lag alles darunter? Wie Inseln ragten dazwischen Computer, Fernseher, Bett, lederner Chefsessel, Videorecorder und Drucker, Bücherregal und Stiefelregal heraus. Die Computertastatur musste ständig gegen hereinkippendes Material verteidigt werden.

Was mich zur Weißglut trieb, waren Wellendorfs Klagen über Unauffindbares, sein Argument, wenn man ordnete, läge das, was aktuell am interessantesten ist, womöglich nicht mehr obenauf. Doch ich wollte nicht die nörgelnde Frau sein, die unser Zusammensein vergiftete. Wellendorf war nicht zu ändern. Nur wenn ich in seiner Abwesenheit wieder einmal das Zimmer betreten hatte, leistete ich mir manchmal einen Wutanfall.

»Ich will geschlagen werden«, sagte der Mann nur, und da erkannte ich ihn – wie aus weiter Ferne – wieder. Es war jener Gast, den ich damals mit Regina so geschlagen hatte. Traute er sich erst heute wieder hierher, oder war er inzwischen bei Regina gewesen? Sofort hatte ich das Gefühl, dass ich etwas wiedergutmachen müsste an ihm. Ich fragte ihn, ob er wirklich bei mir bleiben wolle, und freute mich über sein Ja. Ich werde leise und langsam bleiben, nahm ich mir vor. Es musste nicht so getan werden, als wäre er erst noch zu überwältigen. Der Zwang, der zu seiner Bestrafung führte, lag ganz in ihm. Ich musste jetzt vollkommen selbstverständlich und gelassen sein, wenigstens äußerlich. Als er da stand, wo ich ihn hinkommandiert hatte, schaute ich ihn mir von oben bis unten an und glaubte, ihn inwendig schlottern zu sehen. Er hielt den Kopf gesenkt. Wie damals würde ich ihn nur am Joch versorgen, auf dem Bock läge er mit dem Gesicht nach unten. Ich musste sehen können, was ich anrichtete. Als ich ihn mit Abbindeschleife, Handfesseln und einer Spreizstange versah, arbeitete ich stumm mit besonders entschlossenen Bewegungen. Von Anfang an hob ich immer wieder sein Kinn an und befahl ihm, mir in die Augen zu schauen. Ich blickte fies und verächtlich. Er sollte wissen, dass ich ihn wollte und er sich nicht in sich zurückziehen sollte. Er schaute seitlich weg. Das machte er zwei-, dreimal so, und ich ließ ihn. Als ich mit den Fesselarbeiten an ihm fertig war, rüttelte ich an seinem Kinn. »Es reicht mir jetzt mit dir!«, flüsterte ich. »Schau mich an!« Da sah er erstaunt und unwillig auf, blinzelte, um gleich wieder den Blick an mir vorbeirutschen zu lassen. Dafür ohrfeigte ich ihn. Das kannte er noch nicht. Er folgte mir endlich und schaute mich direkt an. Ich hob mein Bein und rieb sacht mit meinem Schnürstiefelknie zwischen seinen zwangsweise geöffneten Beinen. Schon wieder ließ er den Kopf hängen, aber ich insistierte jetzt nicht. Erfreut registrierte ich, dass sein damals so impotenter Schwanz ein klein wenig wuchs. »Na also«, flüsterte ich zufrieden und ohne Häme.

Dann legte ich Schlaginstrumente vor ihm auf den Boden, hob die weiche Fransenpeitsche auf und ließ sie durch meine Finger gleiten. Ich vergewisserte mich, dass er die Augen offen hatte, warf das weiche Ding demonstrativ wieder hin und ergriff das gleiche Modell mit Vierkantlederriemen. Ich trat seitlich hinter ihn und sagte: »Ich fange jetzt an!«

Ich schlug so, dass die Schläge mit der Spitze der Riemen und mit voller Wucht trafen, in langen Abständen, damit er sie einzeln spüren und nachbrennen fühlen konnte. Der Mann zuckte fürchterlich, gab aber keinen Mucks von sich. Erst nur zehn Schläge. Ich umkreiste ihn langsam und wortlos und gab ihm noch zwanzig. Schon dachte ich, er brauche eine Pause, und strich über seine Pobacken. Unvermittelt holte ich aus, klatschte mit der flachen Hand und hielt das durch, so fest und so lange ich konnte. Wahrscheinlich hatte ich davon die größeren Schmerzen. Ich nahm den Rohrstock, fasste ihn kurz, schlug mit vielen kleinen leichten Schlägen und wurde immer schneller. Dann griff ich den Stock am Ende und fing richtig an. Weit ausholend ließ ich das Rohr auf seinen Hintern sausen.

Er verträgt viel, sagte ich mir und suchte nach Stellen,

die noch nicht so aufgequollen aussahen. Ich schlug so lange, bis es mir selbst zu viel wurde, weil ich nicht glauben konnte, dass einer so etwas wirklich haben wollte. Wieder ging ich um den Mann herum und schlug mit dem Stock leicht auf mein Bein. Er sollte nicht denken, dass er schon durch war. Wie sein Kopf hing auch sein Schwanz schlapp nach unten. Da stimmt etwas nicht, dachte ich. Er kann gar nicht so schmerzgeil sein. Würde er sagen, ich will Prügel, und dann gehen, wäre es stimmiger. Ich ließ den Stock fallen.

Diesmal hob ich mein Knie direkt unter seine Eier. Ich tat es so vorsichtig, dass klar war, dass ich ihm damit nicht weh tun wollte. »Was ist denn das?« Wieder streichelte ich ihn mit dem Knie. Aber das hatte jetzt keinen Effekt mehr, und ich ratschte mit den Haken der Schnürung absichtlich kratzend innen am Schenkel nach unten. Er zuckte. Ich nahm seinen Schwanz und seine Eier in meine Hände, hielt sie wie ein kleines Tier. Grade noch, ohne ihn zu berühren, kam ich ihm ganz nah. »Ich muss dich gleich wieder schlagen, wenn das hier nicht ein bisschen größer wird«, flüsterte ich ihm dabei ins Ohr. »Komm, für mich wirst du jetzt wachsen.« Dabei streichelte und wichste ich ihn, blieb ganz dicht dran und spürte seine Wärme. Genauso fühlt er mich auch, dachte ich und begann ihn zart am ganzen Körper zu berühren. Ich kitzelte und streichelte seine Brustwarzen, die ganz unberührt und eindeutig nicht ans Quälen gewöhnt waren. Endlich regte sich etwas bei ihm, sein Schwanz war angeschwollen. »Hm«, sagte ich nun knapp und streng, »das muss bestraft werden.« Und echt bedauernd: »Das tut mir jetzt leid.«

Ich bückte mich und hob die kurze, geflochtene Riemenpeitsche mit den Knötchen auf. »Schau mich an!« Er folgte. Ich hielt das gemeinste aller Werkzeuge vor mir gespannt in Händen. Gleich senkte er wieder den Kopf. »Es ist aber auch schwer mit dir!« Ich ging hinter ihn. »Ich hätte dich ja gefragt, wie viele du jetzt noch nimmst, aber du willst ja nicht mit mir reden!« Ich machte eine Kunstpause, wartete, ob er es schaffte zu sagen: »Dreißig, Herrin«, oder etwas in der Art. Doch er blieb stumm. »Stumm wie ein Fisch!«, schimpfte ich. Dreißig Schläge verlangte ich mir ab, zählte stumm mit und ließ wieder Pausen dazwischen.

Ich warf das Instrument weg und trat vor ihn, nahm ihn fast in die Arme, machte dann aber gleich wieder einen Schritt zurück. Ich war ratlos, wie es weitergehen sollte. »Wenn du jetzt nicht brav bist, muss ich dich noch mal schlagen«, verfiel ich wieder in die alte Geschichte und hätte mir dafür auf die Zunge beißen können. Aber irgend so etwas war es wohl. Er musste brav sein und sich verführen lassen. »Du kommst hier nicht raus, bis du nicht …«, ich fasste liebevoll seinen Kopf mit beiden Händen an den Ohren, »… bis du mir nicht wächst«, strich mit den Zeigefingern auf dem Rand seiner Ohrmuscheln, hinunter am Kinn entlang, fuhr sanft über seine Lippen, ging wieder zärtlich an seine Brust. Dann griff ich nach unten. Er war angeschwollen. Na also! Wieso hatten Regina und ich das damals nicht gekonnt, fragte ich mich. Da wurde er wieder schlaff. Ich musste mich sehr überwinden, ihn nun anzuherrschen: »Was ist das bloß für ein armseliges Würstchen, was du mir da zeigst!« Auch wenn ich damit meine Vorstellung nun endgültig verdarb. »Schämst du dich nicht, mich so zu blamieren!« Da wuchs er mir wieder entgegen. Ich packte den Mann mit dem Arm um seine Taille, mein Schenkel drückte seinen, meine Hand rieb sein Glied. Er kam ohne einen Laut.

»Die Wohnung ist super! Sie liegt direkt am Wasser!«, rief Bibi ins Telefon. Sie war wieder einmal in Fahrt. »Zum Studio ist es nur ein Katzensprung! Tommy hilft, und Guido ist aus Berlin da. Er hat sich extra frei genommen. Er erledigt alle Behördengänge, hat auch für vier Wochen die Mopo-Anzeigen geschaltet.« Der Gast, den sie von Regina habe, der Ohrenarzt, sei handwerklich begabt und würde ihr in dem einen winzigen Zimmer einen Behandlungsraum einrichten. »Nicht, dass ich da Gäste mache, das geht nicht, aber man weiß ja nie. Alles wird super mit Teichfolie ausgelegt, Teichfolie ist überhaupt das Geilste, dann habe ich keine Probleme mit den Nassspielen! Mein neuer Putzsklave aus dem Studio ist ständig da, sonst ist es unmöglich mit all dem Dreck vom Renovieren. Mareike regt sich auf, weil der Hund mit dreckigen Pfoten auf das neue rote samtbezogene Sofa gesprungen ist …«

Diese Urlaubsfreundin gibt es auch noch, die zieht da also mit ein, dachte ich.

»Die Leute von untendrunter beschweren sich bereits wegen des Lärms. Aber auf meinen schönen Holzfußboden kommt mir kein Teppich. Ach und der Tisch, den wir bestellt haben, nur Ärger hat man …«

Ich fing an, auf dem stummgeschalteten Fernseher die Programme zu wechseln.

»… Mit dem Hund kann ich im Moor spazieren gehen. Da ist ein Moor!«

»Ich kenne das, es ist total schön. Ich habe auch mal in der Ecke gewohnt«, versuchte ich mich einzubringen.

Doch Bibi fuhr einfach in ihrem endlos dahingleitenden Wortstrom fort. »Und der Hund …«

Ich holte meine Nagelfeile.

»Mareike sagt, die Wohnung …«

Klemmte den Hörer unter und begann zu feilen. Präzise wurde das nicht. Sekretärinnen können so was, Nägel feilen und telefonieren.

»Die Leute untendrunter, denen sage ich klipp und klar …«

»Ich muss jetzt«, sagte ich endlich.

»Sie sagen, das dauert Monate mit dem Tisch. Die müssen die Reklamation akzeptieren und …«

»Bibi, hörst du, ich muss noch …«

»Ja, bis Mittwoch, tschau, tschau.«

Bibis Umzug war offensichtlich ein logistisches Abenteuer. Da war leider noch eine Menge zu erwarten. Manchmal hasste ich meine Eselsgeduld.

Ich brauchte dringend jemanden zum Putzen. Bibi hatte dafür ihre Sklaven und bereits einen vegetarischen Koch und einen Konditormeister verschlissen. Der Bankangestellte, der dann kam, blieb. Regina hatte nichts dagegen.

Pro Woche boten sich mindestens zwei Putzsklaven am Telefon an. Mein erster Versuch mit so einem misslang. Ich geriet an einen sehr peniblen Gummifetischisten, allerdings penibel nur seiner eigenen Kleidung gegenüber. Er brauchte eine Dreiviertelstunde, um sich schönzumachen. Und dann lief es genauso, wie ich befürchtet hatte. Er verstand nichts vom Putzen, sondern war nur am Erhalt seiner hochglänzenden Zofenkleidung und an seiner Geilheit interessiert. Außerdem hatte er unterschätzt, dass körperliche Anstrengung in Gummi schweißtreibend ist. Das passte ihm gar nicht. Ich hätte echte Erziehungsarbeit an ihm leisten müssen, doch dazu fehlte mir jedes Interesse. Ein Putzsklavenverhältnis besteht in einem Tauschgeschäft, einer beiderseitigen Bezahlung in Arbeitskraft, weil der Sklave sich keine Domina leisten kann. Dabei liegen die Stundenlöhne in einem krassen Missverhältnis. Bis dieser hier sich eine Behandlung verdient hätte, wäre ich mit den Nerven fertig gewesen. Noch die Minibehandlung, die ich ihm gab, bevor ich ihn angewidert fortschickte, bedeutete einen viel zu hohen Lohn.

Auf einen Sklaven musste man Lust haben. Bibi stellte eine Aufgabe und kontrollierte das Ergebnis. Ich stellte die Aufgabe und hatte nicht mehr das geringste Bedürfnis nachzusehen, ob sie ordentlich erledigt wurde. Falls nicht, verlangte Bibi Nacharbeit. Sie war nicht ungerecht, erwartete aber vollen Einsatz. Erst wenn sie sah, dass der Sklave auch noch die verschwiegenste Ecke mit den feinsten Instrumenten traktierte, war sie zufrieden. Dafür wurde er jederzeit behandelt, im Vorbeigehen sozusagen. Abends nach der Arbeit, wenn er mit dem Wischlappen über den Gang lief und auf seine Herrin stieß, fuhr sie ihn an: »Auf den Boden!« Wenn er flach lag, stieg sie über ihn, raffte das lange schwarze Kleid, ging in die Knie, kommandierte:

»Mund auf!«, was längst geschehen war, und strullte ihm hinein, dass es schäumte und spritzte. Ich erwartete entsetzt, er müsse sich furchtbar verschlucken. »Ablecken!«, rief Bibi nur. Was danebenlief, scherte die Herrin nicht. Sekundenlang berührte seine Zunge die zwei goldenen Ringlein in ihren Schamlippen. Dann stand Bibi auf und lachte. Das Kleid fiel wieder herab, und sie kümmerte sich nicht weiter um ihn.

Schließlich übertrat ich das ausdrückliche Verbot Reginas, einen Außenstehenden ins Studio zu holen, und fand nach einigen Mühen einen Schüler. Die Chefin musste davon ja nichts erfahren. Ich bot ihm pro Putzabend fünfundzwanzig Euro. Viel zu viel, schimpfte Bibi. Aber wer wäre sonst unter den Bedingungen gekommen? Höchste Flexibilität war gefordert, der Mann musste auf Abruf bereitstehen oder auch mal auf Arbeit verzichten: Wenn nachmittags kein Gast da war, brauchte nicht geputzt zu werden, fand ich. Arbeitsbeginn war erst nach dem letzten Gast, das konnte sehr spät werden.

René war ein ausnehmend schöner, etwa siebzehnjähriger Junge von angenehmer Eitelkeit, großgewachsen und schlank. Er trug seine sehr schwarzen Haare fast hüftlang und benahm sich wie einer, der über diese Art Studios ganz im Bilde sei. In Wirklichkeit war er reizend unwissend und hübsch zu verunsichern. Bibi entflammte sofort für ihn. Ich war eher mütterlich um seine Seele besorgt. Anfangs genierte René sich auch ein bisschen, wenn wir zum Arbeitsende hin halbnackt durch das Studio liefen. Lüstern grinsend versuchte Bibi, ihn für ihre Szenarien zu erwärmen. Aber er blieb souverän. Nein, das interessiere ihn nicht, meinte er. Immerhin übernahm Bibi die Aufgabe, René mit viel Ausdauer beizubringen, wie und was zu tun sei. Ohne ihre Anleitung wäre er uneffektiv geblieben. Nachdem er sich als anstellig erwiesen hatte, gestand ich Regina, ich lasse einen Künstler für mich putzen. Prompt wollte sie ihn auch haben und bezahlte ihn sogar noch üppiger. »Die versaut ihn uns noch!«, empörte sich Bibi.

»Heute hat sich Hans-Peter über Bibis Kasernenhofton beschwert«, erzählte ich Wellendorf, als ich vor dem Bad meine Fingernägel mit Nagelreiniger sauber rieb. »Er hat gehört, wie sie einen bei offener Tür angebrüllt hat. Hans-Peter ist zwar schmerzgeil, aber er will normal angesprochen werden.«

»Was ist denn bei dem normal? Der ist dir doch über den Kopf gewachsen. Dauernd ruft er an!« Wellendorf räumte das Geschirr vom Abendessen ab.

»Der Hammer ist, dass er mir eine Aufgabe gestellt hat, die ich nicht erfüllen kann. Er sagte von vorneherein, ich solle ihn schlagen, bis er weint. Stattdessen lacht er die ganze Zeit. Sein Hintern ist hart, als wäre da ein Brett eingebaut! Er hat eine jahrzehntelange Praxis, sag' ich dir. In diesem Holzhintern sind keine Nerven mehr! Ich kann ihn schlagen, bis mir der Arm lahm wird und ich wirklich Blasen an den Händen habe! Es hilft alles nichts. Er will Schmerzen spüren, sagt er. Also habe ich ihm heute die Salbe gegen Hexenschuss unter die Vorhaut gerieben. Ein anderer würde schreien! Er gab keinen Ton von sich! Dann goss ich ihm das ganze flüssige Wachs aus der dicken Kerze drauf. Und er ist zum ersten Mal mit einem winzigen Tröpfchen gekommen!«

»Dass du dir das bieten lässt! Der verarscht dich doch!«

»Ich mochte den am Anfang, weil er so frech grinsen kann. Er sagte immer, ich könne es ja nicht bei ihm. So hielt er mich in Gang, und nun wird der Aufwand ständig größer. Er strebt mit mir ein Verhältnis wie eine verkorkste Ehe an. Er ist unverschämt und will provozieren, dass ich richtig ausraste. Aber den Gefallen tue ich ihm nicht. Vor allem zahlt er nicht ordentlich.«

»Du solltest ihn rauswerfen!« Wellendorf war fertig mit der Küche, und wir gingen ins Bad. »Weißt du was? Bibi ist Fischotter!« Ich fing an, mich auszuziehen. »Das meine ich ernst. Bibi mit ihrem Kleid bis zu den Knöcheln. Das macht lang, auch wenn sie klein ist … Hör auf! Ich bin wehrlos!« Wellendorf wollte mich unter den Achseln kitzeln, als ich mir T-Shirt und Unterhemd auf einmal über den Kopf zog. »Dass du da immer hinlangen musst!«

»Hilfestellung beim Turnen«, brachte Wellendorf seinen ewigen Witz.

»Ihr Kleid glättet ihre Kurven, die Brust, die Taille, den Hintern wie ein Otterfell, und am Ende sind noch Füßchen dran. Sie bewegt sich genauso quirlig und reibungslos, als wäre sie im Wasser. Sie ist süß! Sie ist niedlich! Du solltest sie sehen, wie sie es macht! Es ist kein Wunder, dass ihr die Kerle die Bude einrennen!« Ich hatte sie mir heute genau angesehen, als sie vor der Spüle stand, im schwarzen Schlauch ihres Arbeitskleides aus dehnbarer Kunstfaser, das sie die meiste Zeit anhatte, ein billiges Ding, das bereits Fusseln entwickelte, wunderte ich mich, ein Abendkleid mit Busenschalen und talmigoldenen Schließen an den Trägern. Bibi konnte ohne martialische Dominarobe dominant sein. Die schwarzhaarige Bibi mit dem präzisen Bubikopf, wie sie ihre bronzenen, schön geformten Beine im Kleidschlitz bis hoch oben zeigte, auf hohen Lackpumps stand, die Hüfte hinhielt, darauf die Hand mit den roten Krallen, mit der anderen strich sie sich selbstverliebt über die Haare. Diese Show gefiel ihren vielen Anhängern.

Ich stieg ins Wasser. »Ihr heutiger Gast durfte für ihren Hund den Namen liefern: Sharky. Sie bringt ihn jetzt immer mit ins Studio.«

»Für mich ist sie nix!« Wellendorf ging. Er wollte noch eine Börsensendung schauen.

Bibi, der Fischotter. Wenn irgendein Tier aussieht, als wäre es permanent glücklich, am Leben zu sein, dann ist es dieses nass glänzende Mardertier.

Nach dem Bad machte ich aus unserem Klappsofa mein Bett, holte Kissen und Decke aus dem Kasten. »Der Hund ist gar nicht doof. Er ist hübsch, und er passt gut zu Bibi. Wenn sie beide auf der Straße unterwegs sind, er so schwarz wie seine Herrin, beide so klein und so flott am Trippeln … Der Hund ist wirklich schlau. Er hat jetzt schon mitgekriegt, dass ich nichts mit ihm zu tun haben will. Er ignoriert mich, weil ich ihn ignoriere. Klare Verhältnisse.« Ich schlug die Bettdecke zurück und schlüpfte ins Bett.

»Und Bibi ist nicht beleidigt, dass du ihr Tier …?«

»Komisch … nein. Aber so ist sie, sie wahrt auch Grenzen. Wenn ich mich nicht für ihren Kram begeistern kann, respektiert sie das.«

Bei zwei Gästen kam es doch zu Überschneidungen zwischen Bibi und mir. Der eine war Herbert, der so gern mit einer hellblauen, handgestrickten Wollunterhose, mit der er als Kind schon schikaniert worden war, auch jetzt noch blamiert werden wollte. So eine Unterhose hatten wir im Studio nicht, und wir kannten keine Oma, die uns so etwas gestrickt hätte. Einstweilen wurde Herbert mit Seidenschlüpfern, Miederhosen, Haushaltsschürzen, Häme und Geschichten traktiert, er habe sich erwischen lassen, als er Frauenwäsche von der Wäscheleine klaute. Eine Frau, womöglich seine Ehefrau, sollte ihn zwingen, unter seinen Männershorts Hosen zu tragen, deren Spitzenrand rausguckte. Doch ich traute mich nicht, die Ehefrau zu spielen, weil ich befürchtete, er hätte eine echte zu Hause sitzen und allein das Wort Frau könnte ihm die Lust verderben. Bibi setzte ihm viel sorgloser zu. Folgerichtig blieb er bei ihr. Neidlos musste ich anerkennen, dass sie glänzend zusammenpassten. Bibi ging mit Herbert als seine Frau ins Kaufhaus, wo er sich unter ihrer Anleitung scheußliche lange Damenschlüpfer mit Röschenmuster kaufen musste.

Der andere war Thilo-Schottenrock. Er kam selten und teilte dann seine wenigen wertvollen Besuche auch noch zwischen uns beiden auf. Er war jung, schlank und sehr devot. Eigentlich eher ein Fall für Bibi, sie hatte mehrere junge, glatte, im Berufsleben mutmaßlich erfolgreiche Kerlchen, in die sie immer wieder mal ein bisschen verknallt war, Schönlinge, die ich nicht mochte. Mir waren die Älteren mit Bauch und Bart lieber, selbst wenn sie Frauen sein wollten. Thilo war wirklich ausgesprochen hübsch. In seinem Fall ließ ich mich bezaubern, so stimmig verband sich seine Mädchengeschichte mit seinem Aussehen. Thilo entschied sich heute für mich, und weil ich scharf darauf war, ihn zu halten, stand ich unter ziemlichem Erfolgsdruck. Das versuchte ich mit besonderer Strenge zu kaschieren.

Der Kristallisationspunkt von Thilos Geschichte war ein kleiner Schottenrock. Auf einem Zettel hatte er noch mal präzisiert, was ich schon kannte: Er sei das Mädchen Christina, sei störrisch und habe den Ruf, hochnäsig zu sein. Im Grunde sei es aber ein »anständiges Mädchen«. In der Schule fiele es auf, denn es lief lieber in Hosen herum und weigerte sich, die Schuluniform mit Rock zu tragen. Die Lehrerin würde es bestrafen und ein braves Mädchen aus ihm machen.

Es war ein leichtes kleines Spiel, doch hoffentlich traf ich bei dem Sensibelchen die Nuance. Thilo versenkte sich wunderbar hingebungsvoll in die Christina-Rolle. Trotzig zog er den Mund, schaute stur auf den Boden und weigerte sich, schüchtern zwar, aber standhaft, meinen Befehlen zu gehorchen. Ich hängte seine Handgelenke am Joch ein und kurbelte ihm die Arme hoch. Wie gewünscht, legte ich eine Kette um seinen Hals, um ihn zu strecken. Ich klickte die Kette oben fest und sagte gemäß seiner Anleitung: »Das verbessert die Körperhaltung.« Ich nahm Abstand, um mir das Ergebnis anzusehen. »Das gefällt mir schon besser. Ich hole jetzt deine Kameradinnen, die dürfen bei deiner Verwandlung dabei sein. Sie werden sehen, wie ich dir den Hintern versohle. Deine gerechte Strafe. Sie werden dich auslachen!«

Ich nahm eine Fransenpeitsche, denn ich konnte nicht glauben, dass ich wirklich, wie vorgegeben, »kräftig« schlagen sollte. Ich entschloss mich zu nur drei mal zehn Schlägen, die er mitzählen musste, die letzten zehn schlug ich hart. Christina gab ihren Widerstand auf und ließ sich folgsam die Strumpfhose anziehen. Das dauerte eine Weile, doch schließlich war das die Handlung, um die es ging. Ich hatte mich entschlossen, auf das Kondom zu verzichten, damit er das Gewebe auf der nackten Haut spüren konnte, und er hatte einen guten Ständer. »Siehst du, wie brav du auf einmal bist?« Ich legte ihm behutsam den winzigen karierten wollenen Wickelrock um und schloss ihn mit der Schnalle.

Ich stellte mich auf und hielt meine Rede an die Schülerinnen: »Christina kommt ab jetzt eine Woche in Fesselhaft mit täglicher Bestrafung. Außerdem dürfen alle, wann immer sie es für nötig halten, Christina schlagen. So werden wir ein gehorsames Mädchen aus ihr machen. Sie wird euch als Zofe dienen.« Und dann griff ich direkt an. Ich fühlte unter den Rock und stellte mir vor, wie sich die glatte enge Strumpfhose anfühlen musste, wenn meine Finger über diese Spannung auf dem Schwanz strichen. Ich fing an zu wichsen, unter dem Rock, auf dem Rock und dann mit dem Rock. Ich erwartete seinen Einspruch. Gleich würde Christina hineinspritzen, und ich bezweifelte, dass er als Thilo sich traute, mit dem versauten Rock zur Reinigung zu gehen. Doch es war schön, ihn so zu wichsen, und Christina fand es geil, so gewichst zu werden. Sie hing in den Fesseln, wand sich wohlig und stöhnte. Der Rock bekam alles ab, und ich hoffte, Thilo würde es mir nachsehen, dass ich sein Kleinod zur Strecke gebracht hatte.

»Montgomery-das Pferd hat mich heute Morgen angerufen. Er will dich kennenlernen!«, verkündete Bibi wie eine frohe Botschaft. Es klang ein bisschen boshaft. Seit Wochen schon war sie außer sich. Sie hatte Probleme mit Mareike, die ihr Leben nicht im Griff habe.

»Montgomery? Ich dachte, der ist so schwierig und ihr seid alle von ihm genervt? Außerdem habe ich doch keine Ahnung von Pferden!«

»Tja, ich habe ihm gesagt, du freust dich sicher, wenn du das hörst.« Bibi lachte. »Er kommt heute um vier einfach mal vorbei. Du musst halt schauen, wie du mit ihm klarkommst. Notfalls schickst du ihn eben weg. Aber er zahlt gut. Eigentlich ist es ganz easy. Er erklärt dir alles. Du musst gar kein Vorwissen haben.«

Im Empfangszimmer machte mir der dicke, schwitzende, kurzatmige Montgomery wohlerzogen Komplimente. Er zappelte auf dem Stuhl herum und steckte mich sofort mit seiner Nervosität an. Ich sei schön, sagte er, und er freue sich, mich kennenzulernen. Ebenso artig bedankte ich mich. Dann begann er, mir einen Tatort zu erzählen. Das Manuskript sei von ihm. Er habe auch das Buch »Planet der Affen« geschrieben. Das würde ich doch kennen? Ich hatte davon gehört. »Den Tatort letzten Sonntag habe ich gesehen. Den brauchst du mir nicht …«, setzte ich an. Doch als hörte er meinen Einwand nicht – ich steuerte sogar Einzelheiten bei, um zu demonstrieren, wie gut ich Bescheid wüsste –, redete er einfach weiter. Ich dachte an mein Studio, das ich noch aufräumen musste, denn ich hatte gerade ein materialintensives Spiel hinter mich gebracht. »Komm mit, du erzählst weiter, und ich räume in der Zwischenzeit auf.«

Montgomery saß auf der Streckbank und redete, ich machte Ordnung, schaffte Dinge aus dem Zimmer an ihren Platz, lief wieder zurück. Montgomery redete. Er ließ keine Einzelheit aus, bis er zum Ende kam. Darauf kramte er in seinem großen Beutel, den er nicht aus der Hand gelassen hatte. Er zog eine Papierrolle heraus und reichte sie mir. »Die habe ich gemacht. Für dich!« Erstaunt erkannte ich fotokopierte Zeichnungen von Tomi Ungerer und von SM-Comics. »Ich bin Schriftsteller, und ich zeichne«, sagte Montgomery würdevoll. Ich verstand, bedankte mich und lobte ihn. Wieder wühlte er in seiner Tasche und häufte einen Berg von Kettchen aus Messing, eigentlich für Badewannenstöpsel, und kleinen Karabinern neben sich auf. Jetzt musste ich aufpassen. Das Zaumzeug! Mühsam dröselte er es auf. Es war zum Verzweifeln kompliziert. Da hatte einer wieder mal mit schäbigen kleinen Mitteln ein ausgeklügeltes System der Selbstfesselung entwickelt. Lähmende Müdigkeit überkam mich. Um die korrekte Anwendung zu demonstrieren, legte sich Montgomery sein Konglomerat mit der hart in die Mundwinkel

einschneidenden Trense aus Kettchen, Haken, Schnüren und Lederriemchen an und verlangte, dass ich die Prozedur fehlerlos an ihm wiederholte. »Ganz stramm muss die Trense sitzen«, mahnte er und vervollständigte selbst, was ich nicht zustande gebracht hatte. Dann erklärte er mir noch die Schrittarten, die ich zu kommandieren hatte und sofort wieder vergaß, bevor er endlich ging, um sich auszuziehen, und wir anfangen konnten.

Ich trug meine graugrünen NVA-Breeches, dazu die alten, steinharten Reitstiefel aus dem Studiofundus. Montgomery verwandelte sich in ein Pferd. Aus weißer Pappe fabrizierte er sich Pferdebeine. Er legte sie sich um die Unterschenkel und verklebte sie mit Packband. Dann schlüpfte er in weiße Clogs, seine Hufe. Damit wird er nicht den sichersten Tritt haben, fürchtete ich. Er entnahm seiner unerschöpflichen Tasche einen »Sattel«. Das winzige Ding war aus braunem Webpelz und Folienstoff gebastelt, mit Steigbügeln aus Schnur und Holz. Es sah alt und filzig aus und furchtbar mickrig. Das erinnerte mich an mein eigenes kindliches Basteln, als ich verzweifelte, denn mit dem, was mir zur Verfügung stand, ließ sich einfach nicht erreichen, was mir vorschwebte. Mit Alleskleber hatte ich aus Lederresten Schuhe zusammengeklebt, die elegant sein sollten, mit hohen Absätzen, aus Lagen von Wellpappe. Beim ersten Drauftreten waren sie platt gewesen, die Riemen hatten keine drei Schritt weit gehalten.

Gemeinsam zäumten wir Montgomery zum dritten Mal auf. Ein ausgeklügeltes Geschnür brachte Schwanz und Eier in boshaft einschneidender Wirkung mit dem Kopf in Verbindung. »Das Pferd muss immer daran erinnert werden, ihn brav gesenkt zu halten. Damit es nicht etwa nach anderen Pferden – Stuten – Ausschau hält«, belehrte er mich. Immer wenn er auf seinen Gegenstand kam, hörte es sich an, als rezitierte er einen Text. Über die Metallsprossenwand im Gummizimmer kletterte ich auf die dampfende, rutschige Fläche seiner Schultern und setzte mich vorsichtig auf dem »Sattel« zurecht. Montgomery ächzte hörbar unter der Last. Der Mann war groß, es war weit bis zum Boden. Als ich meine Stiefel in die »Steigbügel« fingerte, bangte ich, die letzte Sicherheit aufgegeben zu haben. Ich musste die Leiter loslassen, die Zügel nehmen und kommandieren. Montgomery soufflierte mir die richtigen Worte und transportierte mich schwankend auf die Tür zu – ich konnte gerade noch den Kopf einziehen –, über den Flur ins nächste Zimmer, vorbei an Bibi, die uns mit dem Blick einer besorgten Mutter, deren Kinder gefährlichen Unsinn treiben, betrachtete. Vor dem Andreaskreuz drehte Montgomery. Im Trab ging es zurück, das Pferd wieherte triumphierend und deutete zu meinem Entsetzen einen Hopser an. Wieder an der Sprossenwand, griff ich beidhändig zu. Ich war erlöst. Montgomery dagegen schnaufte und war fix und fertig. Er war sichtlich zu alt geworden für sein Spiel. Doch sein Programm war noch nicht abgearbeitet.

Als Nächstes ließ er sich von mir als Dressurpferd im Zimmer herumtreiben. Dabei musste er mir wieder die Kommandos vorsagen, während er Schritt, Trab und Galopp imitierte. Dazwischen scharrte er ungeduldig mit den Hufen, schnaubte und wieherte, schüttelte die imaginäre Mähne, wie es sich für einen Gaul gehörte. Dabei klebten seine wenigen verbliebenen, schweißnassen Haarsträhnen fest.

Vollkommen erschöpft erreichte er das Gummibett. Er sah krank aus, atmete schwer und schien froh, endlich zu liegen. Doch gleich hatte Montgomery seinen Schwanz in der Hand und begann seinen Bericht über die verwöhnten jungen Damen vornehmer Familie aus dem alten England, die einen störrischen Hengst zu einem braven Wallach herrichten ließen, der sich würde schinden lassen. Mit aller Fachkenntnis und sarkastischer Grausamkeit, dabei seelenruhig wichsend, schilderte er die Zurichtung des Tieres zu einem Gebrauchsgegenstand. Die hinterhältigsten Zwangsgerätschaften wurden verwendet, um einen Hengst ohne Gefahr für seine Quäler kastrieren zu können. Dabei würde niemand Mitleid für ihn aufbringen.

Es bliebe ihm nichts übrig, als dies auszuhalten. Währenddessen vergaß Montgomery nicht, sich meines Staunens und meiner Anteilnahme zu versichern. Als die Kastration ausgeführt wurde, erreichte er seinen Höhepunkt.

Montgomery kam ein zweites Mal zu mir, und wir erledigten das Programm wesentlich gestraffter. Die Erzählung war die gleiche, und beide waren wir deutlich weniger engagiert. Offensichtlich brauchte Montgomery immer wieder eine frische Zuhörerin. Nur beim ersten Mal war das Mitgefühl perfekt.

»Ich frage mich, ob er ein Pferderipper ist. Oder ist das ausgeschlossen, weil Montgomery alles gegen sich selbst richtet? … Aber eben nicht vollständig!«, begeisterte ich mich, als ich Wellendorf von ihm erzählte. »Er teilt sich auf. Er ist das arme Pferd, aber auch der böse Erzähler!«

Montgomery-das Pferd hatte etwas Unheimliches. Aber ich war ihm dankbar für seine seltsame Geschichte. Etwas so Ausgefallenes erlebte ich selten im Studio.

In Bibis Welt, in der sonst alles glückte, hatte eine Bombe eingeschlagen. Ihre Ex-Freundin und Mitbewohnerin Mareike war zusammen mit ihrem Chef nachts tödlich auf der Autobahn verunglückt. Kein weiteres Auto war auf der einsamen Straße involviert gewesen. Starr vor sich hin schauend erzählte Bibi mir flüsternd nur das Allernötigste. Stumm, mit müden Bewegungen legte sie ihre Sachen für den Tag zurecht und schminkte sich. Als ich sie fragte, ob man wisse, wie es passiert sei, sagte sie nur knapp und abweisend: »Es könnte sein, dass er eingeschlafen ist.« So als wollte sie sagen: Stör mich nicht in meinem abgrundtiefen Kummer. Und dann: »Es geht mir schlecht, ich friere.« Sie hüllte sich in eine mitgebrachte Decke und legte sich auf das Sofa. Sharky, der Hund, rollte sich erfreut neben ihr ein.

In letzter Zeit hatte Mareike Bibis Bannstrahl zu spüren bekommen, der diejenigen traf, die sich weigerten, ihr Leben gemäß ihren Ratschlägen zu ändern. Mareike hatte sich entschieden, sich lieber weiterhin zwischen ihrem anspruchsvollen Chef und ihrer todkranken Mutter zu zerteilen. Und es war ihr nicht mehr gelungen, die einfachsten Hausarbeiten zu erledigen. Bibi hatte sich wie so oft in eine maßlose Wut hineingesteigert. Zwischen ihnen waren die Fetzen geflogen und Mareike war ausgezogen. Bibi hatte damals von ihrem neuen Leben geschwärmt. Sie erlebe die Freuden einer riesigen Wohnung für sich allein und habe in Berlin im Club einen Gast, der jedes Mal dreihundert zahle. Auch im Studio verdiente sie viel und hielt mir oft Büschel Geld wie ein Cheerleader winkend hin, um mir dann mit Handzeichen zu bedeuten, wie viel davon sie heute hinterziehen würde. Ich hatte den Geldklau schon eine ganze Weile eingestellt.

Die Woche darauf war Bibi immer noch in diesem Schockzustand und verbreitete eine Aura von Unberührbarkeit um sich, die etwas unangenehm Theatralisches hatte. Der Redeschwall, mit dem sie sich sonst die Welt erklärt hatte, blieb abgeschaltet. Die Polizei ermittle noch, erfuhr ich auf meine Nachfrage. Bibi hauchte es hin, blickte ernst, seufzte und strich sich übers Haar. Ich drang mit meinem Mitgefühl nicht durch. Die Trauernde war sich selbst am nächsten.

Mit der immergleichen Müdigkeit raffte Bibi sich in den nächsten Wochen auf, wenigstens einige Programme zu machen, vertröstete Anrufer, legte sich wieder aufs Sofa. Ich fühlte mich fehl am Platz, wie eingedrungen in eine Intimsphäre der Trauer, als sei das Zimmer nicht mehr zur Hälfte das meine. Doch Bibi schien Gefallen an ihrer Rolle der großen Leidenden gefunden zu haben und kam da nicht mehr heraus.

Als ich es eines Tages wagte, sie darauf anzusprechen, dass ich es seltsam fände, wie tief ihre Trauer sei, wo sie doch so zerstritten gewesen wären, antwortete Bibi schroff, dass Mareike und sie sich kurz vorher versöhnt und einen »superintensiven« Abend verbracht hatten. Das saß. Bibi nahm mir meine Frage zutiefst übel, sah ich an ihrem Blick. Obwohl wir beide wussten, dass sie ein schlechtes Gewissen hatte, es aber nie zugeben würde. Unsere frühere Eintracht war vorbei, denn ich hatte es gewagt, ihr einmal zu widersprechen. Ein Graben öffnete sich zwischen uns und sollte sich nicht mehr schließen.

Es war nicht leicht gewesen. Ich hatte fünf Gespräche absolviert, keiner wollte mich haben. Eine sogar auf Fotos spezialisierte Galeristin sagte beim Anblick meiner mir so lieben Modelle: »Da wünscht man sich, die würden vor den Bus laufen. Versuchen Sie es doch mal wieder ganz von vorn. Machen Sie Zeichnungen!« Im Galeriehaus stand eine Galerie gerade leer, und man konnte den Raum für »Events« mieten. Es kostete also etwas. Dennoch musste ich meine Fotos prüfen lassen. Ich fand mit meinem Konzept Gnade vor dem Galeristen aus dem Vorderhaus, der die Veranstaltungen regelte, und hängte die Fotos der Männer auf, die ich per Anzeige gefunden und im Hotel fotografiert hatte. Dazwischen einige Male Wellendorf, Gäste des Studios, darunter auch Georg.

Für die Aufnahmen hatte ich ihn in mein Atelier gebeten. Wir begegneten uns mit einer Reserviertheit, als hätten wir noch nie miteinander zu tun gehabt, wir genierten uns geradezu. Ich fotografierte ihn mit seinem Korselett, den Gesichtsstrumpf über dem Kopf, wie er in meinem kleinen Bad neben der Toilette auf dem Badewannenrand saß und sich seine braunen Nylonstrümpfe anzog. Dann, wie er auf allen vieren aus einem weißen Kinderpisstopf Scheiße leckte, die in Wirklichkeit Heilerde war. Mit dem Betrug war ich sehr einverstanden.

Meine Eröffnung sollte eine Party werden. Den traurig schmalen Lohn des Künstlers, ein einziger Abend Aufmerksamkeit nach langer Arbeit, würde ich in ein Fest verwandeln, bei dem die Leute nicht nach steifem Herumstehen um zehn Uhr nach Hause strebten. Ich plante eine Zusammenführung meiner Modelle mit der Kunstszene. Im Stadtmagazin stand ich unter den Tagestipps, und im GUM und in den Schlagzeilen gab ich Anzeigen auf, um für den Abend zu werben. Ich stellte die Bedingung, nur Männer dürften in ihrer Lieblingszurichtung kommen, Frauen sollten normal gekleidet sein. Die Ausstellung hieß »Männerkörperinszenierungen«.

Am Abend der Ausstellung rannte ich herum und war scheußlich aufgeregt. Ich hatte knallige Musik vorbereitet. Doch die gemietete Musikanlage funktionierte nicht richtig. Sie blieb ganz leise. Besser als nichts, versuchten alle mich zu beruhigen. Von den Texten, die ich unter die Musik gemischt hatte, war kaum noch ein leises Gemurmel zu hören, es klang wie ein Versehen. Tagelang hatte ich aufgenommen, und jetzt sollte alles umsonst gewesen sein! Ich hatte die Telefonansagen mehrerer Kolleginnen aus anderen Studios abgehört, akribisch notiert, dann nachgesprochen, Stimmen und Temperamente imitiert. Eine der Stimmen war so beneidenswert dunkel gewesen. Mir gelang es nicht, so tief runter zu kommen. Für eine andere legte ich das Mikro in einen Eimer und behielt beim Sprechen einen dicken Brocken Apfel im Mund. Auch meinen eigenen Text hatte ich dazwischengeschmuggelt. Die Aufnahmen waren wichtig! Ich wollte Dominas wenigstens klanglich anwesend haben.

Ausstellungseröffnungen sind undankbare Ereignisse. An diesem einen Abend sollte alles glücken. Da stand ich und begrüßte die Gäste. Hoffentlich kamen die Wichtigen. Die Fetisch- und SM-Seite war gut vertreten unter den Besuchern. Einer hatte sich als Serviererin im Gummikleidchen zurechtgemacht. Mit der Nagelschere hatte er seine Maske bearbeitet, die Nase grob abgesäbelt und sich winzige ausgefranste Augenlöcher geschnitten, aus denen er herauslugte. Stolz forderte er zwei der Mädels aus der Kunstszene auf, ihr Bier auf dem Tablett abzustellen, das an seinen Brustwarzen befestigt war. Sie erschraken, lachten und folgten der Aufforderung. So hatte ich mir das gewünscht mit den Szenen, die sich mischen sollten.

Lieblingsobjekt meiner Sammlung konnte einer werden, der aus dem Schwarzwald angereist war. Er kombinierte Unvereinbares: die Jacke einer olivenfarbenen bulgarischen Uniform, rot und golden betresst, die riesenhafte Schirmmütze, typisch Ostblockformat, das Lederkoppel, daran der Sowjetstern, und Soldatenstiefel mit Netzstrümpfen samt Spitzenrand, dazu einen schwarzen Stringslip, eine feine Gerte hing seitlich am Bein, ein albernes weißes Damenhandtäschchen am diagonalen Schulterriemen. In der Hand hielt er ein Opernglas, durch das er ab und zu die anderen Besucher betrachtete. Ein großer Dicker im Lederharnisch mit böser Ledermaske trug zwischen den Beinen baumelnd ein enormes metallenes Objekt aus Würfel und Kugel an seinem nackten Geschlecht. Er erzählte mir, er hätte es vom Alteisen, vom Zaun einer Parkeinfriedung.

Auch Georg war gekommen. Er zeigte sich in den bekannten weißen Hausfrauenpantoletten und den braunen Strümpfen, einer kleinen gelblich-transparenten Gummihose, dazu wunderbar fürchterlich eine weite, leicht glänzende, dezent rosa Damenbluse. Sein rotglühendes Täschchen in Miniformat hing an einer goldenen Kette. Einsam saß er mitten im Raum, durch den Kopfstrumpf rauchend und Bier trinkend, und sah sich die Vorbeiziehenden an.

Dann kam es zu einer Performance. Eines meiner Fotomodelle wollte dem Publikum vorgeführt werden. Wie vereinbart würde ich den Mann mit Ketten an eine der Metallsäulen im Raum fesseln. Ich regte mich sehr auf, denn ich verstrickte mich dabei ins Aufeinandertreffen meiner Berufe. Wie sollte ich mich beim Fesseln benehmen? Ich mochte hier nicht als Domina auftreten. Das Letzte, was ich wollte, war, als »künstlernde Hure« eingestuft zu werden. Und ich machte mir große Sorgen, denn der Mann war sehr unerfahren und hatte sich vielleicht zu viel vorgenommen. Er hatte eine zugeklebte Schweißerbrille auf, die ihm die Sicht nahm und mir die Möglichkeit zum Augenkontakt, falls es ihm schlechtging. Ich öffnete den Reißverschluss seines silbrigen Bodys bis in den Schritt und streifte ihn etwas über die Schultern herab. Ich befestigte Brustklammern. Fast nackt, eingesponnen in einen selbstgebastelten Harnisch aus zierlichen Kettchen, stand er offensiv breitbeinig, zeigte seinen Schwanz, der, unfassbar potent, den halben Abend durchhielt, sogar Fäden tropfte. Die Vorführung entwickelte sich zum Höhepunkt mit vielen Zuschauern.

Die Kunstszene war nur in Form meiner Freunde und Bekannten auszumachen. Einige wenige andere Besucher wagten es, herumzulaufen und zu schauen. Der Galerist saß neben einem Kollegen, dem ich meine Fotos auch schon mal gezeigt hatte und der mir immerhin gewogen war. Sie unterhielten sich angeregt und wirkten auf dieser Veranstaltung wie zwei wohlwollende Väter. Ich konnte nicht anders, dauernd überlegte ich, welche Gesichter fehlten. Die wichtigen Leute hatten sich nicht blicken lassen. Und es gelang mir nicht, mich über die zu freuen, die da waren. Meine Kolleginnen vom Studio vermisste ich nicht. Keine interessierte sich für mein Künstlerdasein.

Da sah ich Georg zur Tür hinaus wischen. Als ich mich endlich aus meinem Gespräch loseisen konnte, war er schon verschwunden. Der Hof zwischen Vorder- und Hinterhaus, auch die Toreinfahrt zur Straße waren leer. Er konnte doch in seinem Aufzug nicht nach draußen gegangen sein! Im Treppenhaus war es still. Hier gab es nur Galerien, alle geschlossen, und Ateliers, in denen nachts keiner mehr war. Ich sah nach oben und rief seinen Namen. Da beugte Georg zwei Stockwerke höher sich über das Geländer. Aufgeregt erklomm ich die Stufen. Er stieg gerade in seine Hose. »Ich gehe heim«, sagte er schlicht. Er verstaute die Pantoletten in einer Tüte, zog Straßenschuhe an.

»Hat es dir denn gefallen?«

»Sehr gut!« Er warf sich die Jacke über und zog den Reißverschluss hoch, kämmte sich mit den Fingern durch das verstrubbelte Haar. Auf der Treppenstufe lag der Gesichtsstrumpf, den er aufhob und in die Jackentasche stopfte.

»Es ist alles so schwierig!«, sagte ich traurig.

»Finde ich nicht.« Georg sah auf und grinste das etwas verlegene Grinsen, das mir so gefiel. Das Licht ging aus. Wir standen ganz nah voreinander.

»Ich gehe jetzt.« Flüchtig umarmte er mich. Als ich die Umarmung erwidern wollte, küsste er mich schnell auf den Mund, drehte sich um, haute auf den Lichtschalter und rannte die Treppen hinunter, seine Tüte in der Hand.

Ich stand wie vom Blitz getroffen. Dann ging ich langsam und bedauernd, doch froh erglüht ins Parterre, zurück in den Trubel, der langsam abebbte.

Die Ausstellung hatte wegen der »Event«-Kosten nur ein Wochenende gedauert. Zustimmung fand ich bei denen, die ohnehin auf meiner Seite waren. Den Selbstdarstellern hatte es natürlich auch gefallen. Ansonsten war das Ereignis unbemerkt geblieben. Ich hätte zeitgleich mit anderen Galerien eröffnen sollen und ärgerte mich über die Prüderie der Kunstwelt. Erst später erkannte ich, dass ich den Bogen mit meiner Arbeit einfach überspannte. Es wäre darum gegangen, viel subtiler vorzugehen. Ich war zu sehr involviert und zeigte die Dinge so genau, wie es nicht mal die privaten Fernsehsender wissen wollten.

Mit Bibi wurde es im Studio immer schwieriger. »Ich habe ihr heute erzählen wollen«, wetterte ich Wellendorf gegenüber, »wie es auf meiner Eröffnung war. Und sie hat mich mit einem Wortschwall unterbrochen, als hätte ich gerade geschwiegen! Sie hat dauernd mit jemandem Streit wegen irgendeinem Mist und verkehrt jetzt mit ihren Nachbarn nur noch per Anwalt. Sie nimmt niemanden mehr wahr, außer sich selbst!«

»Und, hast du ihr das gesagt?«

»Ja! Ich hab' gesagt: ›He, ich erzähl' grade was!‹ Aber sie hat nur zerstreut eine Entschuldigung gemurmelt. Dann klingelte es. Sie schickt mich ja seit jeher zur Tür. inzwischen ärgert mich das: Ich bin der Laufbursche für sie. Und seit neuestem soll ich sogar aufmachen, wenn einer ihrer Gäste kommt. Sie fragt mit weinerlicher Stimme: ›Kannst du mal …?‹ Heute hat sie aber was verpasst. Es war ein Neuer, und ich hatte den Eindruck, ihm ist egal, wie die Frau aussieht, die ihn behandelt, also hab' ich ihn mir einfach genommen. Und der war hart drauf. Wieder so einer, der nichts sagt und viel erträgt. Solche machen mir immer mehr Spaß. Es war eine leise Geschichte. Da stürzte Bibi zur Tür herein, hat sich irgendein Teil geholt und ist wieder rausgerannt. Dabei hat sie die Tür offen gelassen, und wir konnten uns ihr Gezeter mit ihrem Gast draußen im Gang anhören! Das Schlimme ist, ich glaube, sie ist nicht mehr bei sich. Ich habe vor ihr wirklich keine Angst. Aber wenn sie auf mich losginge, wäre das zumindest furchtbar lästig!«

Erst in der alten Koalition gegen die Chefin fand ich mich wieder mit Bibi vereint. Regina hatte angekündigt, solange sie im Urlaub sei, sollten wir uns eine Neue ansehen. Das Argument, wir beide arbeiteten sehr viel und wüssten oft nicht, wie wir einander im Studio ausweichen sollten, hatte nichts geholfen. Regina verlangte, wir sollten der Neuen auf die Finger schauen, sie ein bisschen einarbeiten, eigentlich sei sie Profi. Wir waren uns sicher, die Neue würde sich festsetzen, wie von Regina geplant.

Tina war kaum zur Tür herein, da sagte ich schon, sie könne nach den vier Testwochen den Mittwoch nicht im Studio bleiben, es sei bereits für Bibi und mich zu eng. Ich sah sogar Bibi zucken, die mir das nicht zugetraut hatte. Ich kannte mich, ließe ich auch nur einen Moment lang Freundlichkeit aufkommen, und sei sie noch so oberflächlich, würde ich so eine Ansage nur noch mit einem verlegenen Lachen, ohne Nachdruck, vielleicht auch gar nicht mehr herausbringen. Gegen die neue Bedrohung durfte ich nur mit der größten Entschlossenheit vorgehen.

Erst danach sah ich mir Tina genauer an. Ich hatte nichts verkehrt gemacht. Die Frau war vermutlich nicht ganz ungeeignet für diesen Job, aber sie sah grob aus. Anscheinend war ihr Leben nicht ganz glatt verlaufen. Sie hatte eine gute, doch stämmige Figur und schulterlanges, lockiges dunkles Haar. Tina wehrte sich nicht gegen meinen Angriff, zeigte sich aber beleidigt und knallte einen Teller mit Obst auf den Tisch, der anscheinend als netter Einstand gedacht war. Bibi und ich nahmen nichts davon. Offensichtlich hatte Regina ihr etwas anderes versprochen.

»Es war ja nicht böse gemeint«, versuchte ich die Situation zu entschärfen, »aber wir beide arbeiten wirklich sehr viel.«

»Manchmal hatten wir schon vier Gäste gleichzeitig da!«, kicherte Bibi.

»Selbst wenn jede von drei Frauen nur einen Gast hätte«, ergänzte ich, »wir haben zwar drei Zimmer plus Gynzimmer, aber die passen nicht zu jeder Behandlung, und es gibt nur einen Empfang, das geht einfach nicht!«

Bibi stand mir zur Seite. »Du kannst doch Montag, Dienstag …«

»Ich kann nur mittwochs aus Oldenburg herfahren. Ich habe eine Tochter, um die muss ich mich kümmern«, erwiderte Tina wütend.

»Mittwochs geht nicht«, beharrte ich, obwohl ich die soziale Not ahnte, wenn Tina bereit war, wegen eines Tages so lange Wege zu machen. Doch ich wollte hart bleiben, auch wenn es mir schwerfiel. »Du bleibst maximal, bis Regina wieder aus dem Urlaub da ist.«

»Wir können dir gern die Spielsachen hier zeigen«, schlug Bibi versöhnlich vor. »Ich kann dich auch mal mit reinnehmen.«

»Ihr müsst mir nichts zeigen, ich bin Profi!«

Dabei hätte sie gut noch einigen Lehrstoff vertragen können, wie wir schon bald feststellten. Bei einer Gruppenerziehung mit zwei Gästen von uns sowie einem adretten Gummifetischisten im eigenen Kleidchen als ihrem Gast hatte sie ihn mehrfach »Du Sau!« angefahren, was die Geschichte überhaupt nicht erfordert hatte.

»Tina hat dem Furzschnüffler auf die Nase geschissen!«, berichtete ich Bibi, als sie ins Mädchenzimmer kam. »Sie hat es mir grade gebeichtet!« Wir fanden das besonders lustig, denn er war ein gelackter Kleinbürger vom Typ korrekter Buchhalter, mit gepflegtem winzigem Schnurrbärtchen. Oft war er bei mir, Bibi oder uns beiden gemeinsam gewesen und landete dann bei Tina, worüber wir nicht traurig waren. Er liebte das Riechen von Furzen, die leider nicht immer zur gewünschten Zeit zur Verfügung stehen. Zu Tina brachte er ein selbstgezimmertes Kästchen mit, in dem sein Kopf kaum Platz hatte. In dem engen Ding entging ihm jedenfalls nicht der leiseste Wind seiner Herrin, die ihm da über seiner Nase die Welt versperrte. Vielleicht war das heute seine Einweihung zum Kaviar, überlegte ich.

Eine Weile blieb Tina an anderen Tagen noch im Studio. Regina hatte mir beleidigt hingeworfen, sie sei ein »alter Hase«, sie halte große Stücke auf sie.

Für heute habe ich genug gehört, fand ich und legte während meiner Sprechstunde den Hörer neben das Telefon. Als ich ihn nach einer Weile wieder auflegte, klingelte es sofort. Georg! Er hatte noch nie zwischen den Terminen angerufen. Er war aufgeregt, weinte fast. »Wo haben Sie gesteckt?« Als wüsste er, dass ich nicht telefoniert hatte. »Ich bin schon viel zu lang draußen, um Sie anzurufen! Ich muss zurück zur Arbeit!« Er klang, als wäre er in höchster Not. Was hatte ich angerichtet! »Georg, reg dich nicht auf«, sagte ich beruhigend. »Ich bin jetzt da. Was ist denn passiert?«

»Ich muss Ihnen sagen, dass es mir nichts mehr bedeutet, zu Ihnen ins Studio zu kommen. Es ist mir alles nicht hässlich genug. Ich wollte Sie fragen, ob ich mich privat mit Ihnen treffen kann.«

Meine Antwort kam prompt und mit voller Härte, bevor ich in Versuchung geriet, mich anders zu entscheiden: »Du weißt, dass das nicht geht.«

»Ja.« Stille. Beide waren wir entsetzt. »Dann muss ich jetzt wieder zur Arbeit. Auf Wiedersehen.«

»Auf Wiedersehen«, antwortete ich und fing sofort an zu weinen, noch bevor ich richtig aufgelegt hatte. Ich weinte erschüttert. Wir würden uns nicht wiedersehen, das war mir klar. Georg hat tatsächlich nie wieder angerufen.

Ausdrücklich hatte Bibi sich gewünscht, ich solle mit reinkommen. Dann, als ich ihren Gast ansprach, fuhr sie mir mit ihrem Text dazwischen. Das war keine versehentliche Gleichzeitigkeit. Vor allem bezog sie sich nicht auf das, was ich begonnen hatte, so wie wir es doch immer gemacht hatten: Bisher hatte einmal die eine, dann die andere am gleichen Strang gezogen. Und wieder wollte ich etwas sagen, da schnitt sie mir das Wort ab. Ich stand im winzigen Gynzimmer ganz nah neben ihr und wusste nicht, wohin mit meiner Wut. Sollte ich mir denn die vierte oder fünfte Vorführung des Katheterlegens anschauen? Eine Heldentat, die mir nur bei den ersten beiden Malen heldenhaft erschienen war? Auch Bibi hatte Zauberfinger, trotz der langen überstehenden Nägel. Genüsslich begoss sie den nackten Schwanz mit der dunkelrotbraunen, scharf stinkenden Desinfektionssoße, als gebe sie einem sorgsam gebratenen Stück Fleisch den letzten geschmacklichen Schliff, drückte, ohne es zu berühren, das aseptische Rohr aus seiner Klarsichthülle und führte es dem Gast in den Schwanz ein.

Ich war beleidigt. Was sollte ich hier? Bibi bewundern? Es war wie damals bei Angelique, als meine Mitarbeit nicht wirklich gewollt war. Ohne ein Wort verließ ich das Kämmerchen. Später fragte Bibi nicht, was los gewesen war, und ich sage nicht, dass ich mich geärgert hatte.

Danach wurde der Laden voll. Ich hatte einen Gast, Bibi zwei gleichzeitig. Als wir einander auf dem Gang über den Weg liefen, fragte sie mich kühl und selbstverständlich, ob ich ihren Gast im Gummizimmer zwischendurch anschauen könnte, damit der sich nicht langweilte. Ich reagierte nicht. Früher wäre das normal gewesen, jetzt dachte ich nur: Habe ich nicht auch einen Gast?

Als wir wieder am Tisch beisammensaßen, kam etwas von Bibi, das ich unter den veränderten klimatischen Bedingungen als Spitze auffasste: »Der Typ eben war total süß! Er war so begeistert von meiner rasierten Möse. Er sagte, er findet es furchtbar, dass in Deutschland sich manche Frauen immer noch nicht die Möse rasieren!«

Natürlich meinte sie mich damit. Bibi sah erfreut auf ihr Handy, als hätte sie zu ihm gesprochen, legte es auf den Tisch, griff nach dem Lippenstift, zog den Wandspiegel zu sich heran, färbte sich nach. Ich grübelte und kochte. Sollte ich sagen: Ich finde rasierte Mösen kindlich, was stimmte, oder lieber kindisch? Was falsch wäre, aber gemeiner. Ich sagte nichts. Und Bibi fuhr fort: »Der Typ hat gesagt, ich hätte eine total sexy Telefonstimme! Er hat einfach zu mir kommen müssen!« Sie strich sich über die untadelig sitzende Frisur.

Wie bestellt, klingelte ihr Telefon. »Was kann ich für dich tun?«, sagte sie besonders guttural, besonders schwungvoll, mit kleinem erotischem Glucksen, in dem schon der Hauch eines gefährlichen Untertons mitschwang. Ich griff nach meiner Zeitung, um mich von ihrem Selbstgefälligkeitsrausch abzulenken.

»Aber das mit Juliane ist doch wohl nicht wahr! Ich sage dir, die fickt!« Das galt jetzt mir. Entnervt blickte ich von meiner Lektüre auf. Ich kannte den Wortlaut bereits, sie sei, um ein Seil zu holen, in Julianes Behandlung gegangen und habe sie auf ihrem Gast sitzen sehen. Bibi war neidisch auf Juliane, die keinem was zuleide tat, denn sie hatte eine atemberaubende Figur mit Wespentaille, war größer, hatte den schöneren Busen und einen Superhintern, wie Bibi formuliert hätte, wenn das für sie zu ertragen gewesen wäre. Dann ging es um Regina, die ihr Studio verlottern lasse. Die alten Kissen, der hässliche Gynstuhl, die Teppichböden seien unhygienisch, in München habe man Fußbodenheizung unter Fliesen, habe ein Gast erzählt.

Bibi, die große Lady, dachte ich, sollte eigentlich ein eigenes Studio haben. Bei ihrem Schaffensdrang wäre das die richtige Konsequenz.

Längst hatte ich die Fotos meiner vergangenen Ausstellung irgendwie verstaut. So ein Atelier wird schnell voll mit Arbeiten, die nicht funktioniert haben. Bald würde ich ein Lager brauchen. Ich überlegte, weshalb die Männerkörper so schwer zu vermitteln gewesen waren. Diesmal waren die Bilder zu hässlich. Und ich fing an, die Sache wieder von vorn zu überdenken. Fetischismus sollte das Thema sein. Ich hatte die Männer als Stellvertreter vor mir herlaufen lassen. Konnte ich mich stattdessen selbst zum Mittelpunkt machen? Ich hatte sofort den Gedanken, wenn ich Weiblichkeit ins Spiel brächte, würden die Zuschauer williger sein.

Nach einem Gegenstand brauchte ich nicht lang zu suchen: Meine vielen Schuhe und Stiefel, meine Studioschuhe, Hausschuhe, Gummistiefel, sie würde ich herzeigen. Die meisten lagen im Dunkel der Schränke, es waren einfach zu viele, und auf den schönen mit den hohen Absätzen konnte ich nicht laufen. Von ihnen wiederum die schönsten standen vor den Büchern im Bücherregal. Da hätte ich das Thema Fetisch auf nette, bekömmliche Weise.

Wir liehen eine Videokamera aus. Wellendorf machte nichts anderes, als sie an- und abzuschalten. Die Kamera stand auf dem Stativ und war nur auf meine Füße fixiert. Die Handlung bestand darin, dass ich mir ein Paar Schuhe nach dem anderen anzog, insgesamt vierundfünfzig Paar. Dazu sprach ich dann einen Text, in dem ich erklärte, woher die Schuhe waren, wie sie benutzt wurden oder warum gegebenenfalls unbenutzt blieben.

Bei der nächsten Bewerbung zum Stadtstipendium hatte ich während der Vorschau großen Publikumszuspruch. Frauen, Männer, sogar kleine Kinder schauten fasziniert meinen Film an. In der Jury saß der Galerist, der meine Arbeit mochte. Am letzten Tag der Vorschau zeigte er sich und ließ im Vorbeigehen in wahrer Papstmanier einen kleinen Segen über mich nieder. Ich bekam das Stipendium.

Ich hörte Absätze vor der Ateliertür klappern. Es war Sonntagabend, das war Wellendorfs Zeit. Gleich würde er klopfen und aufschließen. Für mich war es eine Unzeit, der Moment, in dem ich schon völlig überarbeitet war und wusste, ich würde leider gleich aufhören müssen. Ich hatte begonnen, einen Anzug aus mehreren Teilen in orangefarbenem Latex zu kleben, einen »Körperverbesserungsanzug«. So würde ich ihn nennen und das ganze schöne Stipendiumsjahr mit den monatlichen Zahlungen dafür drangeben. In den Anzug würde ich riesige Brustprothesen einbauen, einen monströs aufgepolsterten Hintern, eine dicke Möse und sogar die Waden unterfüttern. Barbie-Puppen hatten solch geschwollene Waden an ihren dünnen Beinen, war mir schon als Mädchen aufgefallen. Ich würde Handschuhe fabrizieren, mit angeklebten roten Nägeln, dazu eine Maske mit rotem Mund und Lidstrichen um die Augen. Davon wollte ich ein Video machen. Die schlanke Frau ohne frauliche Formen zieht sich eine Frauenhaut über. Das war meine Kunst. Was Wellendorf tat und nicht für Kunst hielt, darüber hatten wir schon viel debattiert, sah nicht viel anders aus.

Er hatte sein Kommen angekündigt, das hatte ich über dem Arbeiten vollkommen vergessen. Von der Gummilösung, die nach Chlor stank, war ich schon wieder ganz fahrig, und ich neigte zur Aggression. Das Fenster stand offen, die kalte Winterluft stürzte herein. Ich wollte noch nicht aufhören zu arbeiten. Die Zeit reichte nie, dachte ich, und da stand er in der Tür.

»Schnell noch die Naht fertig!«, rief ich, den Ton sofort auf maximalen Druck gebracht, was ich eigentlich hasste. Aber ich musste ihm klarmachen, dass ich etwas in den Händen hatte, das ich nicht einfach fallen lassen würde, auch wenn er möglichst ohne Aufschub gründlich inspiziert und in seiner heutigen Robe fotografiert werden wollte.

»Es stinkt aber ziemlich nach Kleber! Wirst du auch nicht krank davon?«

»Das Fenster ist ja schon offen!«

»Du erkältest dich!«

»Ich höre gleich auf.« Ich presste die frischgeklebte Naht aufeinander. Dann griff ich nach der Kamera und schaute mir Wellendorf an.

Er war die Puppe, die der männliche Blick sich wünscht: Die längsten schlanken Beine, die extremsten Körperkurven. Heute mit den karamellfarbenen Lackstiefeln hoch bis zum Schritt. Er trug einen extrem kurzen Rock aus fliederfarbenem plastikbeschichteten Gewebe und einen breiten braunen Gürtel. Ein grelllila T-Shirt aus Polyamid spannte über dem Busen, das dunkelrote Strickjäckchen obendrauf ließ sich nicht mehr zuknöpfen. Um den Hals lag ein glatter, silberner Reif mit einem Ring vorne dran. Wellendorf hatte den Plastikregenmantel mit den roten Rosen dabei, braune Lederhandschuhe und ein braunes Handtäschchen, das ich noch nie gesehen hatte. Er zeigte mir gewöhnlich nicht, was er kaufte, sondern legte es einfach in seinem Zimmer ab. Und irgendwann bekam ich es zu sehen.

Was zu der Puppe nicht passte, war der Männerschädel mit den bis auf einen Schimmer geschorenen Haaren. Er gefiel mir. Weiterhin war er mein schönes Wunder. Er machte mir vor, was machbar war. Bezüglich der Kunstfrage hatten wir entschieden, dass mein orangefarbener Anzug dazugehörte, den ich schließlich nicht fertigte, um mich daran aufzugeilen. Ihn dagegen machte es an, draußen so rumzulaufen, einkaufen zu gehen oder im Café bestaunt zu werden. Viel interessanter sei das, sagte er, als die SM-Partys, auf die wir schon längst nicht mehr gingen. Er weigerte sich, sich einen Kunstanspruch anhängen zu lassen.

Eigentlich hätte alles geklärt sein sollen, außerdem war ich eine renommierte Stipendiatin, doch ich hatte gerade einige psychologische Sachbücher gelesen und war auf Abwertendes gestoßen. Fetischismus, wenn er in der Kunst vorkäme, wurde da als schöne, leere Hülle beschrieben, die ihren wahren Gehalt verschleiere, der eigentlich hässlich sei. Hier kamen meine Ingredienzien vor, die Hülle, der Schön-Hässlich-Gegensatz. Dass ich mit diesen Komponenten in meiner Arbeit fröhlich spielen durfte und genau das eigentlich längst schon tat, sah ich damals noch nicht. Ich zog den falschen Schluss, ich sei oberflächlich, und fühlte mich minderwertig.

Die andere Frage war, ob Wellendorf am helllichten Nachmittag so auf die Straße gehen sollte. In meinen Büchern hatte ich erfahren, sich herzeigen zu wollen sei ein Zwang, eigentlich ein Akt der Aggression, keine lustvolle freie Entscheidung, keine Heldentat. Damit verlor ich den Anschluss an Wellendorfs kraftvolle Unbekümmertheit. Ich fühlte heftiges Mitleid mit denen, die er missbrauchte, da sie ihn auf der Straße anschauen mussten. Dabei war ich es selbst, die sich genierte.

Aber es gab auch handfestere Gründe, sich um Wellendorf draußen vor der Tür Sorgen zu machen. Ständig fürchtete ich, er könnte als ordnungsstörend aufgegriffen und eingeliefert werden. Oder er träfe auf junge Muslime, die ihn verprügelten, weil er für sie den Inbegriff der Blasphemie darstellte. Wir lebten jedoch in einem für seine Toleranz bekannten Stadtteil. Bisher war nichts Schlimmeres vorgekommen, als dass er von jungen Kerlen, Säufern und Junkies ein »Schwul oder was?« zu hören bekommen hatte. Wellendorf behauptete immer, er wisse sich zu wehren. Doch ich wusste, wie untrainiert er war. Er hasste jede Körperertüchtigung.

Ich ging nur sehr selten mit. Dabei hätte er gern gehabt, dass ich ihn als seine Domina begleite. Draußen zu sein war mir zu aufregend. Ich war feige. Dauernd würde ich wie ein Bodyguard versuchen, ihn zu sichern. Dabei wäre ich ein schlechter Beschützer, denn ich kann den Leuten nicht ins Gesicht schauen, um ihre Stimmungslage zu ermitteln. Ich will auf keinen Fall mit ansehen, wie jemand über ihn lacht, aggressiv wird, erschüttert ist oder auch nur abschätzig kühl bleibt. Welches Gesicht sollte ich dann machen, ein cooles, ein normales, ein dominantes? Lieber packte ich meine Kamera aus und fotografierte ihn von oben bis unten und wieder zurück, aus allen Perspektiven, nur für uns privat.

»Du musst dir Reginas Bild anschauen! Es ist der Hammer! Bitte geh zuerst hinter und schau es dir an!«, empfing mich Bibi. Schon wieder diese begeisterte Empörung, die stets wusste, wie man es besser zu machen hätte! Ich warf Tasche und Mantel von mir und folgte ihr ins Gummizimmer.

Das Bild hing so, dass einer, der im Gummibett lag, genau draufschauen musste: Domina Brigitte/Regina mit ihrer doch üppigen Figur saß eingepasst in ein hautenges, fast durchsichtiges, aus dünnstem pinkfarbenen Latex gefertigten, langen Kleid mit nur einem Schulterträger auf einem geflochtenen Sessel. Hinter ihr eine von Grau in trübe Rosatöne verlaufende, unscharf wabernde Farbigkeit, einer von Fotograf Winfrieds Hintergründen. »Die Teddys hat sie sich von einer Bekannten ausgeliehen, die sammelt die!«, eiferte Bibi.

Auf dem Knie des elegant übergeschlagenen Beins hatte Regina einen besonders großen Bären in einer hellblauen Plastiklatzhose abgesetzt, dessen Pfote sie hielt. Es gelang ihr ein Ausdruck zwischen liebevoller Strenge und amüsierter Nachsicht, während sie den Zeigefinger gegen ihn erhob. Zum ersten Mal sah man sie auf einem Reklamebild glaubhaft gelöst und heiter. Mit ihrem kunstvoll hochgesteckten Blondhaar wirkte sie wie eine liebliche, lustvolle Maggie Thatcher. Sie war schön, sah ich, als ich mir das Bild später noch einmal in Ruhe ansah.

»Auf dem anderen Bild in der Küche sind noch viel mehr Teddys! Und im neuen GUM wirbt sie damit!«, rief Bibi.

»Spinnt die?«, entrüstete ich mich. »Das sind Fotos für Babys! Sie hasst Babys! Was ist los mit ihr? Auf diese Reklame werden die hier Schlange stehen!«

Bibi grinste breit, sie hatte es doch schon immer gewusst! Dann prustete sie los vor Lachen und musste sich krümmen, so sehr amüsierte sie Reginas unbegreifliche Selbstdarstellung.

Das Werbebild sah doch etwas härter aus. Regina trug schwarze lange Lackschnürstiefel zum scharlachroten Korsett. Einen Fuß hatte sie der Länge nach, vorerst ohne Nachdruck, auf dem kleinen Bauch eines fransigen braunen Teddys postiert. Sie schaute unbewegt auf ihn hinab, während der spitze Absatz den Kehlkopf des Opfers kitzelte. An der Körperhaltung gab es nichts zu mäkeln – sexy und elegant.

»Ich finde, wir müssen auch dringend neue Bilder machen lassen. Und wir müssen unbedingt ins Internet«, meinte Bibi. Sie sagte das schon seit einer Weile. Dabei hatte ich öfter mal ein neues Bild mit Wellendorf gemacht. Die besten kamen aus einer Serie, die wir unter Aufbietung von Nerven im Freien, an einer der Flussbrücken zustande gebracht hatten. Ich stand dort auf einer breiten Treppe aus schwarz verwittertem Gestein vor einer geheimnisvollen kleinen Tür im Brückenkopf, die mit Graffiti besprüht war. Aus dem Studio hatte ich mir einen großen Dildo zum Umschnallen geliehen und musste meinen Gummimantel immer wieder schnell schließen, wenn Spaziergänger vorbeikamen. Bibi war diejenige mit den ewigen zwei Bildern, die sehr gut gewirkt hatten, die aber alle längst kennen mussten. Das eine zeigte den Kopf eines Liegenden in Ledermaske mit Trichter auf dem Mund zwischen ihren schnürgestiefelten Beinen vom Knie abwärts. Das andere war ein Portraitbild, auf dem sie den Betrachter unmittelbar fixierte. Die Kombination aus einem Fetischbild mit einem Portrait hatte ich mir von ihr abgeschaut. Sie war sehr wirkungsvoll.

Ich erklärte Wellendorf, was ich von Reginas Fotounternehmen hielt. »Sie hat ihren Sehnsüchten nachgegeben! Endlich treibt sie ihre Putzigkeit auf die Spitze! Sie will nicht mehr die Harte sein! Sie hat die Nase voll davon, geile Männerphantasien zu bedienen!« Ich war von meiner Analyse hingerissen. »Sie muss total mit ihrem Coup einverstanden sein, sonst hätte sie die Bilder nicht alle aufgehängt. Und ich sehe den Racheakt, die weibliche Bosheit! Sie reduziert ihre Gäste auf dumme Teddys!«

Eine Woche darauf hatte der Riesenbär es bis ins Studio geschafft. Er saß auf einem Stuhl im Gang. Dora ließ ihn und die Bilder immer im Schrank verschwinden, bevor sie arbeitete, erzählte mir Bibi, ein Einsatz, der eigentlich vernünftig war, wogegen Bibi und ich bald nicht mehr auf die Bilder achteten. Unsere Gäste beklagten sich auch nicht.

Die Qualität von ihren Reklamebildern, einer Art installiertem Markenzeichen, würde schwer noch mal zu erreichen sein, ahnte Bibi. Denn während sie mich seit Wochen quälte, ich solle am besten morgen neue Fotos machen lassen, schob sie ihren Fototermin immer weiter hinaus. Die Fotografin, die Bibis erstes Portrait gemacht hatte, war verschwunden. Es fand sich niemand, der ihr gleichkam. Dann hing alles von einer Visagistin ab. Endlich hatte Bibi eine gefunden, von der sie schwärmte. Die Visagistin wurde immer mit dem gleichen lustvoll stimmhaften G ausgesprochen. »Die Visagistin, die ich jetzt kenne, ist wirklich gut.«

Ich vibrierte vor Wut über die dämliche Berufsbezeichnung, die für Bibi so einen unwiderstehlichen Klang und Zauber hatte. Zickigkeiten hüpften mir aus dem Mund wie kleine Frösche am Überlauf des Zurückgehaltenen, worüber ich erschrak. So etwas gehörte nun gar nicht in mein Selbstbild. Als Bibi die neuen Läufer für das Männerbad mit Fußsohlen drauf süß fand, hörte ich mich antworten: »Das ist doch prollig!« Bibis erstaunt verletzter Blick gefiel mir sogar.

Daraufhin versuchte sie, mir direkt am Zeug zu flicken. Sie grub den alten Vorwurf aus, dass ich zu lang für zu wenig Geld arbeiten würde. Damit traf sie mich richtig. Es ging dabei nicht um Hurenkonkurrenz, sie wollte mir einfach nur sagen, ich sei dumm, nicht mehr Geld zu nehmen. »Das musst ausgerechnet du sagen, die dauernd jemanden für einen Minipreis endlos beackert! Letzte Woche erst warst du den ganzen Nachmittag an dem einen dran, der nichts bezahlen konnte!«, platzte es aus mir heraus.

»Wenn ich das mache, mache ich es mit Leuten, die mir gefallen, du machst es mit allen!« Womit sie leider recht hatte. Sogar mit dem Vollidioten Hans-Peter war ich großzügig gewesen, der mich mit der Unverschämtheit hinhielt, ich schaffte es ja nicht, ihn zum Orgasmus zu bringen.

Dann tauchte der Junge auf. Erst sah alles wie das altbekannte Muster aus. Er habe sich in ihr Bild verliebt, habe ihre erotische Telefonstimme gehört, sei wie verhext gewesen, sei extra aus Thüringen angereist, berichtete Bibi. Er durfte gleich mit ins Mädchenzimmer, wo er anfing, Bibis Putzsklaven zu verdrängen, den Armen, der schon immer sehnsuchtsvoll geschaut hatte, wenn Bibi nur ihren Hund in die Arme schloss.

Der Thüringer war ein sehr junger süßer Milchbubi, lang und schlaksig. Nett und rührend unsicher hatte er mich begrüßt. Bibi fand zu alter Leidenschaftlichkeit zurück, die echt war, die man ihr abnehmen konnte. Ich stufte ihn als eine Art Groupie ein, denn er war schon bei einer Domina in München Sklave gewesen und versuchte sofort, sich auch mir anzudienen, als ich allein mit ihm im Zimmer war. Ich lehnte ab. Das Kerlchen hatte wohl noch gar nicht kapiert, dass es auserkoren war und fortan nur noch einer gehören sollte. Ich wollte Bibis neues Glück nicht hintertreiben. Sie hatte es verdient, dass endlich einmal etwas mit einem Mann klappte. Bibi hatte an dem Jungen ihr Lieblingsszenario entwickeln können: Hier war wieder mal ein Unerweckter mit ihrem Initiationsritual einzuweihen. Sie setzte alles daran, einen, der das sicher nicht wollte, dazu zu bewegen, dass er ihre Pisse trank.

An ihm probierte sie auch ihr neues Spielzeug aus, eine Apparatur zur ferngesteuerten Stromerziehung. Sie war entzückt über das Wunderwerk der Technik und die Möglichkeiten des hinterhältigen, feinabgestuften Erziehungsmittels, das sie da entdeckt hatte. Strom war mir selbst mit Reginas altem Stromgerät einerseits zu virtuell, andererseits zu nah an der Folter und nicht mehr geheuer, seit mir der eine oder andere vor Schmerz gesprungen war, obwohl ich immer auf der niedrigsten Stufe begonnen hatte. Außer mit Max, der sich weiter allmonatlich damit versorgen ließ. Ich musste mir weiter Bibis Tiraden anhören, die dann im Ärger wegen der fehlerhaften Funktion des Gerätes und dem Krach mit dem Lieferanten endeten. Für eine Frischverliebte war sie denkbar schlecht gelaunt.

Bibis Junge war Versicherungsvertreter. Sie hatte ihn auf eine Schulung, eine Einpeitscherveranstaltung, begleitet und war dort als die Frau an seiner Seite auf der Bühne vorgestellt worden. Und als solche verschwand sie schließlich eines Tages mit ihm in das Studio nach München, in dem er schon bei der Chefin als Sklave gedient hatte. Ich war Bibi los!

Einmal rief sie mich noch an. Es war unfassbar, aber sie entschuldigte sich tatsächlich für ihre Gereiztheit der letzten Zeit.

»Ich bin schwanger gewesen!«, erklärte sie mir. »Mir ist es so schlecht gegangen! Ich habe gekotzt. Ich habe nicht kapiert, was los ist!« Sie habe abgetrieben, obwohl ihr Freund und sie sich so sehr lieben. Sie wolle kein Kind. »Ich habe das Gleiche erlebt«, sagte ich. »Am Anfang mit Wellendorf. Trotz unserer Liebe haben wir das Kind nicht gewollt.« Noch einmal empfanden wir schönstes Einvernehmen. Frauen von unserem Schlag haben keine Kinder, dachte ich noch. Tina war da eine Ausnahme gewesen.

Dann überflutete Bibi mich wieder mit den gewohnten Angebereien. Das Studio in München sei wirklich toll. Sie hätten neueste Spielsachen, eine Fußbodenheizung, ein voll eingerichtetes Klinikum, und außerdem zahlten die Gäste viel mehr. Allerdings, dachte ich, gibt es dort laut Werbung, die nicht mehr im gewohnt finsteren Rot-Schwarz daherkommt, sondern licht und hell ist, auch grandios gestylte Frauen. Es sah aus, als existierte da eine neue Generation von Dominas: Alle schienen mit sexy Figuren gesegnet und bedienten phantasievoll die unterschiedlichen Kategorien dominanter Frauen. Es gab davon viele, und Bibi war nur eine unter ihnen.

»Regina ist am Telefon!« Wellendorf reichte mir den Apparat. Was kommt denn jetzt?, fragte ich mich alarmiert. Regina rief mich sonst nie an.

»Du, ich wollte dir nur sagen, ich habe die Türschlösser getauscht«, sagte sie schlicht. »Ich bin am Mittwoch aber rechtzeitig da und mache auf!« Regina blieb kühl dabei, wie neuerdings immer. Wozu neue Schlösser?, dachte ich. Was war vorgefallen, das so eine Maßnahme rechtfertigte? Ich fürchtete neue Komplikationen.

Als ich am folgenden Mittwoch ins Studio wollte, musste ich klingeln. Ich rechnete fest damit, einen neuen Satz Schlüssel zu bekommen. Regina wartete im Mädchenzimmer auf mich, nicht im weißen Kittel, sondern zu meiner Erleichterung in Jeans und Pullover. Ich hatte sie lange nicht gesehen. Sie hatte einen Spitzbauch bekommen. Ich nahm mir vor, diese enorme Biege nach vorn für Wellendorf am Abend zu zeichnen. Es war nur der Bauch, sonst war Regina nicht dick. So würde ich auch aussehen, fürchtete ich, wenn ich mich beim Essen nicht kontrollierte.

Wir lächelten uns höflich an. Ich rang mir ein »Na, wie geht's?« ab, stellte meine Tasche ab und fing an auszupacken.

»Gerade hat sich eine Neue bei mir vorgestellt«, teilte mir Regina trocken mit. Ich erschrak und sah auf. »Sie ist noch sehr jung, fünfundzwanzig erst, heißt Wanda und nennt sich Clarissa. Sie ist eine ganz Tolle! Groß, dunkelhaarig, sieht ziemlich herb aus. Mal sehen, ob du mit ihr kannst.«

Das ging ja erschütternd schnell. Ich hatte gehofft, noch ein bisschen allein im Studio bleiben zu können. Leise seufzte ich und bemühte mich, ein freundliches Gesicht zu machen. Bisher hatte ich die Frauen, die Regina toll fand, nicht gemocht. »Gut, dass Bibi weg ist!« Es war ungewohnt für mich, etwas gegen Bibi zu sagen. Und Regina staunte. Sie habe gedacht, wir wären ein Herz und eine Seele gewesen?

»Bibi ist schon lang nicht mehr auszuhalten gewesen.«

»Mensch, hättest du doch mal was gesagt! Mir war sie doch auch zuwider!«

Eine komische Einigkeit kam zwischen uns auf: Wir schimpften über Bibis Dummheit. Mir war nicht ganz wohl dabei, aber es musste sein, zu viel Ärger hatte sich aufgestaut.

»Toll ist natürlich, dass wir jetzt Bibis Gäste übernehmen.« Erfreut wippte Regina auf den Zehenspitzen. Daran hatte ich gar nicht gedacht. Bibis Gäste waren hart erzogene, aber anspruchsvolle Typen. Wer hätte denen was zu bieten? »Juliane freut sich schon drauf, die kann gut ein paar davon brauchen!«

Ich begann mich zu schminken, puderte die Lippen ab und trug das Rot auf, das ich mit dem Konturenstift akribisch nacharbeitete. Regina schaute zu, was mich ganz nervös machte. Ich ärgerte mich, dass ich das nicht schneller konnte.

»So …, ich geh' dann jetzt …« Regina zog ihren Mantel über. Ich atmete erleichtert auf. »Ach ja, das mit dem Schlüssel muss ich dir noch erklären!« Sie zeigte mir eine schwere Kette, wie sie im Studio Verwendung fand, etwa einen Meter lang, in einer Schlaufe zusammengeführt, an der ein Schlüsselbund hing. »Damit keine von euch aus Versehen die Schlüssel mitnimmt!« Sie kicherte. »Es gibt nämlich nur noch diese. Die Letzte, die abends nach Hause geht, wirft den Schlüssel durch den Briefkastenschlitz. Ich werde jeden Tag da sein, um die Tür aufzumachen.« Sie sagte es so, als wäre das vollkommen normal.

Ich war bestürzt. Wozu um Gottes willen sollte das gut sein? Weshalb bekam ich keinen Schlüssel mehr? Arbeitete ich nicht seit Jahren vertrauenswürdig in ihrem Geschäft? Meine Beißhemmungen halfen Regina zur Tür hinaus. Ich stellte ihr keine dieser Fragen. Als sie weg war, betrachtete ich angewidert das Kettenmonster auf dem Tisch.

Später gab ich mir die Antworten auf meine Fragen selber. Regina war die Doppelmacht Bibi/Alexis losgeworden. Sie musste längst per Videoüberwachung festgestellt haben, dass Bibi und ich endlose Programme machten und, davon war sie sicher fest überzeugt, dass wir eine beträchtliche Menge Geld abzweigten. Schon lange hatten wir sorglos die Kassette nicht mehr mit nach Hause genommen. Sie musste sich schwarz geärgert haben. Und jetzt nahm Regina sich ihr Studio zurück! Die Einzige, der sie vertraute, war Dora, denn sie bekam die Schlüssel.

Wieder hatte ich den ganzen Tag gearbeitet, überall auf dem Boden und auf dem Arbeitstisch lagen Schaumstoffschnipsel und hafteten statisch aufgeladen auch an mir. Lästiger Dreck. Für meine aktuelle Arbeit schnitt ich High-Heels, Fetischschuhe aus Schaumgummi. Sie sollten von der gnadenlosen Härte richtig hoher Schuhe handeln, die ich in einem Film vorführen würde, sogar Krücken kämen zum Einsatz. Und von der Sehnsucht, solche Schuhe mögen weich sein, am besten aus Schaumstoff.

Wie immer war ich müde, was ich mehr wusste, als dass ich es bereits spürte. Und wie gewohnt stand Wellendorf in der Tür meines Ateliers, um bestaunt zu werden, und wartete auf die Genehmigung, so nach draußen gehen zu dürfen. Experimentalausgehen, nannte er es beschönigend. Er rasselte mit seinen Ketten, drehte sich artig, damit ich ihn rundherum betrachten konnte, und begann den Gürtel zu lösen, der seinen Mantel zusammenhielt. Mir wurde heiß. Ich würde nicht so tun können, als machte mir das nichts aus. Ich musste sagen, dass er so nicht auf die Straße gehen konnte, auch wenn ich ihm damit die ganze Lust verdarb. Ich steckte in einem bösen Widerspruch zwischen dem, was ich ihm gönnte, und dem, was ich für richtig hielt. War ich etwa auch nicht besser als eine dieser Ehefrauen, die irgendwann ihren Mann nicht mehr ertrugen und dann einen hysterischen Anfall bekamen? Ich war doch Domina! Eine, die sich immer über möglichst ausgefallene Karrieren ihrer Kundschaft freute!

Wellendorf federte in den Knien und murmelte etwas von »geil«. Er hatte nicht gesehen, was ihm sonst nie entging, dass mir nicht wohl war. Er sah glücklich aus. Er war aufgeregt. Weit öffnete er die Flügel seines fleischrosa Regenmantels, zeigte seinen Atombusen und den unfassbar dicken Windelhintern, schlüpfte aus dem Mantel und ließ ihn zu Boden fallen. Und genau so gefiel er mir doch!

Er hatte das feuerrote Kleidchen aus Lackfolie mit Puffärmeln an, darüber eine kleine Servierschürze aus schwarzer Folie mit Rüschen. Neuerdings besaß er diese Kleider in vielen Farben. Ein Halskorsett aus Leder und darüber ein Metallhalsband zwangen ihn zu einer aufrechten steifen Haltung. Daran hing ein Büschel Ketten, verbunden mit einem breiten Lackgürtel mit dem dafür vorgesehenen Ring auf der Mitte. Eine der Ketten lief zwischen den Beinen durch und war mit Schlössern hinten am Gürtel befestigt. Weitere Schlösser hingen im Schritt, auf der Brust und obendrauf noch die Kettenhundeleine. Der Rock des Kleides war so kurz, dass alles gut zu sehen war: eine enorme Klarsichtwindelhose, gefüllt mit eklig hellgrünen Stoffwindeln in mehreren Lagen. An den Füßen hatte er fette weiße Gummistiefel. Die leuchtorangefarbenen Gummihandschuhe lagen auf dem Boden bereit. Er würde sie überziehen, wenn er den Mantel wieder anhatte. Daneben stand eine seiner Handtaschen in Hellrosa.

»Du siehst aus wie ein Kinderspielzeug! Wie ein Entchen, mit deinem riesigen Hintern! Das ist ein Witz! Die Leute werden dich auslachen!«, sagte ich endlich.

Wellendorf war nicht aus der Ruhe zu bringen. Gut, ich hatte ihn nicht beleidigt, aber er war auch enervierend stur. »Das will ich doch. Ich will scheiße aussehen! Und die lachen nicht. Sie sehen die Ketten und das Halsband, also ist sofort klar, was gemeint ist. Sobald es einzuordnen ist, regen sie sich nicht mehr auf.«

»Ein Tanzbär wäre normaler auf der Straße!«, rief ich verzweifelt. »Genau das ist es, du machst für die den Tanzbären. Wenn du wenigstens im Café deinen Mantel anbehalten würdest.«

»Bisher hat sich niemand aufgeregt. Sie tun sogar so, als wollten sie sich von den Prospekten und Veranstaltungshinweisen was nehmen, die da liegen, damit sie in meine Nähe kommen und mich besser sehen.«

»Erinnerst du dich an den Schauspieler neulich?«, versuchte ich es von neuem. Ein Typ mit Cowboyattitüde, der in Fernsehfilmen auftrat, war Wellendorf entgegengekommen und hatte ihn männlich empört angebellt: »Hast du jetzt einen hoch?«

Wellendorf hatte das längst verschmerzt. »Ach der Arsch, das fällt doch auf den zurück! Ich habe das Telefon dabei. Ich rufe an, sobald ich da bin.«

Wenn mir einer begegnete, überlegte ich, der so aussähe wie Wellendorf jetzt, wie es für mich das Geilste, aber auch das Beschämendste war, ich wäre erschüttert. Es war mein eigener Sex, den er da schamlos durch die Gegend trug.

»Weißt du, es ist wie mit einem Normalsexler, der nur in prekären Situationen kann, im Aufzug oder im Gebüsch neben der Straße. Und die Frau, die ihn liebt, kann nur im Bett«, warf ich ihm als letzten Erklärungsversuch hin.

»Ich verlange ja gar nicht, dass du mitkommst, obwohl ich es mir wünschen würde!« Wellendorf sah mich geradeheraus an.

»Es hilft nichts, wenn ich zu Hause zu bleibe! Es ist, als ob ich dabei wäre! Das sind meine Kinderhosen und mein dicker Hintern, mit dem du rumläufst!«

»Das heißt, ich muss dableiben!«, hatte er jetzt endlich resigniert verstanden.

Sofort war mir klar, das wollte ich auch nicht. »Nein! Geh! Geh! Ich kann dir das nicht verbieten! Bei allem, was meine Überzeugung ist! Auch wenn ich vor Angst und Scham …« Ich war mir böse. Ich hatte ihm sein Erlebnis durchkreuzt. An seiner Stelle wäre ich jetzt untröstlich wütend und enttäuscht.

Doch Wellendorf blieb ganz ruhig. »Wir sind verheiratet. Ich kann froh sein, dass ich überhaupt so weit gehen durfte bisher. Ich darf dich nicht überfordern. Wenn du das hier nicht mehr erträgst, muss ich mich eben einschränken.«

So viel Liebe und Großmut konnte ich nicht einfach annehmen. Der Abend würde schwierig werden, wusste ich. Es war unsere typische Streitlage. Beide wollten wir einander Gutes tun, es einander geradezu aufdrängen, einer begieriger als der andere, seinen Verzicht zu leisten. Die Frage war dann, wer gewann und wer verlor, indem er den Verzicht des anderen annahm.

Beim nächsten Mal ließ ich Wellendorf gehen, wie es ihm gefiel. Er berichtete, im Café seien sie begeistert von ihm gewesen. Ich war erleichtert und gewöhnte mich nach und nach an seine Eskapaden.

Als ich aus dem U-Bahnhof kam, regnete es stark. Ich hielt meine Hand als Schutzdach über die Augen, damit mir die sorgfältig gemalte Arbeitslarve nicht verlief. Der Schirm hakte. Doch zum Studio musste ich nur die vierspurige, stark frequentierte Straße passieren. Den Fußgängerüberweg verschmähte ich. Wenn sich die Autos wegen der roten Ampel gestaut hatten, konnte man schräg über die Straße laufen.

Ich beobachtete, wie ich immer öfter alltägliche Besorgungen besonders effizient zu erledigen suchte. Wenn etwas dann zur besten Methode geworden war, konnte ich flüssig und ohne weiteres Nachdenken handeln. Daran maß ich die Tagesform meines Geschicks. Ich wunderte mich, wie pingelig ich geworden war! Die zunehmende Neigung zur Selbstdisziplinierung kam bestimmt vom Studio.

Kurz vor der Haustür begegnete ich der neuen Putzfrau, die mich eilig grüßte. Die Tür war ins Schloss gefallen. Ich drückte auf der Klingel das Klingelzeichen aller im Studio Beschäftigten. Nichts tat sich. Ich drückte noch mal. Wieder nichts. Ich wurde wütend. Da trieb ich mich zu immer mehr Effizienz und musste mich von Reginas paranoiden Arbeitsbehinderungen hemmen lassen! Ich hatte keinen Schlüssel mehr! Dabei würde gleich ein Gast kommen, ich musste mich noch in meine Ledermontur werfen und die Lippen schminken! Ich läutete noch mehrmals. Regina war offensichtlich nicht auf ihrem Posten.

Da lief Josef beinah an mir vorbei. Die Tropfen rannen ihm über das runde Gesicht. Er kämpfte sichtlich mit Hemmungen, hier auf der Straße seine Domina zu erkennen. Als wohlerzogener Mensch gelang ihm ein kleines Nicken. Ich erwiderte seinen Gruß sofort, um ihm zu zeigen, dass es mir nicht peinlich war, ihn vor der Haustür zu treffen. Josef schaute etwas gequält. »Ich bin zu früh dran, soll ich noch woanders hingehen?« Ich verneinte und spannte für uns den Schirm auf. Vielleicht war die Klingel kaputt.

»Regina!«, rief ich, so laut ich konnte, und verletzte mit Genuss ihr Bedürfnis nach Diskretion. Laut schimpfte ich über ihr Missmanagement und nahm auch keine Rücksicht auf Josef, dem dieses Aufsehen nicht recht sein konnte. Als ich ohne Hoffnung erneut auf die Klingel drückte, summte der Öffner.

Juliane öffnete mir die Studiotür. Fast nackt stand sie in ihrer ganzen beeindruckenden, aufreizenden Schönheit im Türspalt. Sie erschrak über Josef, der erst jetzt um die Ecke kam. Ich sagte ihr, er sei mein Gast. »Mann, das tut mir leid! Ich war schon in meinem Programm. Ich dachte, die Putzfrau ist noch da.« Später präzisierte sie auf ihre typisch drastische Art: »Ich habe mit zwei Fäusten im Arsch gesteckt!« Der Gast habe sich nicht auf einen anderen Tag verschieben lassen, deshalb sei sie heute da. Ich war ihr nicht böse, sie konnte nichts dafür. Eilig verwandelte ich mich in die strenge Herrin und blieb im Zeitplan.

Nackt bis auf die weite, schwarze, oberschenkellange Pumphose aus Latex robbte sich der große und dicke Josef bäuchlings auf der gut gepolsterten Couch zurecht. Er lag da wie ein gestrandeter Wal, und doch musste er erst noch so bewegungsunfähig wie möglich gemacht werden, vorzugsweise in einer unangenehmen Stellung. Ich mühte mich, Josefs Hände im Rücken vereint in den ledernen Fesselhandschuh zu quälen. »Die Handflächen zusammen! Wie beim Beten! Nicht evangelisch! Spitz, wie Katholiken beten!«, kommandierte ich. Das Leder reichte bis zu den Achseln hinauf und musste wie ein Stiefel zugeschnürt werden. Der Umfang reichte für die mächtigen Oberarme kaum aus, die Halteriemen waren fast zu kurz, um sie nach hinten zu legen, über dem Rücken zu kreuzen und festzuschnallen. Ich zerrte, schnürte und schloss. Ihn stehend zu fesseln, wäre sehr viel einfacher gewesen. Aber ein Gefesselter kann sich nicht mehr hinlegen, ohne der Länge nach aufzuschlagen.

Josef wollte, dass ich die Fußfesseln mit dem D-Ring am unteren Ende des Lederfutterals, in dem die Fingerspitzen steckten, verkopple. Sein Körper würde ein Dreieck beschreiben, bei angewinkelten Unterschenkeln, denn ich hakte den Karabiner, der Hände und Füße verband, an das Seil der Winde. Ich kurbelte. Er feuerte mich an, ihn immer noch höher zu ziehen. Allein das Gewicht seiner Arme und Beine war beträchtlich. Ich fühlte mich wie ein schwer arbeitendes Zwerglein am Riesen Gulliver.

Danach kitzelte ich Josef, wie er es wünschte, eine Viertelstunde lang von Kopf bis Fuß. Keine der dafür empfänglichen Stellen seines Körpers wurde ausgelassen. Ich zwickte ihn mit großen, zupackenden Griffen auf den Oberschenkeln und in der Hüfte, wo er besonders reizbar war. Er geriet in ein gleichmäßig vibrierendes Zittern am ganzen Leib. Stöhnend, nach Luft japsend warf er mir vor, ich sei gemein. Ich gab ihm die obligate Antwort: »Ich bin nicht gemein! Ich bin gut zu dir! Ich behandle dich genau so, wie du es verdient hast!« Josef zuckte zwar und zerrte an den Fesseln, war angesichts der Tortur aber doch erstaunlich diszipliniert. Weder quietschte und kreischte er, noch flehte er ernstlich um Gnade. Dann band ich ihn los.

Er durfte sich nun in die angenehmere Rückenlage begeben. Ich musste ihn noch mal mittels der hilfreichen Ösen rund um die Liege fest auf das Möbel binden. Über den Kopf zog ich ihm ein Geschirr aus Metall und Leder und verknüpfte es am oberen Ende der Liege. Zu guter Letzt fragte ich Juliane, ob sie mir »für dreißig« kurz mit helfen würde. Sie kitzelte Josef an den Füßen, während ich mich voll auf seinen winzigen Schwanz konzentrieren konnte. Juliane fragte nach dem Vibrator. Ich schüttelte den Kopf. Ich wusste, dass Josef es ohne dieses Gerät für schwierige Fälle schaffen würde. Da es unmöglich war, ihm ein Kondom überzuziehen, spritzte er leider in die Hose. Ich werde sie besonders sorgfältig waschen müssen, dachte ich.

Bei der Verabschiedung vergaß Josef genauso wie ich die Bezahlung. Dann gibt er mir das Geld eben beim nächsten Mal wieder, versuchte ich mich zu beruhigen, schließlich kommt er ja regelmäßig. Sicher hatte er es nicht mit Absicht getan. Körperlich anstrengend mochte es sein mit ihm, aber er war gut zu handhaben. Er wusste, was er wollte, und konnte annehmen, was ich ihm gab. Josef habe erst Pech gehabt, hatte er mir erzählt, und wäre an Frauen geraten, die ihn nicht ernsthaft festbinden wollten oder nicht wussten, wie das ging. Ich kannte solche Klagen. In Reginas Studio war es leicht, ihm mehr zu bieten, als er sich bisher hatte vorstellen können.

Etwas störte mich an Josef. Er war ein Hurennutzer alten Schlages. Wenn ich mit ihm außerhalb der Behandlung redete, spürte ich seine Reserviertheit der Frau gegenüber, die er dafür bezahlte, dass sie mit ihm Dinge tat, die er für abartig hielt. Auch verzieh er sich nicht, Geld auszuge-

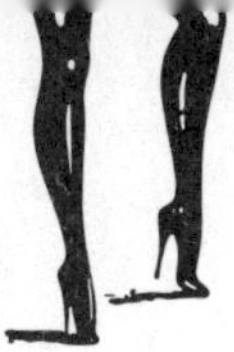

ben, das er gern seiner Familie gegeben hätte. Er wirkte oft traurig. Selbst wenn er wohlerzogen, aber ungeschickt das Gespräch über seinen Alltag suchte, würde er nie mit mir warm werden. Letzten Endes war ich für ihn keine anständige Frau, kein ganz vollwertiges Mitglied im menschlichen Umgang. Hätten die Gäste alle diese Einstellung, würde ich die Arbeit nicht machen wollen.

»Regina sitzt wieder mal als Kontrollinstanz dabei. Sie hat Angst, ich würde ihr diese Wanda sonst gleich wieder wegekeln.« Ich war laut auf dem Heimweg von der U-Bahn wegen der neuen Zumutung. »Sie spricht in Kindchensprache mit Regina, und die antwortet, als wäre sie ihre Mutti!« Wellendorf schüttelte den Kopf. War die eine Heimsuchung aus dem Studio verschwunden, kam die nächste.

»Sie sieht wirklich nicht schlecht aus, allerdings sehr herb, ein großes, viriles, protestantisches Mädchen.«

Nachdem Regina gegangen war, hatte Wanda sich beim Umziehen verschämt in der Ecke hinter ihrer Schranktür verborgen und sich danach in mehreren Schichten von fest verschlossenem, unspektakulären Jersey und Leder präsentiert.

»Sie schminkt sich nicht mal. Auf der Straße wäre sie so nicht weiter aufgefallen. Und dann sagte sie, sie wolle Sekt- und Kaviarprogramme machen, dabei zieht sie sich nicht mal vor mir aus! Kaviar zu geben ist das Intimste, deswegen lehne ich das ab.« Wellendorf lachte. »Sie hat große Pläne: Mit ihrer Freundin möchte sie einen Escortservice anbieten. Erlebnisgastronomie! Sie wollen Abendmenüs selber kochen, anschließend mit den Gästen Entführung spielen. Kannst du dir die Domina vorstellen, die nach Entenbratendunst riecht und mit ihren Fettfingern den vollgefressenen Gast abtastet?« Wir lachten jetzt beide. »Sie schwärmt schon von den Unsummen, die sich damit verdienen lassen. Und auch sie glaubt, Gäste von Bibi machen zu können. Ein Witz!«

Wanda nannte Bibi am nächsten Mittwoch brutal »Pissi«, die nur Gäste gehabt habe, die nichts zahlten. »Die behaupten, sie wären für das bisschen Geld den ganzen Nachmittag da gewesen!«

Ich erklärte, dass Bibi keinen nach Hause geschickt habe, auch wenn schon jemand da war. Sie habe sogar drei gleichzeitig behandelt, von denen zwei dann in irgendeiner toten Ecke gefesselt warten mussten. Da sei schon mal einer auf einen ganzen Nachmittag gekommen. »Wartezeit kostet ja nichts!«, sagte ich.

»Regina sagt, Pissi hat das Studio in Misskredit gebracht, das sei schon überall bekannt mit den niedrigen Preisen. Juliane hat auch gesagt, es kämen nur billige Gurken. Pissi hat für lau gearbeitet, sie hatte gar keine ordentlichen Gäste!«

Wanda wurde mir richtig ekelhaft. Ich hatte gewusst, nur Bibis Kleinvieh würde noch ins Studio kommen, nicht ihre Stammkundschaft.

Die Woche darauf empörte sich Wanda: »Mit dem Gast warst du jetzt aber lang für das Geld!« Das war, nachdem ich Fessel-Günther verabschiedet hatte, einen meiner besonderen Lieblinge. Er konnte sich immer so schwer von seiner Frau loseisen und kam deshalb viel seltener, als er eigentlich wollte. Seit er Rentner war, klagte er, könne er gar nichts mehr heimlich unternehmen. Sie würden sich ja lieben, aber seine Frau wolle von Fesselspielen nichts wissen. Deshalb müsse er zu mir gehen.

Unser Spiel ging so: Erst schnürte ich Günther so gründlich und fest ein wie möglich. Dann ließ ich ihn für zehn Minuten allein, und es gelang ihm fast jedes Mal, sich schlangengleich aus allem herauszuwinden. Es gehörte zum Spiel, dass ich nicht einfach Handschellen nahm. Wenn ich wieder ins Zimmer kam, fiel er mich von hinter der Tür aus an und drohte mir mit Geschlechtsverkehr.

Er bestand darauf, dass ich den Knoten anwendete, den er mir gezeigt hatte und den ich für viel zu simpel hielt.

Er präsentierte mir seine Handgelenke, um sie seitlich am Körper festbinden zu lassen. Der Knoten war hochwirksam, tatsächlich konnte er sich nicht mehr befreien. Gleich darauf fiel er in ein herrliches Gejammer, ich sei gemein, jetzt könne ich alles mit ihm machen, was für ein Esel sei er doch, mir diesen Knoten gezeigt zu haben. Wir lachten immer viel, bevor es ernst wurde.

Ich war sauer, was erlaubte sich Wanda, meine Preise zu kritisieren? Und ich setzte an, der unerfahrenen Göre meine Welt zu erklären. Vielleicht verstünde sie mich ja dann. »Weißt du, ich finde die Preise in unserem Business wirklich obszön! Dieser Günther, ein pensionierter Lehrer, der hat das Geld nicht. Er fühlt sich schuldig, dass er überhaupt was abzweigt. Ich mag ihn aber. Die Geschichte macht total Spaß, also darf er eine Stunde bleiben, obwohl er nur zwanzig Minuten bezahlen kann. Nachher kommt einer, der zahlt mir die Stunde, und den mag ich nicht so, also bleibt er nur eine Stunde.«

»Es waren aber fast anderthalb Stunden! Und du musst doch einsehen, dass du die Preise versaust!« Wanda sagte das wie ein freundlicher Gewerkschafter, der den Streikbrecher über den Kapitalismus unterrichten müsse.

»Das sind meine Gäste!«, schoss ich zurück. »Du wirst nicht erleben, dass sie zu dir gehen. Die anderen, die zu jeder gehen, das sehe ich ein, die darf man nicht verwöhnen.« Obwohl ich wusste, dass ich auch die schon verwöhnt hatte.

»Trotzdem versaust du die Preise, das ist unkollegial!«

»Ich mache das so, wie ich es möchte!«, warf ich hin. »Und weißt du was: Wenn die Gäste im Treppenhaus Schlange stehen würden, wenn wir hier mit dem Platz nicht mehr aus noch ein wüssten, dann wären die Preise gerechtfertigt! Siehst du jemanden Schlange stehen? Nein? Na also!«

Es klingelte, und ich bedeutete Wanda, zur Tür zu gehen. Sollte sie mir den doch abfangen, ich musste mich erst mal mit meinem Ärger befassen.

Die folgende Szene passte zur Situation, als hätten Regina und Wanda sie inszeniert, mit einem Bekannten als Gast, um die freigiebige Susanne zu disziplinieren. Denn kurz darauf stand Wanda wieder im Zimmer. »Der will Natursekt.« Sie hielt inne. »Er will ein Korsett ankriegen und Schuhe.« Wieder machte sie eine rhetorische Pause. »Er will Nadeln in den Brustwarzen.« Pause. »Er zahlt nur zwanzig Minuten. Ich habe ihm gesagt, ich mache das nicht für das Geld. Schau doch mal, ob du das machen willst.« Ich wäre fast übergeschnappt, wegen dieser kühl geäußerten Frechheit. Ich sollte jetzt schreien, dass ich das für das Geld auch nicht mache, aber man sich doch so einen nicht entgehen lassen könne, man versuchen müsse, die Vorstellungen von dem Kerl runterzufahren! Stattdessen rannte ich nach draußen und sah ihn mir an.

Er war mir nicht unsympathisch, behauptete aber frech, woanders diese üppige Behandlung für sein Geld bekommen zu haben, was ich ihm nicht glaubte. Ich sagte, es würde sich was machen lassen, wäre ich nicht mit dieser neuen Frau hier im Studio zusammen, die auf mich aufpasse, also jetzt, es tue mir leid … Mir schossen die Tränen in die Augen. Er solle wiederkommen, vielleicht werde diese Frau ja nicht bleiben. Wie ich mich genierte und ärgerte, dass ich vor dem Mann so einknicken musste! Er sah mich irritiert und mitleidig an. Ich brachte ihn an die Tür. Dann riss ich die Tür des Mädchenzimmers auf und stürmte hinein.

»Ich gehe!«, schrie ich. »Das ist ja nicht auszuhalten. Diese Scheiße lasse ich mir nicht bieten!« Ich riss mir mein Wartekostüm herunter und begann heulend und in großer Eile meine Tasche zu packen. »Ich werfe hin, ich höre auf! Das kannst du Regina sagen!«

Wanda schien ehrlich erschrocken. Das hatte sie offensichtlich nicht gewollt. Regina musste mich ihr als gute, dienstälteste Kollegin verkauft haben, die nur leider ein bisschen zu großzügig mit den Preisen sei, und nun hatte sie diese gute Kollegin verjagt!

Ihre schwachen Versuche, mich zum Bleiben zu überreden, wischte ich hysterisch weg. »Nein!«, stieß ich hervor. »Nein! So eine Scheiße!« Ich rannte aus der Tür, die sich nicht ins Schloss werfen ließ und hinter mir offen blieb, und floh nach draußen. Wie in einem meiner Fluchtträume, wenn das Schreckliche sich in etwas Großartiges verwandelt und ich dann abhebe und fliege.

Noch am selben Nachmittag ging ich zu einem Puff in meiner Nachbarschaft. Ich klingelte einfach und stand, ohne in einem Flur gewesen zu sein, sofort im Zimmer der ausnehmend freundlichen, hübschen Hure, die ich fragte, ob ich den Raum auch als Domina mieten könnte. Da würde ich eben mit noch größerem Koffer antreten müssen und wenigstens Sparprogramme machen. Eine gute Domina kann in jeder Umgebung arbeiten, redete ich mir meine Lage schön. Die Hure gab mir die Nummer des Vermieters. Als ich ihn anrief, meinte er, ich sollte mich wieder melden, ohne mir etwas in Aussicht zu stellen.

Ich schilderte Wellendorf das Puffzimmer. Es war ganz in Rosa und mit entsprechend üppigem Bett, darüber eine Bekrönung, von der sehr viel Stoff in langen Bahnen bis auf den Boden fiel. Mehr Platz war da nicht gewesen. Auf dem Bett würde ich nicht arbeiten können. Sollte ich nicht doch zu Kreuze kriechen und Regina in einem finalen Rettungsversuch meines Arbeitsplatzes um ein Gespräch bitten?, fragte ich Wellendorf.

»Dann aber schnell«, meinte er. Und ich bekam plötzlich Angst, dass Regina sich schon mit dem Gedanken befreundet haben könnte, ohne mich sei es viel schöner.

Regina klang sehr distanziert am Telefon, als ich sagte, dass ich noch einmal mit ihr reden möchte. Sie diktierte die Bedingungen. Sie wollte kein Treffen im Studio, sondern mit mir um den See gehen, eine Begegnung unter kaltem, freiem Winterhimmel. Als Treffpunkt legte sie die Handtaschenabteilung des großen alten Kaufhauses fest, das am See lag, damit wir beim Warten nicht frören. So viel Ungewohntes betonte die Knappheit der Chance, die ich hatte. Was für eine Karikatur unseres Verhältnisses, dachte ich: Gute Freundinnen würden sich zum Einkaufsnachmittag bei den Handtaschen treffen und nicht zum Konfliktgespräch.

Vorsichtshalber war ich schon früher da. Ich war so aufgeregt, dass es mir absurd erschien, das Angebot zu inspizieren. Doch ich sollte mich ablenken, entschied ich. Die einzige Tasche, die mir gefiel, lag unerreichbar weit oben im Regal. Da hörte ich Regina neben mir. »Na, du hast was gefunden?«

»Ja, aber sie steht da ganz oben, da kommt man gar nicht …« Ich wollte mich jetzt nicht weiter mit Taschen befassen.

»Welche, die mit dem Riemen?«

Ich wurde ungeduldig. »Nein, die, die mehr wie eine Aktentasche aussieht.«

»Die ist schön. Du musst dir eine Leiter nehmen. Da steht eine. Na los, mach schon!«

In was trieb sie mich da hinein, und ich folgte ihr auch noch! Ich holte die Leiter und brachte die Tasche herunter. Eine der Verkäuferinnen eilte herbei, sie hatte die vorwitzige Aktion in diesem konservativen Kaufhaus nicht rechtzeitig unterbunden und versuchte mich nun dazu zu bringen, dass ich die Tasche kaufte. Regina stand unschuldig damenhaft daneben. Ich redete mich heraus, ich wolle meinen Mann fragen, der immer wisse, was mir gut stehe.

Es war eine Schönwetterlücke zwischen zwei Winterstürmen, in der wir fast den ganzen See umrundeten. Der erste Sturm war heftig gewesen, der nächste, laut Vorhersage nicht weniger starke, stand bevor. Wie passend für diese Begegnung zweier harter Frauen, dachte ich. Immer wieder fuhr wirbelnd der Wind auf. Der Himmel hatte dieses dünne, lichtschwache Winterhellblau mit rosa Wolken. Es war feucht, teils waren die Pfützen gefroren. Doch wir achteten kaum auf unsere Umgebung, so sehr nahm uns das Gespräch in Anspruch. Wir gingen flott. Nur einmal blieben wir vor einem kugeligen, kahlen Baum stehen, der voller leuchtend gelber, verschrumpelter Äpfel hing.

»Ich habe ein gutes, kein billiges Studio«, gab Regina in hochtrabendem Ton das Thema vor. »Am liebsten würde ich eine Preisliste an die Wand nageln!«

Mit meiner Methode der ausgleichenden Preise zwischen armen und reicheren Gästen konnte ich ihr nicht kommen. Ich sagte ihr auch nicht, dass ich weniger Gäste hätte, die seltener kämen, wenn ich mich an ihre Preise hielte. Und ich wagte nicht, sie daran zu erinnern, dass sie mir selbst in grauer Vorzeit einmal ernsthaft gesagt hatte, den Gästen würde im Studio für viel Geld relativ wenig geboten.

Meine Vorstellung von unserem Geschäft war die, dass wir etwas ganz und gar Immaterielles verkauften. Der Gast nahm lediglich eine Erinnerung mit nach Hause, und wie schnell die verblasste! Nie konnte er an eine Schublade gehen und das teuer Erkaufte herausnehmen, um etwas damit anzustellen. Aber das würde Regina vermutlich nie verstehen. Ich ließ meine »Niedrigpreisgäste« vor mir Revue passieren. So viele waren es gar nicht, die mehr Zeit bekamen, als ihnen Regina zufolge zustand. Das wollte ich mir und Regina jedenfalls einreden.

»Gut, ich werde mit meinen Gästen neue Preise festlegen«, hörte ich mich sagen, denn ich wollte unbedingt im Studio bleiben. Was versprach ich da, das konnte ich doch gar nicht! »Und mich mit neuen Gästen an die Abmachungen halten«, gelobte ich.

»Tina habe ich rauswerfen müssen!«, wechselte Regina das Thema. Das war ein Friedensangebot. Sie ging in Details, Tina sei stümperhaft gewesen, unfähig, ihr soziales Elend zu bewältigen, und habe krumme Touren versucht. Damit genehmigte Regina mir im Nachhinein meine Ablehnung Tinas. »Juliane habe ich neulich erwischt, wie ihr ein Fünfziger aus dem Rockbund gefallen ist!« Sie habe behauptet, das wäre ein Trinkgeld gewesen. Trinkgelder gab es bei uns nicht. Ich überhörte die Warnung in diesen

Geschichten. Ich hatte bis auf die Zeit nach dem großen Krach nie etwas einbehalten. Doch natürlich unterstellte sie mir genau das. Sie konnte sich meine Selbstlosigkeit mit den kleinpreisigen Gästen überhaupt nicht vorstellen.

Es dämmerte. Wir waren da angelangt, wo ich abzweigen und nach Hause laufen könnte. Wir blieben stehen. Regina sagte: »Also eins muss ich dir sagen: Du bist wirklich ein guter Profi geworden!«

Ich stutzte. Das aus Reginas Mund? Sie hatte ja recht, aber woher wollte sie das eigentlich wissen? Wir arbeiteten doch nie zusammen? Ich nahm es als das, was sie offensichtlich damit sagen wollte: dass ich im Studio bleiben durfte.

»Ich gehe jetzt zur U-Bahn«, sagte Regina und tätschelte meinen Arm. »Geh du mal heim.« Also gab es keinen Tee mehr bei mir. So etwas war nicht mehr denkbar, nicht mal auf dem neutralen Boden eines Cafés. Wir verabschiedeten uns verträglich reserviert, ohne Händedruck. »Na dann, bis Mittwoch.« Regina drehte sich um und ging.

Zwischen den beiden Haltestellen, die am weitesten auseinanderlagen, raste die Bahn, dass die Wagen wackelten. Zum ersten Mal seit Monaten freute ich mich wieder richtig auf das Studio. Wanda hatte vier Wochen gefehlt und dann verkündet, sie habe mittwochs keine Zeit mehr zu arbeiten. Sie hatte sich durch bloße Muffigkeit und ein paar spitze Bemerkungen vergraulen lassen. Zutiefst erleichtert hatte ich danach Juliane gefragt, ob sie statt Wanda mittwochs kommen wolle, und sie hatte sofort zugesagt. Wir frohlockten, denn Regina würde ihre Gewohnheit des freien Mittwochs wiederaufnehmen. Als Frauen mit Erfahrung waren wir vorsichtig aufeinander zugegangen. Selbstverständlich aber ließen wir uns über die anderen aus. Juliane war wieder einmal eine Nachrichtenlieferantin. Dora sollte Wanda aus Versehen einen Gast weggenommen haben, ein großes Drama. Die korrekte Dora? Das konnte nicht sein.

Ein Gefühl von Neuanfang durchflutete mich, es machte Spaß, mit Juliane zu arbeiten. Dazu hatte uns Regina als dritte Frau noch eine Neue aufgeladen, Flora. Aber die war ein Sonderfall und garantiert nicht gefährlich. Ich hatte endlich Bibis Rat befolgt, Fotos machen zu lassen, darunter das strengste meiner bisherigen Laufbahn. Mein Nachbar hatte eine Webseite für mich eingerichtet, und es kamen die ersten sehr devoten und schmerzgeilen Gäste. Ich hatte Lust auf sie und würde mit ihnen einen Zacken zulegen. Außerdem hatte ich mir neue Gummikleidung gekauft. Ich lief über die Straße. Mein Blick wanderte über die altbekannte abgenutzte Häuserfront vor mir, in der ich gleich in einem Hauseingang verschwinden würde. Heute gehörte das alles wieder mir.

Juliane öffnete mir, die oft früher zu arbeiten anfing. Sie verschwand wieder nach hinten zu ihrem Gast. Das Mädchenzimmer war leer. Ich überlegte, ob ich schon die Gummisachen anziehen oder es mir noch bequem machen sollte. In einer halben Stunde würde Walter kommen. Bis er sich ausgezogen hatte, blieb noch genug Zeit.

Juliane erinnerte mich an Bibi während der guten alten Zeit. Ihr fehlte deren Entschlossenheit, dafür mangelte es ihr aber auch an deren Allüren. Juliane war nie zickig, sondern unkompliziert und unglaublich gutmütig. Wenn man lang genug zusammenarbeitete allerdings, käme vielleicht doch wieder Unangenehmes zutage, fürchtete ich. Vorerst sah alles nach ruhiger, einvernehmlicher, wirklich gleichberechtigter Zweisamkeit aus. Juliane war schon ganz jung im Sexbusiness gelandet und hatte als normale Hure angefangen. Über ihren anscheinend unverbogenen Charakter konnte ich mich nur wundern. Sie ist eine der wenigen unter uns Frauen, die schon auf der Straße pervers aussehen, dachte ich und fühlte mich unbedeutend, wenn sie im italienischen Schlampenlook mit ausgezupften Augenbrauen, ratzekurz geschnittenem, weiß gefärbten Haar und hochgesteckter Chanel-Sonnenbrille das Mädchenzimmer betrat.

Juliane hatte ihren Gast verabschiedet, das Studio aufgeräumt und kam ins Zimmer, um sich Ledermini und Korsett auszuziehen. Jetzt, da ich sie vor Augen hatte, verstand ich Bibis blanken Neid. Mir gefiel es, beim Umziehen zuzuschauen. Sie war zierlich, fast schon zerbrechlich schlank und hatte doch diese vollen Brüste und den hübschen Hintern. Ihre vielen Tätowierungen der anspruchsvolleren Sorte beeindruckten mich, auch wenn ich diese Fantasybilder nicht mochte. Mitten auf dem Rücken prangte ein gehörnter Schädel mit leeren Augenhöhlen, darum rankten sich Ornamente. Zwischendurch hatte sie in einem Tattooladen gearbeitet.

Als gleich darauf das Frauenklingelzeichen zu hören war, kam sie mir zuvor und öffnete die Tür. Flora erschien endlich zur Arbeit. Schwarz und mächtig stiefelte sie ins Zimmer, in der Hand den Sturzhelm, über der Schulter eine schwere Reisetasche. Die stolze Besitzerin eines großen Motorrades steckte in einer dieser aus der Form geratenen Lederkombinationen. »Mensch, hab' ich grade einem die Meinung gegeigt! Scheiß-Autofahrer! Der Arsch hat mich geschnitten. An der Ampel hab' ich ihn erwischt und konnte ihm so richtig schön ins Fenster brüllen.«

Ich war beeindruckt von ihrer Härte. Sie entledigte sich ihrer Häute, behielt nur die Unterwäsche auf dem Leib und schlüpfte in einen kurzen, billigen, schillernden Kunstfaserkimono mit grellfarbigem Drachen auf dem Rücken. Ihr Mittagessen hatte sie schon auf den Tisch gestellt: Fleisch, weiße Bohnen, Kartoffeln und Salat aus dem türkischen Imbiss gegenüber. Mit Appetit machte sie sich darüber her.

Wie soll das gut gehen, dachte ich skeptisch. Ich müsste mich hinlegen und schlafen, wenn ich so etwas um diese Zeit essen würde, und bekäme obendrein einen Blähbauch. Zartfühlend hatte Juliane neulich von Floras »großer Präsenz« gesprochen. »Ich bin nicht dick, kurvenreich anstatt knabenhaft, mit festem Körper«, pries sich Flora im Telefongespräch mit einem Interessenten an. Tatsächlich war sie durchaus korpulent, wenn auch weder verwelkt noch fett. Neuerdings durfte die »passive Extremzofe«, wie sie sich in ihrer Zeitungswerbung anbot, in Reginas Studio arbeiten. Als erste Frau aus dieser Branche hatte sie die Chefin davon überzeugen können, dass sie trotz ihrer Passivität die Fäden in der Hand behielte. Im Lauf der Jahre hatte sie gelernt, das Paradox zu bewältigen und den Gästen ihre Grenzen zu zeigen. »Ich mache nur Safer Sex. Natursekt- und Kaviarspiele sind ausgeschlossen. Schläge genieße ich. Geschlechtsverkehr und Französisch mit Gummi sind möglich«, verkündete sie den Anrufern.

Ich zählte nach, zum vierten Mal hatte ich neue Mitarbeiterinnen im Studio. Wir kannten uns schon seit den ersten Partys, aber eigentlich fast nur vom Sehen. Juliane hatte damals den Ruf der verderbten blutjungen Schönheit gehabt. Sie glänzte und reizte, ein hochattraktives, elegantes Reh, wenn sie von ihrem Meister an der Leine herumgeführt wurde.

Flora hatte ich zum ersten Mal in der Bar gesehen, in die ich immer mit Wellendorf ging. Eines Abends hatte Friedo uns auf sie aufmerksam gemacht, sie würde für ihren Freund einen kleinen Gehorsam leisten. Einsam saß Flora auf der Fensterbank im großen Schaufenster und trug einen bis obenhin geschlossenen Kleppermantel. Sie blickte finster melancholisch in die Nacht hinaus. Lange, schwarze Haare hingen ihr glatt und dicht wie ein züchtiger Schleier bis weit auf den Rücken hinunter. Sie trug dieses graue Gummiding, dessen Anblick mich als Kind mit hässlicher Lust und Scham attackiert hatte. Die mädchenhafte Flora hingegen kostete es sicher nichts, sich in dem auffälligen, unzeitgemäßen Mantel hinzusetzen. Unberührt vom Gelärm des Amüsiergeschehens verharrte sie, als säße sie irgendwo vergeblich wartend, etwa auf einem leeren Bahnsteig.

Einmal auf einer Party, der Anblick war kaum auszuhalten, hatte Flora sich duldsam von zwei riesigen Kerlen auspeitschen lassen. Später war von einer psychiatrischen Behandlung die Rede gewesen. Als sie wieder in der Szene auftauchte, waren ihre Backen rund geworden, die Figur drall. Ich mochte sie und bedauerte die Veränderung.

Jetzt sah Flora hart aus mit ihren kinnlang geschnittenen, durch Blondfärben formlos hängenden, spröden Haaren. Doch ich war erleichtert, wie stabil und selbstzufrieden sie auftrat. Programmatisch hatte sie verkündet, im Studio nicht mehr über ihr Leben reden zu wollen. Und tat es dann doch, spottete vergnügt über ihre Herkunft aus dem Seitenzweig einer prominenten Patrizierfamilie der Stadt, schimpfte lachend auf ihren Vater, diesen Hurenbock, der schuld an ihrer Prostitution sei. Flora entsprach nicht der kindlichen, süßen, zarten Frau, die die Kerle offenbar alle zum Schlagen nötig haben. Da sie im Studio nicht genug zu tun hatte, arbeitete sie wochenweise in einem Puff in Süddeutschland.

Ich sah auf die Uhr. Mir dämmerte, dass ich gerade von Walter verladen wurde. »Walter ist schon eine Viertelstunde überfällig«, sagte ich und war froh, dass ich das Gummi noch nicht angezogen hatte.

Flora lachte, sie wusste Bescheid. »Walter? So einer hat gestern bei Regina angerufen. Unter anderem Namen. Sie hat gesagt, das war jetzt Walter und dass er früher ein Gast von ihr war. Sie hatte ihn gleich erkannt, ihn aber reden lassen. Als er aufzählte, was er schon immer zu seiner Behandlung braucht, hat sie sich gut amüsiert und geantwortet, all das sei in ihrem Studio möglich. Da habe er gleich vorbeikommen wollen, sei aber weggeblieben.«

»Ja klar, das war er! Dann hat er sich gleich einen runtergeholt. Der Schuft!« Ich lachte. »Von dem hätte ich das nicht gedacht. Er hätte heute früh absagen können. Aber ich wundere mich sowieso, wie die Kerle das mit den Terminen machen. In drei Wochen am Samstag gehe ich zu meiner Domina, und dann bin ich geil.«

Flora räumte den Tisch von ihrer Essensverpackung frei. »Das können die Männer.«

»Meiner nicht.«

»Sagt er.«

»Der lügt mich nicht an«, verteidigte ich Wellendorf.

»Die lügen doch alle.«

»Nein, meiner wirklich nicht.« Ich war verlegen geworden. Steif und stur mein Glück zu behaupten, fiel mir schwer gegenüber einer, die anscheinend prinzipiell angelogen wurde.

Letztlich war ich erleichtert, dass Walter nicht kam. Auch er bedeutete harte Arbeit. Er war so dick wie Josef und so groß wie er, dabei aber so unbeherrschbar wie ein hüpfender Gummiball. Heiter und charmant bat er mich um dies und das und gleich wieder um etwas anderes, wie um ein Tässchen Kaffee, und dann doch lieber Tee, der mit abgespreiztem kleinen Finger zu trinken war. »Würdest du mir jetzt bitte den Knebel in den Mund stecken und die Maske zumachen?«, um im nächsten Augenblick den fett aufgeblasenen Knebel auszuspucken, obwohl der zusätzlich mit einem Riemen gehalten wurde, und aus dem geschlossenen Visier der Maske zu rufen: »Könntest du die Maske jetzt wieder aufmachen?« Wenn es um kompliziertere Zurichtungen ging, die er liebte und forderte, war dieses An-Aus-Spiel nicht mehr lustig. Ihn als Domina zu maßregeln, wäre sinnlos gewesen, denn es wurde nie Ernst mit ihm. Um echte Schmerzen ging es nicht, wenn er sagte: »Würdest du mich jetzt bitte schlagen?« Ich war seine Assistentin. Natürlich hätte ich ihm auch so etwas verweigern müssen. Doch er war wieder mal einer, den ich mochte, und so ertrug ich seufzend seine Kapriolen.

Es war ruhig. Flora hatte es sich auf dem kleinen Sofa bequem gemacht und die Augen geschlossen. Juliane las. Ich hatte Muße, mir das Mädchenzimmer mit der gediegenen, doofen Ordentlichkeit von Reginas Einrichtung als Bühne vorzustellen. Hier könnte eine Sex-Seifenoper mit täglichem Nachschub an Episoden stattfinden. Alle anderen Orte kämen lediglich im Gespräch vor. Hier prallten sie aufeinander, die verschiedenen Charaktere, Weiber, auf ihren Einsatz wartend, zusammengewürfelt von der unbegreiflichen Chefin.

Juliane riss mich aus meinen Vorstellungen. »Du musst die würrrgen, das ist die einzige Möglichkeit!«, rief sie empört ins Telefon. »Und die Bullen haben nichts anderes gekonnt, als den anzuschießen! Dann ist er noch aus dem Fenster gesprungen! Die Panik musst du dir mal vorstellen, die der Hund hatte!« Es war von einem Abenteuer mit einem Kampfhund die Rede, das kürzlich irgendwo geschehen war. Juliane war eine der Frauen, die sich mit vielen Tieren umgeben müssen. »Den Spanier kann ich noch nicht verkaufen, der ist krank! Er lahmt immer noch auf dem Hinterfuß. Wer weiß, ob wir den hinkriegen, da arbeiten wir noch dran.« Das Gespräch entwickelte sich zu einem Streit, an dessen Endpunkt sie ihren Gesprächspartner ein Schwein nannte und den Hörer aufknallte.

Das sei ihr Freund gewesen, erklärte sie. »Er hat ja selbst Pferde und Hunde, bei seiner Familie in Italien. Aber er findet meine Tierliebe übertrieben. Ich sei nicht mehr so sexy wie früher. Er sagt, ich wäre nur noch im Stall und würde mich nicht dran halten, wie versprochen die Tiere loszuwerden, damit ich mit nach Italien kann.« Mutlos sah sie vor sich hin. Vielleicht glaubte sie ja selbst nicht mehr an das Projekt ihrer Integration in die Familie ihres Freundes?

»Wie viele hast du denn noch?«, fragte ich.

»Pferde habe ich noch drei. Und Hunde, den kleinen und den einen Mastiff. Den anderen habe ich weggeben können.«

Ich war froh, dass Juliane die Hunde nicht mehr zur Arbeit mitbrachte. Der kleine, ein winziger, dünner Exot mit überdimensionierten Glubschaugen, war nicht weniger hässlich als der große Kampfhund. Bei Flora wartete ein langhaariges Riesentier zu Hause. Es war bisher einmal mit im Mädchenzimmer gewesen.

Da Flora inzwischen am Tisch Kreuzworträtsel löste, konnte die vom Streit erschöpfte Juliane jetzt das Sofa übernehmen. Auf keines der Kissen an diesem derart frequentierten Ort würde ich meinen Kopf legen, ekelte ich mich. Noch nie war ich so schläfrig geworden, dass es unvermeidbar gewesen wäre, mich hinzulegen. Ich konzentrierte meine ganze Energie auf meinen Arbeitstag. Juliane war es offensichtlich egal, wenn sie, aus dem Schlaf gerissen, ein Gespräch mit einem Gast führen musste.

Flora hatte sich ihr Buch gegriffen, und ich nahm mir meine Zeitung. Ich war dankbar für die Freundlichkeit unseres unkomplizierten Umgangs. Dass wir uns bisher fremd blieben, störte uns nicht. Längst waren wir zu abgeklärt, um noch viel von uns zu erzählen.

Der Gast, mit dem Juliane dann sprach, war wieder gegangen. Natürlich war sie noch nicht wach genug gewesen, ihn zu halten. Sie wolle nach Hause, sagte sie und dass ihr die bisherigen Einnahmen heute reichten. Was war nur mit ihr los, rätselte ich. Sie könnte ohne Mühe so viel Erfolg wie Bibi haben. Sie machte auch Klinik- und Kaviarprogramme. Aber schon auf ihrem Werbefoto gelangen ihr nur müde amüsierte Marlene-Augen mit den künstlich hingezeichneten Brauen, während Bibi mit strahlendem Blick vernichtete. Juliane schien nur halb bei der Sache zu sein. Auch nach Jahren im Studio wusste sie beispielsweise nicht, wo die Einmaldarmrohre lagen oder die riesige Rolle Frischhaltefolie. Die brauchte man doch, um Gäste damit zu fesseln oder eine behaarte Brust abzudecken, bevor man sie mit heißem Wachs beträufelte. Sie ließ es einfach schleifen, und wenn sie keine Lust hatte, sagte sie, sie sei krank, und blieb zu Hause. Ihre Tiere lagen ihr offensichtlich mehr am Herzen als die Gäste. Letzte Woche hatte sie angerufen und mich gebeten, einen Gast zu vertrösten, sie käme später. »Sag ihm, mir seien Blutegel verlorengegangen. Wir hätten sie einem Pferd angelegt. Wenn die voll sind, fallen sie einfach ab, und weg sind sie. Und sie sind teuer. Wir haben das ganze Stroh durchwühlt. Sag ihm das.«

Ich hatte das tatsächlich so ausgerichtet, schon aus Neugier, wie es auf den Gast wirken würde. Er hatte nicht mehr warten wollen und war gegangen. In Julianes Umgang mit den Gästen schwang kumpelhafte Aufmunterung statt Erotik mit, als wäre sie deren Tierarzt und wollte eher helfen und heilen, statt zu verführen und zu dominieren. »Was haben wir denn da Schlimmes? Kein Problem! Gleich wird es wieder gut!« Und dann lachte sie ein tiefes warmes Doktorlachen.

Fünf Gäste hatte ich an jenem Tag noch behandelt. Alle waren spontan gekommen, und alle waren sie mein, denn Juliane war bereits auf dem Heimweg gewesen. Zwei von ihnen erschienen zeitlich so ungünstig, dass ich sie erst einmal wegschicken musste. Zu meinem Erstaunen standen sie aber zum jeweils vereinbarten Zeitpunkt wieder vor der Tür. Das war absolut unüblich. Die Laufkundschaft war sehr wankelmütig und nutzte, auf später vertröstet, häufig die Denkpause, sich doch noch anders zu entscheiden. Ich arbeitete mich tapfer durch all die Schmalspurprogramme hindurch. Kein einziges war übermäßig anregend.

Der erste Besucher war ein Angeber und wollte mich fast nackt in Strapsen sehen. Doch in einem Studio fällt allenfalls dem Gast die Rolle der Strapsmaus zu, nicht der Domina. Und meine Nacktheit konnte dem unbedarften Kurzbesucher eigentlich nicht zugestanden werden. Ein gewisses Maß an Leiden war nötig, um sie sich zu verdienen. Leiden aber kostete Zeit und somit Geld. Doch ich tat ihm den Gefallen, weil die Geschichte in zwanzig Minuten erledigt sein würde. Nachdem ich den Mann gefesselt hatte und entsprechend mit ihm umgegangen war, fiel er bereitwillig in die devote Haltung.

Danach kam ein absoluter Anfänger. Er hatte den formlos verweichlichten Körper eines Menschen, der sich kaum bewegt, dazu das lustfeindliche Gesicht eines vertrockneten Buchhalters. Ich erreichte kaum klare Reaktionen bei ihm. Lediglich sein Schwanz war in ständiger leichter Erregung. Also überwand ich meine übliche Vorsicht bei Anfängern und probierte allerlei ernstliche Quälereien an den Brustwarzen, die ich ihm mit entschuldigenden, zärtlichen kleinen Berührungen vergalt. In diese Mischung aus Härte und Trost fühlte ich mich oft so weit hinein, dass ich für mein Opfer eine Art Sympathie entwickelte. Ich streichelte dem Mann Wangen und Lippen und fragte mich, ob ihn wohl schon mal jemand so liebevoll angefasst hatte. Unmittelbar nach dem Orgasmus lachte er zweimal laut auf. Also war es richtig gewesen.

Den dritten Gast hatte ich schon einmal behandelt, konnte mich aber nicht an seine Geschichte erinnern, was ich möglichst charmant, aber offen zugab. In der Behandlung war er gierig, kriechend devot, dabei nicht unangenehm. Durch seine Entschlossenheit, zu leiden, ließ er kein Erbarmen bei mir aufkommen. Er musste Natursekt trinken, auch seinen Schwanz bepinkelte ich. Der Mann sah schwer krank aus, seine Haut war grünlichgrau, und er roch nach starkem Tabakkonsum. Am liebsten hätte ich ihn in der Wanne sorgsam gewaschen, als könnte ich ihn damit heilen. Im Schmerz riss er seine ohnehin vorstehenden Augen so theatralisch auf, dass mir das Spiel besser gefiel als die mit seinen Vorgängern.

Der vierte wirkte so spießig, dass es mir unmöglich war, mich positiv auf ihn einzustellen. Offensichtlich verzieh er sich nicht, was er sich mit dem Studiobesuch antat oder gönnte, und ich musste meine Freundlichkeit ganz und gar spielen. Bei solchen Kandidaten fühlte ich mich endgültig hurig. Ich probierte einiges mit dem Mann, er hatte ebenfalls keine Erfahrung, und seine Gemütslage war schwer einzuschätzen. Endlich stellte sich heraus, dass er anale Penetrationen genießen konnte. Das hatte ich nicht ahnen können, und so verpasste er den gynäkologischen Stuhl, vielleicht wäre es damit amüsanter geworden. Beim Verabschieden verbarg er kaum noch seinen Ekel darüber, dass er etwas mit sich hatte machen lassen, was man eigentlich nicht tut.

Der letzte Besucher war ein Witz von einem Mann. Er sah aus wie ein gnomenhafter kleiner Wissenschaftler. Ihm fehlten nur noch ein weißer Kittel und das rauchende Reagenzglas in der Hand. Es gibt also tatsächlich Menschen, dachte ich, die Karikaturen entsprechen. Gebieterisch orderte er die ständige Teilhabe von Flora während seiner Behandlung. Er kannte sie schon aus einem anderen Studio und wusste, dass sie heute da war. Ich sollte sie beide parallel versorgen. Die Geschichte war schlicht: Er wurde in schwierigen, schmerzhaften Haltungen gebunden und heftig an den Brustwarzen gequält. Flora diente als die geile, verdorbene Schlampe. Sie wurde milder bestraft als er. Er durfte an ihren großen, festen Brüsten Klammern betrachten. An ihre beringten Schamlippen hängte sie sich Gewichte. Er schmatzte, grunzte und stöhnte vor Begeisterung und Schmerz. Am Ende leckte er Floras Möse und wurde dabei von mir abgewichst. Es war das erste Mal, dass ich mit einer Zofe arbeitete. Floras Professionalität machte es mir leicht. Ich hatte kein schlechtes Gefühl dabei, weder schienen ihr Schmerzen noch die devote Haltung etwas auszumachen.

Nachher im Mädchenzimmer sagte ich: »Hey, das hat gut geklappt, oder?« Ich schaute mir Flora genau an. Doch sie hatte keinen Schaden genommen und freute sich, dass sie an dem Abend noch etwas verdient hatte. Wir räumten auf, was wir zusammen gebraucht hatten, und dann ging sie.

Ich war allein und hatte von den vorherigen Spielen noch einiges in Ordnung zu bringen. Nach einem derart vollen Tag bezweifelte ich immer, dass wir diese strapazierten Räume dem nächsten Gast als frisch und sauber anbieten durften. Ich wunderte mich über den Mut, mit dem sich die meisten Gäste nackt in dieser Umgebung bewegten. Mit dem bisschen Desinfektionsmittelversprühen und Nachwischen auf benutzten Flächen und Werkzeugen bewältigten wir sicher kaum die jahrelange Akkumulation von Schmutz und Bakterien, Pilzen und Viren, die ich mir überall vorstellte. Und die Putzfrau konnte daran auch nichts verbessern. Nie setzte ich mich hier allzu leicht bekleidet hin oder lief barfuß. Auf das gründliche Bad nachts mit Wellendorf, dem guten Zuhörer, könnte ich nie verzichten. Wenigstens gegen die Belastung mit Nikotin und Körpergerüchen war etwas auszurichten.

Als ich die Fenster öffnete, stürzte die kalte Luft herein und ersetzte die überheizte, ereignisgesättigte Stickigkeit. Ich stellte die Waschmaschine und den Geschirrspüler an und sammelte die Mülltüten, heute sechs, aus jedem Raum ein, die ich zu den Mülltonnen hinter dem Haus zu bringen hatte. Ich achtete immer drauf, dass diejenigen unten lagen, deren Inhalt uns hätte verraten können. An der Tür waren ein normales Schloss und ein meterbreiter Riegel abzuschließen sowie die Alarmanlage anzuschalten. Ich stopfte den »Schlüsselbund« mit der langen Kette daran durch den Briefschlitz in der Tür. »Methoden wie im Mädchenpensionat!«, schimpfte ich. Metall scheuerte auf Metall. Auf der anderen Seite der Tür landete das Ding mit einem dumpfen Plumpsen und lärmendem Geklirr. Nachts, im stillen Treppenhaus kam mir das besonders laut vor.

An jenem Abend hatte ich mir, statt U-Bahn zu fahren, ein Taxi gegönnt. Nie erlosch meine Lust, mein Dominagesicht und die Erinnerungen an die Abenteuer des Tages ins grelle Licht der Bahn zu tragen. Ich war eine Geheimnisträgerin, und niemand ahnte es. Genauso wenig aber ließ sich über irgendeinen der Mitfahrenden spekulieren. Meine Gäste wären hier nicht aufgefallen. Ich erinnerte mich an Reginas wilde Zuschreibungen, als sie einmal aus dem Fenster gesehen und Passanten beobachtet hatte: »Der da hat es mit dem Staubsaugerrohr gemacht und sich die Eier eingeklemmt, deswegen läuft er so komisch. Und der da drüben steht auf Frauenwäsche.« Wahrscheinlich erlebten die meisten Leute eher keine wilden Geschichten. Allerdings hatte kürzlich, zum Glück am anderen Ende des U-Bahn-Wagens, Jürgen Fistfuck gesessen. Der große breitbeinige Kerl hatte förmlich gebetet, dass ich nicht herüberkäme und ihn anspräche. Ich hatte gern woanders hingeschaut.

Im Taxi hatte ich mich erschöpft in den Sitz fallen lassen. Der Fahrer war in meinem Alter, ein Deutscher mit zu langen Haaren für meinen Geschmack. Doch die Musik, die er hörte, klang gut. Wir plauderten über den heftigen Regen, den ich im Studio verpasst hatte, und wie spät es wieder geworden war. Er habe eigentlich schon Schluss machen wollen, erzählte er und war neugierig. »Sind Sie aus der Gastronomie, oder was haben Sie für einen Beruf?« Und da war sie wieder, die zwanghafte Lust, mit jemandem über meine Arbeit zu sprechen.

Wenn das Wort Beruf ins Spiel kam, musste ich immer einen Umweg machen. »Ich bin eigentlich bildende Künstlerin«, sagte ich »Das habe ich gelernt.« Schließlich war ich keine Hobbymalerin, das musste klar sein. »Und dann habe ich noch meine Geldarbeit«, ergänzte ich. »Mit der Kunst lässt sich ja kein Geld verdienen.« Der Taxifahrer nickte wie jeder, dem ich diese Bemerkung serviere, zustimmend. Drei feste Formulierungen verwendete ich gewöhnlich, wenn ich mit Leuten über meine Arbeit im Studio redete: Ich bin eigentlich Künstlerin. Ich arbeite einen Tag pro Woche als Domina. Und: Ich bin nicht von vornherein dominant. Damit wollte ich mich gegen die Einschätzung wappnen, ich könnte so eigensüchtig und rücksichtslos sein wie viele meiner Kolleginnen, denn ich hielt mich doch für hilfreich und gut. »Ich habe erst lernen müssen, wie man dominant ist«, ergänzte ich. Das amüsierte den Taxifahrer, und ich fuhr fort, indem ich mich als eine Forscherin beschrieb, die von einer Position der Vernunft aus und mit Studieneifer für ihren Untersuchungsgegenstand die Figur der Domina darstellt. »Nur darstellt«, betonte ich. Ich verschonte den Taxifahrer mit der Präzisierung, ich sei auf weniges so scharf wie auf die Entdeckung eigentümlicher Sexualpraktiken. Aber ich ließ ihn hören, wie schlau ich mich fühlte, diese Kombination von Tätigkeiten gefunden zu haben, in der die eine die andere alimentierte. Der Domina-

Job wirkte so wie eine besonders ausgefallene Garnierung meiner Persönlichkeit. Ich glänzte vor Eitelkeit. Hatte ich mich blamiert?

»Und wer kommt da alles so zu Ihnen?«, entband mich der Taxifahrer von meinen Bedenken.

»Alle kommen. Das mit den Managern, die zur Domina gehen, weil sie auch mal jemanden über sich brauchen, wie immer behauptet wird, ist kompletter Quatsch.«

Zu Hause gestand ich Wellendorf, dass ich wieder mal hatte angeben müssen. Ihm gefiel das gar nicht. »Wer weiß, wem du das erzählst und wen du dann an der Backe hast! Der sieht ja sogar, wo du wohnst!«

»Dir können die Leute auch bis nach Hause nachlaufen, wenn du Experimentalausgehen betreibst.«

Er sei wehrhafter als ich, entgegnete Wellendorf.

»Wenn es eng wird, trittst du eben als mein Mann auf und verjagst den Kerl!« Dann konnte ich endlich berichten, wie gut der Tag gelaufen war.

Es war ein besonders warmes, überschäumend potentes Frühjahr, als wäre die ganze Welt in purer Lebensfreude. Das ließ mich in meinem Garten mit einer Kraft loslegen, als dürfte ich dem nicht nachstehen. Ich wütete, hackte leidenschaftlich auf das Moos ein, musste auf den Spaten springen, den ich sonst wegen des zementharten Bodens nicht in die Erde bekommen hätte. Wenn es schon aufgrund des vielen Schattens mit den Blumen nichts wurde, wollte ich endlich einen schönen Rasen. Zuvor musste ich den Boden umgraben, etwas derart Anstrengendes hatte ich noch nie gemacht. Mein Rücken schmerzte. Doch das war schon seit Monaten so. Es lag nicht an der Arbeit. Ich neigte zum Hexenschuss, und wahrscheinlich war das ein zwischen die Schultern hochgerutschter. Ich war mir sicher, ich übertrieb es mit dem Yoga und mit den Liegestützen. Jedenfalls hatte ich davon Kraft. Ich war schon bei drei Orthopäden gewesen. Der erste wollte mich »einrenken«, schickte mich mit meinen Schmerzen weg und behauptete, das müsse sich gleich geben. Auch der zweite hatte mit mir diese Turnübung veranstaltet, mich wenigstens geröntgt, ohne Befund, und gemahnt, ich solle unbedingt wiederkommen, wenn es nicht besser würde. Dann war er unbekannt verzogen. Der dritte Arzt schickte mich zum Physiotherapeuten, der vier Wochen sanft an mir herummassierte und dann nachdenklich dreinsah. Er empfahl mir, eine Kernspintomografie machen zu lassen.

Zunächst einmal verstreute ich Rasensamen auf der geharkten Erde. Beim Bücken spürte ich jedes Mal einen Nerv bis nach vorn in die Brust kribbeln. Auch das kannte ich schon seit längerem. Ich hatte mir Brettchen vorbereitet, um sie an die Füße zu binden. So hatte es mein Vater gemacht und den Samen damit auf dem Boden festgetreten. Ich dachte daran, dass ich morgen Johannes und Fessel-Günther im Studio hätte, auf die ich mich freuen konnte, und dass der Rasen wachsen würde, wenn ich es schaffte, ihn mit der Gießkanne feucht zu halten.

Ich eilte ins Haus. Ich musste zur Kernspinuntersuchung.

Noch während ich in der engen Röhre lag, hatte ich mich völlig sicher gefühlt. Man würde etwas finden und den Schaden beheben. Vergnügt stellte ich fest, dass ich nicht mehr wie beim letzten Mal an Platzangst litt. Der Krach, den die Maschine machte, klang doch wie Techno. Fast könnte man dazu tanzen, doch ich musste stillhalten. Dann sollte mir ein Kontrastmittel gespritzt werden.

»Die Spritze nicht links, da fehlen mir die Lymphknoten«, sagte ich zu der Ärztin, und sie fragte, ob das Brustkrebs gewesen sei. Unbeschwert bejahte ich und wurde erneut in die Röhre geschoben.

Ich fiel aus meinem Leben, als mir gesagt wurde, in meiner Wirbelsäule befinde sich eine Metastase. Es bestehe aber keine Bruchgefahr. Darüber sollte ich mich anscheinend freuen.

Sofort rief ich Wellendorf an. Wir verabredeten uns, um zum Orthopäden zu gehen. Auf der Straße hatte ich das

Gefühl, die Welt, in der ich herumlief – die Läden, die Menschen, ein Baum, die Straße, ein Bus –, beträfe mich nur noch sehr peripher. Als Wellendorf und ich einander in der Eingangshalle des Ärztehauses begegneten, fielen wir uns in die Arme und weinten. Wir wussten nichts, außer dass der Wirbel nicht brechen würde.

In der Praxis wurden wir nach auffallend kurzer Wartezeit ins Behandlungszimmer gerufen. Es war nur eine Vertretung da, mein Arzt hatte Urlaub. Der Mann wollte nichts entscheiden. Und sagte auch nur: »Es besteht keine Bruchgefahr.« Ich dachte an mein Gehüpfe auf den Spaten am Vormittag und an die schwere Erde. »Haben Sie Kinder?«, fragte er noch. Wir verneinten. »Dann machen Sie erst mal einen Spaziergang.«

An Arbeit im Studio war nicht mehr zu denken. Ich besprach mein Tonband, ich sei krank. Doch das hier würde nicht wie beim ersten Mal in ein paar Wochen erledigt sein, wusste ich. Die Zuversicht war ausgelöscht, der zufolge alles wirklich Schlimme immer den anderen passiert, ich immer noch mal durchkomme. Die idiotische Frage »Warum ich?« quälte mich alle Augenblicke, egal, was ich dachte, tat, sah, hörte, roch oder schmeckte, sie ließ sich nicht verbieten.

Wellendorf und ich versuchten herauszufinden, was nun zu tun war. Mein Orthopäde riet zu einer Operation und sagte, die Umstände wären viehisch, doch ich würde das überstehen. Der Onkologe empfahl Bestrahlung, etwas weit Schonenderes. Mir war danach, alles Kranke wegschneiden zu lassen. Wir suchten den Arzt im Krankenhaus auf, der mich operieren sollte. Er war ein unzugänglicher Mensch, dem nur schwer irgendeine Reaktion zu entlocken war. Wir blieben allein mit unserer Angst und unserem Informationsbedarf. Ich solle erst noch alle denkbaren Untersuchungen machen lassen, meinte er. Wahrscheinlich, um festzustellen, ob da noch mehr versteckt sei, dachte ich, ob die große Operation sich überhaupt lohnte. Er sagte, er habe gerade keinen OP, alles werde neu gebaut, und er arbeite behelfsweise in anderen OPs. Es sei wenig Platz, ich müsse warten.

Nach jedem Erwachen drängte machtvoll die Gemeinheit des »Wie lange noch?« herauf. Das dämliche »Warum ich?« stürzte hinterher, die schrecklichen Zwillingsfragen, deren Floskelhaftes ich mir nicht verzeihen konnte und die doch andauernd in meinem Kopf widerhallten. Keine Taktik der Welt reichte mehr aus, mich mit dieser Schmach, der Krankheit und dem angekündigten frühen Tod, gütlich zu arrangieren.

In den Abendnachrichten, die ich weiter ansah, als interessierten sie mich noch, ging es dauernd um den Fall der Terri Schiavo. Immer wieder musste ich mir ihr über die Jahre hin verblödendes Gesicht ansehen, mit dem erstaunten Blick und dem Mund, der offen stand, wie sie schief auf einem Stuhl mit Kopfstütze hing. Was für eine schöne junge Frau sie gewesen war, wurde jedes Mal mit dem Zustand verglichen, in dem sie sich jetzt seit fünfzehn Jahren befand. Ich wollte Terri im Wachkoma nicht mehr sehen müssen, die Zurschaustellung fremden Leides ekelte mich. Sie hatte an Bulimie gelitten, einen Herzstillstand bekommen und war zu lange ohne Sauerstoff geblieben. Die Eltern glaubten immer noch an Besserung. Sie prozessierten gegen den Ehemann, der argumentierte, Terri habe sich früher gegen lebenserhaltende Maßnahmen ausgesprochen. Würde sie zwangsweise überleben und ich nicht? Die Gerichte kamen zu unterschiedlichen Schlüssen, mal wurde die künstliche Ernährung ausgesetzt, dann wieder fortgeführt. Gesetze wurden geändert, um Terri am Leben zu erhalten. Präsident Bush und Johannes Paul II. setzten sich für sie ein. Religiös empfindende Menschen demonstrierten. Dann ließ man Terri sterben.

Für nichts aber konnte ich mehr wirklich Interesse aufbringen. Jede Tätigkeit eignete sich nur noch als Ablenkung. Ich entwickelte Wünsche, alles noch einmal gründlich zu putzen, zu ordnen, auszusortieren. Die Dinge

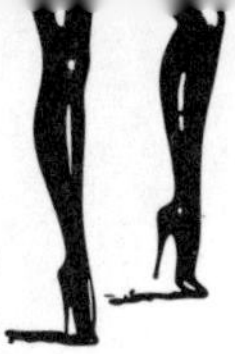

gehörten mir nicht mehr. Von allem war zu viel da, zu viele Plastiktüten, zu viel Geschirr, zu viele Malfarben, zu viele Gummiringe, zu viel Papier, zu viele Schrauben, Bücher, zu viele Sexklamotten. Wer brauchte das noch alles? Auch was mich selbst betraf, dachte ich an Verschwendung. Da war ich endlich mit der Zeit weiser und effektiver geworden, und dann sollte alles vorbei sein? Mitten im schönsten Lauf! Ich würde mir nicht beim Altern zusehen können oder vielmehr mich dagegen auflehnen, wie ich es vorgehabt hatte. Ich würde nicht erleben, ob ich es besser könnte als meine Mutter. Wie überhaupt geht gutes Sterben? Was passierte mit der letzten Zeit, die noch blieb?

Ich würde sie mir verderben durch ständiges Sorgen und Grübeln. Die meisten taten sich leicht mit ihren Sprüchen, die sie mir zum Trost anboten: »Aber wir müssen doch alle …«, »Auch ich könnte jeden Moment …«, »Keiner weiß doch, wann …« Was wussten die schon! Meine Antwort darauf war: »Das völlige Nichtwissen ist nicht vergleichbar mit dem Wissen um das Bald. Jeder, der damit rechnet, doch irgendwie achtzig zu werden, hat es leicht, sich für üppig versorgt zu halten. Alles bleibt möglich. Er kann die Dinge verschieben auf morgen oder auf irgendwann.« Ich hatte die Krankheit, an der in der Literatur und im Film eine Nebenfigur schnell stirbt, wenn man sie loswerden will. Oder an der vor Jahren jemand gestorben ist, wenn man für die Geschichte einen Verstorbenen braucht.

Nach der OP verbot man mir, mehr als ein paar Kilo zu tragen. Es gelang mir nie, mir zu merken, wie viel, oder besser, wie wenig. Ich konnte mich nicht mehr bücken, drehen und wenden, wie ich wollte, denn mir fehlten jetzt zwei Rückenwirbel. Die heikle Lücke überbrückten Stangen und Schrauben und hielten mich steif. Außerdem wurde mit einer monatlichen Spritze und Tabletten das Östrogen aus meinem Körper gebannt. Ich war in die Wechseljahre versetzt. Jetzt schon! Sicher würde ich in wenigen Monaten faltig sein, mit schütterem Haar, und mir würde die Lust am Sex vergehen. Ich fing sofort an zu frieren und entsetzlich zu schwitzen. Ein normales Klima gab es kaum noch. Wenn die Hitze mit Wucht aus den Kniekehlen hochstieg, hätte ich am liebsten eine Reißleine gezogen wie beim Fallschirm, um mich sofort auf einen Schlag sämtlicher Kleidung zu entledigen. Auf die monatlichen Blutungen verzichtete ich gern, ich hatte deswegen ständig Eisenmangel gehabt.

In der Rehaklinik mit ihrer spießigen Regelmäßigkeit und dem Trost, dass es sämtliche hier Anwesende böse erwischt hatte, nahm man mir etwas die Angst. Alle hatten das gleiche Ziel, sich für eine nächste Lebenszeit wiederherzustellen. Man benahm sich ganz selbstverständlich und zuversichtlich, als stünde die Frage, für welche Zeit noch, gar nicht an. In der Gymnastik behandelten mich die Turnlehrer wie ein rohes Ei und brachten mir neue Bewegungen bei. Ich fürchtete, mich nachts im Bett umzudrehen, wäre bereits gefährlich. Meine schon zwanghafte Sorgfalt, die Wirbelsäule biegsam zu halten, meinen Bizeps aufzubauen, war nun verboten. Bestimmt würde ich einrosten, verkümmern und versteifen. Ich beobachtete andere Menschen auf der Straße und rief mich zur Vernunft. Die meisten von denen turnten nie und hatten anscheinend keine Probleme, sich normal zu bewegen.

Wieder zu Hause, umgaben mich kluge Ratgeber. Es habe schon welche gegeben, die im Bewusstsein, todkrank zu sein, ihr ganzes Hab und Gut verkauft hätten, um sich eine Weltreise zu gönnen. Danach seien sie plötzlich gesund geworden. Dem wohnte eine Aufforderung inne: Sei locker, und du wirst genesen. So einfach ist das, als sei man nur stur und womöglich an seinem Zustand selbst schuld. Wovon die Leute denn dann gelebt hätten, fragte ich, da sie doch alles auf der Weltreise verprasst hatten. Damit verdarb ich der Erzählerin die Pointe. Ich war nicht der Typ, der angesichts der Endlichkeit des Lebens schnell noch eine Weltreise machen musste. Eher fragte ich mich, was sich noch lohnte. Musste ich mir nach wie vor gründlich die Zähne putzen und die Haut eincremen, oder war das jetzt egal? Nein, das war es nicht, sagte ich mir. Ich wollte ohne Zahnweh und in Schönheit sterben. Nichts würde ich anders machen in der Zeit, die verblieb. Solange ich noch krauchen konnte, würde alles beim Alten bleiben. Schließlich liebte ich mein Leben, ich wollte noch nie ein anderes haben.

Du musst in den Laden zurück, wurde mir klar, und zwar so schnell wie möglich. Seit ich wieder an mein Telefon ging, wusste ich, all meine Stammkunden wünschten sich sehnlichst meine Rückkehr.

Regina begrüßte mich, als wäre nichts gewesen, und wirkte regelrecht desinteressiert. Dabei hatte sie mich im Krankenhaus besucht und mein Elend gesehen. Ihre zwei riesigen Blumensträuße, Rosen in Weiß, mit modischem Grünstich, und Mondphiolen, die an Friedhofsschmuck erinnerten. »Sie hängt jetzt dauernd hier rum!«, beklagte sich Juliane, als wir allein waren. Dora hatte mich auch besucht, als es mir schon etwas besser ging. Sie war auf ihre ruhige Art freundlich und ich deshalb nicht so befangen gewesen.

In kleinen Portionen erledigte ich die liegengebliebene Arbeit. Viele Bedenken störten den Handlungsfluss. War diese Körperhaltung erlaubt? Wie wäre sie richtig gewesen? Hatte es etwa gerade im Rücken geknackt? Ich stellte mir die Stangen vor, die die verbliebenen Wirbel verbanden, die bei einer falschen Bewegung den Knochen auseinanderhebeln würden. Neuerdings sollte ich in die Knie gehen beim Bücken. Sah das dumm und ungeschickt aus? Ich hatte kaum die Kraft, Riemen und Stricke wirklich eng anzuziehen. Besonders fürchtete ich die ausladende Bewegung an der großen, schwergängigen Kurbel der Seilwinde. Zwar brauchte ich keine Schmerzmittel mehr, aber der Rücken ziepte und zwickte. Manchmal hatte ich dauernd Schmerzen. Die langen Narben am Rücken, unter dem Arm und auf dem Brustkorb waren furchterregend. Wie sollte ich die verbergen? Ich fühlte mich zerschnitten und meiner Symmetrie beraubt. Ich musste einen neuen Weg entwickeln. Vielleicht sollte ich mich von meinen Gästen bedienen lassen. Auch das würde mir schwerfallen, und schließlich konnte ich nicht verlangen, dass sie sich selbst fesselten, das hatten sie zu Hause schon zur Genüge versucht. War der Job jetzt zu anstrengend für mich? Der Optimismus, der mich immer getragen hatte, fehlte mir jetzt, mit dem ich den Gästen Sicherheit vermittelte – den zögerlichen, denen mit dem schlechten Gewissen und jenen mit Selbsthass, dass es gut und rechtens sei, was man zusammen anstellte, dass man am Ende alle Widrigkeiten bestand. Es gab noch viel größere Widrigkeiten, wusste ich jetzt. Die meiner Gäste kamen mir dagegen auf einmal unwichtig vor. Sollte ich jetzt etwa Interesse heucheln? Reginas Ermahnung fiel mir ein, man könne sich als Domina keine Schwächen erlauben. Man müsse seine Wehwehchen vor den Gästen verbergen und ihnen mit Entschiedenheit begegnen. Dabei waren meine Gäste lieb und geduldig. Obwohl ich ihnen weniger zu bieten hatte, waren sie bereit, mir Schonzeit zu gewähren, Hauptsache, ich war wieder da.

Josef meldete sich wieder, und wir vereinbarten einen Termin. Erst als er mir gegenüberstand und mutmaßlich vor lauter Vorfreude nicht mehr einfach kehrtmachen würde, sagte ich ihm, er habe das letzte Mal vergessen zu zahlen. Angeblich erinnerte er sich nicht daran. Ich zählte ihm auf, was ich damals alles mit ihm gemacht hatte, und er willigte widerstrebend ein, das Geld für zwei Behandlungen hinzulegen. Es war keine geringe Summe, und ich beglückwünschte mich für mein Durchhaltevermögen, dabei war Josef bestimmt nicht vermögend.

Weil ich ihn dann wieder zu lange behandelte, gab es von Regina für das doppelte Geld keine Anerkennung, sondern ein demonstrativ schnödes: »Da kannst nüscht machen, die Jungs sind eben so.« Sie ließ mehr und mehr

Gereiztheit erkennen, und ich fühlte mich wie ein lahmender Gaul, dessen Besitzer die Geduld mit ihm verloren hatte. Wenigstens momentan müsste es doch erlaubt sein, langsamer zu arbeiten, dachte ich, und dass ich mein Recht dazu einfordern sollte. Doch beide sagten wir dazu wieder kein Wort.

»Achim Fuß« hatte besonders verzweifelt gebangt, dass ich wiederkommen möge. Wie immer küsste er mir zur Begrüßung die Hand. Ich hatte lang gebraucht, mir zu merken, dass ich seine ausgestreckte Hand nicht einfach ergreifen und schütteln durfte, sondern abwarten musste, bis seine Lippen vorsichtig meinen Handrücken berührt hatten. Wegen meiner Vergesslichkeit war daraus jedes Mal ein sehr missratenes Manöver geworden. Ich hasste den Handkuss. Vor allem den von Achim, zu dem so alberne Allüren nicht passten. Er sah aus wie einer von der Gewerkschaft oder von der städtischen Verwaltung. Ich hielt ihn für einen einsamen Mann. Er sprach kaum von sich. Einmal hatte er mir gestanden, wie gern er einen Pferdeschwanz tragen würde, seine Haare seien dazu aber zu dünn. Sie waren trotzdem reichlich lang und obendrein gelb. Wahrscheinlich wäre er gern Cowboy, schloss ich, denn er trug auch immer karierte Holzfällerhemden. Aber er war kein romantischer Westernheld. Dafür war sein Gesicht zu durchschnittlich. Über die Zeit beobachtete ich, dass sein weiches, weißes und gänzlich haarloses Fleisch im Gesicht und am ganzen Körper zunahm.

Von all meinen Sozialfällen war Achim Fuß einer der extremsten. Er konnte sich nicht mehr leisten als das Minimum, doch für ihn überzog ich die Behandlungszeit besonders weit. Er gefiel mir nicht, verehrte mich aber derart, dass mich diese Diskrepanz regelrecht schmerzte und ich mich ihm gegenüber in der Schuld fühlte. Schon wieder hatte er mir ein Paar Sandaletten und zwei bestimmt sehr teure Strumpfhosen mitgebracht. Seine Geschenke waren in Wirklichkeit keine. Sie kamen nur ihm selbst zugute. Meine nicht gerade unerhebliche Sammlung im Studio genügte ihm nicht. Am liebsten hätte mir Achim in einem Schuhgeschäft stundenlang Schuhe und Stiefel an- und ausgezogen. Ich sagte ihm, ich könne ihn nicht mehr so lange behandeln, auch nicht für seine Mitbringsel, die Chefin ließe das nicht zu.

Achim Fuß war sich seiner Unbescheidenheit bewusst und fing sogar an, über die prinzipielle Unstillbarkeit seiner Wünsche zu lamentieren. Dabei achtete er im sonstigen Leben bestimmt peinlich genau darauf, niemandem etwas schuldig zu bleiben. Langsamkeit war die Quintessenz seiner Geschichte. Er wollte die Verehrung meiner Beine und Füße zelebrieren. Solche Szenen ließen sich nicht in den zwanzig Minuten abhandeln, die ich ihm eigentlich nur hätte widmen dürfen. Achim hatte sich ein Bild von mir geschaffen, das er vergötterte. Ich hatte sicher nichts dazu getan, dass er sogar vor und nach der Behandlung diese alberne bebende Demut aufrechterhielt, die ihm das letzte bisschen Natürlichkeit raubte. Ein normales Gespräch mit ihm zu führen war ausgeschlossen. Er zählte nicht wie andere Gäste einfach seine Neigungen auf, er bestand darauf, einen rituellen Vortrag zu halten, der dem geheiligten Thema Rechnung trug.

Auch heute stotterte er wieder vor Aufregung, versuchte sich zu sortieren, atmete tief durch. Es wurde nicht besser. Er beschimpfte sich, oft umgangssprachlich, als er hektisch seine Erschütterung benannte. Seine zitternden Hände flatterten in der Luft herum, wischten über die Stirn, als stünde sie voll Schweiß, strichen das Haar zurück, schlugen auf den Schenkeln auf, fuhren darauf auf und nieder. Endlich quollen frei von Stockungen die Sätze aus ihm heraus. Er sprach mit tiefer, sonorer Stimme, ohne Satzmelodie und ohne Pause, in einer Form, die er für anspruchsvoll hielt: »Und dann stellen Sie Ihre entzückenden bestrumpften und beschuhten Füßchen mit den Absätzen auf meinen Eiern ab und drücken diese ordentlich, dabei klemmen Sie meinen Schwanz mit der heruntergezogenen Vorhaut zwischen ihnen ein und wichsen ihn.« So bat er und warb darum, ich solle seine Phantasien minutiös befolgen. Hätte der Mensch nur ein bisschen mehr Geld gehabt, wir hätten diese seltsame, detaillierte Beichte wunderbar in die Behandlung integrieren können. So aber dauerte das »Vorgespräch« viel zu lang. Ich fühlte Regina lauern.

Achim Fuß wollte eine Abbindung mit dünner Schnur, die er mitbrachte. Den üblichen Pariser lehnte er ab, denn es kam darauf an, die Vorhaut rigide zurückzuhalten, damit sie auch bei nachlassender Geilheit nicht wieder über die Eichel rutschen konnte. Ich ekelte mich, denn er tröpfelte bereits aus seinem Ständer während dieser Prozedur. Handschuhe anzuziehen hätte ihm diesen Ekel gezeigt, das wollte ich nicht. Meiner Aufforderung, seinen Saft abzustreifen und sich die Finger abzulecken, kam er alles andere als eifrig nach. Ich stellte ihn immer auf ein Handtuch, um den Teppich zu schonen.

Wie von ihm gewünscht, saß ich die meiste Zeit mit gestreckten Beinen, die Absätze fest in seine Hoden gestemmt, während er vor mir am Boden kniete. Mehrmals wechselte er meine Schuhe und Strümpfe. Dabei bewegten wir uns ritualisiert, seiner Vorschreibung genau entsprechend. Zuerst löste er die Verschlussschnalle der roten Riemchensandalette. Dann hielt er den Schuh in der Position auf seinem Geschlecht, ich schlüpfte heraus. Danach erst nahm er mit Bedauern den Schuh von seinem Hoden.

Trotz seiner Erregung handelte Achim in Zeitlupe. Er hätte am liebsten seine schwärmerische Anbetung zur Endlosigkeit gedehnt, mich einfach nur ausgiebig betrachtet, meine Schönheit gepriesen. Ich spürte seine Enttäuschung, als ich, für ihn viel zu schnell, das Ende der Behandlung einleitete, das jedes Mal darin bestand, dass ich ihm befahl, mir die schwarzen Lackstiefel anzuziehen. Immer stellte er sich gleichbleibend ungeschickt an. Zum Höhepunkt durfte er sie bespritzen, um sie danach abzulecken. Das war seine Idee gewesen. Es sah nach einer weiteren Selbstbestrafung aus, denn es geschah allzu hastig und so nachlässig, dass ich ihn ermahnen musste, hier und da noch einmal mit seiner Zunge entlangzufahren.

Als Achim endlich weg war, stieg ich mitsamt den Stiefeln in die Wanne und duschte sie sauber. Ich hatte sicher mehr als eine Stunde mit ihm zugebracht. Regina würde sich nicht mit einer kleinen Abgabe zufriedengeben, fürchtete ich und bot ihr an, die überzogene Zeit zu bezahlen. Ohne das geringste Zögern nahm sie an. Da also wollte sie mich hinhaben! Sofort würgte mich das Unbehagen, wenn ich an meine vielen verwöhnten Gäste dachte. Ich werde mich ihr nicht beugen, beschloss ich. Was das Ende meines fünfmonatigen Arbeitsversuchs bedeutete. Und nicht einmal zum Abschied brachte ich es fertig, Regina zu sagen, dass sie der Grund war, weshalb ich in ihrem Studio nicht mehr glücklich wurde.

An einem Sonntag räumte ich meinen Schrank aus. Ich traf auf Juliane, die lustlos im Mädchenzimmer herumhing und mit dem Stuhl kippelte, wie es ihre Art war. Ihr Freund habe sie zur Arbeit begleitet, erzählte sie, damit sie ihn behandle, wenn kein Gast da sei. Jetzt habe Dora damit angefangen, denn sie hätte keine Lust gehabt. Waren sie und ihr Typ wieder einmal verkracht? Ich wunderte mich, dass Dora sich auf solche Spielereien einließ. Offensichtlich kannte ich sie wirklich nicht.

Ich wollte das Ausräumen möglichst schnell und unsentimental hinter mich bringen und machte mich über den Schrank her. Ich entschied sofort, dass ich das meiste nicht mehr brauche und ich es den anderen beiden schenken oder für wenig Geld verkaufen könne. Bis auf den schweren, biegsamen, mehrere Lagen dicken Lederriemen. »Schau dir diese schöne Klatsche an, die behalte ich.« Ich schlug sie in meine Handfläche. »Doppelzüngig! Und so was Feines muss nun in Zukunft bei mir zu Hause rumliegen!«, sagte ich wehmütig.

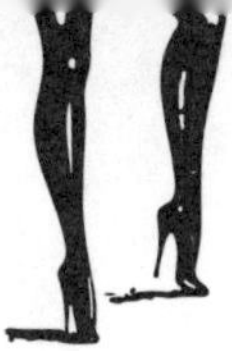

»Warum hilfst du nicht Dora, meinen Freund zu schlagen?«, schlug Juliane unvermittelt vor.

»Ich bin doch gar nicht angezogen.«

»Er kann dich nicht sehen. Er hat die Augen verbunden.«

Ich freute mich über das unerwartete Angebot und war gespannt. Nie in all der Zeit hatte ich Dora in Aktion erlebt. Leise klopfte ich an die Tür und öffnete sie vorsichtig. Ich sah Doras erstaunten Blick, ihr Nicken, ihr zustimmendes Lächeln. Sie bedeutete mir mit dem Zeigefinger am Mund zu schweigen. Der Freund lag nackt auf dem Bauch. Er war an die im Boden verankerten Ösen gebunden. Eine der Schweißerbrillen mit schwarz verklebten Gläsern nahm ihm die Sicht. Er hatte eine gute Figur und bot einen schönen Anblick. Juliane stellte hohe Ansprüche an Männlichkeit. Dora hielt einen außergewöhnlich langen, relativ steifen, hölzernen Stock in der Hand, der zur Spitze hin sehr dünn wurde. Dieses merkwürdige Ding hatte ich immer verschmäht. Ich glaubte nicht, dass Schläge damit treffsicher zu platzieren waren.

Dora zog ihre Schuhe aus und begann einen lautlosen Tanz um den Blinden, der nicht ahnte, aus welcher Richtung sie ihn als Nächstes schlagen würde und durch Fragen Kontakt aufzunehmen versuchte: »Ach, das ist doch die Handschrift meiner Hexe! Ja genau, ich erkenne dich!« Als Antwort bekam er nur noch heftigere Schläge. Dora handhabte den Stock mit großer Eleganz. Das Opfer zerrte an seinen Fesseln, als wollte es ausweichen, vergeblich. Dora traf zielgenau. Sie zeigte eine Gnadenlosigkeit, die der Freund gierig genoss, auch wenn er schrie und bettelte. Die beiden waren perfekt aufeinander eingestimmt und gaben ein großes Schauspiel. Ich stand mit meinem Lederriemen in der Hand und sah ein, dass es für mich nichts weiter zu tun gab. Die Szene war so schön, dass sie mich rührte. Umso mehr, als das hier auch noch zu meinem Abschied geschah! Tränen liefen mir herunter. Solange ich nicht laut aufschluchze, dachte ich, merkt es niemand.

Im Fernseher, der mir als Kontrollmonitor diente, konnte ich mich sehen. Ich war schön, perfekt geschminkt, und trug den wadenlangen weißen Faltenrock aus mattem, vom Hersteller »Bengalgummi« genannten Material. Er verwandelte mich mit der umgeschnallten Brust und dem schwarzen Korsett unter der weißen Plastikschürze, dazu den hohen weißen Lackstiefeletten in eine merkwürdige Krankenschwester. Ich filmte mit Selbstauslöser, wie ich durchs Bild laufe, in Nahaufnahme, wie die Falten des Rocks spielen und eigenartige Knicke bekommen, wenn ich in die Hocke gehe, und schließlich darunter, wo man im gelblichen Dämmer, eingerahmt von den weißen Stiefeletten, hinter der Strumpfhose meine Möse ahnt.

Alle meine Fetische filmte ich ab, in jeweils dazu passenden Szenen. Ich wollte nicht, dass sie einfach verlorengehen, wenn ich einmal weg sein werde. Die Krankheit hatte mich rücksichtslos gemacht. Ich genierte mich für nichts mehr. In einem anderen Film erzählte ich, was ich für den Ursprung meiner Sexualität halte. Darin lasse ich die Kasperfiguren auftreten, die mir mein Vater geschnitzt hat. Den ersten Film kaufte die Kunsthalle an, den anderen lehnte sie ab. Er sei zu abstrus.

Ich bin jetzt offiziell Rentnerin. Doch ich arbeite weiter. Mit meiner Kunst werde ich mich retten können, bis kurz vor Schluss, hoffe ich. Alle Künstler arbeiten irgendwie weiter. Damit ich nicht mehr zum Rehaturnen muss, wo das Radio dudelt und die anderen Patienten mich stören, werde ich mir einen Zugapparat ins Atelier stellen. Ich habe jahrelang am liebsten allein vor mich hin geturnt. Und ganz am Ende werde ich endlich Kuchen essen, ohne auf meine Schlankheit noch Rücksicht zu nehmen. Falls ich dann noch Appetit habe.

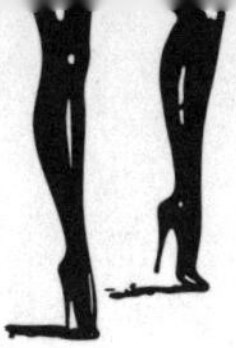

HONG YING
Die chinesische Geliebte
Roman
Aus dem Chinesischen
von Martin Winter
269 Seiten
ISBN 978-3-7466-2208-8

»Ein feiner erotischer Roman.«

FOCUS

»Die chinesische Geliebte« ist ein großer, aufwühlender Roman um Liebe, Tod und Sinnlichkeit, der in China aufgrund seiner Freizügigkeit und seines authentischen Hintergrunds verboten wurde. Voller Anmut und ohne Tabus erzählt Hong Ying von der Leidenschaft zwischen Julian Bell, dem Neffen Virginia Woolfs, und der unwiderstehlichen Schriftstellerin Lin. Am Vorabend des Zweitens Weltkriegs geraten beide in den Strudel der geschichtlichen Ereignisse und müssen um ihr Leben und ihre Liebe kämpfen.

Mehr Informationen erhalten Sie unter www.aufbau-verlag.de oder in Ihrer Buchhandlung

atb aufbau taschenbuch

JUTTA VOIGT
Spätvorstellung
Von den Abenteuern des Älterwerdens
251 Seiten. Gebunden
ISBN 978-3-351-02752-0

Alter schützt vor Jugend nicht

Die brillante Feuilletonistin Jutta Voigt zeigt uns, was es heißt, jung zu bleiben, während man älter wird. Sie erzählt von der tröstlichen und schmerzhaften Identifikation mit der Jugend, die den Bogen des Lebens bis zum Zerreißen spannt. Berichtet wird »Aus dem Leben einer älteren Dame«: »Wenn ich ein Café betrete, verstummt kein Gespräch, ist kein Auge auf mich gerichtet. Ich finde das in Ordnung. Ich habe es lange genug gehabt, das Strammstehen vor meinem Dekolleté, die Hab-Acht-Stellung beim Klacken meiner hohen Absätze, das ehrfürchtige Verstummen vor einem Lächeln.« Es geht um eine Frau, die ihre Waschmaschine mehr liebt als ihren Mann. Um einen Striptease am Totenbett. Und um einen, der seine junge Geliebte für eine Gleichaltrige verlässt, weil sie denselben Subtext in der Seele hat.

»Ein starkes Buch und so schön offensiv. Das ist der Humor, den man zum Weiteraltern braucht!« DIETER HILDEBRANDT

Mehr Informationen erhalten Sie unter www.aufbau-verlag.de oder in Ihrer Buchhandlung

aufbau